戴震序跋书信选译

朱宏胜◎译注

戴学文库（第一辑）
潘定武　朱宏胜◎主编

北京师范大学出版集团
BEIJING NORMAL UNIVERSITY PUBLISHING GROUP
安徽大学出版社

图书在版编目(CIP)数据

戴震序跋书信选译/朱宏胜译注. —合肥:安徽大学出版社,2023.12
(戴学文库/潘定武,朱宏胜主编.第一辑)
ISBN 978-7-5664-2706-9

Ⅰ.①戴… Ⅱ.①朱… Ⅲ.①序跋—作品集—中国—清代②戴震(1723—1777)—书信集 Ⅳ.①I265.2 ②B249.65

中国国家版本馆 CIP 数据核字(2023)第 235978 号

戴震序跋书信选译

Dai Zhen Xuba Shuxin Xuanyi

朱宏胜 译注

出版发行:北京师范大学出版集团
安 徽 大 学 出 版 社
(安徽省合肥市肥西路 3 号 邮编 230039)
www.bnupg.com
www.ahupress.com.cn
印 刷:江苏凤凰数码印务有限公司
经 销:全国新华书店
开 本:710 mm×1010 mm 1/16
印 张:23.25
字 数:359 千字
版 次:2023 年 12 月第 1 版
印 次:2023 年 12 月第 1 次印刷
定 价:69.00 元
ISBN 978-7-5664-2706-9

策划编辑:李 君　　装帧设计:李 军
责任编辑:汪 君　　美术编辑:李 军
责任校对:范文娟　　责任印制:陈 如 孟献辉

《戴学文库(第一辑)》编委会名单

《戴学文库(第一辑)》弁言

章学诚《书朱陆篇后》有论:“及戴(震)著《论性》《原善》诸篇,于天人理气,实有发前人所未发者;时人则谓空说义理,可以无作,是固不知戴学者矣。”“戴学”一词,首见于此。近代以来,则有刘师培、梁启超、张舜徽、张立文诸先生屡次论及“戴学”。前贤所论“戴学”,概指戴震学术思想;稍引申之,则可以包括对戴震学术思想及生平著述等的研究。犹如学界熟知的“红学”“龙学”等。戴震(1724—1777),字东原,清代徽州休宁隆阜(今黄山市屯溪区)人。黄山学院横江校区正坐落于隆阜,毗邻先贤故里。黄山学院(前身徽州师专)得此地利,传承弘扬先贤学术思想也当义不容辞,故于1986年即成立了戴震研究会。研究会于国内最先整理出版了现代点校本《戴震全集》(全六册,清华大学出版社1991—1999年),并多次组织、举办相关学术会议,进行学术研究,取得了可观的研究成果。在此基础上,研究会汪良发会长率研究会同人谋划若干新的戴学研究计划,包括《戴震年谱长编》(课题成功申报2013年度国家社科基金项目)和戴学普及性系列作品《戴震著作译注》(分戴震哲学、朴学、自然科学、序跋书信等四册)以及《戴震二百年诞辰纪念文汇》。本计划得到了上海戴鸿安先生的倾力支持,并有安徽大学徐道彬教授、淮北师范大学郭全芝教授、山东农业大学张庆伟副教授等热情参与。《戴震年谱长编》经历六载终于初步完成并顺利结题,《戴震著作译注》等则历时三年陆续完稿。时值戴震诞生三百周年之际,研究会同人不揣浅陋,欲以上述初步成果聊作纪念,并拟为《戴学文库(第一辑)》。从《戴震年谱长编》到《戴震著作译注》系列,均得到了中国人民大学张立文先生,中国社会科学院陈祖武先生、刘跃进先生,南京大学李开先生及安徽省社会科学院陶清先生等的热情关心和指导,在此一并致以诚挚的谢意!

潘定武

2023 年 7 月 26 日

戴震序跋书信文提要

戴学文库(第一辑)《戴震著作译注》包括《戴震哲学著作选译》《戴震朴学著作选译》《戴震自然科学著作选译》《戴震序跋书信选译》四种。戴震序跋书信文由本人选译。除少数文字音韵考证类文章(如《书广韵目录后》)未译外,杨应芹、诸伟奇主编的《戴震全书》所收篇目皆选入本书并予以白话翻译。为了便于普及推广,除少数没有简体字的文字保留繁体字外,其他文字一律转为简体字,标点等也以《戴震全书》为依据。为了便于读者全面深入了解戴震序跋书信文,这里作出摘要置于卷首,以此代序以飨读者。由于水平有限,敬请读者批评指正。

1.《策算序》,戴震《策算》之自序,作于乾隆九年甲子(1744)。该序说明了筹和策的区别与联系,介绍了策算工具和方法,还明确指出,"算法虽多,乘除尽之矣,开方亦除也。平方用广,立方罕用,故策算专为乘、除、开平方"。

2.《六书论序》,戴震《六书论》三卷之自序,作于乾隆十年乙丑(1745)。该序对汉以来诸家言文字六书者的学说进行考辨并纠正其谬,进而说明所撰《六书论》的方法、价值和意义。

3.《考工记图序》,戴震《考工记图》之自序,作于乾隆十一年丙寅(1746)。该序首先指出《考工记》讹误多致使古制难明,进而揭示其作《考工记图》的目的和作用,指出所作《考工记图》不仅补《考工记》原书的不足,纠正郑玄注之误,还能根据所画之图验证古人遗器原物。

4.《考工记图后序》，戴震《考工记图》之后序。该序主要阐明所著《考工记图》对明古制的意义，并列出了原书中郑玄注的几处错误，从而说明了订正郑注误说而为补注的必要性。

5.《转语二十章序》，戴震《转语二十章》之自序，作于乾隆十二年丁卯(1747)。该序分析了转语产生的发音学上的原因及转语字词产生的文字学原因。然后指出，弄清楚了转语产生的发音学上的原因、转语字词产生的文字学原因，我们就可以在转语字源学研究的基础上，进行字义学、语音学的研究，“俾疑于义者，以声求之，疑于声者，以义正之”。对字义有疑问的，可根据字音来推求；而对于字音有疑问的，则可以根据字义来考订。文末特别指明了此书的价值所在：“昔人既作《尔雅》《方言》《释名》，余以谓犹缺一卷书，创为是篇，用补其缺。”

6.《尔雅文字考序》，作于乾隆十四年己巳(1749)。戴震在序中不仅指出《尔雅》是训诂专著，为治经必不可少的工具书，还指明了《尔雅》六家旧注皆缺逸，难以辑缀，删节不全或尤多疏漏，因此传注《尔雅》十分必要，所成《尔雅文字考》也是价值非凡。戴震将《尔雅文字考》说成“亦聊以自课而已”，表达了对《尔雅》学的敬畏及自己谦逊的治学态度。按：周德美以为此文乃任基振《尔雅注疏笺补》自序，非戴震作品。详细参见《文献》2003 年第 3 期《戴震〈尔雅文字考序〉考伪》一文。

7.《江慎修先生七十寿序》，作于乾隆十五年庚午(1750)。据黄山书社出版的《戴震全书》的编者考证，本序为漆永祥从上海图书馆藏吴县潘氏宝山楼核钞本清江永《善徐堂文集》中辑出，为乾隆十五年江永七十大寿时戴震所撰。寿序于江永学行有极高之评价，民国间学者以为戴震不尊江永之说，观此文当不攻而自破。按：杨应芹、徐道彬等学者以为本序不出戴震之手。

8.《答郑丈用牧书》，约作于乾隆十六年辛未(1751)。戴震说：“立身守二字曰不苟，待人守二字曰无憾。”又说：“不以人蔽己，不以己自蔽；不为一时之名，亦不期后世之名。”如此等等，反映了戴震为人处世和治学思想。

9.《屈原赋注自序》，作于乾隆十七年壬申（1752）。该序首先明确《屈原赋》二十五篇篇目，肯定屈原“其心至纯，其学至纯，其立言指要归于至纯”，谓屈原赋乃“诗人之赋”，乃“经之亚”，对屈原及其著述倍加推崇。然后，指出学界对《楚辞》的传解“碎义逃难，未能考识精核，且弥失其所以著书之指”，故取屈子书注之，旁征博引，按类推衍，揭示辞赋的情趣与主旨。最后，指出本书遵从《汉书·艺文志》称名《屈原赋》的惯例，取名为《屈原赋注》。另，《屈原赋注自序》的初稿与定稿略有出入，且《东原文集》中题名为《屈原赋目录序》。

10.《屈原赋注九歌序》，作于乾隆十七年壬申（1752）。戴震不仅指出《九歌》为屈原谪迁江南时所作，还明确了各篇主题，是戴震屈原《九歌》研究成果的一个概述。

11.《毛诗补传序》，戴震《毛诗补传》（即《诗补传》，抄本原名《戴氏经考》，今藏国家图书馆）之自序，作于乾隆十八年癸酉（1753）。戴震指出，《诗经》主旨难明，故姑以孔子“思无邪”之说为标准论定诗旨；诗三百篇皆忠臣、孝子、贤妇、良友之言；《毛诗补传》乃是就全诗，考其字义名物于各章之下，而不以作诗之意衍其说。

12.《书顾命后》，戴震首先指出马融、郑玄、王肃及东晋晚出的古文将《顾命》部分内容分为《康王之诰》，所分都是错的。然后对《顾命》篇自“狄设黼扆缀衣”至末、“大保降收”“诸侯出庙门俟，王出在应门之内”等进行考辨。最后指出，《顾命》大体上记载了三件事：一是君臣一起接受帝王临终前的遗诏；二是先君丧超过一年后登基，康王先接受先王册封的遗命；三是到达治朝，登天子位。

13.《书郑风后》，戴震首先驳斥顾炎武之说，指出顾炎武所说的“郑”是西郑，而《诗》之郑是东郑，所以太师编诗，《郑风》排在《王风》后面。其次考论“郑声淫”，认为是说郑音淫，不是说郑诗淫。

14.《书小雅十月之交篇后》，本文厘定各种歧说，通过考证日食发生的时间来确定诗歌创作的时世和主旨。戴震反对“经解不可尽拘以理”的观点，指出此说病在析理未精，是开解经者之弊。此外，戴震认为日食、月食，是天体视觉映象的明显变化，不是天体改变了自己的运行度数，是正常的天文现象。“人君日食修德，月食修刑，依乎阴阳立义，无非敬天、畏天之诫耳”。所论体现了唯物主义精神。

15.《书小雅后》，戴震于本文指出，毛、郑解《诗经》拘泥，固执地认为正雅只作于周初。提出“苟其诗得乎义之正，而为治世之正事，何必非正雅”，以及“未可泥今之篇什第次，定作诗时世”的诗学思想。

16.《族支谱序》，约作于乾隆十八年癸酉(1753)。戴震为戴氏宗族所修族谱而作的序言。序言首先通过对典籍的爬梳，详细考证了戴氏姓、分支、传承谱系等情况，并对前代戴氏所治谱牒中的错误给予了严谨的辨正。其次对隆阜戴氏的来源、迁徙情况、分支情形作出勾勒。戴震不赞成以攀附冒领圣贤做祖宗来抬高宗族声望的做法，也不因旧谱世系断缺而强行弥补，坚持了信则传信、疑则存疑的史学精神。

17.《与王内翰凤喈书》，作于乾隆二十年乙亥(1755)。此文为戴震读王鸣盛《书尧典注》后所写的一封信。书信首先对该作给予高度赞扬。然后对《尚书·尧典》“光被四表”进行考辨，指出“光被四表”当为“横被四表”，“横”转写为“桄”，脱误为“光”。此外，在对该字讹误过程的考察过程中，戴震强调由博返约、独立思考的重要性，他说：“余独以谓病在后人不能遍观尽识，轻疑前古，不知而作也。”认为一个字被曲解千年，教训在于不能用语言文字学之书《尔雅》严加推证之，“虽孔《传》出魏晋间人手，以仆观此字据依《尔雅》，又密合古人属词之法，非魏晋间人所能。必袭取师师相传旧解，见其奇古有据，遂不敢易尔。后人不用《尔雅》及古《注》，殆笑《尔雅》迂远，古《注》胶滞，如光之训充，兹类实繁”。魏晋不可信，一定要求之于先秦两汉之真本之本经，方能求得“十分之见”。最后，信末还附录钱大昕找到《后汉书》“横被四表，昭假上下”，姚鼐找到班固《西都赋》“横被六合”，族弟受堂找到《汉书·王莽传》“昔唐尧横被四表”，王子渊《圣主得贤臣颂》“化溢四表，横被无穷”等例证。一时之间，诸多大家纷纷对“光被四表”进行考证，成为学术史上一段佳话。

18.《与姚孝廉姬传书》，作于乾隆二十年乙亥（1755），是戴震入都后不久留下的文字，是研究戴震学术思想的重要文献。文章从太史纪晓岚欲为戴震所作《考工记图》作序付刻，而姚鼐劝其“不必汲汲成书”谈起，提出了要追求“十分之见”的“求真”学术理想。戴震认为圣人之道在“六经”。他说：“凡仆所以寻求于遗经，惧圣人之绪言暗汶于后世也。”指出：“然寻求而获，有十分之见，有未至十分之见。所谓十分之见，必征之古而靡不条贯，合诸道而不留余议，巨细必究，本末兼察。若夫依于传闻以拟其是，择于众说以裁其优，出于空言以定其论，据于孤证以信其通，虽溯流可以知源，不目睹源泉所导，循根可以达杪，不手披枝肄所歧，皆未至十分之见也。”此外，戴震在信中还谦虚地拒绝了姚鼐拜师的请求，提出“无妨交相师”的思想，从而建立亦师亦友的关系，“参互以求十分之见”。

19.《与方希原书》，是乾隆二十年乙亥（1755），戴震写给古文家方矩的一封书信，是一篇反映戴震学术思想的重要文献。文章提出了将古今学问分为理义、制数、文章的学问三分思想，开清代学问三分之先河。戴震以艺为末，以道为本，认为事于道这个本，则文章不难而自至。戴震还认为，“圣人之道在六经，汉儒得其制数，失其义理；宋儒得其义理，失其制数”。要融合汉宋，克服汉儒、宋儒之偏颇。

20.《与是仲明论学书》，作于乾隆二十二年丁丑（1757），是研究戴震学术思想的重要文献。文章不仅提出“事于经学，盖有三难：淹博难，识断难，精审难”的重要思想，还交流了治学心得、治学方法。文中戴震总结出三种重要的治学方法：一是“经之至者道也，所以明道者其词也，所以成词者字也。由字以通其词，由词以通其道，必有渐”。二是“一字之义，当贯群经，本六书，然后为定”。三是治学要博学多识。在戴震看来，“诵《尧典》数行，至‘乃命羲和’，不知恒星七政所以运行，则掩卷不能卒业。诵《周南》《召南》，自《关雎》而往，不知古音，徒强以协韵，则龃龉失读。诵古《礼经》，先《士冠礼》，不知古者宫室、衣服等制，则迷于其方，莫辨其用。不知古今地名沿革，则《禹贡》《职方》失其处所。不知少广旁要，则《考工》之器不能因文而推其制。不知鸟兽、虫鱼、草木之状类名号，则比兴之意乖。而字学、故训、音声未始相离，声与音又经纬衡从宜辨”。

21.《周易补注目录后语》，作于乾隆二十二年丁丑(1757)。本文通过严谨的考论，首先辨析《易经》的源流及十二篇篇目的分合，然后指出西汉费直没有改经乱《易》，最后论定《十翼》并非孔子所作。

22.《大戴礼记目录后语》，含《大戴礼记目录后语一》《大戴礼记目录后语二》两篇，作于乾隆二十二年丁丑(1757)，皆主要是考论《大戴礼记》的著述人、三十九篇之数。而《大戴礼记目录后语一》驳斥了史绳祖《大戴礼记》杂取《家语》书之说。《大戴礼记目录后语二》则引诸家笺注中所引《大戴礼记》内容来考论《大戴礼记》的篇目、内容等。

23.《答江慎修先生论小学书》，作于乾隆二十三年戊寅(1758)，是研究戴震文字学的重要文献。文章首先举例说明《说文》所载九千余文，当小学废失之后，未能一一合于古，即《尔雅》亦多不足据。《毛诗》出《尔雅》后，误用《尔雅》者甚多。指出《尔雅》来自《毛诗》的说法是错误的。并以“厉”字为例，揭示出《尔雅》多无师传而《说文》大多师传有自，故汉人之书，有的有师承可据，有的属于失传附会。《说文》于字体字训，虽罅漏不免，然其论六书，则不失师承。文章还对江永有关转注和假借、字之本义和引申义等论断提出不同看法，并由此提出了“四体二用”学说。戴震认为古人依据事与形，构造出指事字和象形字，而声与字又以可“通”之意与可“调”之声，敷衍出谐声字与会意字，此为造字四法。而转注与假借是形体之外的用字法，只可“造意”，不能“造形”。戴震“四体二用”学说的提出，为清代以后的语言文字学开创了一个全新的局面。

24.《书小尔雅后》，作于乾隆二十四年己卯(1759)。文章首先指出《小尔雅》一卷为后人皮傅掇拾而成，非古小学遗书。该书错误不胜枚举，故汉世大儒不取以说经，唯独王肃、杜预、枚赜上奏朝廷并进呈该书，《古文尚书》孔传常用该书。然后考证《度量》篇之“釜”，《度衡》篇之“捷”“举”“锊”，或杂抄各家之说，前后矛盾；或无中生有，不考察古训。接着又指出，张揖作《广雅》，和《小尔雅》一样，有拼凑的毛病。最后引他人之说，谓《小尔雅》乃后人采王肃、杜预之说而作。

25.《春秋究遗序》，乾隆二十四年己卯(1759)，戴震为桐城叶书山《春秋究遗》一书所作的序。该序首先阐明研治《春秋》，不仅应该掌握书法之正例，还要掌握变例及异文特文等，如此方能发掘其中的微言大义。而学术史上存在的种种误释，就在于没有弄清《春秋》的书法义例的正变。其次指出，《春秋》本为鲁史，自有史法在。自鲁公以来，行事有常经，鲁史记书法不失，故不必重修；而自隐公开始，礼崩乐坏，征伐肆行，各种变乱层出不穷，为史所不能书，于是书法淆乱，非有圣人之达于权，不知治变。因此，《春秋》义例与《鲁》史条例不可同日而语，"废例"之说，完全错误。再次，戴震充分肯定叶书山研治《春秋》所取得的成绩，对其《春秋究遗》大力表彰。

26.《沈处士戴笠图题咏序》，乾隆二十五年庚辰(1760)，戴震为沈大成《戴笠图》所撰的序言，是一篇论及戴震学术思想的重要文献。序言首先简述了戴震与沈大成相识的过程和亲密无间的情谊。然后指出，在唐人韩愈看来，"贤者宜在上位，托于幕府则不为得其所"，沈大成久为幕宾，仕途不畅，便是"不为得其所"，便是"合于天而乖于人"。但是，在戴震看来，真正儒者一心向道，不措意于是否以事业显当世及文学道艺垂示千古。"学之患二：曰私，曰蔽"，"儒者之学，将以解蔽而已矣"。韩愈"合于天而乖于人"说，还是犯了有私心的毛病。沈大成服从本心、淡泊功名、安贫乐道，乃戴震的神交道友。

27.《与任孝廉幼植书》，作于乾隆二十五年庚辰(1760)，乃戴震回复其弟子任大椿讨论礼仪制度的一封书信。戴震读任大椿寄来的关于禘祫、丧服等考辨文章，在高度赞扬任大椿好学深思的同时，通过严密考证，指出任大椿考论的错误。如，被看成刘歆附会的《传》文"小功者，兄弟之服。不敢以兄弟之服服至尊"。《经》文则"女子子为父母、世父母、叔父母出降服也"。《记》文"至亲以期断"等，任大椿从孔颖达之说而失制礼之深意。再如，任大椿知昆弟之昆为兄，却不审古人法度之言"兄弟"与"昆弟"之异义。又如，"若女子出降服，此与'男女异长'意同。以女子生而有适人之道，使之异于男子"。然任大椿"必十五以后许嫁笄，始别异"，此说亦误。如此等等，不一而足。

28.《与卢侍讲召弓书》，作于乾隆二十五年庚辰(1760)。戴震因卢文弨《大戴礼记》刻印本"俗字太多，恐伤坏版"，特致信论及考证、校改该书的具体情形。戴震对于底本中讹误、窜入，刻印本未校核出来的，即就印本改正；对于有疑问但为考论确定的，则指出来；存疑的不改。

29.《再与卢侍讲书》，作于乾隆二十六年辛巳(1761)。戴震再次致信卢文弨，抄录所校得的卢文弨《大戴礼记》刻印本错误，希望能够对卢文弨有所帮助。此外，还向卢文弨推介程瑶田，谓程瑶田"少攻词章之学，诗古文词皆有法度，书法尤绝伦，直造古人境地"，和程瑶田相比，自己的考证尚"逊其密"。

30.《沈学子文集序》，乾隆二十八年癸未(1763)，戴震为沈大成文集所撰的序言。该序力赞沈大成的治学态度、特点及其学业成就、文章特色，并交代了受托作序的情由。此外，戴震治学，"志于传道"，其于序中又一次强调"由词通道"的学术思想，认为沈大成经学成就，尤其是小学故训成就远远超过文学成就，不当致力于文学。最后，还特别鼓励沈大成汇集经学著作，刊刻流布。

31.《书玉篇卷末声论反纽图后》，作于乾隆二十八年癸未(1763)。文章考证释神珙所生的时代，其《四声五音九弄反纽图》无所谓字母，《五音声论》非释神珙所作；字母三十六，定于守温，非守温所创。要之，文章认同唐宋人反切字音出自孙炎的观点，反对出自释神珙、梵僧、守温等说法。

32.《书刘鉴切韵指南后》，作于乾隆二十八年癸未(1763)。文章在列举传世关于字母、等韵等学说的起源、发展的错误观点后，指出刘鉴所编《切韵指南》以金代韩道昭的《五音集韵》为基础和依据，编成十六通摄，辨析它们是开口呼还是合口呼；还制作成谱，用五音相配。文章还较为系统地陈述了戴震的五音思想。其不仅考察用韵之五音的种种学说，以为皆非是；还明确指出，古之所谓五声乃宫、商、角、徵、羽。古代的五声不是用来定文字音读的，任何一个字都可用五声来诵歌。而诵歌时，音高不会超过宫，低不会低于羽。因为宫、商非字之定音，而字字可宫可商，以为高下之节，抑扬之序，故作者写其性情，而诵之者婉转高下以成歌乐。后人胶于一字一声，认为此字用商，彼字用宫，则失其性情，违其志意，从而造成古义流失其本。

33.《顾氏音论跋》，乾隆二十八年癸未(1763)，戴震为顾炎武《音论》所作。跋文首先指出顾炎武《音论》一书的性质。然后指出《广韵》已无善本，这导致唐宋在用韵及其沿革上有所异同。又谓自隋陆法言定《切韵》五卷，长孙纳言于唐仪凤二年(677)为之笺注，天宝十载(751)，孙愐增修后改名为《唐韵》，天宝十五载(756)又改为《韵英》；宋景德四年(1007)，崇文院修《校定切韵》五卷，大中祥符元年(1008)，改为《大宋重修广韵》。该跋文中还对《广韵》的篇目、字数作了详尽考证，并补正顾炎武的《音论》中所失考的问题。

34.《论韵书中字义答秦尚书》，作于乾隆二十八年癸未(1763)。文章起例发凡，除指出三种声训方法外，还指出五种讹误现象，并提出相应的校勘方法，是研究戴震文字学的重要文献。其所为五种讹误指：一是讹舛相承；二是异字异音绝不相通，而传写致讹，混淆莫辨；三是韵在句中者，韵下用字，不得或异；四是本无其字，因讹成字；五是字虽不讹，本无其音，讹而成音。戴震总结归纳的五种讹误现象，可谓综贯深究，发疑正误，启导了后世校勘古书时特别重视通例归纳的方法，如王念孙《读书杂志》、王引之《经义述闻》、俞樾《古书疑义举例》、陈垣《元典章校补释例》等，皆由此路而来。

35.《书卢侍讲所藏宋本广韵后》，作于乾隆二十八年癸未(1763)。文章首先介绍顾炎武所校刻《广韵》的底本来源及朱彝尊吴下张氏重刊宋本《广韵》序中的疑问与错误。然后由吴下张氏重刊宋本的底本刊刻时间不明，各种翻刻本错误多，前后体例不一致等推测宋代当有详本、略本一起刊行，但详本明代后被弃。受《礼部韵略》影响，各本皆有韵部妄改妄并的现象，戴震不无担忧地指出，现在旧本尚存，仔细考证，还可发现致误原因，再传阅数十百年，旧本完全消失，届时将茫然不知，必将造成不可挽回的损失。

36.《题惠定宇先生授经图》，作于乾隆三十年乙酉(1765)，是研究戴震学术思想的一篇重要文献。文章首先简略交代戴震与惠栋的交游和情谊，交代面对《授经图》而追思逝者，并概括评述惠栋学术成就及其在吴学中的地位。然后对区分汉学、宋学，以为汉学故训、宋学主于理义的学术思想给予批判，提出“训故明则古《经》明，古《经》明则贤人圣人之理义明”的思想。最后，戴震进一步指出，惠栋治经即由训诂而求理义，其后人、弟子皆能遵守师法而光大之。

37.《书水经注后》，作于乾隆三十年乙酉(1765)，文章首先指出因胡朏明《禹贡锥指》所引《水经注》而产生疑问，并由此查检郦道元《水经注》，详加考察，弄清楚胡朏明产生错误的原因。文章还对这些错误给予了较为细致的考订，是治《水经注》的又一重要文献。

38.《原善序》，戴震于乾隆二十八年癸未(1763)作《原善》三篇，乾隆三十一年丙戌(1766)扩充为三卷。此序当作于乾隆三十一年(1766)。文章首先说明将《原善》三章扩充为三卷的原因——“惧学者蔽以异趣也，复援据经言疏通证明之”，担心读者因为不同的兴趣而误读《原善》，故而又援引经典言论来疏通证明它。并进一步指出学界“习所见闻，积非成是”的弊端，从而表明《原善》“振兹坠绪”的学术旨趣。此序所谓“援据经言疏通证明之”，表明在经学阐释的名义下构建新理学使自己的异端思想获得合法的地位是戴震常用的学术手法。

39.《书广韵目录后一》，作于乾隆三十一年丙戌(1766)。内容见戴震《声韵考》卷二《考定〈广韵〉独用同用四声表》，题目为《东原文集》编者所拟。主要讨论声类异同并指出“音之流变有古今，而声类大限无古今”。

40.《书广韵目录后二》，作于乾隆三十一年丙戌(1766)。内容见戴震《声韵考》卷二《考定〈广韵〉独用同用四声表》，题目为《东原文集》编者所拟。主要讨论《广韵》的渊源，考论古人论韵根据声音洪细所分一、二、三、四等列，以及顾炎武等人的相关音韵学观点。

41.《书广韵四江后》，作于乾隆三十一年丙戌(1766)。内容见戴震《声韵考》卷三《古音》，题目为《东原文集》编者所拟。主要考察清代古音学成熟之前，古人对古音的研究成果。

42.《续天文略序》，戴震未完成之著作《续天文略》的自序，作于乾隆三十二年丁亥(1767)。此年，清朝开馆纂修《续通志》《续通典》《续文献通考》。其中，《续通志·天文略》部分由戴震续之，即戴著《续天文略》。序言中，戴震叙述了南宋郑樵的《通志·天文略》存在的主要问题，进而说明此次续编《天文略》的目的在于“补前书缺遗，或赓所未及”。序言末尾还详细列出了更改后的十个篇目。

43.《送右庶子毕君赴巩秦阶道序》，作于乾隆三十二年丁亥(1767)。毕沅迁左庶子，实授甘肃巩秦阶道道员。戴震作此赠序，是一篇论及戴震行政思想的重要文献。本序通过大力肯定毕沅在“人或谓边陲远境，民之父兄子弟，积闻习知，不过耕战之事，而君官既荣贵，又尝为传胪第一人，才名倾动一时，往践斯任，度未能快于怀”的质疑声中，慨然赴任陇西的壮举，宣传通经致用的思想，主张不以个人荣辱为意，坚持将平生所学用于润泽丕化士民。

44.《蒋秋泾诗集序》，乾隆三十三年戊子(1768)，戴震为徐昆所辑《蒋秋泾诗集》所作的序文。该序交代了《蒋秋泾诗集》的篇数、辑录缘由等情况，大力肯定了徐昆为亡师辑录、刊刻诗集的义举。

45.《古经解钩沉序》，乾隆三十四年己丑(1769)，戴震为余仲林的《古经解钩沉》所作的序言，是戴震关于治学方法的一篇重要文献。从学古治经的价值所在及因今古悬隔而产生说经之弊出发，充分肯定了余仲林《古经解钩沉》的价值。然后正面阐发“由文字以通乎语言，由语言以通乎古圣贤之心志”的治学方法论，反面揭示“缘词生训”“守讹传谬”两种治经凿空之弊。

46.《应州续志序》，作于乾隆三十四年己丑(1769)，乃戴震为吴炳编纂的《应州续志》所作的序言，且为代山西冀宁道徐浩而作。本序首先说明作序的缘由，然后指出《应州续志》的两大遗漏并详加考证，最后阐述修志首先要重视地理沿革的重要方志学思想。

47.《答曹给事书》，作于乾隆三十五年庚寅(1770)，为致曹学闵的一封信，约作于《汾州府志》纂修之际。曹学闵出示一条从《元和郡县志》中考证来的有关汾州的资料，戴震因此详考文献，指出有关文献的六条错误，并详加考订。

48.《答朱方伯书》，作于乾隆三十五年庚寅(1770)，为一封戴震答复朱珪如何尊礼守礼的书信。书信以《丧服》正服、降服之文为依据，批评“后人于礼之名，无不从其重”的错误做法，主张恢复古礼，做到有正有降，各尽其实。遵守礼仪制度，要斟酌古今，名实两得。不能失礼，也不能执礼太过。“君子行礼，不求变俗，要归于无所苟而已”。

49.《山阴义庄序》，作于乾隆三十五年庚寅(1770)，戴震代冀宁道徐浩而作。序文先叙述徐浩先父设置义庄并告诫徐浩将义庄继承下去。然后引用孔子称赞澹台灭明、王安石祭奠范仲淹之语及《礼记》之言，讨论义庄的运行法则和宗族伦理价值。最后，通过详细介绍祖籍所在的地形地势，暗含耕读传家的不易，在此基础上，交代徐浩入仕后，继承先父遗志，节约俸禄，加上其父的遗留，购置义田，订立规条，开办义学，惠及乡里童叟穷嫠等义举。

50.《重刊五经文字九经字样序》，作于乾隆三十五年庚寅(1770)，戴震为孔继涵重刊《五经文字》《九经字样》二书所作的序。序中叙述了《五经文字》《九经字样》的版本、源流情况，并称赞孔继涵刻书校勘的成就，以及刊刻二书的价值和对识字、治经的重要作用。

51.《重修孝义县志序》，戴震为《重修孝义县志》所作的序，据有关学者考证，作于乾隆三十五年庚寅(1770)。此序当是戴震为孝义县令邓必安代作，但因邓必安所修《孝义县志》没有使用此序，故长期不为人所知。序言简述了重修孝义县志的情由，并用孝义县令邓必安的口气，谓其知孝义县后，不仅亲自检阅志书，还深入了解老百姓的生活习气，事无巨细，必亲自过问。正因为如此，知府下令纂修府志时能够做到从容不迫，在进一步检查旧志后，即可列出来，缮写上呈。此外，该序还引《周官经》对于民事工作的规定，以此为治民之本，此亦可见戴震的方志学思想。

52.《汾州府志序》，作于乾隆三十五年庚寅(1770)。此序篇末未署名，但内容见于《汾州府志序》，知乃戴震为孙和相所作《汾州府志序》的稿本。一如黄山书社出版的《戴震全书》编者所言，本篇与《重修孝义县志序》相似，言制度本《周礼》，求之郑玄之学，本是戴震喜欢运用的治学方法。"周察而得其实""精心于稽古"，亦是戴氏治学的主张。序中所举文中烈、狄武襄，说与曹学闵《汾州府志序》同，比大抵皆出自戴震的手笔。戴震受朱珪之荐，为孙和相纂修汾州志，戴震既为朱珪代笔作序，又为孙和相代笔，当是情理之中的事。

53.《汾州府志序(二)》，乾隆三十五年庚寅(1770)，戴震代朱珪所作的《汾州府志序》的改订稿。据黄山书社出版《戴震全书》的编者考证，其文已见于乾隆三十六年刊《汾州府志》。因不便于当世刊入《戴氏文集》，故孔、段刻本均无。戴震与朱珪友善，戴震纂修《汾州府志》，即朱珪举荐给孙和相的。该序对汾州府的设置、疆域、变迁、郡治所在地、地理沿革等详加考证，并对孙和相勤于政事、重视方志修纂等给予肯定。

54.《永宁州志序》，乾隆三十五年庚寅(1770)，戴震代永宁知州王兴谷为《永宁州志》所作的序言。该序首先以知州王兴谷的口气指出，典籍所载永宁州多著名的山川、人物，但任知州后，见到的却是一个土地贫瘠，士民鲁戆穷困的险恶疆域。巨大的反差，使得王兴谷必须思考"政之利病安在"。此后知府孙和相延请休宁戴东原纂修《汾州府志》，下文征集史料，遂亦延请戴震修《永宁州志》，于是"上下数千年政事人物，毕赅于兹；民之疾苦，政之后先，备见于兹"。

55.《宁乡县志序》，乾隆三十五年庚寅(1770)，戴震代知县朱懋炳为《宁乡县志》所作的序言。该序对宁乡县土地田赋、山川河流、民风民俗等加以考证，并对旧志之弊端和新修方志的缘由加以交代。

56.《寿阳县志序》，乾隆三十五年庚寅(1770)，戴震为寿阳县令龚导江所修《寿阳县志》所作的序言。在序中，戴震不仅对晋、隋、唐史书中"寿""受"二字的讹乱进行了严密的考辨，还通过对寿水的考证来辨析寿阳和寿水的关系。戴震评述此志书的优点，并肯定了龚导江在寿阳的政绩。

57.《温方如西河文汇序》，乾隆三十六年辛卯(1771)，戴震为温方如的《西河文汇》所作的序。序中戴震简述了两次去山西修志之事，交代了作序之缘由，评述了温方如对西河郡的残碑遗文搜罗汇编的成就、不足及该书命名之由。为弥补该书“未能远涉名区，且所录者，往往杂取府州县志足之”的不足，戴震还对西河郡所辖州县进行了较为详细的考证。最后提出希望，希望编者“专事遗逸，为府、州、县志补缺正讹，更加日力增删成帙”，如此，方足宝爱之。

58.《董思亭诗序》，乾隆三十六年辛卯(1771)，戴震代某人为董思亭《半壁山房诗集》所作的序言。序文以“学问文章，咸以人取重”为论点，着重介绍董思亭高洁的人品和杰出的学问文章成就。不仅概括出董思亭“肆力于古人也久，故为诗愈就平淡，而其味愈永，敛其光华以归醇朴，而发诸情性，谐于律吕者，备体而底于化”的诗歌艺术特色，还表达了对诗人人品的敬仰，以为“读斯刻者，固以其人重其诗，抑于诗中如接其人”。

59.《孟子赵注跋》，乾隆三十七年壬辰(1772)，戴震为其友朱文游所藏赵岐注《孟子》的两个校本所作的跋语。该跋语主要介绍虞山毛扆手校本和何仲子手校本两个校本的情况。

60.《尔雅注疏笺补序》，是戴震为任基振《尔雅注疏笺补》一书所写的序言，作于乾隆三十七年壬辰(1772)。该序通过具体的例子，阐明《尔雅》是六经的通释，然而由于时间的久远，六经难明，《尔雅》本身也不易读懂。文末说明了受任基振嘱托而为之作序的过程，并肯定了《尔雅注疏笺补》一书“考索精详，辨据明晰，则读其书者固自知之”。

61.《水经郦道元注序》，戴震自刻本《水经注》的序言，作于乾隆三十八年癸巳(1773)戴震主讲浙东金华书院期间。该序首先说明《水经注》的著录、版本、流传情况。其次，介绍自己总结的区分《水经注》经注的四大义例：一是“《水经》立文，首云某水所出，以下无庸重举水名，而《注》内详及所纳群川，加以采摭故实，彼此相杂，则一水之名不得不更端重举”。二是“《经》文叙次所过郡县，如云‘又东过某县’之类，一语实赅一县；而《注》则沿溯县西以终于东，详记所径委曲”。三是“《经》据当时县治，至善长作《注》时，县邑流移，是以多称故城，《经》无言故城者也”。四是“凡《经》例云‘过’，《注》例云‘径’”。再次，该序还指正《水经》的成书年代。最后，于文末详细列出所涉及的一百多条河流的名称。

62.《九数通考序》，乾隆三十八年癸巳(1773)，戴震为朋友屈曾发《九数通考》一书而作。首先，该序指出《九章算术》长期失传，而屈曾发的《九数通考》，完成了梅文鼎有志从事，却未能做到的工作。其次，含《九章算术》等在内的“算经十书”，为古代杰出的实学典籍，屈曾发掌握这门知识，必将有益于其为国家分理斯民。再次，《九数通考》就好像《说文解字》之后，不可无《玉篇》《广韵》一样，是《九章算经》之后重要的数学著作。研究古代数学典籍，将要依靠该书。

63.《序剑》，乾隆四十年乙未(1775)，戴震为方友璜《检书看剑图》所作的一篇题画文。一般来说，题画诗或题画文都是紧扣画作来写的，但是戴震却另辟蹊径，格物致知，从“书”和“剑”两个方面生发义理，不关心图画中的“检书”和“看剑”的本意是什么。戴震首先简略阐述从“书”中体察到的义理：“君子于书，惧其不博也；既博矣，惧其不审也；既博且审矣，惧其不闻道也。”这段话经常为学者们所引用，用来说明戴震对读书目的的认识。然后在介绍剑的三种基本规制基础上，详细阐发剑的理义，指出剑有“信、让、礼、廉、法、义、勇、智、仁”九种美德。戴震条分缕析的格物明理之法对今天的科学研究仍有启迪意义，而其格剑则丰富了我国的剑文化。

64.《跋吴潜夫残本圣教序》，乾隆四十年乙未(1775)，戴震为吴覃所藏其父吴潜夫的《圣教序》残本题写的跋语。文中叙述了吴覃得《圣教序》残本之简况，称赞其重先父之书、尊先父之人的优良品质。

65.《海岛算经跋》，乾隆四十年乙未(1775)，戴震为孔继涵刊刻“算经十书”之一的《海岛算经》所写的跋语。文中考证了此书本名《重差》，附在讲勾股内容之后，没有独立成书。然后分析《隋书·经籍志》、新旧《唐书·经籍志》著录篇卷、书目不同的原因，并因此考证清楚作者“刘徽”讹为“刘向”，一书三出的始末。还考证清楚“海岛”书名的来源及书名在唐朝时已改为“海岛”。

66.《万光禄传后序》，戴震为友人孙蕙家传旧刻《褒崇忠节录》所作。序文不仅充分展示了安化县知县万应奎的军事才能、赫赫战功和临难死绥的节气，还通过转引传主万应奎在安化及军中寄子书信中的言论，充分揭示了传主的才识、大义及能够以身殉国的深层原因。此外，序文还对传主屈于下位，未能大展身手的境遇表达了痛惜之情。

67.《浔阳义庄志略序》，戴震代陈兆仑为《浔阳义庄志略》所作的序言。首先，该序盛赞陶卫扬设置义庄的义举。其次，通过分析义庄的几条规定，指出义庄运作符合《礼记》《周官》等古礼。再次，简列《浔阳义庄志略》八卷的内容。

68.《山西武乡试录后序》，黄山书社出版的《戴震全书》的编者指出，本序是戴震为巡抚大员鄂宝拟作的，是准备给乾隆帝御览的文章。原件无署名，基本是行书写成，文字有修改，据其笔迹，为戴震的手稿无疑。序端有言“乾隆三十六年辛卯，晋省文闱后，孟冬之月，应踵行武闱事”，则此序当作于此次武科选录事毕之时。山西在战国时为赵、魏之地，历来多出武勇将才。据标题可知，此次山西武科选录，是在武乡县举行的。序文首先交代了此次武科选录的情况。然后引《周官·司徒》《左氏春秋》有关论述，指出“文德既修，武事必备”的重要性。然后指出本次武科选录的人才不仅武艺高强，还精通论策、韬略，是文武双全的人才。最后交代去年是皇上六十万寿，今年是皇太后八十万寿，皇上下旨开科取士，文武并进，表达了自己有幸参与这次盛典的欢欣之情。

69.《闽中师友渊源考序》，戴震为李清馥撰的《闽中师友渊源考》（又名《闽中理学渊源考》，九十二卷）所题写的序言。序文简述了朱熹的师承关系、学问渊源，以及自其开创闽中理学后师友相承，日渐发展壮大的盛况，而此即《闽中师友渊源考》之所以作的缘由，并力赞李清馥深厚的家学渊源。

70.《诰封孺人丁母易太夫人八十荣寿序》，本篇为戴震在山西代友人为临县知县丁宗懋之母八十寿辰而作。首先，寿序交代丁母易太夫人年高八十，子临县知县丁宗懋辞官归养，回家为母做寿。其次，通过所见所闻，盛赞丁宗懋的政绩并归美于丁母教育勉励。再次，盛赞丁母相夫教子的美德，尤其是教育两个孩子，都考取功名，成为良吏，既是慈母又兼为严父，故而应当福禄永享，获得无尽的厚报。最后，交代写作寿序的原因。

71.《夏侯阳算经跋》，跋文首先考证目录书对《夏侯阳算经》及注的著录情况及其亡佚时间。然后考辨出作者夏侯阳所处的时代。接着指出韩延传夏侯阳之算经时，以己说纂入之，如今的这个本子即是韩延所传的无注本，为宋代元丰京监所刊。最后指出该书务切实用，于诸算经中最为简要，且于古今制度异同多资考证的特点。

72.《送巡抚毕公归西安序》，作于乾隆四十一年丙申(1776)，戴震为毕沅所作的赠序，是一篇论及戴震行政思想的重要文献。此序的写作背景是毕沅擢升陕西巡抚，兵部侍郎兼都察院右副都御史，返京述职后赴任，在行前，毕沅亲自步入隘巷，到戴震寓所请教为官富民之道。序中，戴震着重对毕沅阐述了为官“知人”之重要性。戴震首先指出，下层百姓很容易看出一个高高在上的官员的品行好坏，政绩优劣；而上级官员却很难发现下级官吏的好坏。接着从两方面探讨这种现象产生的根本原因，以为“无知人之责，不贤者不必自饰于其前，不贤者之嫉贤党不贤，亦不必巧进毁誉于其前。有知人之责，而工诈欺之人至矣，潜妒诬之人至矣。又况情好或偏，彼探得之入焉。疏不及觉，方自信明于知人，天下受其不知人之弊，古今通患也”。然后，为了有效克服“知人之难”这个难题，戴震提出以《皋陶谟》之九德，《文王官人》之六征，孔子《三朝记》之论观器视才为标准，参考传志子史中“备言人之变态”方面的史料，“存诸心而已耳”“诚兢兢惟知人是务，不愧古大臣矣”。最后，戴震语重心长，指出“夫天以亿兆之民哀乐安危授之君，君以民之哀乐安危倚任大臣。国之本莫重于民，利民病民之本莫重于吏，有一念及其民，则民受一念之福。察吏者，恻隐之实之至于民者也”。选俊择才关乎百姓祸福、系乎国事盛衰，要慎之又慎。

73.《答段若膺论韵》，作于乾隆四十一年丙申(1776)。孔继涵于微波榭刻印《声类表》时，将戴震死前一年所著的《答段若膺论韵》一文列为《声类表》之卷首。该文在与段玉裁讨论古韵分部的异同过程中，将古韵定为九类二十五部，体现了戴震古韵分部的最主要成就。此外，文章还提出韵转理论。谓正转之法有三：一为转而不出其类者，二为相互配转，三为联贯递转。戴震韵转理论是以他的另一部音韵学著作《声类表》的古韵九类二十五部为基础的，因此具体的韵转关系也就随之有所不同。提出研究古韵通转“不徒恃古人用韵为正”“盖援古以证其合易明也，援古以证其分不易明也”的观点。可见其注重审音，从语音系统来考虑古韵部之间的关系，而不仅仅以韵文的押韵作为唯一的根据。

74.《诗比义述序》，乾隆四十一年丙申(1776)，戴震为王千仞所著《诗比义述》所作的序。此序专门讨论《诗经》的赋、比、兴问题，是研究戴震诗学思想的一篇重要文献。该序指出“赋直而比曲，比迩而兴远。兴，既会其意矣，则何异于比。比，如见其事矣，则何异于赋”。故而“举比以通赋与兴”“赋者，比之实也；兴者，比之推也。得比义，于兴不待言，即赋之中复有比义”。可见，戴震重“比”，认为读《诗》抓住了“比”就可以连带解决“赋”与“兴”，从而对诗篇作出确解。

75.《刊九章算术序》，乾隆四十一年丙申(1776)，戴震为好友屈曾发刊刻的《九章算术》所作的序言。通过本序可知，屈曾发所刻《九章算术》为戴震以《永乐大典》本为底本的校本；而且屈曾发抄录戴震校本的过程中，戴震又从曲阜的孔继涵处访求到毛扆影摹宋刻的本子，并据该影摹宋刻的版本校改数个文字，并寄给屈曾发。至于戴震校本，戴震于序言开篇即指出《九章算术》失传已久，通过多方努力，才在《永乐大典》中发现该书；但《永乐大典》本离散错出，不可卒读；后因与修《四库全书》，乃得尽心纂次，订其讹舛，审知刘徽所注，旧有图而今缺者补之。

76.《孟子字义疏证序》，乾隆四十二年丁酉(1777)，戴震为其哲学巨著《孟子字义疏证》所作之自序。该序从“夫子之文章可得而闻也，夫子之言性与天道不可得而闻也”出发，阐明《孟子字义疏证》的主旨所在。又从“孟子于是不能已于与辩，当是时，群共称孟子好辩矣”出发，阐明《孟子字义疏证》“不得不作”的缘由。最后，详细列出该书内部篇目，揭示该书主要关注的哲学范畴。

77.《六书音均表序》，乾隆四十二年丁酉(1777)春，戴震为段玉裁的音韵学巨著《六书音均表》所作的序。序中简述了古音学的源流发展，肯定了段玉裁的韵部分类说，并盛赞段玉裁学精识卓。文末还论述了训诂对治经学的重要意义。

78.《与某书》，作于乾隆四十二年丁酉(1777)。首先，本文反映了戴震的文章观。戴震认为词不纯朴高古亦不贵，因题成文存乎冶铸之法，精心于制义一事不若精心于一经。其次，本文反映了戴震的治学方法。“治经先考字义，次通文理，志存闻道，必空所依傍”。再次，本文反映了戴震对理学的批判，与《孟子字义疏证》相表里，是研究戴震新理学思想的重要文献。戴震指出，“圣人之道，使天下无不达之情，求遂其欲而天下治。后儒不知情之至于纤微无憾是谓理，而其所谓理者，同于酷吏之所谓法。酷吏以法杀人，后儒以理杀人，浸浸乎舍法而论理，死矣，更无可救矣……古人之学在行事，在通民之欲，体民之情，故学成而民赖以生；后儒冥心求理，其绳以理严于商韩之法，故学成而民情不知。天下自此多迂儒，及其责民也，民莫能辩，彼方自以为理得，而天下受其害者众也”！按：这封书信所致的对象和写作时间皆不详。蔡锦芳认为，乃戴震致彭绍升之书札，作时可能稍早于《答彭进士允初书》，且同在乾隆四十二年。可备一说。

79.《与丁升衢书》，作于乾隆四十二年丁酉(1777)。戴震指明晁说之《易玄星纪谱》的错误及产生错误的原因，并谓旧本式样不分晓，自己进行了调整，并且在有错误和脱落的地方贴上标签，可照标签来修改。

80.《再与丁升衢书》，作于乾隆四十二年丁酉(1777)。戴震再次致信说明晁说之《易玄星纪谱》的错误及产生错误的原因。

81.《方言疏证序》，戴震《方言疏证》之自序，作于乾隆四十二年丁酉(1777)。该序爬梳典籍，排比《方言》及其注的源流、发展、影响方面的史料，驳斥洪迈对《方言》的质疑。然后，指出宋、元以来，《方言》不被重视，错误层出，几乎不可通读。现在从《永乐大典》中得到善本，并广泛搜集群书中所引《方言》及其注释的内容，相互参考校订，使之成为可用之书。

82.《答彭进士允初书》，作于乾隆四十二年丁酉(1777)四月，亦即戴震逝世前一个月。与《原善》《孟子字义疏证》等，皆为戴震哲学思想的代表作。彭绍升，字允初，乾隆年间进士，家居不仕。初治程朱理学，后由陆王通向禅学，论学皆以见性为宗，喜用释老解释儒学，试图调和儒、佛两家思想。著有《二林居集》等。在信中，戴震批评彭绍升援引佛学、老庄来诠释儒家经典，调和儒、佛的错误做法，明确指出自己的思想和治学方法与之"尽异，无毫发之同"。认为宋以前孔孟与释老界限分明，宋以来始将孔孟与释老相比附，致使孔孟的思想学说遭到歪曲，变得面目全非。戴震在信中不厌其烦地援引六经、孔孟与释老、陆王进行比较辨析，论证二者是两种不同的思想体系，不能混淆比附。

83.《与段茂堂等十一札》:第一札至第四札，专为书籍寄送而写。《与段茂堂等十一札》皆有书籍寄送方面的文字，是师弟之间研讨学问的一手资料。

第五札，本札寄于朱珪住处，作于乾隆三十四年己丑(1769)。主要讨论纂修方志的问题，因其方志学价值而常以《与段若膺论县志》之题名而被传播征引。该札重点讨论县境图的重要价值、制作方法，绘制时要注意的事项，当前修志绘图存在的问题等。

第六札，寄于《汾州府志》馆，为致其弟渔卿的信，是了解戴震生活的一手材料。该信谈到因修方志南归日期难定，寄钱贴补家用，弟弟托付入馆一事未能谋求成功，甚至还谈到买大毛袍套并皮褥，借书院掌教银钱用，上半年家用甚缺，下半年则有余等琐事。

第七札，乾隆三十八年癸巳(1773)寄于京城四库馆。本札首先诉说虽有幸入四库馆，但两年来却无分文收入，吐露了生存之忧。其次则告知段玉裁，自己在《永乐大典》内纂辑出《仪礼》学散篇，以及久佚的五种算经。再则托付段玉裁照顾家兄次琬。此外，补叙对段玉裁辨别五支、六脂、七之，如清、真、蒸三韵不相通等音学研究成果，表示认可并表达了有作序的愿望。最后，向段玉裁借钱解困。

第八札，乾隆四十一年丙申(1776)寄于京城四库馆。本札首先和段玉裁讨论音韵，认为段玉裁著作尚有斟酌修改之处。其次，告知段玉裁自己自三月初获足疾，至今不能行动，以及明年春南归的打算。再则告知段玉裁自己已移居北官园范宅。最后托付段玉裁关照侄子戴朝恩。

第九札，乾隆四十二年丁酉(1777)寄于京城四库馆。此札常以《与段若膺论理书》之题名而被传播征引，是研究戴震新理学思想的重要文献。首先，戴震表达了“自十七岁时，有志闻道”的理想抱负。提出“非求之六经、孔、孟不得，非从事于字义、制度、名物，无由以通其语言。宋儒讥训诂之学，轻语言文字，是欲渡江河而弃舟楫，欲登高而无阶梯也”的重要思想。其次，重新诠释“理”的内涵，指出“后儒以理、欲相对，实杂老氏无欲之说……昔人斥之为意见，今人以不出于私即谓之理，由是以意见杀人，咸自信为理矣”。此外告知段玉裁，自己得足疾不能出户，又目力大损等。定于七八月间乞假南旋就医，觅一书院糊口及著述传道的愿望。并告知段玉裁，自己和段玉裁的著作，依例不得入《四库全书》。

第十札，乾隆四十二年丁酉(1777)寄于京城四库馆。首先，此札再次提到足疾和南归的愿望，且明确表明计划寓居南京。其次，对尚未谋得实缺的段玉裁进行劝慰。再次，明确宣称生平论述最大者为《孟子字义疏证》一书。谓“此正人心之要。今人无论正邪，尽以意见误名之曰理，而祸斯民，故《疏证》不得不作”。

第十一札，乾隆四十二年丁酉(1777)寄于京城四库馆。此札为戴震病重强起所作，不仅对段玉裁进行谆谆劝慰，还又一次表达了南归之志，明确提出非南归坐馆侍亲不可。

84.《三字经笺注叙》，本序为戴震代汪家宰松泉而作。该序首先谓《弟子职》《少仪》《曲礼》等古代教授儿童的典籍、七十子传习的“六经”，随着时间的推移，逐渐变成“非博学通儒，莫能授受”。朱熹等为之作笺注，才使得这些书成为可读之书。然后指出，宋代王应麟所编《三字经》一册也遇到如此情形，孙迅发继承朱熹做法，为《三字经》作笺注，该书就像四子书是“六经”的阶梯，《小学》《近思录》是四子书的阶梯一样，是小学的阶梯。就这样，戴震不仅交代清楚了孙迅发《三字经笺注》的内容、性质，还将该书和朱熹等先贤相类似的笺注相提并论，充分肯定了该书的价值。

85.《与钱大昕书》，据黄山书社出版的《戴震全书》的编者考证，本文辑自吴修《昭代名人尺牍附小传》卷二十三，题目亦为编者所加。写作年代待考。戴震在文中主要谈及读惠栋《明堂大道录》的感受及个人艰难的境况。

朱宏胜

二〇二三年于黄山学院

目　录

毛诗补传序

【原文】 “《诗三百》，一言以蔽之，曰‘思无邪’”。夫子之言《诗》也。而《风》有贞淫，说者遂以“思无邪”为读《诗》之事，谓《诗》不皆无邪思也，非夫子之言《诗》也。

【译文】 “《诗经》三百篇，可以用一句话来概括它，就是‘思想纯正’”。这是孔子谈论《诗经》的话。但是《国风》内容有忠贞也有淫乱，研讨《诗经》的人因此认为孔子所谓的“思无邪”是从阅读者的角度来说的，认为《诗经》的内容不是都“无邪”的。这种理解，不符合孔子论《诗经》的本意。

【原文】 先儒为《诗》者，莫明于汉之毛、郑，宋之朱子。然一诗而以为君臣朋友之辞者，又或以为夫妇男女之辞；以为刺讥之辞者，又或以为称美之辞；以为他人代为辞者，又或以为己自为辞。其主汉者必攻宋，主宋者必攻汉，此说之难一也。

【译文】 前辈读书人研讨《诗经》的，没有比汉代大小毛公、郑玄，宋代的朱熹更透彻清楚的了。但是同一首诗，有人认为是写君臣朋友的，又有人认为是写夫妇男女的；有人认为是讽刺批评诗，又有人认为是赞美诗；有人认为是别人代笔而写的，又有人认为是（诗篇抒情主人公）自己所作。那些主张汉学的学者一定攻击宋学，主张宋学的学者一定攻击汉学，这是解说《诗经》的第一个难点。

【原文】 余私谓《诗》之辞不可知矣，得其志则可通乎其辞。作诗之志愈不可知矣，蔽之以“思无邪”之一言，则可通乎其志。《风》虽有贞淫，诗所以美贞而刺淫，则上之教化有时浸微，而作诗者犹欲挽救于万一，故诗足贵也。《三百》皆无邪思也。况乎有本非男女之诗，而说者亦以淫奔之情类之。于是目其诗，则为亵狎戏谑之秽言，而圣人顾录之。淫乱者作诗以自播，圣人又播其秽言于万世，谓是可以考见其国之无政，可以使后之人知所惩，可以与《南》《豳》《雅》《颂》之章并列之为《经》，余疑其不然也。宋后儒者求之不可通，至指为汉人杂入淫诗，以足三百之数，欲举而去之，其亦妄矣。

【译文】 我私下里认为《诗经》的字词难以弄清它的含义，而得知诗篇的主题思想就可以弄清楚这些字词的含义。作诗的人的思想情感更是不可能弄清楚了，用“思想纯正”这个观点来判定诗意，就可以弄清楚它的主题思想。《国风》中的内容有忠贞有淫乱，这些诗之所以写这类内容是为了表彰忠贞遏止淫乱，因为执政者的教化渐渐衰败，但是作诗的人还希望能在万分之一的可能中去挽救，所以(《诗经》中的)诗篇是弥足珍贵的。三百篇诗纯正无邪，这是极其明显的。何况有本来不是写男女之情的诗篇，但是解说诗篇的人也用表达恣纵逸乐、荒唐淫荡的情感来概括。就这样阅读这些诗，都是亵渎狎侮、戏弄侮辱的污秽言辞，圣人反而记录保存下它们。恣纵逸乐的人甘愿作诗将自己的丑行传播开，圣人又将他们的污秽言辞传播到千秋万代，认为这样可以考察那些国家政治的误会混乱，可以使后人从中获得惩戒，可以和《南》《豳》《雅》《颂》等诗篇并列成为经典，我怀疑不是这样的。宋代以后的儒生研究这个问题，认为讲不通，以至于认为是汉代人窜进淫诗，来凑足三百篇的数目，想全部删除这些诗篇，这也太荒诞了。

【原文】 今就全诗，考其名物字义于各章之下，不以作诗之意衍其说。盖名物字义，前人或失之者，可以详核而知，古籍具在，有明证也。作诗之意，前人或失之者，非论其世，知其人，固难以臆见定也。

姑以夫子之蔽夫《三百》者，各推而论之，以附于篇题后。

【译文】 我现在对全部诗篇，在各个章节下考订它们的字义和名物制度，不拿作诗的主旨来推衍自己的看法。因为字义和名物制度，前人或许有失误的地方，但是可以通过翔实的考证去了解，古籍都在，有明确的证据。前人既然已经将作诗的主旨失传了，不了解创作者生平事迹和他所处的时代背景，是很难靠臆测来确定的。（所以我）姑且用孔子对《诗三百》的论断，来推衍、考订各篇诗篇的主旨，附录在各篇篇题的后面。

【原文】 司马氏有曰："《国风》好色而不淫，《小雅》怨诽而不乱。"又曰："《三百篇》，皆圣贤发愤之所为作也。"余亦曰：《三百篇》皆忠臣、孝子、贤妇、良友之言也，而又有立言最难，用心独苦者，则大忠而托之诡言逊辞，亦圣人之所取也。是余之私论也。昭阳作噩日躔豕韦之次戴震序。

【译文】 司马迁曾说过："《国风》描写爱情却不淫荡，《小雅》怨刺批评但不直切愤怒。"又说："《诗经》三百篇，大多是圣贤们为抒发郁愤而写出来的。"我也要说：《诗经》三百篇都是忠臣、孝子、贤妇、良友的言辞，其中有主旨立论最幽微，最用心良苦的，都是大忠臣假托诡诈不正、怪诞不实的言辞，也是圣人乐于录取的。这是我个人的言论。时间是乾隆癸酉年（1753）仲夏，戴震撰写。

方言疏证序

【原文】 案《輶轩使者绝代语释别国方言》十三卷，汉扬雄撰，晋郭璞注。汉、魏、晋已来，凡引是书，但称《方言》者，省文[1]也。雄采集之意，详见于《答刘歆书》。

【译文】 按《輶轩使者绝代语释别国方言》十三卷，汉代扬雄撰写，晋代郭璞作注。汉、魏、晋以来，凡是引用这本书，都只称作《方言》，这是使用了简称。扬雄收集方言的用意，详细情况可从《答刘歆书》中看到。

【原文】 考雄为郎，在成帝元延二年，时雄年四十三，《汉书·传赞》所谓"初，雄年四十余，自蜀来至游京师"是也。刘歆遗雄书求《方言》，则当王莽天凤三、四年间。未几而雄卒，《答书》[2]内所谓"二十七岁于今"，《传赞》所谓"年七十一，天凤五年卒"是也。《答书》有云："语言或交错相反，方复论思，详悉集之。如可宽假[3]延期，必不敢有爱。"然则《方言》终属雄未成之作，歆求之而不与，故不得入录。班固次《雄传》及《艺文志》，不知其有此。

【译文】 考察扬雄担任郎官（的时间），在成帝元延二年（公元前

---

① 省文：简称或略语。亦指省略其文字。《晋书·礼志上》："今礼仪事同而名异者，辄别为篇，卷烦而不典。皆宜省文通事，随类合之，事有不同，乃列其异。"

② 《答书》：指扬雄《答刘歆书》。

③ 宽假：宽容，宽纵。《史记·封禅书》："仙者非有求人主，人主者求之。其道非少宽假，神不来。"

11)，当时扬雄四十三岁，《汉书·扬雄传赞》所谓的“起初，扬雄年四十余岁，从四川来到京师游学求官”说的就是这段时间的事。刘歆寄信给扬雄索要《方言》一书，则应当在王莽天凤三年(16)、天凤四年(17)间。不久扬雄就去世了，《答刘歆书》中所谓“从二十七岁到现在”，《汉书·扬雄传赞》所谓“活了七十一岁，天凤五年(18)去世”说的就是这段时间的事。《答刘歆书》中有这样的话：“有的语言交错混杂，意义相反，我反复研讨思索，(弄清楚后)一一详细收集记录下来。如果(您)能够宽限延期，我一定不敢再有所吝啬(到时候一定会恭敬地献上拙作)。”这么看来，《方言》终究是扬雄未完成的著作，刘歆向他索要却不给，所以不能够被收录。(因而)班固编写《扬雄传》和《艺文志》，不知道扬雄著有这部书。

【原文】 至应劭集解[①]《汉书》，始见征引，称扬雄《方言》。其《风俗通义序》又取《答书》中语，具详本末，而云“《方言》凡九千字”。今计正文，实万一千九百余字，岂劭所见与郭璞所注传本微有异同欤？歆《遗雄书》曰：“属闻子云独采集先代绝言、异国殊语，以为十五卷。”雄《答书》称“殊言十五卷”。郭璞《序》亦云“三五之篇”。而《隋经籍志》“《方言》十三卷”，《旧唐书》作“《别国方言》十三卷”。其并十五为十三，在璞注后，隋已前矣。

【译文】 到了应劭集解《汉书》时，才见到有所征引，提到扬雄的《方言》。他的《风俗通义序》又引用《答刘歆书》中的语句，说明(扬雄写作《方言》的)具体情形，而且说“《方言》共九千字”。现在统计正文，实际上有一万一千九百多个字，难道是应劭所见的和郭璞所注的传本稍微有一些不同吗？刘歆《遗雄书》说：“听说子云您独自采集前代已经失传的语言、别的封国特殊的语言，把它编成十五卷。”扬雄《答刘歆书》声称“编辑特殊的语言共十五卷”。郭璞《序》也说“十五

① 集解：汇合“经”与“传”，为之解释。汇集诸家对同一典籍的语言和思想内容的解释，断以己意，以助读者理解。

篇”。但《隋书·经籍志》说“《方言》十三卷”,《旧唐书·经籍志》作“《别国方言》十三卷”。它们将十五卷合并为十三卷,在郭璞注之后,隋代以前。

【原文】 许慎《说文解字》、张揖《广雅》多本《方言》而自成著作,不加所引用书名。[①]《魏书·江式传》:“式上表曰:‘臣六世祖琼,往晋之初,与从父兄应元,俱受学于卫觊,古篆之法,《仓》《雅》《方言》《说文》之谊,当时并收善誉。数世传习,斯业所以不坠。’杜预注《左传》‘授师孑焉’曰:‘扬雄《方言》:孑者,戟也。’”孔颖达疏云:“扬雄以《尔雅》释古今之语,作书拟之,采异方之语谓之《方言》。”盖是书汉末晋初乃盛行,故应劭举以为言,而杜预以释经,江琼世传其学以至于式。他如吴薛综述《二京解》,晋张载、刘逵注《三都赋》,晋灼[②]注《汉书》,张湛注《列子》,宋裴松之[③]注《三国志》,其子骃注《史记》,及隋曹宪,唐陆德明、孔颖达、长孙讷言、李善、徐坚、杨倞之伦,《方言》及注几备见援摭。

【译文】 许慎的《说文解字》、张揖的《广雅》有很多来源于《方言》的内容而被编写在他们自己的著作中,都没有加所引用的书名。《魏书·江式传》:“江式上表说:‘臣的六世祖江琼,在前朝晋的初年,和堂兄江应元,一起师从卫觊学习古老篆书的写法,和《仓颉》《尔雅》《方言》《说文解字》的内容,在当时受到了好的赞誉。几代人传承研

---

① 此处《戴东原集》有注云:《四库馆校方言序》有云:“魏孙炎注《尔雅》,莫貈、螳螂、蚌字引《方言》。”按:孙炎于《释诂》“耇,老寿也”下引《方言》云:“燕、代北鄙谓耇为梨。”《释言》“觍姡也”下引《方言》云:“楚、郑或谓狡狯为姡。”《释器》“金镞、翦羽谓之鍭”下引《方言》云:“关西曰箭,江淮谓之鍭。”《释虫》“蛰、蜻蜻”下引《方言》云:“有文者谓之蠓。”《释鸟》“鸤鸠,鴶鵴”下引《方言》云:“鸤鸠,自关而东谓之戴胜。”“舒雁、鹅”下引《方言》云:“江东呼为䴚,鹅也。”引书名可考者,于郭注前共得六事。

② 晋灼:西晋河南人,为尚书郎。集《汉书》诸家注为一部,以意增益,辨其当否,成《汉书集注》。

③ 裴松之(372—451):字世期,河东郡闻喜县(今山西省闻喜县)人,东晋、刘宋时期官员、史学家,为《三国志注》的作者,与其子裴骃、曾孙裴子野合称“史学三裴”。

习，这项事业所以能够做到不曾中断。'杜预注《左传》'授师孑焉'说道：'扬雄《方言》：孑者，戟也。'"孔颖达注释道："扬雄用《尔雅》解释古今的语言，模仿《尔雅》写了一本书，收集四面八方的语言把它称作《方言》。"大约这部书汉末晋初的时候才开始流行，所以应劭引用《方言》来著书立说，而杜预则引用《方言》来阐释儒家经典。江琼家族世代传授《方言》，一直传到了江式。其他如东吴的薛综所作《二京解》，西晋的张载、刘逵注《三都赋》，西晋的晋灼注《汉书》，张湛注《列子》，刘宋的裴松之注《三国志》，裴松之的儿子裴骃注《史记》，以及隋代的曹宪，唐代的陆德明、孔颖达、长孙讷言、李善、徐坚、杨倞等辈，《方言》及其注解几乎常常被详尽地援引摘录。

【原文】 其后独洪迈疑之，谓"雄所为文，尽见于《自序》及《汉志》，初无所谓《方言》"，则并《传赞》内"自序"二字，结上所录《法言自序》者，未之审，又未考雄之文，如《谏不受单于朝书》《赵充国颂》《元后诔》等篇，溢于《雄传》及《艺文志》外者甚多，而轻置訾议。岂应劭、杜预、晋灼及隋、唐诸儒，咸莫之考实邪？

【译文】 这以后唯独洪迈开始怀疑扬雄著作《方言》这件事，认为"扬雄所撰写的著作，在《自序》和《汉志》中能够全部见到，当初没有所谓的《方言》"，这表明（洪迈）连《汉书·扬雄传赞》中的"自序"二字，为总结上文所录《法言自序》的文字，都没有弄清楚；又没有考证扬雄的著作，如《谏不受单于朝书》《赵充国颂》《元后诔》等篇，遗漏在《扬雄传》和《艺文志》以外的很多，却随随便便就怀疑批评。难道应劭、杜预、晋灼及隋、唐诸多儒生，都没有人考证出实情吗？

【原文】 常璩《华阳国志》于林、闾、翁、孺、杨、庄并云"见扬子《方言》"。李善注《文选》，引张伯松曰："是悬诸日月不刊之书也。"亦直称"扬雄《方言》曰"，可证歆、雄遗《答书》附入《方言》卷末已久。

【译文】 常璩的《华阳国志》，对于"林、闾、翁、孺、杨、庄"，都说

"见扬雄的《方言》"。李善注《文选》,引用张伯松语句说:"这是一部和日月同辉、不可更改的著作。"也直接宣称"扬雄《方言》说",由此可证刘歆所寄的信和扬雄的答信附入《方言》卷末的时间已经在很久以前了。

【原文】 宋、元以来,"六书"故训不讲,故鲜能知其精核。加以讹舛相承,几不可通。今从《永乐大典》内得善本[①],因广搜群籍之引用《方言》及注者,交互参订,改正讹字二百八十一,补脱字二十七,删衍字十七,逐条详证之,庶几汉人故训之学犹存于是,俾治经读史博涉古文词者,得以考焉。

【译文】 宋、元以来,不再讲"六书"故训之学,所以很少能够知道《方言》考核的精审。加上讹误陈陈相因,几乎到了不可通读的地步了。现在从《永乐大典》中得到善本,并因此广泛搜集群书中引用《方言》及其注释的内容,相互参考校订,改正讹误的字二百八十一个,补上脱落的字二十七个,删去增添的字十七个,逐条地详细考证它,汉代学人的故训学问或许可以保存在这里,使研究儒家经典、阅读历史、广泛涉猎古文辞的人,能够参考(这部校本)了。

---

① 善本:精刻、精印、精抄、精校的难得的古书。珍贵的手稿、孤本,罕见的文献,也有称之为善本的。

书玉篇卷末声论反纽图后

【原文】 宋元已来，为反切字母之学者，归之西域，归之释神珙。[①] 盖由郑樵、沈括诸人，论古疏漏，惑于释氏一二翦劣[②]之徒，眠娗诬欺[③]，据其言以为言也。

【译文】 宋元以来，研究反切字母的学人，将反切字母归功于西域，归功于释神珙。这是由于郑樵、沈括等人，研讨古学出现了疏漏，被几个奸佞卑劣的佛教徒所迷惑，被他们蒙骗欺诈，根据他们的言论来立论的。

【原文】 今珙之《反纽图》具存，其自为《叙》曰："昔梁沈约[④]创立纽字之图。"然则珙所为图，远在沈休文后，祖述[⑤]休文者也。彼夫竟指珙为北魏时人，始传西域三十六字母于中土，徒因世俗言休文始造

---

① 释神珙：唐西域沙门，唐宪宗李纯元和以后人，音韵学家。他类聚双声字，同四声以叠韵而结合，作《四声五音九弄反纽图》。过去有学者将其认作北魏时人，认为他是第一个从西域传来三十六字母的。本文中戴震对此观点进行了批驳。

② 翦劣：奸佞卑劣。《庄子·在宥》："佞人之心翦翦者。"

③ 眠娗（tǐng）：嘲笑欺谩之语。《列子·力命》："眠娗、諈诿、勇敢、怯疑四人，相与游于世，胥如志也。"诬欺：蒙骗欺诈。《荀子·非相》："妄人者，门庭之间犹诬欺也，而况于千世之上乎！"

④ 沈约（441—513）：字休文，南朝梁开国功臣，政治家、文学家、史学家。沈约与周颙等创四声八病之说，其诗与王融诸人的诗皆注重声律、对仗，时号"永明体"，是古体诗走向近体诗的一个重要标志。

⑤ 祖述：尊崇和效法前人的学说或行为。

韵，欲追而上之，以前于休文，为中土之有反切韵学本乎西域左证耳。释氏之徒，举凡书传所必资，窃取而学之，即得则相欺相诞[1]，以造为西域之说，固不足指数；独怪信之者之数典不能稽远，又笔之书以惑后人。噫！其陋也。况珙《叙》内并及《元和韵谱》，自齐永明、梁天监下迄唐宪宗元和间三百二三十载，珙更后乎元和，而移其人于四三百载之前而莫之或辨，何哉？珙《图》无所谓字母者，惟《五音声论》列字四十，而不曰字母，与今所传三十六字相与龃龉。深宁叟[2]言："《玉篇》卷末附以沙门神珙《五音声论》《四声五音九弄反纽图》。"考珙《自叙》不一语涉及《五音声论》，殆唐末宋初，或杂取以附《玉篇》末，非珙之为，故列之珙《反纽图》前，不题作者名氏。

【译文】 现今，释神珙的《反纽图》还在，他自己作《序》道："昔日梁沈约创立了《纽字图》。"这么说来，释神珙作《反纽图》远在沈约之后，是在效法沈约的《纽字图》。至于那些竞相把释神珙指认为北魏时的人，认为他开始将西域三十六字母传到中国，仅仅因为世俗的人认为沈约开始创造音韵，并想由此向上追溯，认为在沈约之前，中国有反切韵学，且将其作为中国反切韵学来源于西域的佐证罢了。那些佛教信徒，大凡书传中必须参考（的资料），往往窃取来学习它，既已取来，就用来虚夸骗人，捏造成西域所创的说法，（这种做法）本来不值得去评点；唯独不满意那些相信的人，列举典籍不能考察清楚远古渊源，却又写成书籍来迷惑后人。唉！真是太浅陋了啊！何况释神珙的《序》中还一并提到《元和韵谱》。自齐永明、梁天监以来，到唐宪宗元和年间，共三百二三十年，释神珙更是在元和之后，将这个人移到三四百年之前并没有人认识到（这个错误），这是什么原因呢？释神珙的《反纽图》没有所谓的字母，只有《五音声论》列字四十个，也

① 相欺相诞：以虚夸骗人。《后汉书·南匈奴传》："今北匈奴见南单于来附，惧谋其国，故数乞和亲，又远驱牛马，与汉合市，重遣名王，多所贡献，斯皆外示富强，以相欺诞也。"

② 深宁叟：即王应麟（1223—1296），字伯厚，号深宁叟，南宋著名学者、教育家、政治家。著有《困学纪闻》《小学绀珠》《玉海》《通鉴答问》《深宁集》《诗地理考》等。

没有叫作字母，并且和现今所传的三十六字母相互矛盾抵触。王应麟说："《玉篇》卷末附有佛教徒释神珙的《五音声论》《四声五音九弄反纽图》。"考释神珙的《自序》没有一句涉及《五音声论》，大约是唐末宋初，有人杂取释神珙的《五音声论》《四声五音九弄反纽图》附在《玉篇》篇末，由于并非释神珙所为，所以将它列在释神珙《反纽图》的前面，而且没有标注作者姓名。

【原文】 《玉海》有《三十六字母图》一卷，僧守温撰。吕介孺[1]曰："大唐舍利[2]创字母三十，后温首座[3]益以娘、床、帮、滂、微、奉六母。"然则字母三十六，定于守温，在珙后者也。虽唐之季已有是，而其学不著，故终唐之代，以迄宋初，绝不闻字母之称。

【译文】 《玉海》有《三十六字母图》一卷，僧守温撰。吕介孺说："大唐高僧创制字母三十个，后来上座僧人守温增加了'娘、床、帮、滂、微、奉'六个字母。"这么说来，三十六字母，最终定型于守温，在释神珙之后。虽然唐代已经有了三十六字母，但是这些学说没产生影响，所以整个唐代，一直到宋初，完全没听说字母这么个名称。

【原文】 今经传、字书所有反切，仍魏、晋、齐、梁、隋、唐相传之旧。方汉时崇治经艺，郑康成氏尤为世所宗，其后乐安孙炎[4]，受学康成之门人，称东州大儒。陆德明《经典释文》、颜之推《家训》、张守节

---

① 吕介孺：即吕维祺(1587—1641)，字介孺，号豫石，明代著名理学家。吕维祺自幼习理学，万历四十一年(1613)中进士，授兖州推官，擢升吏部主事。因得罪魏忠贤，辞官还乡，设芝泉讲会，传播理学。崇祯元年(1628)复官，任南京兵部尚书。又因"剿寇"不力，归居洛阳，设立"伊洛会"，广招门徒，著书立说。吕维祺著述丰厚，有《明德堂文集》《孝经本义》《孝经翼》《节孝义忠集》等。

② 舍利：相传为释迦牟尼佛遗体火化后结成的珠状物，后来也泛指佛、高僧的遗骨。这里指高僧。

③ 首座：佛教用语。禅堂中位居上座的僧人。

④ 孙炎：字叔然，乐安(今山东省博兴县)人，三国时期经学家。受业于郑玄，时人称为"东州大儒"。曾著《周易·春秋例》，为《毛诗》《礼记》《春秋三传》《国语》《尔雅》和《尚书》作过注，所著《尔雅音义》影响较大。

《史记正义》皆曰："孙炎创立反语。"《崇文目叙》曰："孙炎始作字音，于是有音韵之学。"深宁叟曰："世谓仓颉制字，孙炎作音，沈约撰韵，为椎轮[①]之始。"此唐宋人论反切字音，咸溯原叔然也。迨乎末失[②]，则谓出神珙、出梵僧矣。

【译文】 现在经传、字书中的所有反切，继承了魏、晋、齐、梁、隋、唐相传的旧法。在汉代的时候，崇尚研究经书六艺，尤其是郑玄被世人所尊崇，在他之后乐安的孙炎，受学于郑玄的弟子，被称为东州大儒。陆德明《经典释文》、颜之推《家训》、张守节《史记正义》都说："孙炎创立反语。"《崇文目叙》说："孙炎创制字的注音法，这才有了有关音韵的学科。"王应麟说："世人说仓颉造字，孙炎创注音法，沈约创音韵，都是开创性的发明。"这表明唐宋人谈到反切字音，都溯源到孙炎。到了后世，对反切起源逐步产生错误的认识，则说是出自释神珙、出自梵僧了。

【原文】 反语之兴，不啻七八百载，而后竞传守温之字母，近儒乃莫有能言叔然者。吾故书此，以见经史字音，儒生结发从事，勿迷失其师承也。

【译文】 反语的兴起，不止七八百年了，但是后代竞相传为是守温创造了字母，近代儒生于是没有人知道是孙炎创制的了。因此我写下这篇文章，来发明经史中字音学（的文献资料），儒生从成年起就从事字音学，是不能弄错它的师承关系的。

---

① 椎轮：原始的无辐车轮。比喻事物草创。

② 末失：本指衰世失礼的行为，这里指到了后世，对反切起源产生错误的认识。《礼记·檀弓上》："小敛之奠在西方，鲁礼之末失也。"郑玄注："末世失礼之为。"孔颖达疏："依礼，小敛之奠设于东方。"

书刘鉴[1]切韵指南后

【原文】 世之传书论字母等韵者，多不本所始，何与？其法以唐之季释守温为断[2]，称之若无足征信。然流俗惑于字母之云，疑声音文字，谅由母孳生，况其又假古人所谓宫、商、角、徵、羽自文以取重哉？前乎守温有《辨字五音法》凡十字，《五音声论》凡四十字，皆与字母三十六参互龃龉。而宋时之以三十六分隶唇、齿、喉、舌、牙，与近所传复违异。

【译文】 社会上流传的论述字母、等韵的书籍，大多不谈依据和起源，为什么这样呢？制定字母、等韵的方法以唐代的释守温为限，并宣称好像没有充分可靠的文献可以征信。然而世俗被字母之类的学说所迷惑，怀疑声音文字，应该由字母滋生而来，况且字母之类的学说又借用古人所谓的宫、商、角、徵、羽自我文饰来获取世人的重视呢？之前释守温《辨字五音法》共有十个字，《五音声论》共有四十个字，都和三十六字母相抵触。而且宋代把三十六字母分别隶属唇、齿、喉、舌、牙，和近代所通用的也不相同。

【原文】 刘士明是编，独有取于金韩道昭《五音集韵》，次成十六通摄，辨其开口呼、合口呼。其谱之也，横为字母三十六，纵为平、上、

---

① 刘鉴：生卒年不详，字士明，元代关中人。著有《经史正音切韵指南》，以十六摄归纳韵类，与韩道昭《五音集韵》相为表里。刘鉴还归纳宋元等韵家关于等韵门法的理论，作《门法玉钥匙》附于书后。此书对后世等韵学和等韵图的发展有较大的影响。

② 断：划分时限的上限。

去、入暨一、二、三、四等列。一等洪大，二等次大，三四俱细，而四尤细。其以配五音也，牙为角，舌为徵，唇为羽，齿为商，喉为宫。

【译文】 刘鉴编的这部书，只以金代韩道昭的《五音集韵》为基础和依据，编成十六通摄，辨析它们是开口呼还是合口呼。他制作成谱，横列的是三十六字母，纵列的是平、上、去、入及一、二、三、四等列。一等为洪大，二等为次大，三等为细小，而四等为尤细。他还用五音相配，牙音为角，舌音为徵，唇音为羽，齿音为商，喉音为宫。

【原文】 方未有四声之前，就用韵比类区分，拟于五音。《魏书·江式传》言"吕忱弟静仿故左校令李登①《声类》之法，作《韵集》五卷，宫、商、角、徵、羽各为一篇"是也。齐永明中，周颙、沈约始以平、上、去、入制韵，平声字繁，厘为上下。徐景安《乐书》乃曰："凡宫为上平，商为下平，角为入，徵为上，羽为去。"迨宋人竞传字母，则讥江左②撰韵时识四声不识七音。近又或析等列之四成五，谓五音乃在是者。于是五音之说歧而傅会，诚无施不可③，予以谓皆非也。

【译文】 在没有发明四声之前，我们常常依据用韵特点来比照类别加以区分，并用五音加以比拟。《魏书·江式传》说"吕忱的弟弟吕静仿照已故左校令李登《声类》的方法，作《韵集》五卷，按照宫、商、角、徵、羽各分为一篇"便是这种情形。齐永明年间，周颙、沈约才开始根据平、上、去、入四声来制定韵律，平声字多，就将它分为上下。徐景安《乐书》就说："大凡宫为上平声，商为下平声，角为入声，徵为上声，羽为去声。"到了宋人竞相传授字母时，却讥笑南朝人撰作韵律时只知道四声并不知道七音。近代又有人将四等列分成五等列，说

---

① 李登：字号、生卒年不详，三国魏人。著有《声类》，是我国最早的一部聚反切或直音相同的字于一处的字书，也是后代韵书的萌芽。

② 江左：江东，长江下游横江以东地区。东晋及南朝宋、齐、梁、陈各代的基业都在江左，故当时人又称这五朝及其统治下的全部地区为江左，南朝人则专称东晋为江左。

③ 无施不可：用在任何地方均甚得当。

这样就和五音相一致了。就这样五音学说歧说纷纭，多有附会，虽然（看起来）用在任何地方均甚得当，但是在我看来都是错误的。

【原文】《虞书》曰："诗言志，歌永言，声依永，律和声。"古之所谓五声：宫、商、角、徵、羽也者，非以定文字音读也。凡一字则函五声，诵歌者欲大不逾宫，细不过羽。使如后之人，胶于一字，缪配宫、商，将作诗者，此字用商，彼字用宫，合宫商矣，有不失其性情，违其志意乎？惟宫、商非字之定音，而字字可宫可商，以为高下之节，抑扬之叙，故作者写其性情，而诵之者宛转高下以成歌乐。语言文字，其音读本乎师承者有定，而及夫歌以永其言，大而为宫，细而为羽，无一定也。学病于后人皮傅，於虖！此古义之所以流失其本与？

【译文】《尚书·虞夏书》说："诗是表达思想感情的，歌是唱出来的语言，五声是根据所唱而制定的，六律是和谐五声的。"古代所谓的五声，指的是宫、商、角、徵、羽，不是用来定文字音读的。大凡任何一个字都包含有五声，唱歌的人，高音高不过宫调，低音低不过羽调。假使像后人那样，固执地将每一个字，都错误地配上宫、商，将要作诗的人，这里用商音字，那里用宫音字，做到了符合宫商，就能做到不淹没他的思想情感、违背他的精神意志吗？恰恰宫、商不是给字定音的，而且个个字都可宫可商，用宫商来决定吟唱声音高低顿挫的节奏和次序，所以作者书写他的思想情感，而吟诵者使用婉转高下的声音来吟唱成乐歌。语言文字的读音来源于师承，有规定（不可随意改动），但是到了延长音声来歌唱时，是高声歌唱成宫调，还是小声歌唱成羽调，这不是一定的。研习音韵学的人，受后人牵强附会认识的影响而出错，唉！这就是古书的义理之所以流失的原因吗？

顾氏音论[①]跋

【原文】 右三卷，考论韵之原委。盖欲据唐人正宋已后之失，据古音正唐人之失，意甚善也。

【译文】 以上为顾炎武《音论》三卷，考证研究古音学的来源、主要观点及古音和古音学上的重大问题。大致是想以唐代学者为根据考订宋代以后的错误，以古音为依据考订唐代学者的错误，这个意图很好。

【原文】 隋陆法言[②]、唐孙愐[③]之书，不可得见，顾君所见，止于宋

---

① 顾氏音论：指顾炎武《音论》。顾炎武(1613—1682)，本名顾绛，字宁人，人称亭林先生，南直隶昆山(今江苏省昆山市)人。明末清初杰出的思想家、经学家、史地学家和音韵学家，与王夫之、黄宗羲、唐甄并称为明末清初"四大启蒙思想家"。著有《日知录》《天下郡国利病书》《肇域志》《音学五书》《韵补正》《金石文字记》《亭林诗集》等。其《音学五书》大约成书于康熙六年(1667)，包括《音论》《诗本音》《易音》《唐韵正》《古音表》。《音论》分上中下三卷，共十五篇，论述古音和古音学上的重大问题，集中地阐述了作者对古音学的基本看法，是《音学五书》的总纲。其中重要的有四篇：《古人韵缓不烦改字》《古诗无叶音》《古人四声一贯》《先儒两声各义之说不尽然》。

② 陆法言(562—?)：名词，以字行，魏郡临漳(今属河北省)人。隋代音韵学家。祖先属鲜卑族。官承奉郎，因父罪连坐除名。罢官归里后，发愤著述。仁寿元年(601)，著《切韵》五卷，为我国音韵学史上划时代之作，唐宋韵书多以此为蓝本。今不传。此书成，六朝韵书渐亡。原书佚，敦煌文献中保存有残本三种，约存原书的四分之三。

③ 孙愐：籍贯、字号、生卒年均不详，唐代音韵学家。尝刊正隋陆法言之《切韵》，并增字加注，于天宝十载(751)编成《唐韵》五卷，已佚。现存《唐韵》卷首有孙愐序。

陈彭年[①]、丘雍[②]所刊益名《广韵》者耳。《广韵》已无善本[③]，致使唐、宋用韵沿革异同，莫之或知。以顾君之精博，而犹核之疏，它人无论矣。

【译文】 隋代陆法言、唐代孙愐的古音学著作，已经见不到了，顾先生所见到的，只有宋代陈彭年、丘雍所刊增广《切韵》而作并改名的《广韵》罢了。《广韵》已经没有善本了，致使唐、宋用韵的沿革和异同，没有人知道。凭着顾先生精深渊博的学识，仍然产生考证方面的疏漏，其他人就更不用说了。

【原文】 方开皇[④]初，法言同刘臻[⑤]、萧该[⑥]、颜之推[⑦]等八人论难，后十数年，八人或亡或存。法言独自屏居，乃定为《切韵》五卷。唐仪凤[⑧]二年，长孙讷言[⑨]为之笺注，距仁寿[⑩]初法言撰韵时，凡七十

---

① 陈彭年（961—1017）：字永年，北宋学者，曾监修《起居注》《大宝箴》《册府元龟》，奉诏编辑《太宗御集》。陈彭年博闻强识，才华出众，深为宋真宗所重。大中祥符元年（1008），与丘雍等奉诏修订《切韵》，修订后的《切韵》改名为《大宋重修广韵》，收字二万六千余个，为研究中古语音的重要依据；研究上古或近代语音，也要以此作为比较资料，是汉语音韵学中重要的韵书。

② 丘雍：生平事迹不详。尝与陈彭年等重修《广韵》，有《校定韵略》五卷。

③ 善本：精刻、精印、精抄、精校的难得的古书。欧阳修《集古录跋尾·唐田弘正家庙碑》："自天圣以来，古学渐盛，学者多读韩文而患集本讹舛，惟余家本屡更校正，时人共传，号为善本。"

④ 开皇（581—600）：隋文帝杨坚的年号。

⑤ 刘臻（527—598）：字宣挚，沛国相县（今安徽省淮北市濉溪县）人，隋朝学者。

⑥ 萧该（约535—约610）：隋朝学者，祖籍兰陵（今江苏省常州市西北），南朝梁鄱阳王萧恢之孙。通《诗》《书》《春秋》《礼记》大义，尤精《汉书》。开皇初，任国子博士。著有《汉书音义》《文选音义》，为当时所重。

⑦ 颜之推（531—约597）：字介，琅琊临沂（今山东省临沂市）人，北齐文学家，大约于开皇十七年（597）因病谢世。传世著作有《颜氏家训》《还冤志》等。其《颜氏家训》二十篇被后世称为"家教规范"。

⑧ 仪凤（676—678）：唐高宗李治的年号。

⑨ 长孙讷言：字号、生卒年不详，唐北平（今河北省遵化市东）人。长孙讷言为北周长孙俭之后，唐黄门侍郎长孙师之子，曾为德州司户参军。为陆法言《切韵》作笺注。

⑩ 仁寿（601—604）：隋文帝杨坚的第二个年号。

有七年。其后郭知玄[①]更以朱笺三百字。粤七十有五年，为天宝[②]十载，孙愐增修，改名《唐韵》。天宝末《集贤注记》[③]称："上以自古用韵不甚区分，陆法言《切韵》又未能厘革，乃改撰《韵英》，仍旧为五卷。旧韵四百三十九，新加百五十一，合五百八十韵，万九千一百七十七字，分析至细。"而《南部新书》[④]天宝时有陈庭坚[⑤]撰《韵英》十卷，然则《注记》所谓"旧韵四百三十九"，殆庭坚之为与？所谓"仍旧为五卷"者，殆仍法言卷帙与？

【译文】 正当开皇初年(581)，陆法言和刘臻、萧该、颜之推等八人一起辨析研讨，之后数十年，有人谢世，有人尚活着。陆法言独自一人屏客隐居，于是编定《切韵》五卷。唐仪凤二年(677)，长孙讷言给《切韵》作了笺注，距离仁寿初年(601)陆法言撰《切韵》时，共有七十七年。这以后郭知玄更是用朱笔笺注增补了三百字。又过了七十五年，是天宝十载(751)，孙愐进行增补修订，改名为《唐韵》。天宝末年的《集贤注记》宣称："皇上认为从古至今用韵区分不是很清楚，陆法言《切韵》又没能够加以改进，于是(组织学者)进行修改，另撰了

---

① 郭知玄：字号、生卒年不详，唐代学者。曾为陆法言《切韵》作《拾遗绪正》，用朱笔增补了三百字。

② 天宝(742—756)：唐玄宗李隆基的第三个年号。天宝三载正月朔，改"年"为"载"。

③ 《集贤注记》：韦述撰。《集贤注记》记载了唐玄宗朝集贤院置院始末、院中故事、学士名氏等，反映了唐玄宗朝文物之盛。《新唐书·百官志二》："集贤殿院。学士、直学士、侍读学士、修撰官，掌刊辑经籍。凡图书遗逸、贤才隐滞，则承旨以求之。谋虑可施于时，著述可行于世者，考其学术以闻。"

④ 《南部新书》：共十卷，北宋钱易撰，后收入清乾隆时编修的《四库全书》。《四库全书总目提要》说：旧本卷首题"篯后人"，盖以姓谱载钱氏出篯铿也。钱易，字希白，吴越王钱宗之子，官至翰林学士。是书乃其大中祥符间知开封县时所作。皆记唐时故实，间及五代。多录轶闻琐事，而朝章国典因革损益之故亦杂载其中，故虽小说家言而实有裨于史学。晁公武《读书志》作五卷，焦竑《国史经籍志》作十卷，今考其标题，自甲至癸，以十干为纪，则作十卷为是也。

⑤ 陈庭坚：字号、生卒年不详。《南部新书》卷五仅云："天宝时，翰林学士陈王友元庭坚撰《韵英》十卷，未施行而西京陷胡，庭坚卒。"张世禄《中国音韵学史》第五章据《太平广记》纪闻类"陈王友元廷坚"一语，认为当作"元廷坚"。唐景审《一切经音义序》亦作"元廷坚"。

《韵英》，仍然按照旧制，分为五卷。旧韵为四百三十九，新加一百五十一，合为五百八十韵，一万九千一百七十七个字，分析极为详细。”但是，《南部新书》（记载）天宝年间有陈庭坚撰《韵英》十卷，然而《集贤注记》所谓的“旧韵四百三十九”，大约是陈庭坚所作的吧？所谓的“仍旧为五卷”，大约仍旧是陆法言所撰的卷帙数目吧？

【原文】 自天宝末又二百五十三年，为宋景德①四年，而崇文院上校定《切韵》五卷，依九经书例颁行。明年，大中祥符②元年，改为《大宋重修广韵》。法言韵凡万二千一百五十八字，孙愐《自叙》侈列其前后引据入注中诸书，总加四万二千三百八十三言。晁公武误以为增加字至是其多，非也。《集韵·韵例》③曰：“先帝④时，令陈彭年、丘雍因法言韵就为刊益。”盖二百六韵实法言区分旧目，故《广韵》卷首犹题云“陆法言撰本”。法言韵既经郭知玄、关亮等九人增加，更有诸家增字，至宋合集共勒成一部，是以改《广韵》之名，而字数止二万六千一百九十四，孙愐亦九人者之一耳。《宝元集韵》就《广韵》刊修，新增字二万七千三百三十一，合新旧字凡五万三千五百二十五。

【译文】 从天宝末年起，又过了二百五十三年，是宋景德四年（1007），而崇文院上呈所校定的《切韵》五卷，依据九经书例颁行天下。第二年，为大中祥符元年（1008），改名为《大宋重修广韵》。陆法言的《切韵》共一万二千一百五十八个字，孙愐在《自叙》中将《切韵》前前后后引证在注释中的书籍移动到正文中，总共加了四万二千三百八十三个字。晁公武误认为所增加的字至此达到最多，这是不对的。《集韵·韵例》说：“先帝时，下令陈彭年、丘雍根据陆法言的韵目作校订增补。”大约因为二百零六韵实际上是陆法言所区分的旧有韵

① 景德（1004—1007）：宋真宗赵恒的年号。

② 大中祥符（1008—1016）：宋真宗赵恒的第三个年号。

③ 《集韵·韵例》：即《集韵》的“凡例”，共十二条。

④ 先帝：此指宋仁宗。

目，所以《广韵》卷首还题名说是“陆法言撰本”。陆法言的韵目既然经过郭知玄、关亮等九人的增加，更有多人增加字数，到宋代合编成一部书，因此改为《广韵》这个书名，并且只有二万六千一百九十四个字，孙愐也只是其中九人之一罢了。《宝元集韵》在《广韵》基础上重新修订刊刻，新增二万七千三百三十一个字，合计旧字、新增字，共五万三千五百二十五个。

【原文】 当景德中，诏殿中丞丘雍重定《切韵》也，龙图待制戚纶[①]复承诏详定考试声韵，于是略取《切韵》要字，备礼部科试，谓之《韵略》。其“同用”“独用”例未改。后三十有一年，为景祐四年，更刊修《广韵》《韵略》，以贾昌朝[②]请韵窄者凡十三处，许令附近通用。是年四月，奉诏修韵，六月即以所修《礼部韵略》颁行。今《广韵》上、去声末六韵，与《礼部韵略》《集韵》同，而与平声、入声龃龉，前此不宜尔也。

【译文】 景德年间，宋真宗下诏殿中丞丘雍重新修订《切韵》，龙图阁待制戚纶再奉旨详细考订声韵，于是删减《切韵》选取其中最为重要的韵字，提供给礼部科举考试使用，称之为《韵略》。该书“同用”“独用”的体例没改。又过了三十一年，为景祐四年(1037)，又重新修订刊刻《广韵》《韵略》，根据贾昌朝所请，总共有十三处韵窄，同意邻韵可以通用。这年四月，奉诏修订韵书，六月份就将新修订的《礼部韵略》颁行天下。现今的《广韵》上声、去声末尾的六韵和《礼部韵略》《集韵》相同，但是与平声、入声相抵触，此前不当这样。

---

① 戚纶(954—1021)：字仲言，太平兴国八年(983)进士。景德元年(1004)，拜右正言、龙图阁待制，赐金紫。条上“复制科、崇国学、辟旷土、置平籴、益厢军、减禁兵”等建议，又预修《册府元龟》。后历知杭、扬、徐、青、和等州，因忤寇准而被贬官归乡，官终太常少卿、分司南京。著有《论思集》。

② 贾昌朝(998—1065)：字子明，北宋注释家。真定获鹿(今属河北省)人。天禧初赐同进士出身，主晋陵簿。庆历中拜同中书门下平章事，累官至枢密使。宋英宗时加左仆射，封魏国公。精于小学，著有《群经音辨》一书，有裨后学。《宋史》有传。

【原文】 吴才老[①]《韵补》上声五十二豏、五十三槛、五十四俨，犹旧次，去声亦同《集韵》，盖由习于景祐通用例。合俨于琰、忝，合范于豏、槛，合釅于艳、㮇，合梵于陷、鉴，遂迷失乎旧。顾君严辨《广韵》《礼部韵略》之异同，于《广韵》上、去声末六韵弗省，于《礼部韵略》合废于队、代，遗而未举。所举二书同用、独用例异者八处，不知并是而十有三处，犁然可考，而唐、宋用韵沿革之大节目实存其间。[②]

【译文】 吴棫的《韵补》上声五十二豏、五十三槛、五十四俨，还是原有的次序，去声也和《集韵》相同，这是由于习惯了景祐年间所形成的使用通例。但是他将"俨"合并到"琰""忝"中，将"范"合并到"豏""槛"中，将"釅"合并到"艳""㮇"中，将"梵"合并到"陷""鉴"中，这就使得原有体例最终丢失。顾炎武先生严格辨析《广韵》《礼部韵略》的异同，对于《广韵》上声、去声末六韵进行了考订，但对于《礼部韵略》将"队""代"的合并废用，则遗失没有考订。仅考证了所列举的两书"同用""独用"八处不同的用例，却不知一共有十三处不同的用例清晰可考，但是唐、宋用韵沿革的大致情形都包含在了其中。

【原文】 已上《音论》中所失考暨考之而疏，足以滋惑。予故书其详补正之。至如"六书转注"一条，所是者萧楚[③]诸人之臆说，所非

---

① 吴才老：即吴棫（约1100—1154），字才老，建安（今福建省建瓯市）人。政和八年（1118）进士，绍兴初，累官至太常丞。因忤秦桧，绍兴十五年（1145）出为泉州通判。为学以音韵见长，著有《楚辞释音》《韵补》等。

② 按：顾炎武"以唐人正宋人之失者"，考证《礼部韵略》"同用""独用"之注与《广韵》之异同。《广韵》文、殷二韵各自独用，上、去、入亦如此，而《礼部韵略》平、上、去、入四声注为同用；末六韵盐、添、严、凡、咸、衔皆各注二韵同用，上、去、入三声同此，而《礼部韵略》将二韵同用改为三韵同用，即并严于盐、添，并凡于咸、衔，上、去、入亦作如此。顾炎武仅考证了平、入二声，尚遗上、去二声未能考证。又《广韵》去声队、代同用，废独用，而《礼部韵略》并废于队、代。此所谓贾昌朝并窄韵十三者。顾炎武限于材料和见识，仅考证了八处，尚遗五处未考。后戴震补正之。

③ 萧楚：字子荆，自号三顾隐客、三楚隐士，门人谥清节先生，吉州庐陵（今江西省吉安市）人。进士不第，深于《春秋》，退隐教授，胡铨、冯澥等以为师，有《春秋辨疑》十卷（佚）等。

者裴务齐[①]、郑渔仲[②]诸人之谬误。古所谓"转注",汉许氏之所传,概未之有闻焉。予别有辨正,见《答江先生论小学书》。兹不具论,论其尤关音韵者。

【译文】 以上顾炎武先生《音论》中没有考订及考订的错误,足以引起疑惑的地方,我都特别记录下来,进行了详细的补订修正。至于"六书转注"这一条,将萧楚等人臆度之说认作正确的,将裴务齐、郑渔仲等人的谬误之说认作错误的。古代所谓"转注",来源于汉代许慎,其他则没有听说过。对此,我另有辨析考证,可参见《答江先生论小学书》一文。这里不再详细讨论,只讨论和音韵密切相关的一些问题。

---

① 裴务齐:字号、生卒年不详,河东裴氏。曾任江夏县主簿,是唐中宗李显时期的一位著名的音韵学家。

② 郑渔仲:即郑樵(1104—1162),字渔仲,自号溪西逸民,学者称"夹漈先生",兴化军莆田县(今福建省莆田市)人,宋代史学家、校雠学家。

书卢侍讲[①]所藏宋本广韵后

【原文】 予少时得顾宁人氏所校刻《广韵》。后又于友人处见大版《广韵》,与顾刻无异,殆即顾君所据之书也。朱锡鬯为吴下张氏重刊宋本《广韵》作叙有曰:"曩昆山顾处士炎武校《广韵》,力欲复古,刊之淮阴,第仍明内库镂版。缘古本笺注多寡不齐,中涓取而删之,略均其字数。"所称"中涓取而删"者,未知其审。而叙端言周颙以"天、子、圣、哲"分四声,则已误举周舍对梁武帝语归之颙。此本无从得其刻书年月,注文亦既删整者矣。韵自淳祐末刘渊并后,几莫复识别二百六韵之旧。明内库犹取《广韵》镂版,事属希有,讵旋有刻此本者与?抑此本实在前,为宋时详略兼行,去其繁重者与?上声目录"十八吻",注"隐同用",而卷内仍各注"独用"不使连属。去声代、废连属于队,注"通用",目录队下,注"代同用",废注"独用"。上、去之末六韵,俨、酽列豏、槛、陷、鉴之前,连属为二,与平声、入声连属为三者违异。而五十琰注"与忝同用",无"俨"字,目录下,注"忝、俨同用"。此宋景祐、宝元已前所决无有也。其间或云"某同用",或云"与某同用",参差不治如此。当景祐中修《礼部韵略》,以贾昌朝请韵窄者凡十三处,许令附近通用。于是平声,合欣于文,合严于盐、添,合凡于咸、衔;上声,合隐于吻,合俨于琰、忝,合范于豏、槛;去声,合废于队、代,合焮于问,合酽于艳、㮇,合梵于陷、鉴;入声,合迄于物,合业于叶、

---

① 卢侍讲:即卢文弨,字绍弓(一作召弓),号矶渔,又号抱经,浙江余姚人。乾隆十七年(1752)进士,官至侍读学士。晚年主讲钟山、崇文等书院。擅校勘,所校理诸书汇刻为《抱经堂丛书》。

怗，合乏于洽、狎。毛大可臆为之说曰："其所云窄者，如冬、臻、殷、痕、山、谈、添、衔、凡等。"何弗之考也？后人不睹《广韵》善本，即吴下张氏所重刊，注文完好，而二十文下，注"欣同用"，十八吻下，注"隐同用"，及上、去之末六韵与平、入龃龉，皆自《礼部韵略》施行。检《广韵》者依现行新例，加涂乙，遂致舛谬。幸其参差不治，改之未尽。苟寻求踪迹，古书所由舛谬之故，章章具存。复阅数十百年，旧本荡然泯灭，学者将益茫如，岂不逾可致惜乎哉！卢公雅才闳博，今之笃古君子也。予从假此本，因志数言而归之。

【译文】 我年轻时读过顾炎武所校刻的《广韵》，后来又在朋友处见到大版的《广韵》，和顾炎武所校刻的没有什么不同，大约即是顾炎武所依据的书。朱彝尊为吴下张氏重刊宋本《广韵》作序，有这样的话："从前昆山顾炎武校刻《广韵》，致力于复古，在淮阴刊刻该书，且只根据明内库所刻版本。因为古本笺注多寡不齐，从中选取并且进行删改，稍微平均不同版本的字数。"这里所谓的"中涓取而删"，不知其究竟何义。而叙述四声起源，说周颙用"天、子、圣、哲"来区分四声，则已是将周舍对梁武帝说的话误归到周颙身上。这个版本无从得知它的刊刻时间，注文也已经删减，整齐划一了。韵部自从淳祐末年刘渊合并后，几乎没有人了解原来所分二百零六韵的详情。明内库尚且取用《广韵》来刻板印行，事属稀有，难道是不久就又刊刻了这个版本吗？或许是这个版本本来刊刻在前，因宋代有详本、略本一起刊刻流行，（明代）淘汰掉那个繁复的版本吗？上声目录"十八吻"，注"隐同用"，而卷内仍旧分别注明"独用"，不使二者合并同用。去声"代""废"和"队"相连接，注为"通用"，目录"队"下，注明"代同用"，废弃注"独用"。上声、去声的末六韵，"俨""酽"列在"豏""槛""陷""鉴"的前面，它们一起分为二韵，和平声、入声一起分为三韵。但是"五十琰"注"与忝同用"，没有"俨"字，目录下，注"忝、俨同用"。这是宋景祐、宝元以前绝对不可能有的。其中，一会儿说"某同用"，一会儿说"与某同用"，如此这般混淆不清。到了景祐年间修《礼部韵略》，因为贾昌朝所读窄韵共有十三处，允许邻近的韵部通用。于是平声，将“欣”合到“文”，将“严”合到“盐”“添”，将“凡”合到“咸”“衔”；上声，将“隐”合到“吻”，将“俨”合到“琰”“忝”，将“范”合到“豏”“槛”；去声，将“废”合到“队”“代”，将“焮”合到“问”，将“酽”合到“艳”“㮇”，将“梵”合到“陷”“鉴”；入声，将“迄”合到“物”，将“业”合到“叶”“怗”，将“乏”合到“洽”“狎”。毛大可凭空解释说道：“这里所谓的窄韵，乃是冬、臻、殷、痕、山、谈、添、衔、凡等。”为什么如此缺乏考证呢？后人看不到《广韵》的善本，即便是吴下张氏的重刊本，注文完好，而“二十文”下，注“欣同用”，“十八吻”下，注“隐同用”，及上声、去声的末六韵和平声、入声相抵触，都源自于《礼部韵略》的施行。查用《广韵》的人依据现行的新条例，加以删改，于是造成错误。幸好他们水平参差不齐，没有全部篡改。如果仔细寻求古书错误产生的根由，一一具存。再这么传阅数十百年，旧本完全消失，学习的人更加茫然不知，因此造成不可挽回的损失难道不觉得可惜吗？卢公文雅渊博，是当今世界的好古君子。我从他那里借得这个版本的《广韵》，乘机写下这几句话，然后归还他。

答江慎修[1]先生论小学书

【原文】《说文》所载九千余文，当小学废失之后，固未能一一合于古，即《尔雅》亦多不足据。姑以《释诂》言之，如“台、朕、赉、畀、卜、阳，予也”。“台”“朕”“阳”，当训“予我”之“予”，“赉”“畀”“卜”，训“赐予”之“予”，不得错见一句中。“孔、魄、哉、延、虚、无、之、言，间也”。郭氏注云：“孔、穴、延、魄、虚、无，皆有间隙，余未详。”考之《说文》：“哉，言之间也。”“言之间”即辞助。然则“哉”“之”“言”三字，乃言之间。“言”为辞助，见于《诗》《易》多矣。“豫、射，厌也”。郭氏注云：“《诗》曰‘服之无射’。‘豫’，未详。”“豫”，盖当训“厌足”“厌饫”之“厌”，“射”训“厌倦”“厌憎”之“厌”，此皆掇拾[2]之病。其解释《诗》《书》，缘辞生训，非字义之本然者，不一而足。

【译文】《说文解字》所收录的九千多个字，在小学荒废失传之后，本就不能一一和古义相合，即便是《尔雅》，也有很多内容不足为据。这里姑且拿《释诂》来说明这个情况，如“台、朕、赉、畀、卜、阳，予也”。“台”“朕”“阳”，应当解释为“予我”的“予”，“赉”“畀”“卜”，训释为“赐予”的“予”，（二者含义不同）不可以错杂呈现在一句话之中。

---

① 江慎修：即江永（1681—1762），字慎修，安徽婺源（今属江西省）人。清代经学家、音韵学家。贡生，生平未仕，以教授生徒，困居乡里。戴震、金榜、程瑶田等经学家皆出其门。其学以考据见长，以郑玄为宗，是皖派经学研究的开创者，尤以治“三礼”、音韵著称，亦通易学。

② 掇拾：搜集。《新唐书·令狐德棻传》：“近代无正史，梁、陈、齐之籍犹可据，至周隋事多脱捐。今耳目尚相及，史有所凭；一易世，事皆汩暗，无所掇拾。”

"孔、魄、哉、延、虚、无、之、言，间也"。郭氏注释说："孔、穴、延、魄、虚、无，都有间隙，其余的字则不清楚具体情形如何。"用《说文解字》来考证它们："哉，言之间也。"所谓"言之间"即是用作助词。既然这样，那么"哉""之""言"三字，就都是"言之间"。"言"用作助词，在《诗经》《易经》中有很多。"豫、射，厌也"。郭氏注释说："《诗经》说'服之无射'。'豫'，不了解它的含义。""豫"，大致当训释为"厌足""厌饫"的"厌"，"射"训释为"厌倦""厌憎"的"厌"，这些都犯了过分搜集的毛病。他们解释《诗经》《尚书》，望文生义，不是字词的本来意义，类似错误很多，无法列举齐全。

【原文】 然今所有《传》《注》，莫先《毛诗》，其为书又出《尔雅》后。《尔雅》"杜，甘棠"，"梨，山樆"，"榆，白枌"，立文少变。杜涩，棠甘，而名类可互见。"杜，赤棠，白者棠"，以"棠"见"杜"；"杜，甘棠"，以"杜"见"棠"。《毛诗》"甘棠，杜也"，误；"枌，白榆也"，不误。杜甘曰"棠"，"梨"山生曰"樆"，"榆"白曰"枌"。朱子《诗集传》于《陈・东门之枌》云："枌，白榆也。"本《毛诗》。于《唐・山有枢》云："榆，白枌也。"殆稽《尔雅》而失其读。其它《毛诗》误用《尔雅》者甚多。

【译文】 然而现今所有的《传》《注》，没有比《毛诗》更早的了，而《毛诗》成书又在《尔雅》之后。《尔雅》"杜，甘棠"，"梨，山樆"，"榆，白枌"，写成文字少有变化。杜是苦涩的，棠是甘甜的，但是它们属于相同名类，可以互换使用。"杜，赤棠，白者棠"，这是以"棠"来解释"杜"；"杜，甘棠"，这是用"杜"来解释"棠"。《毛诗》"甘棠，杜也"，这个解释是错误的；"枌，白榆也"，这个解释则没有问题。杜类甘甜的叫作"棠"，山生的"梨"叫作"樆"，白色的"榆"叫作"枌"。朱熹《诗集传》对《陈风・东门之枌》的注释为："枌，白榆也。"这个解释来源于《毛诗》。对《唐风・山有枢》的注释为："榆，白枌也。"大概是根据《尔雅》却弄错了。此外，《毛诗》错误引用《尔雅》的情况还有很多。

【原文】 先儒言《尔雅》往往取诸《毛诗》，非也。若《说文》视《尔雅》《毛诗》固最后，沿本处多，要亦各有师承。《尔雅》“以衣涉水为厉”“繇带已上为厉”。《说文》“砅（字又作濿，省用厉），履石渡水也”，引《诗》“深则砅”。《诗》之意，以水深必依桥梁乃可过，喻礼义之大防不可犯。若浅水则褰衣而过，尚不濡衣。郦道元《水经注》云：“段国《沙洲记》：吐谷浑于河上作桥，谓之‘河厉’。”此可证桥有“厉”之名。《卫诗》“淇梁”“淇厉”并举，“厉”固“梁”之属也。就兹一字，《尔雅》失其传，《说文》得其传。触类推求，遽数之不能终其物。用是知汉人之书，就一书中，有师承可据者，有失传傅会者。

【译文】 先儒谈到《尔雅》，往往认为是从《毛诗》中获取语料的，这个看法是错误的。至于《说文解字》，与《尔雅》《毛诗》相比而言，才是产生最迟的，而且大多地方都沿袭《尔雅》《毛诗》，简要来说，也是各自有各自的师承所在。《尔雅》“以衣涉水为厉”，“繇带已上为厉”。《说文解字》“砅（字又作濿，省用厉），履石渡水也”，引《诗经》“深则砅”。《诗经》的意思是，因为水深必须通过桥梁才可以渡过，比喻礼义的大防不可以触犯。如果水浅，撩起衣服就可以过去，还不会沾湿衣服。郦道元《水经注》说：“段国《沙洲记》：吐谷浑在河上造桥，把它叫作‘河厉’。”这可以证明“桥”有“厉”的叫法。《卫诗》“淇梁”“淇厉”并列，说明“厉”本来就和“桥梁”是同一类别。就是这么一个字，《尔雅》失去了它的师传，《说文解字》又获得了它的师传。以此类推，（类似情况）急促之间数也数不清。因此知道汉代人所著的书籍，就一书内容而言，有的有师承作为根据者，有的则失去师承，完全是附会的。

【原文】 《说文》于字体字训，罅漏不免。其论六书，则不失师承。刘歆、班固云：“象形、象事、象意、象声、转注、假借。”郑众云：“象形、会意、转注、处事、假借、谐声。”所言各乖异失伦。《说文叙》称：“一指事，二象形，三形声，四会意，五转注，六假借。”转注“考”“老”

字，后人不解。裴务齐[①]《切韵》猥云[②]："考字左回，老字右转。"戴仲达[③]、周伯琦[④]之书，虽正"老"字属会意，"考"字属谐声，而不能不承用"左回""右转"为转注，别举"侧山为𠂤，反人为匕"等象形之变转者当之。徐铉、徐锴、郑樵之书，就"考"字傅会，谓祖考之"考"，古铭识通用"丂"，与"丂"之本训转其义，而加"老"省注明之。又如犬走貌为"猋"，《尔雅》"扶摇谓之猋"，于"猋"之本训转其义，"飙"则偏旁加"风"注明之。此以谐声中声义两近者当转注，不特一类分为二类甚难，且校义之远近必多穿凿。王介肓《字说》强以意解加之谐声字，陆佃《埤雅》中时摭之。使按之理义不悖，如程子、朱子论"中心为忠，如心为恕"，犹失六书本法，歧惑学者。今区分谐声一类为转注，势必强求其义之近似。况古字多假借，后人始增偏旁，其得尽证之使自为类乎？杨桓[⑤]又谓："三体已上，展转附注，是曰转注。"[⑥]斯说之谬易见。而莫谬于萧楚[⑦]、张有[⑧]诸人"转声"为"转注"之说，虽好古如顾炎武亦

① 裴务齐：字号、生卒年不详，河东裴氏。曾任江夏县主簿，唐中宗李显时期著名的音韵学家。曾编纂《正字本刊谬补缺切韵》，增补修订了隋代陆法言《切韵》中存在的不少谬误和遗缺。

② 猥云：曲解道。《史记·律书》："猥云德化，不当用兵。"《前汉·文帝三王传》："何故猥自发舒。"颜师古注曰："猥，曲也。"

③ 戴仲达：即戴侗，字仲达，永嘉（今浙江省温州市）人，南宋文字学家。著有《六书故》，用六书理论来分析汉字。

④ 周伯琦：字伯温，号玉雪坡真逸，饶州鄱阳（今江西省鄱阳县）人，元代书法家、文学家。著有《六书正讹》《说文字原》等。

⑤ 杨桓：字武子，兖州（今属山东省）人，元代文字学家。尤精篆籀之学，著有《六书统》《六书溯源》《书学正韵》等。

⑥ 三体已上，展转附注，是曰转注：如杨桓以为"老"是"人、毛、匕"三字之合体；"春"为"午、廾、臼"三字之合体；"碧"为"玉、石、白"三字之合体。

⑦ 萧楚：字子荆，自号三顾隐额、三楚隐士，吉州庐陵（今江西省吉安市）人。绍圣年间游太学，贡礼部不遂。时蔡京专国，楚愤其奸邪，誓不复试，退第而著书，著《春秋辨疑》四卷等。门人私谥清节先生，生平事迹见《宋史翼》。

⑧ 张有：字谦中，浙江吴兴人，宋代文字学家。著有《复古编》二卷。此书据《说文解字》以辨文字正俗。正体用篆书，注别体、俗体于其下。用四声统属各字，书末附录辨证六篇：联绵字、形声相类、形相类、声相类、笔记小异、上正下讹。剖析辩证十分精审，但失之于泥古。

不复深省。《说文》于假借举“令”“长”字，乃移而属转注。古今音读莫考，如好恶之“恶”，今读去声，古人有读入声者；美恶之“恶”，今读入声，古人有读去声者。宋魏文靖论《观卦》云：“今转注之说，则彖象为观示之‘观’，六爻为观瞻之‘观’。窃意未有四声反切已前，安知不为一音乎？”据此言之，转声已不易定，转注、假借何以辨？

【译文】《说文解字》对于字的形体和字的训释，难免出现漏洞。但它讨论六书，却没有失去师承。（对于六书，）刘歆、班固说：“象形、象事、象意、象声、转注、假借。”郑众说：“象形、会意、转注、处事、假借、谐声。”他们的言论相互背离。《说文解字叙》宣称：“一是指事，二是象形，三是形声，四是会意，五是转注，六是假借。”对于转注“考”“老”二字，后人迷惑不解。裴务齐《正字本刊谬补缺切韵》曲解道：“‘考’字向左折回，‘老’字向右折转。”戴侗、周伯琦的字书，虽然将“老”字改正为会意字，“考”字改正为谐声字，却又不能不承袭“向左折回”“向右折转”（的说法）而认为它们互为转注字，另外列举一些象形字通过变形转化被认作转注字，如“侧写的山字为𠂤，反人为匕”等。徐铉、徐锴、郑樵的字书，就“考”字来穿凿附会，认为祖考的“考”字，古铭文款识通常用作“丂”，在“丂”的本义基础上转变其含义，再加上“老”字的省笔来注明其新变意义（从而形成转注）。又如犬奔走的样子，写作“猋”字，《尔雅》却说“扶摇叫作‘猋’”，这边是在“猋”字本义基础上转变了它的意义，写成“飙”字，则是加上偏旁“风”来注明它的新变意义。这是把谐声字中声义两两相近的字当作转注，不仅将同一类别的字分为两类很难，而且在校订字义远近时必定会常常出现穿凿附会的情形。王安石《字说》强行凭主观臆想来解释，并加入谐声字，陆佃《埤雅》中时不时摘录引用。即使依据理义并不悖谬，如程子、朱子说“中心为忠，如心为恕”，但是仍然不合六书本义，迷惑后学使之误入歧途。如果将谐声区别开，认作转注，势必会造成求获它们意义的相近相似。何况古字假借字多，后人才增添偏旁，怎么可能全部考证出来，使得它们各自归类呢？杨桓又说：“三个以上的字合为一个字，这三个字相互解释，这就叫转注。”这个说法的谬误是显而易见的，却不比萧楚、张有等人将“转声”认作“转注”之说更加错得离谱，即使是好古如顾炎武，也是不曾深察其谬误的。《说文解字》对于假借，举“令”“长”二字为例，将它改作转注。古今音读难以考订，如好恶的“恶”，如今读去声，古人有读入声的；美恶的“恶”，如今读入声，古人有读去声的。宋魏文靖论《观卦》道：“按照如今转注的观点，则彖象为观示的‘观’，六爻为观瞻的‘观’。我私下里认为，在没有四声反切以前，怎么知道它们不是一个读音呢？”根据这个观点，声音的流转已经不容易认定，转注、假借又怎么能够辨析呢？

【原文】 今读先生手教[1]曰：“本义外，展转引申为它义，或变音，或不变音，皆为转注。其无义而但借其音，或相似之音，则为假借。”又曰：“字之本义亦有不可晓者。”震之疑不在本义之不可晓，而在展转引申为它义，有远有近，有似远义实相因，有近而义不相因，有绝不相涉而旁推曲取又可强言其义。区分假借一类而两之，殆无异区分谐声一类而两之也。六书之谐声、假借并出于声。谐声以类附声，而更成字；假借依声托事，不更制字。或同声，或转声，或声义相倚而俱近，或声近而义绝远。谐声具是数者，假借亦具是数者。后世求转注之说不得，并破坏谐声、假借，此震之所甚惑也。

【译文】 近日拜读了先生的来信，（先生的来信）说：“字的本义之外，引申为其他意义，有的读音发生变化，有的读音不变，但都是转注。那些不使用（该词）词义却只借用它的读音，或者相似的读音，就是假借。”又说：“字的本义也有不可知晓的。”戴震有所怀疑的不是本义不可知晓，而在于引申变为其他意义时，字词联系有远有近，有的看似联系较远而实际上联系紧密，有的看似相近而词义却没有联系，有的词看起来绝无联系，却可以侧面推求，曲折求取后，又可以勉强

① 手教：即手书。对来信的敬称。

说出它们意义的联系。将假借区分开，一类变成两类，大概和将谐声由一类分为两类没有什么不同。六书中的谐声、假借同样产生于语音。谐声字以（相同或相近的）物类为依据来确立（相同或相近的）语音，然后确立字的写法；假借字依据语音，假托到（语音相同的）事物，不另外造新的字（而使用记录该事物所用的字）。有的字音同，有的字音发生转变，有的字音字义相互依赖并且都相近，有的字音相近但字义完全不相干。谐声具有这几种情况，假借也具有这几种情况。后世探索转注的所指却不得要领，连谐声、假借的内涵也弄错了，这是戴震最为困惑的。

【原文】 《说文解字》"老，从人毛匕，言须发变白也"；"考，从老省，丂声"。其解字体，一会意，一谐声，甚明。而引之于《叙》，以实其所论"转注"，不宜自相矛盾，是固别有说也。使许氏说不可用，亦必得其说然后驳正之，何二千年间纷纷立说者众，而以猥云左回、右转者之谬悠，目为许氏，可乎哉？

【译文】 《说文解字》"老，从人毛匕，言须发变白也"；"考，从老省，丂声"。它解释这两个字，一个是会意，一个是谐声，这点很明了。但是援引到《说文解字叙》，来坐实许慎所论的"转注"，不应该自相矛盾，这本来是可以解释的（另有原因）。假使许慎的解说不可用，也必须运用他的解说然后加以反驳修正，为何两千年间纷纷另立新说，而且将曲解的左回、右转等荒谬解说视为许慎的观点，可以如此吗？

【原文】 震谓"考""老"二字属谐声、会意者，字之体；引之言转注者，字之用。转注之云，古人以其语言立为名类，通以今人语言犹曰"互训"云尔。转相为注，互相为训，古今语也。《说文》于"考"字训之曰"老也"，于"老"字训之曰"考也"。是以《叙》中论转注举之。《尔雅·释诂》有多至四十字共一义，其六书"转注"之法与？别俗异言，古雅殊语，转注而可知，故曰"建类一首，同意相受"。大致造字之始，无所凭依，宇宙间事与形两大端而已，指其事之实曰“指事”，一二、上下是也；象其形之大体曰“象形”，日月、水火是也。文字既立，则声寄于字，而字有可调之声；意寄于字，而字有可通之意。是又文字之两大端也。因而博衍之，取乎声谐，曰“谐声”；声不谐，而会合其意曰“会意”。四者，书之体止此矣。由是之于用，数字共一用者，如“初、哉、首、基”之皆为“始”；“卬、吾、台、予”之皆为“我”，其义转相为注，曰“转注”。一字具数用者，依于义以引申，依于声而旁寄，假此以施于彼，曰“假借”。所以用文字者，斯其两大端也。六者之次第出于自然，立法归于易简。震所以信许叔重论六书必有师承，而“考”“老”二字，以《说文》证《说文》，可不复疑也。存诸心十余载，因闻教未达，遂纵言[①]之。

【译文】 我认为将“考”“老”二字认定为谐声字、会意字，这是从字体起源来说的；引用它，说是转注，这是从字的运用来说的。所谓的转注，古人用他们的语言来确立这么一个名词类别，翻译成今人的语言，如同说“互训”之类。转相为注，互相为训，是古今语的不同。《说文解字》把“考”字训释为“老也”，把“老”字训释为“考也”。这是根据《说文解字叙》中论转注来举例解释的。《尔雅·释诂》有多达四十个字共为一个意义，难道这就是六书中所谓的“转注”之法吗？习俗相别，言语不同，古今雅俗语言亦是大有区别，互相解释就可了解词义，所以说“建类一首，同意相受”（构建同一个部首，相同部首的字义可以互相解释）。大约刚开始造字的时候，没有东西可以用来作为依据，宇宙间无非事件和物的形体两大类罢了，指示出这个事件的内容叫作“指事”，一二、上下即是此类；模拟画出这个物的大体形状叫作“象形”，日月、水火即是此类。文字已经确立，那么字音包含在字形中，因而字有可以诵读的语音；词义包含在字形里，因而字有可以

① 纵言：广泛谈论。《礼记·仲尼燕居》：“仲尼燕居，子张、子贡、言游侍，纵言至于礼。”郑玄注：“纵言，泛说事也。”

理解交流的意义。这又是文字的两大方面。在此基础上可以广泛衍生（新的字词），根据读音相同、相近来造字的，叫作“谐声”；读音不相同、不相近，但字义相契合的叫作“会意”。（指事、象形、谐声、会意）四类，造字的方法仅有这些。运用这四类方法所造出来的字，有时会多个字用一个意思，如“初、哉、首、基”都用“始”义；“卬、吾、台、予”都用“我”义，这些字的字义可互相解释，叫作“转注”。一个字具有多种用法，根据它的本义来加以引申，根据它的语音来衍生，将这个字借过来用作另一个字，叫作“假借”。如何使用文字，也就是这两大方面了。（指事、象形、谐声、会意、转注、假借）六类的次序是自然而然产生的，确立六书法则，使之简明便易。因此，我相信许慎所论六书一定有所师承，至于“考”“老”二字，用《说文解字》来考证《说文解字》，不用再去怀疑否定了。（这些想法）留存在我心中十多年了，因为未曾得到相关的教诲，所以我就在此畅所欲言了。

论韵书中字义答秦尚书[①]

【原文】 字书主于训诂，韵书主于音声，然二者恒相因。音声有不随诂训变者，则一音或数义。音声有随诂训而变者，则一字或数音。大致一字既定其本义，则外此音义引申，咸六书之假借。其例：或义由声出：如胡字，惟《诗》“狼跋其胡”与《考工记》“戈胡、戟胡”用本义。至于“永受胡福”[②]，义同“降尔遐福”[③]，则因“胡”“遐”一声之转[④]，而“胡”亦从“遐”为远；“胡不万年”“遐不眉寿”[⑤]，又因“胡”“遐”“何”一声之转，而“胡”“遐”皆从“何”。又如《诗》中曰“宁莫之知”，曰“胡宁忍予”，曰“宁莫我听”，曰“宁丁我躬”，曰“宁俾我遁”，曰“胡宁瘨我以旱。”[⑥]“宁”字之义，传《诗》者失之。以转语之法类推，“宁”之言“乃”也。凡训诂之失传者，于此亦可因声而知义矣。或声同义别：如蜥易之“易”，借为变易之“易”；象犀之“象”，借为象形之“象”。或声义各别：如户关之“关”为关弓之“关”，燕燕之

---

① 秦尚书（1702—1764）：字树峰，号味经，江苏金匮（今江苏省无锡市）人。乾隆元年（1736）进士，官礼部侍郎、工部尚书等，谥文恭。博学能文，精于《三礼》，主纂《五礼通考》。

② 永受胡福：出自《仪礼·士冠礼》。

③ 降尔遐福：出自《诗经·小雅·天保》。

④ 一声之转：训诂学术语。指在声母相同相类的情况下，由韵母的转变而造成的字词的孳乳、分化、通假等现象。如王念孙《广雅疏证》：“而、如、若、然，一声之转也。”又“鳏、寡、孤，一声之转也。”“而、如、若、然”四字上古声母同属日母，“鳏、寡、孤”三字上古声母同属见母。

⑤ 胡不万年：出自《诗经·曹风·鸤鸠》。遐不眉寿：出自《诗经·小雅·南山有台》。

⑥ 宁莫之知：出自《诗经·小雅·小弁》。胡宁忍予：出自《诗经·小雅·四月》，又见《诗经·大雅·云汉》。宁莫我听、宁丁我躬、宁俾我遁、胡宁瘨我以旱：此四句皆出自《诗经·大雅·云汉》。

“燕”为燕国之“燕”。六书假借之法，举例可推。若夫讹舛相承，如《诗》“山有枢”，字本作“榀”，乌侯反，刺榆之名。或不加反音，读如户枢之“枢”，则失之矣。

【译文】 字书重点讲字义，韵书主要讲语音，但二者之间常常相互关联相互依托。语音有的不随字义改变而改变，这就出现一音多义。语音有的随字义改变而改变，这就形成一字多音。大致来说，一个字既确定了它的本义，那么，本义之外引申的读音字义，都属于六书中的假借。此类例子：有的字义由字音而确定：如“胡”字，只有《诗经》“狼跋其胡”和《考工记》“戈胡、戟胡”用的是本义。至于“永受胡福”和“降尔遐福”字义相同，这是因为“胡”“遐”属于一声之转，而“胡”字也随“遐”字有了“远”义；“胡不万年”“遐不眉寿”，也因为“胡”“遐”“何”为一声之转，因而“胡”“遐”都有了“何”义。又如《诗经》中说“宁莫之知”，说“胡宁忍予”，说“宁莫我听”，说“宁丁我躬”，说“宁俾我遁”，说“胡宁瘨我以旱”。“宁”字的意义，解释《诗经》的都弄错了。用转语的方法来类推，(就会知道)“宁”是“乃”的意思。大凡字义已经失传了的，像这样的也都可以通过声音探知字的意义。有的读音相同字义却不同：如“蜥易”的“易”字，借用作“变易”的“易”字；“象犀”的“象”字，借用作“象形”的“象”字。有的字读音和意义都不同：如“户关”的“关”用作“关弓”的“关”字，“燕燕”的“燕”字用作“燕国”的“燕”字。六书假借的用法，可如上所举例子来类推。至于出现讹误，代代相承，如《诗经》“山有枢”，字本写作“榀”，乌侯反，为刺榆的名称。有的没有加注读音，读成了“户枢”的“枢”音，这就完全读错了。

【原文】 其或异字异音，绝不相通，而传写致讹，溷淆莫辨。如《诗·月出》篇“劳心惨兮”，与“照”“燎”“绍”为韵，而《释文》“七感反”；《正月》篇“忧心惨惨”，与“沼”“乐”“照”“虐”为韵；《抑》篇“我心惨惨”，与“昭”“乐”“藐”“教”“虐”“耄”为韵，及《北山》篇“或惨惨劬劳""或惨惨畏咎",《释文》反音并同,不知皆"懆"字之讹也。"懆",采老切,愁不安也。《白华》篇"念子懆懆",此一处幸而未讹,《释文》亦加以"七感反"之音,是直不辨"懆""惨"之为二字矣。《陈风》"歌以讯之",与"萃"为韵;《小雅》"莫肯用讯",与"退""遂""瘁"为韵。而《释文》以音"信"为正,不知皆"谇"字之讹也。"谇",告;"讯",问。"谇"音"粹","讯"音"信"。《广韵·二十一震》"讯"字下云:"问也,告也。"不知"告"之义属"谇"不属"讯",入《六至》不入《二十一震》也。《释文》于《尔雅》既作"谇,告也",引沈"音粹"、郭"音碎",幸而未讹矣;又云:"本作'讯',音'信'。"是直不辨"谇""讯"之为二字。今《尔雅注疏》本"谇"字亦与《诗》同讹,而王逸注《楚辞》引《诗》"谇予不顾",《后汉书·张衡传》注引《尔雅》"谇,告也"。《广韵·六至》:"谇"字下引《诗》"歌以谇止",然则此句"止"字与上句"止"字相应,为语辞①。凡古人之诗,韵在句中者,韵下用字,不得或异。《三百篇》惟"不可休思","思"讹作"息",与此处"止"讹作"之",失诗句用韵之通例,得此正之,尤稽古所宜详核。《考工记》:"抟埴之工。"郑注云:"抟之言拍也。"(张参《五经文字》"拍"音抟)。刘熙《释名》云:"拍,抟也,手抟其上也。"又云:"抟,博也,四指广博,亦似击之也。"则"抟"当音"博",不音"团",而《释文》列"团""博"两音,且"团"音在前,是直不辨"抟""抟"之为二字。它如"厎、底""瘖、疷""寔、实""慉、畜"之属,相习溷淆,不可胜数。

【译文】 间或有的字不同音也不同,完全是两个不同的字,但在传写过程中导致讹误,造成混淆以致分辨不清。如《诗经·月出》篇"劳心惨兮",和"照""燎""绍"相押韵,但《释文》作"七感反";《正月》篇"忧心惨惨",和"沼""乐""照""虐"相押韵,《抑》篇"我心惨惨",和"昭""乐""藐""教""虐""耄"相押韵,以及《北山》篇"或惨惨劬劳""或惨惨畏咎",《释文》所注读音都相同。不知道(这些)都是"懆"字的讹

① 语辞:文言虚词。

误。“懆”，采老切，忧愁不安的意思。《白华》篇“念子懆懆”，这一处幸而没有产生讹误，《释文》也加注为“七感反”这个读音，这完全是分辨不清“懆”“惨”是两个不同的字。《陈风》“歌以讯之”，和“萃”相押韵；《小雅》“莫肯用讯”，和“退”“遂”“瘁”相押韵。但是《释文》把音“信”作为正确的读音，不知道都是“谇”字的讹误。“谇”，告；“讯”，问。“谇”音“粹”，“讯”音“信”。《广韵·二十一震》“讯”字下注道：“问的意思，告的意思。”不知“告”这个义项属于“谇”字却不属于“讯”字，(《广韵》)收在《六至》中，不在《二十一震》中。《释文》对于《尔雅》既作“谇，告的意思”，又引沈“音粹”、郭“音碎”，幸而没有讹误；又说：“本来写作‘讯’，读为‘信’音。”这直接是不知道“谇”“讯”是两个不同的字。现在《尔雅注疏》本“谇”字也和《诗经》一样讹误，但是王逸注《楚辞》引《诗经》“谇予不顾”，《后汉书·张衡传》注引《尔雅》“谇，告的意思”。《广韵·六至》：“谇”字下引《诗经》“歌以谇止”，但是这个句子的“止”字和上句的“止”字相照应，都是虚词。大凡古人作诗，韵在句子中间的，韵下用字，不能有所不同。《三百篇》只有“不可休思”，“思”讹误成“息”字，和此处“止”字讹误成“之”字，和诗句用韵的通例不合。根据这个通例来校正讹误，尤其是考古时应该做到详细考核。《考工记》：“搏埴之工”，郑玄注道：“‘搏’说的是‘拍’的意思。”(张参《五经文字》“拍”音“搏”)。刘熙《释名》说：“拍，搏的意思，用手在上面搏打。”又说：“搏，博的意思，四指宽大，也像是在击打它。”那么“搏”应当读“博”音，不读“团”音，但是《释文》列出了“团”“博”两个读音，并且“团”这个读音列在前面，这完全是不知道“抟”“搏”是两个不同的字。其他如“厎、底”“瘖、瘊”“寔、实”“慉、畜”之类，互相沿袭造成混乱讹误，数也数不过来。

【原文】 又有本无其字，因讹而成字：如《尔雅》之“鼀䶂”[①]，“鼀”，力竹反，从“先”得声，讹而为“鼁”，遂读起据反；《方言》之“鍊

① 䶂：今本《尔雅》作“䵹”。

钃”，郭璞音“束”，曹宪于《博雅》音“鍊”，《集韵》据郭忠恕《佩觿》之臆说，于《一東》增“鍊”字，引《方言》则“鍊”讹而为“鍊”，遂与“東”同音。有字虽不讹，本无其音，讹而成音：如《诗》“有弥济盈，有鷕雉鸣”。“鷕”从“唯”得声，与“弥”为句中韵；下复举“济盈”“雉鸣”，亦句中韵。旧音：“鷕，以水反。”（见《释文》）“水”讹作“小”，遂有“以小反”之音，《广韵》于是收入《三十小》，改“小”作“沼”，并其所由致讹，几不可考。《汉书·地理志》“汝南郡鲖阳”，孟康曰：“鲖音纣红反。”“鲖”从“同”得声，“纣红反”之音是也。《广韵》《集韵》皆收入《四十四有》，与“纣”同音，岂不见“红反”二字，而以为“音纣”与？

【译文】 还有一种情况是本来没有这个字，因为讹误而形成了这个字：如《尔雅》中的“鼀䵷”，“鼀”，读作“力竹反”，从“尭”旁得声，讹误而变为“鼀”，所以读成“起据反”；《方言》中的“鍊钃”，郭璞读作“束”音，曹宪在《博雅》中读作“鍊”音，《集韵》根据郭忠恕《佩觿》凭空臆造的说法，在《一東》中增加一个“鍊”，引用《方言》就将“鍊”讹误而变为了“鍊”，于是便和“東”字成同音了。有的字虽然没有讹误，但本来没有这个读音，因讹误而产生了这个读音：如《诗经》“有弥济盈，有鷕雉鸣”。“鷕”字从“唯”旁得声，和“弥”为句中韵；下文又列举出“济盈”“雉鸣”，也是句中韵。旧音：“鷕，以水反。”（见《释文》）“水”字讹误写成“小”字，于是有了“以小反”这个读音，《广韵》就这样收入《三十小》中，将“小”改作“沼”，从而使得这个字讹误的原因，几乎不可考证了。《汉书·地理志》“汝南郡鲖阳”，孟康说：“鲖，音纣红反。”“鲖”从“同”旁得声，读“纣红反”这个音是正确的。《广韵》《集韵》都收入《四十四有》中，和“纣”字同音，难道是没有看见“红反”二字，因而把它读成了“音纣”吗？

【原文】 诂训音声，自汉已来，莫之能考也久，无怪乎释经论字，茫然失据。此则字书、韵书所宜审慎不苟也。虽旧韵相承，其中显然讹谬者，宜从订正。

【译文】 字词释义注音，汉代以来的很长时间里都没有人能够正确考证了，难怪解释经书的文字没有依据，一片迷茫，不知所措。这就是（使用）字书、韵书应该周密而谨慎、不苟同的原因。虽然有旧韵相互继承，但是其中有明显讹谬的，应当加以订正。

屈原赋注自序

【原文】 《汉·艺文志》“《屈原赋》二十五篇”，自《离骚》迄《渔父》，屈原所著书是也。汉初，传其书不名《楚辞》，故《志》列之赋首。又称其“作赋以风，有恻隐古诗之义”。至如宋玉已下，则不免为辞人之赋，非诗人之赋矣。

【译文】 《汉书·艺文志》“《屈原赋》共二十五篇”，从《离骚》到《渔父》，是屈原所著的篇章。汉初，传播屈原的作品并不把它叫作《楚辞》，所以《艺文志》将屈原作品列在赋的首位。又宣称这些作品是“作赋用来讽谏，有隐喻古诗的意蕴”。到了宋玉以后，就不免成为辞人的赋，不是诗人的赋了。

【原文】 予读屈子书，久乃得其梗概。私以谓其心至纯，其学至纯，其立言指要归于至纯。二十五篇之书，盖经之亚。说《楚辞》者，既碎义逃难①，未能考识精核，且弥失其所以著书之指。今取屈子书注之，触事广类②，俾与遗经雅记，合致同趣。然后赡涉之士③，讽诵乎章句，可明其学，睹其心，不受后人皮傅用相眩疑。书既稿就，名曰《屈原赋》，从《汉志》也。休宁戴震。

---

① 碎义逃难：支离破碎地解说并回避疑难问题。出自《汉书·艺文志》：“后世经传既已乖离，博学者又不思多闻缺疑之义，而务碎义逃难。”

② 触事：犹遇事。广类：按类推广它。出自郭璞《〈方言〉序》：“余少玩雅训，旁味方言，复为之解。触事广之，演其未及，摘其谬漏，庶以燕石之瑜，补琬琰之瑕。”

③ 赡涉之士：广泛涉猎的读书人。赡：丰富，充裕。

【译文】 我阅读屈原的作品，很久才理解其内容梗概。私下里认为他的思想最为纯正，他的学问最为纯粹，他的著书立说要旨都归之于极致的纯正。二十五篇作品，应该说是经书的次一等。解说《楚辞》的人，既支离破碎地解说，回避疑难问题，没能够认真考证复核，而且完全丢失其所以著书的宗旨。现在拿屈原的著作来注释它，遇事按类推衍，使之和圣人遗留下来的经典及典雅的笺记的主旨和情趣相吻合，然后涉猎广泛的读书人，诵读这些章句，可以了解他的学识，懂得他的心志，不因后人的牵强附会而相互迷惑。书稿写成，取名叫《屈原赋》，这是遵从《汉书·艺文志》（的旧例）。休宁戴震。

续天文略序

【原文】 臣震谨按:《书》言:"敬授人时。"[①]《易》言:"天垂象,见吉凶。"其在《周官》,推步[②]掌于冯相氏[③],占变掌于保章氏[④],各有专司。故司马迁《史记》分为八书之二[⑤]。古者小民咸识天象,仰瞻星汉,用知时节而趣耕作。《夏小正》《月令》诸书,示农事女工勿怠缓也。而律设科条,私习天文有禁,乃以绝民间或妄语禨祥。是二者,又有宜讲求、不宜讲求之别矣。然施之于用虽二事,苟溯而上之,日、月、星运行有常,其为体也则一。

【译文】 臣戴震谨案:《尚书》说:"将历法付与百姓,使知时令变化,不误农时。"《周易》说:"上天用悬挂各种各样天象的方式来表示吉凶。"在《周官》中,冯相氏掌管天象历法,保章氏掌管占卜观变,他们有专门的职责。所以司马迁在其《史记》中分为八书之二(《历书》

---

① 敬授人时:出自《尚书·尧典》。本指将历法付与百姓,使知时令变化,不误农时,后指颁布历书。

② 推步:推算天象历法。古人谓日月转运于天,犹如人之行步,可推算而知。

③ 冯相氏:周官名,掌天文。

④ 保章氏:古代观察明显反常星象和气象活动者的职务。"保"表示"负责";"章"表示"彰显",没有什么现象比"反常"更"彰显"。按《周礼》,有一定编制,各有分工,但编制历代不同。他们负责"掌天星以志星辰日月之变动,以观天下之迁辨其吉凶……以十有二岁之相观天下之妖祥,以五云之物辨吉凶",察看有无水旱造成凶荒、风气是否有乖天地之和,以便及时采取措施,挽回不利趋势或祓除不祥。

⑤ 八书之二:指《历书》和《天官书》。《史记》的八书包括《礼书》《乐书》《律书》《历书》《天官书》《封禅书》《河渠书》《平准书》,其是对古代社会的经济、政治、文化各个方面的专题记载和论述。其后正史皆改"书"为"志"。

《天官书》)。古时候的平民百姓都认识天象,能够仰观星象,从而掌握时令节气,安排农事工作。《夏小正》《月令》等书,是用来提示女工不能够懈怠拖延农事的。至于法律中设置条文,禁止私自研习天文,是用来杜绝民间运用天文知识捏造鼓吹凶吉预兆。这二者,又有宜提倡与不宜提倡的区别。但是落实到具体运用上虽然是两件不同的事,但是追溯到本源上来说,日、月、星运行有固定的规律,其本体则是一样的。

【原文】 宋郑樵《通志》录《步天歌》兼及其注文,继以《晋书》所列天汉起没十二次度数,州郡躔次[①],又参以《隋书》所列七曜[②],述是数者为《天文略》。樵称歌辞句中有图,言下见象,不语休祥,而《注》内仍不免涉灾祥休咎。至若十二次宿度,杂举刘歆、费直、蔡邕三家,则由未解岁差[③],故存其殊致,莫之折衷。其以郡隶州国也,如曰燕、幽州,而所隶有西河、上郡、北地,此三郡实古雍州;曰卫,而配以并州,下列安定、天水、陇西、酒泉、张掖、武都、金城、武威、敦煌,此九郡远出雍西;曰魏,而配以益州,隶广汉、越嶲、蜀郡、犍为、牂牁、巴郡、汉中于下,实非魏之疆土;曰秦、雍州,而所隶乃云中、定襄、雁门、代郡、太原、上党,又属战国时赵域。《晋书》此条讹舛特甚,既无从是

---

① 州郡躔次:星占术语。“躔次”指日月五星在恒星之间的位置,“州郡躔次”指地面上州郡及各地点在恒星之间的位置。古人将二十八宿与地面上州郡联系起来,形成一种对应关系,是古代分野说中的一项内容,属于占星术的范畴。《晋书·天文志》以州郡躔次为小标题列出了二十八宿与地面上的区域、州郡的关系,并以入宿度的形式给出了地面上各地点在二十八宿赤道体系中的相应位置,从而可以观察天象以对相应的点进行星占活动。

② 七曜:又称“七政”“七纬”“七耀”等。古代中国人将荧惑星(火星)、辰星(水星)、岁星(木星)、太白星(金星)、镇星(土星)称为“五星”,“五星”又称“五曜”,加上太阳星(日)、太阴星(月),合称“七曜”。日月之外的五个天体也能用肉眼观察到,中国古代以五行之说的“火水木金土”指代这五个行星。

③ 岁差:一种天文学现象。它是指地球自转轴长期运动,引起春分点沿黄道西移,致使回归年短于恒星年的现象。岁差是地球公转和地轴运动相结合的结果,这种结合决定了二分二至对应的地球位置不是定点,而是在公转轨道上不断西移的动点,从而导致地球公转一周不等于太阳直射点纬度变化一周。正是由于春分点的移动,太阳直射点的回归运动(回归年)较之恒星年存在约二十分钟的时差,岁差也因此得名。

正，不宜取以滋惑。盖天文一事，樵所不知，而欲成全书，固不可缺而不载，是以徒袭旧史，未能择之精，语之详也。

【译文】 宋代郑樵《通志》收录《步天歌》及它的注文，接着收录了《晋书》所列银河从起到止的十二次度数，州郡的躔次，又参考《隋书》所列七曜的内容，参考这几项内容，撰写《天文略》。郑樵宣称《步天歌》语句中有图，每句话下能看到图像，不涉及休祥，但是《注》内仍不免涉及吉凶灾变。至于十二次宿度，夹杂列举刘歆、费直、蔡邕三家，则又由于不懂岁差，所以对于他们之间的误差没人能够定论。又将郡隶属州国，如说到燕国、幽州，则所隶属的有西河郡、上郡、北地郡，而这三个郡实际上属于古雍州；说到卫国，却拿并州相配，下列安定、天水、陇西、酒泉、张掖、武都、金城、武威、敦煌，这九个郡属于偏远的雍州西；说到魏国，则以益州相配，有广汉、越嶲、蜀郡、犍为、牂牁、巴郡、汉中等在其中，但这七个郡实际上不是魏国的疆土；说到秦国、雍州，所隶属的有云中、定襄、雁门、代郡、太原、上党，这六个郡又属于战国时赵国的疆域。《晋书》此条讹误特别多，既然无处改正，就不应当造成迷惑。因为郑樵不懂天文学，但要写作整本《通志》，就不能缺失不写，这样一来就沿袭旧史，不能够作出精准选择，也不能够详细论述。

【原文】 今更为目十：曰星见、伏、昏、旦、中，曰列宿十二次，曰星象，曰黄道宿度，曰七衡六间，曰晷景短长，曰北极高下，曰日月五步规法，曰仪象，曰漏刻。或补前书缺遗，或赓所未及，凡占变推步不与焉。考自唐虞已来，下迄元明，见于《六经》、史籍，有关运行之体者，约而论之，著于篇。

【译文】 现在将目录改为十篇：一是星见、伏、昏、旦、中，二是列宿十二次，三是星象，四是黄道宿度，五是七衡六间，六是晷景短长，七是北极高下，八是日月五步规法，九是仪象，十是漏刻。有的地方补充以前书籍的缺失遗漏，有的则补充以前书籍所未涉及的内容，而大凡占卜观变、天象历法等都不涉及。考证从唐虞以来，下迄元明，见于《六经》、史籍，有关天体运行的内容，概而论之，著于篇中。

考工记图序

【原文】 立度辨方[①]之文，图与传注相表里者也。自“小学”道湮，好古者靡所依据。凡《六经》中制度礼仪，核之传注，既多违误，而为图者，又往往自成诘诎，异其本经。古制所以日就荒谬不闻也。旧《礼图》有梁、郑、阮、张、夏侯诸家之学，失传已久。惟聂崇义《三礼图》二十卷见于世，于考工诸器物尤疏舛。同学治古文辞有苦《考工记》难读者，余语以诸工之事，非精究少广[②]、旁要[③]，固不能推其制，以尽文之奥曲。郑氏注善矣。兹为图翼赞郑学，择其正论，补其未逮。图傅某工之下，俾学士显白观之。因一卷书，当知古“六书”“九数”等，儒者结发[④]从事，今或皓首未之闻，何也？休宁戴震。

【译文】 设立标尺、辨别四方的文章，图表和传注互相配合，共为一体。自从“小学”这一治学方法失传后，热爱古学的人就没有了治学依据。大凡《六经》中制度礼仪，到后代传注中去检查复核，大多是错误的，而为图表的，又往往自相矛盾，和本经相异。因此古代典章制度日复一日地荒谬不传了。旧的《礼图》，尽管有梁正、郑玄、阮谌、张镒、夏侯伏朗等数家之学，但是都已经失传很久了。只有聂崇

① 立度：设立标尺。辨方：辨别四方。《周礼·天官·序官》：“惟王建国，辨方正位。”郑玄注：“辨，别也。郑司农云：‘别四方，正君臣之位。’”成公绥《天地赋》：“辨方正土，经界建邦。”

② 少广：古代算法之一，是由已知长方形面积或长方体体积求其一边之长的方法。

③ 旁要：古代算学名词。九数之一，即勾股。

④ 结发：束发，指初成年时。韩愈《争臣论》：“岩穴之士，闻而慕之。束带结发，愿进于阙下。”

义的《三礼图》二十卷流行于世，但是对于考工诸器物疏漏错误尤其多。一同受业的人研究古文，有的苦于《考工记》难以阅读，我告诉他们各种工匠的工作，如果不是潜心研究少广、旁要的，本就难以推算其形制，进而穷尽文章所蕴含的深奥与曲折。《考工记》郑玄的注解很完善了，这里画图表来辅助郑玄之学，选择郑玄正确的观点，补充郑玄没有涉及的地方。图表附在某工的下面，使得学习的人更方便阅读它。此外，通过这么一卷书，应当由此了解到古代“六书”“九数”等，古代的读书人刚刚成年就学习它，而今天的读书人有人头发花白了竟然还没有听说过，这是为什么呢？休宁戴震。

考工记图后序

【原文】 《考工》诸器高庳[①]广狭有度。今为图，敛于数寸纸幅中，或舒或促，必如其高庳广狭，然后古人制作，昭然可见。不则，如磬氏[②]之磬，何以定其倨句[③]？栗氏之量[④]，何以测其方圆径幂？韗人之皋陶[⑤]，何以辨其晋鼓[⑥]、鼖鼓[⑦]？又如凫氏之钟[⑧]，后郑[⑨]云："鼓六，钲六，舞四，其长十六。"又云："今时钟或无钲闲。"既为图观之，乃知其说误也。勾股法，自铣至钲，八而去二，则自钲至舞，亦八而去二。铣为钟口，舞为钟顶。《记》曰铣、巨钲者，径也。曰铣间、曰钲间、曰鼓间者，崇也。曰修、曰广者，羡也。羡之度举舞则钲与铣可知，而钲

① 庳(bì)：(建筑物)低矮。

② 磬氏：制作磬的工匠。

③ 倨句(jù gōu)：亦作"倨佝""倨拘"，形容水流曲折之貌。文中指磬的两边形成的弯角。

④ 栗氏之量：栗氏制作量器。至于为什么称作"栗氏"，则未知其详。或说栗借作"历"。《史记·滑稽列传》："铜历为棺。"《索隐》："历，即釜鬲也。"可备一说。

⑤ 韗(yùn)人：古代主制皮革鼓木的工匠。皋陶：此指鼓框。

⑥ 晋鼓：击奏膜鸣乐器。周代六鼓之一。比鼖鼓小，通常用于宫廷礼乐，作乐时，先击编钟，后击晋鼓。《周礼·地官·鼓人》："鼓人，掌六鼓四金之音声，以节声乐，以和军旅，以正田役……以晋鼓鼓金奏。"郑玄注："长六尺六寸。金奏为乐作，即编钟。"贾公彦疏："凡作乐，则先击钟，故钟师以钟鼓奏九夏。"

⑦ 鼖(fén)鼓：大鼓。《尚书·顾命》："胤之舞衣，大贝、鼖鼓在西房。"《周礼·考工记·韗人》："鼓长八尺，鼓四尺，中围加三之一，谓之鼖鼓。"

⑧ 凫氏之钟：凫氏制作的钟。制作钟的工匠为什么称作"凫氏"，未知其详。

⑨ 后郑：指郑玄。郑玄(127—200)，字康成，北海高密(今山东省高密市)人。经学大师，遍注群经。《后汉书》有传。为别于著名学者郑众(生年不详，卒于83年，字仲师，官大司农，又称郑司农，《后汉书》有传)，常称郑玄为"后郑"，而称郑众为"先郑"。

间因铣、钲、舞之径，以得其崇。然则《记》所不言者，皆可互见。若据郑说，有难为图者矣。其他戈戟之制，后人失其形似。式[①]崇式深，后人疏于考论。郑氏注固不爽也。车舆宫室，今古殊异。钟、县、剑、削之属，古器犹有存者。执吾图以考之，群经暨古人遗器，其必有合焉尔。时柔兆摄提格日在南北河之间[②]。东原氏书于游艺塾。

【译文】《考工记》中各种器具高低宽窄有固定的尺度。现在画成图，缩放到数寸宽的纸张中，有的舒放有的促狭，一定和器具本来的高低宽窄一致，这样一来，古人制作的原貌就昭然可见。不这样的话，如磬氏的磬，依靠什么来确定两边所交的角度？栗氏制作的量器，依靠什么来测量它的直径、周长和面积？韗人制作的鼓框，依靠什么来辨别它究竟是晋鼓还是鼖鼓？又如凫氏制作的钟，郑玄说："鼓长六，钲长六，舞长四，其长十六。"又说："现在的钟有的没有钲间。"既已画成图来观察，才知道他的说法是错误的。勾股法，从铣到钲，铣长八，减去二钲长六；则从钲到舞，也是钲长八减去二舞长六。铣是钟口，舞是钟顶。《考工记》所说的铣长、所说的钲长，都是指它们的直径。所说的铣间、钲间、鼓间都是指高度。所说的修、广都是指羡（钟形椭圆）的长径和短径。羡的周长面积，用舞（钟体的上覆面）为例作了说明，这样一来钲和铣也可以推知，而钲间根据铣、钲舞的直径，可以推算出高度。如此说来，《考工记》所不明言的，都可以相互推算出来。若是根据郑玄的说法，有时就难以画出图来了。其他如戈戟的规制，后人已经丢失了它的形体模样。车轼的高度和纵深，后人考论有误。郑玄的注本来是正确无误的。车舆宫室，古今差别很大。钟、县、剑、削之类，古代器具还有留存的。拿着我所画的图来考证它们，群经中的器具及古人遗存下来的器具，其中一定有相合的。丙寅年（1746）十二月。戴东原作于游艺塾。

---

① 式：通"轼"，车轼。

② 时柔兆摄提格日在南北河之间：指丙寅年（乾隆十一年，1746）十二月。

孟子字义疏证序

【原文】 余少读《论语》端木氏①之言曰:“夫子之文章②可得而闻也,夫子之言性与天道不可得而闻也。”读《易》,乃知言性与天道在是。周道衰,尧、舜、禹、汤、文、武、周公致治之法,焕乎有文章者,弃为陈迹。孔子既不得位,不能垂诸制度礼乐,是以为之正本溯源,使人于千百世治乱之故,制度礼乐因革之宜,如持权衡以御轻重,如规矩准绳之于方圆平直。言似高远而不得不言。自孔子言之,实言前圣所未言;微孔子,孰从而闻之!故曰“不可得而闻”。

【译文】 我年轻时读到《论语》中子贡的话:“老师关于《诗》《书》《礼》《乐》等文献的讲述,我们能够听到;老师关于性和天道方面的言论,我们不能够听到。”后来读《易》,才知道(孔子)讨论性和天道的观点收录在这里。周朝的政治衰落破败之后,尧、舜、禹、商汤、周文王、周武王、周公等使国家在政治上安定清平的方法,那些光芒四射的礼仪制度,都被抛弃变成陈迹了。又因为孔子没能够取得政治上的统治地位,不能够将自己的思想理念制定为礼仪制度,留传后世。因此,(退而求其次,)他去做一些探寻本源、整顿根本的工作,使人们能够在千百世或治或乱中,在礼仪制度的因袭和变革的切合时宜中,如同手持秤锤和秤杆来称量物件的轻重,又如同手拿工具来测量事物

① 端木氏:即端木赐(公元前520—公元前456),复姓端木,字子贡。“孔门十哲”之一,善于雄辩,且有干济才,办事通达,曾任鲁国、卫国的丞相。还善于经商,是孔子弟子中的首富。

② 文章:指有关古代文献的学问。

的方圆平直。孔子的言论看起来很深奥悠远，但不可不说。就孔子来说，他实际上说出了以前圣贤所未曾说的道理；除孔子以外，还能从谁那里听到这样深奥的道理呢！所以说是“（老师关于性和天道方面的言论），我们不能够听到”。

【原文】 是后私智穿凿者，亦警于乱世，或以其道全身而远祸，或以其道能诱人心有治无乱；而谬在大本，举一废百；意非不善，其言只足以贼道，孟子于是不能已于与辩。当是时，群共称孟子好辩矣。《孟子》之书，有曰“我知言”，曰“游于圣人之门者难为言”。盖言之谬，非终于言也，将转移人心；心受其蔽，必害于事，害于政。彼目之曰小人之害天下后世也，显而共见；目之曰贤智君子之害天下后世也，相率趋之以为美言，其入人心深，祸斯民也大，而终莫之或寤。辩恶可已哉！

【译文】 孔子之后，那些卖弄知识、穿凿附会的人，在乱世中（积累生活经验）从而有所警醒，他们要么明哲保身，远离灾祸，要么用他们的理论引导人安定而不犯法作乱。然而，他们的思想从本质上说是荒谬的，提倡了一个方面而忽略了多个方面；他们的本意并不是不好，但他们的主张只会有损于正道，所以孟子不得不和他们进行论辩。那个时候，人们都认为孟子爱辩论。《孟子》一书，说：“我能正确理解别人的言论。”又说：“曾在圣人门下学习过的人，很难接受其他人的言论。”这是因为言论的错误和危害，其后果不仅仅是说错话，而是会改变人的思想。一旦思想受到蒙蔽，就一定对处理事情有损害，对政务也有损害。那些被认定为小人而危害天下后世的，明显地为世人所共见；被认定是贤智君子而危害天下后世的，人们争相趋奉把他们的言论当作美言，他们的思想观点深入人心，对人们危害极大，然而人们对此却始终不能警醒。如此，论辩怎么能够罢休呢！

【原文】 孟子辩杨、墨；后人习闻杨、墨、老、庄、佛之言，且以其言汩乱孟子之言，是又后乎孟子者之不可已也。苟吾不能知之亦已矣，吾知之而不言，是不忠也，是对古圣人贤人而自负其学，对天下后世之仁人而自远于仁也。吾用是惧，述《孟子字义疏证》三卷。韩退之氏曰："道于杨、墨、老、庄、佛之学而欲之圣人之道。犹航断港绝潢[①]以望至于海也。故求观圣人之道，必自孟子始。"呜乎，不可易矣！休宁戴震。

理十五条（卷上目一）

天道四条（卷中目二）

性九条

才三条（卷下目五）

道四条

仁义礼智二条

诚二条

权五条

【译文】 孟子曾驳斥过杨朱、墨翟的主张。后人经常听杨朱、墨翟、老子、庄子、佛教的观点，并且用他们的言论来混乱孟子的言论，这是后世光大孟子学说的人不能不过问的事情。如果我不了解这些情况也就罢了，知道了却不讲出来，那是不诚实，是面对古代圣贤却背弃他们的学说，是面对天下后世仁人而自己远离仁义。我因此惶恐不已，作《孟子字义疏证》三卷。韩愈说："从杨朱、墨子、老子、庄子、佛教的学问中求道，并想由此达到圣人之道。这就好像在不通江海的港湾中航行却期望到达大海一样。所以想窥测圣人之道，就必须从学习孟子开始。"哎，这句话无可更改啊！休宁戴震。

理十五条（卷上目一）

天道四条（卷中目二）

性九条

---

① 断港：同别的水流不相通的港汊。绝潢：与水流隔绝的水池。潢：积水池。

才三条（卷下目五）

道四条

仁义礼智二条

诚二条

权五条

周易补注目录后语

【原文】 郑康成始合《彖》《象》于《经》，如今王弼本之《乾卦》后加“彖曰”“象曰”者是也。弼又分《文言》于《乾》《坤》后，各加“文言曰”；而自《坤卦》以后，《彖》及《象》之论两体者，分属卦词后，解爻词者逐爻分属其后。于是汉时所谓十二篇，莫能言其旧。

【译文】 郑玄开始将《彖》《象》和《经》文合在一起，这就是如今王弼本《乾卦》后加有“彖曰”“象曰”的部分。王弼又将《文言》分到《乾》《坤》之后，各自加上“文言曰”三字；而从《坤卦》以后，《彖》和《象》讨论两体的内容，分别放到卦辞后面，诠解爻词的内容逐爻放到每爻的后面。就这样汉代所谓的十二篇，没有人能够说出它原有的面目。

【原文】 孔冲远[①]曰：“《易经》本分为上下二篇，《彖》《象》释卦，亦当随《经》而分，故《上彖》一、《下彖》二、《上象》三、《下象》四、《上系》五、《下系》六、《文言》七、《说卦》八、《序卦》九、《杂卦》十。”郑学之徒，并同此说。《汉书·艺文志》曰：“《易经》十二篇，施、孟、梁丘三家。”是十二篇，三家所同也。

【译文】 孔颖达说：“《易经》本来分为上下两篇，《彖》《象》解释卦，也应该随着《经》而分开，所以第一篇为《上彖》、第二篇《下彖》、第

① 孔冲远：即孔颖达(574—648)，字冲远，一作仲达、冲澹，唐初经学家。曾主持编纂《五经正义》，融合了诸多经学家的见解，是集魏晋南北朝以来经学大成的著作。

三篇《上象》、第四篇《下象》、第五篇《上系》、第六篇《下系》、第七篇《文言》、第八篇《说卦》、第九篇《序卦》、第十篇《杂卦》。”信奉郑玄之学的人，所持观点都和这个说法相同。《汉书·艺文志》说：“《易经》十二篇，有施雠、孟喜、梁丘贺三家。”这表明十二篇之数，施雠、孟喜、梁丘贺三家是认同的。

【原文】 《儒林传》曰：“费直[①]治《易》，长于卦筮，无章句，徒以《彖》《象》《系辞》十篇之言解说上下经。”盖费氏《易》不自立故训章句，其解说《经》，即用十篇之言，明其当时之口讲指画[②]如此。是十二篇，费氏未尝改也。刘向以中古文《易经》校施、孟、梁丘《经》，或脱去无咎、悔亡，惟费氏《经》与古文同，初不闻刘向、班固言其篇题与诸家异。后人误读《儒林传》，乃赝作费氏《易》，省去《彖》《象》《系辞》之目，总以一传字加于《彖》《象》之首；纷纷咎费氏改经，不察之论也。

【译文】 《儒林传》曰：“费直研究《易经》，虽擅长卜筮，却没有解说的著作，只是用《彖》《象》《系辞》等《易传》十篇之观点言论解说《周易》上、下经。”这就是说，费直《易》学没有自撰疏解、解释章句方面的文字，他解说《易经》，就是直接使用《易传》十篇的言论观点。了解到他当时是如此讲授《易经》的，(我们就会明白)《易经》这十二篇，费直不曾篡改。刘向用中古文《易经》校对施雠、孟喜、梁丘贺的《易经》，不时脱落“无咎”“悔亡”，只有费直《易经》和古文一致，之前也不曾听到刘向、班固说他们的篇目和各家有什么不同。后人误读《儒林传》，乃伪造出费氏《易》，省略《彖》《象》《系辞》等目录，总以一“传”字加在《彖》《象》的篇首。大家纷纷指责费直篡改经文，这是不了解实情的言论。

---

① 费直：字长翁，东莱(今山东省莱州市)人。西汉古文易学“费氏学”的开创者，官至单父令。

② 口讲指画：一面讲一面用手势帮助表达意思。出自《柳子厚墓志铭》：“其经承子厚口讲指画，为文词者，悉有法度可观。”

【原文】 武帝时，博士之业，《易》虽已十二篇，然昔儒相传《说卦》三篇，与今文《大誓》同后出。《说卦》分之为《序卦》《杂卦》，故三篇词指，不类孔子之言，或经师所记孔门余论，或别有所传述，博士集而读之，遂一归孔子，谓之“十翼”矣。

【译文】 武帝时，博士学业，《易》虽然已达到十二篇，但是所谓昔日儒家学者所传读的三篇《说卦》，和今文《大誓》同为后世才出现的书籍。《说卦》将它分为《序卦》《杂卦》，所以三篇用词和主旨，不像是孔子的言论，或者是经师所记孔门弟子所传而未曾收录的孔子言论，或者另有传承，博士收集成篇并传播它，于是一起归到孔子名下，并把它们称为“十翼”了。

书顾命[①]后

【原文】 马、郑、王本分“王若曰”以下为《康王之诰》，东晋晚出之古文分“王出在应门之内”以下为《康王之诰》，皆非也。（案：马、郑、王所传真古文，不得并非之）。

【译文】 马融、郑玄、王肃的《尚书》本将“王若曰”以下内容分出去，称为《康王之诰》，而东晋晚出的古文《尚书》则是将“王出在应门之内”以下分出去，称为《康王之诰》，这些都是假的。（按：马融、郑玄、王肃所传的真古文《尚书》，不能一起认为是假的）。

【原文】 考此篇自“狄设黼扆缀衣”至末，逾年即位事也。必日前陈设，故不书日，逾年即位，礼之大常，不必书日而知也。“大保降收”，则受册命毕。而“诸侯出庙门俟，王出在应门之内”，乃记即位之仪。

【译文】 考察这篇文字，从“狄设黼扆缀衣”到篇末，记的是先君丧超过一年后登基的事。这一定是前一天陈设好，所以不记载日期，过一年登基，是重要而又固定常见的礼仪制度，不需要记载日期却能知道日期。“大保降收”，则是接受册封任命完毕。而“诸侯出庙门俟，王出在应门之内”，乃是记录即位的典礼仪式。

【原文】 《顾命》之篇，其大端有三：群臣受顾命，一也；逾年即

① 顾命：《尚书》中的篇名，取临终遗命之意。后称帝王临终前的遗诏为顾命。

位，康王先受册命[1]，二也；适治朝[2]，践天子之位，三也。说者不察受册命及出至路门[3]外、应门[4]内之治朝属逾年，遂疑西方、东方诸侯为来问王疾者，则新丧内，天崩地坼之痛，而从容兴答，必无是情，又不必论其他事之礼与非礼矣。

【译文】 《顾命》这篇文章，大体上记载了三件事：一是君臣一起接受帝王临终前的遗诏；二是先君丧超过一年后登基，康王先接受先王册封的遗命；三是到达治朝，登天子位。解说的人不了解接受先王册封遗命及走出到路门外面、应门里面的治朝在满一年之后，就怀疑西方、东方的诸侯是前来探望王的，那么周王新丧期间，承受着天崩地坼般的痛苦，却能够做到从容不迫地兴起作答，必定不会出现这种情形，更不必说其他事合不合于礼仪了。

---

① 册命：古代帝王封立继承人、后妃及诸王大臣的命令。《尚书·顾命》："太史秉书，由宾阶阶，御王册命。"孔颖达疏引郑玄曰："太史东面，于殡西南而读策书，以命王嗣位之事。"

② 治朝：古代天子诸侯三朝之一。在路门外，司士掌之，为每日视朝之所。

③ 路门：古代宫室最里层的正门。《周礼·考工记·匠人》："路门不容乘车之五个。"郑玄注："路门者，大寝之门。"贾公彦疏："路门以近路寝，故特小为之。"《北史·周纪下·高祖武皇帝》："三年春正月壬戌，朝群臣于路门。"

④ 应门：天子之门曰应门。君王是"应天之命"而为人君，因称天子，天子行走之门就是正门，因此称应门。负责守卫、管理应门的官员就是应门史，隶属天官府司管辖，以后也简称为"应门"。《诗经·大雅·绵》："乃立应门。"

书郑风后

【原文】 郑列于王之后者，顾炎武曰："自邶至曹皆周初之次序：先邶、鄘、卫，殷之故都也。次之以王，周东都也。何以知其周初之次序？邶、鄘也，晋而谓之唐也，皆西周之旧也。惟郑乃宣王所封，中兴之后，始立其名于太师，而列于诸国之先者，郑亦王畿之内也，故次于王也。桓公之时，其诗不存，故首《缁衣》。"如顾氏说，郑之名列在太师者，西郑也。《国语》：郑桓公有灭虢、郐等十邑之谋，武公卒取之，遂居济、洛、河、颍之间，以始受封之郑名之，是谓新郑，又曰东郑。今所系诗，东郑之诗也，郑之名不改，故太师所列亦不改也。

【译文】 对于《郑风》列在《王风》后面的原因，顾炎武说："从《邶风》到《曹风》都是周初的次序：先列《邶风》《鄘风》《卫风》，（因为邶、鄘、卫）是殷商的旧都。接着列出《王风》，（因为王城）是周的东都。凭什么知道它就是周初的次序呢？邶和鄘，晋时叫作唐，都是西周的旧地。只有郑是宣王所分封的，（周宣王）中兴之后，才在太师那儿确立这个名称，而且列在诸国的前面，郑也在王城之内。桓公时候的诗没有保存流传，所以首列《缁衣》。"就像顾炎武所说，列在太师那儿的这个"郑"，是西郑。《国语》：郑桓公有消灭虢、郐等十邑的阴谋，武公最终获取虢、郐等邑，于是留居在济水、洛河、黄河、颍水之间，用最开始受封的郑来命名，这就是所谓的新郑，又称作东郑。如今所列的诗篇，是东郑时期的诗，"郑"这个名称没有改，所以太师所列（诗名）也不改。

【原文】《乐记》:魏文侯曰:“吾端冕[①]而听古乐,则唯恐卧,听郑卫之音,则不知倦。”子夏谓其所好者“溺音”[②]。许叔重《五经异义》以郑诗解《论语》“郑声淫”[③]。而康成驳之曰:“《左传》说烦手[④]淫声,谓之郑声,言烦手踯躅之声使淫过矣。”其注《乐记》“桑间濮上之音”,引纣作靡靡之乐[⑤]为证,不引《桑中》之篇,明桑间濮上,其音之由来已久。凡所谓声,所谓音,非言其诗也。如靡靡之乐,涤滥之音[⑥],其始作也,实自郑、卫、桑间、濮上耳。然则郑卫之音,非《郑诗》《卫诗》,桑间濮上之音,非《桑中》诗,其义甚明。

【译文】《乐记》:魏文侯曰:“我穿着礼服、戴着礼帽去听古代的礼乐,就会担心睡着了,听郑卫的音乐,就会不知疲倦。”子夏说魏文侯所喜好的是“淫溺音乐”。许慎《五经异义》用“郑诗”来说解《论语》所谓的“郑声淫”。但是郑玄反驳他说:“《左传》说烦手淫声,认为指的是郑国的音乐,这种音乐弹奏手法繁复、乐音反复,超过中正平和的限度。”他注解《乐记》“桑间濮上之音”,引用商纣王演奏靡靡之乐为证,不引用《桑中》之类的篇目,这表明桑间濮上,这类音乐的产生由来已久。大凡所谓的声,所谓的音,不是指这类音乐的诗文(而是

---

① 端冕:玄衣和大冠。古代帝王、贵族的礼服。郑玄:“端,玄衣也。”孔颖达:“云‘端,玄衣也’者,谓玄冕也。凡冕服,皆其制正幅,袂二尺二寸,袪尺二寸,故称端也。”韦昭:“端,玄端之服。冕,大冠也。”

② 溺音:淫溺的音乐。与正音、雅音相对言。

③ 郑声淫:许慎《五经异义》:“今《论语》说郑国之为俗,有溱洧之水,男女聚会,讴歌相感,故云郑声淫。《左氏》说‘烦手淫声’谓之郑声者,言烦手踯躅之声,使淫过矣。谨按:《郑诗》二十一篇,说妇人者十九,故郑声淫也。”

④ 烦手:古代指民间音乐(俗乐)的一种复杂的弹奏手法。陆机《鼓吹赋》:“骋逸气而愤壮,绕烦手乎曲折。”

⑤ 靡靡之乐:古指亡国的音乐,今指柔弱、颓靡的音乐。《韩非子·十过》:“此师延之所作,与纣为靡靡之乐也……先此声者,其国必削。”《史记·殷本纪》:“于是使师涓作新淫声,北里之舞,靡靡之乐。”

⑥ 涤滥之音:指音乐节奏急速短促。《礼记·乐记》:“流辟、邪散、狄成、涤滥之音作,而民淫乱。”郑玄注:“狄、涤,往来疾貌也;滥,僭差也。”孔颖达疏:“狄成、涤滥,皆谓往来速疾,谓乐之曲折,速疾而成,疾速而止。”

指其乐曲)。如柔弱、颓靡的音乐,节奏急速短促的音乐,它们最早的创作,实际上是从郑、卫、桑间、濮上开始的。这样说来,所谓的"郑卫之音",指的不是《郑诗》《卫诗》,"桑间濮上之音",不是指《桑中》诗,这个含义很明了。

【原文】 后儒[①]谓变风有里巷狭邪之作[②],存之可以识其国乱无政。《左氏春秋》:郑六卿饯韩宣子于郊,所赋诗,故后儒所目为淫奔[③]之词者,岂亦播其国乱无政乎?若曰赋诗断章[④],则亦有当辨。五常[⑤]之际,本自相通,或朋友、兄弟、夫妇之诗用之于君臣,或男女之诗用之于好贤。然不可以邪僻之言加之君子,鄙亵之事诵之朝廷,接之宾客。据是断之,《毛诗》言变风[⑥]止乎礼义,信矣!

【译文】 以朱熹为代表的宋代儒生认为变风中收录有平民百姓、商贩娼妓的作品,保存这类作品可以了解那些国家的动乱和治政无方。《左氏春秋》载:郑六卿在城郊饯别韩宣子时所赋诗篇,即是后代儒生看作淫奔的诗,难道他们也是在传播他们国家的动乱和治政无方吗?如果说这是不顾诗意,只截取诗篇中的片段来表达自己的

① 后儒:后代的儒生,多用来指以朱熹为代表的宋代儒生。

② 里巷:指小街小巷、小胡同。狭邪:指小街曲巷,娼妓居住的地方。里巷狭邪之作:指平民百姓、商贩娼妓的作品。

③ 淫奔:男女不以礼合,私相奔就。多指女子。

④ 赋诗断章:《左传·襄公二十八年》"赋诗断章,余取所求焉"。赋诗:念诵诗句。诗:特指《诗经》。西周到春秋战国时期,宾主双方在外交宴会等场合,往往通过"赋诗"的方式来表达自己的愿望和态度。断章:成语"断章取义"即出自这里,指不考虑文章通篇的本义,只孤立地截取里面的一小部分来曲折表达自己的思想和态度。综合而言之,赋诗断章,指的是西周到春秋时期,士大夫截取《诗经》中诗篇的片段来表达自己的思想和态度。

⑤ 五常:儒家所谓的人应该拥有的五种最基本的品格和德行,即仁、义、礼、智、信。孔子最早提出"仁、义、礼",孟子扩充提出"仁、义、礼、智",后董仲舒再次扩充为"仁、义、礼、智、信",后称"五常"。"五常"贯穿于中华伦理的发展中,成为中国价值体系中最核心的因素。《三字经》中云"曰仁义,礼智信,此五常,不容紊"。

⑥ 变风:《毛诗序》所谓变风指《诗经》中属于西周中衰以后的作品,被称为乱世之音。由于政治黑暗,民不聊生,诗作中对现实社会颇多感愤、怨刺之辞。

思想和态度，那么，也有必须辨析的地方。仁、义、礼、智、信这五常之间本是相通的，要么朋友、兄弟、夫妇的诗用到君臣身上，要么男女之间的诗用到尊贤重贤方面。但是不可以拿邪恶乖僻的言语用到君子身上，在朝廷里传诵鄙陋轻慢的事，接待来访国宾。根据这来断定，《毛诗》说变风不超出礼义范围，当是可信的结论！

书小雅十月之交篇后

【原文】 郑康成氏笺《毛诗》云:“周之十月,夏之八月也。”梁虞劆[1]、唐傅仁均[2]及一行[3],并推周幽王六年乙丑岁、建酉之月、辛卯朔、辰时日食。宋刘原甫[4]始疑为正月。近阎百诗[5]《尚书古文疏证》初亦用刘原甫说,谓虞劆诸人傅会。后既通推步,上推之正合,复著论自驳旧时之失。然其言曰:“康成考之方作笺。”又曰:“经解不可尽拘以理者,此类是也。”则又不然。

【译文】 郑玄笺注《毛诗》说:“(日食发生于)周历的十月,夏历的八月。”(南朝)梁虞劆、唐傅仁均及僧一行都推算是周幽王六年(公元前776),即乙丑年建酉月辛卯朔日的辰时(八月初一上午7时至9时)。宋代刘敞开始怀疑日食发生在夏历的正月。近代阎若璩《尚书古文疏证》最初也沿用了刘敞的说法,认为虞劆等人的推算牵强附会。后来,阎若璩掌握了推步之法,他向上推算,结果正好和虞劆他

---

① 虞劆:通常作“虞邝”,南朝梁天文学家。

② 傅仁均:唐代滑州白马(今河南省滑县)人。善历算、推步之术。

③ 一行(673—727):唐朝僧人,博览经史,尤精历象、阴阳、五行之学。

④ 刘原甫:即刘敞(1019—1068),字原父,一作原甫,北宋学者,与梅尧臣、欧阳修交往较多。刘敞学识渊博,欧阳修说他“自六经百氏古今传记,下至天文、地理、卜医、数术、浮图、老庄之说,无所不通;其为文章尤敏赡”。与弟刘攽合称为“北宋二刘”,著有《公是集》。

⑤ 阎百诗:即阎若璩(1636—1704),字百诗,号潜丘,山西太原人,汉学发轫时期最重要的代表人物之一。所撰《尚书古文疏证》八卷,力证东晋梅赜所献《古文尚书》为伪,又撰《四书释地》六卷,校正前人关于古地名附会的错误,其他撰著有《潜邱札记》六卷等,均对后世学者有较大影响。

们推算的相合，便又撰写论文批驳自己过去的错误。但是他说："郑玄是在考证后才给《毛诗》作笺注的。"又说："经典注解不能完全拘泥于事理，此篇关于日食的记载就属于此类。"这些说法又是我所不敢苟同的。

【原文】 《毛诗》篇义云"刺幽王"，笺乃谓"当为刺厉王"，岂与所推合乎？康成盖决以理而已。赵子常[①]云："《诗》本歌谣，又多民事，故或用夏正以便文通俗。"子常此论，明诗中用夏正者，原无所拘滞。然则《十月之交》篇举斯时日食以陈谏，泥何例必取夏正，而废周一代正朔之大为不可用乎？病在析理未精，猥以为"经解不可尽拘以理"，是开解经者之弊也。《国语》："幽王三年，西周三川皆震……三川竭，岐山崩"。此《诗》所谓"百川沸腾，山冢崒崩。高岸为谷，深谷为陵"。正指其事。《诗》系之幽王，《国语》亦其一证。

【译文】 《毛诗》谓《十月之交》的主旨是"讥刺周幽王"，郑玄笺注却说是"应当是讥刺周厉王"，这难道与所推算的日食时间吻合吗？大概郑玄仅仅是依据事理来判定事情发生的时间罢了。赵汸说："《诗经》本来是民间歌谣，又多为老百姓日常之事，所以经常使用夏历记时，从而达到便利行文、通俗易懂的效果。"赵汸这一论点揭示出《诗经》用夏历记时，原本没有什么不妥之处。既然这样，《十月之交》这首诗记载当时发生日食（这一异常天象）来传达谏言，又何必拘泥于一定要用夏历记时的成规，而废弃事关周王颁历定正朔这般国之大事的周代历法而不用呢？出现这种错误的原因在于剖析事理不够精到，反而浅薄地认为"经典注解不可以完全拘泥于事理"，这是在开启注解经书的弊病歧途啊。《国语》云："周幽王三年（公元前779），西

---

① 赵子常：即赵汸（1319—1369），字子常，徽州府休宁人。九江黄泽弟子，得六十四卦大义及《春秋》之学。后复从临川虞集游，获闻吴澄之学。晚年隐居东山，读书著述。洪武二年（1369），与赵埙等被征修《元史》，书成，辞归，旋卒。学者称东山先生。有《春秋集传》《东山存稿》《左氏补注》等。

周泾河、渭河、洛河流域发生了大地震……那一年三条河都枯竭了，岐山也因此崩塌了。”这首诗所谓的“千百条河流如沸腾般奔腾肆流，一座座山峰坟陵尽坍倒崩塌。高岸变成了深谷，深谷却又变成了高峰”。说的正是《国语》所记载的那场大地震。《十月之交》这首诗定为周幽王时期所作，《国语》的记载也是其中一个重要的证据。

【原文】 古无推日食法，魏黄初[①]以后始课日食疏密，及张子信而益详。然唐、宋推步家犹未能立法无舛，有当食不食、不当食而食之谬说载在史志。大致日月交食一事，可以验推步得失。其有不应，失在立法，不失在天行也。使有变动失行，则必不可以得其准，无从立推之之常法矣。

【译文】 古代没有推算日食的方法，曹魏黄初年以后才开始课议日食推算的粗疏或精密，到北齐张子信的时候就更加具体严密了。然而，唐、宋时期的推步家仍然不能做到方法不出差错，应当有日食的时候没出现日食、不应当有日食的时候却出现日食的情况，这类谬误在当时的史书天文志中屡有记载。大致来讲，观测日食与月食，可以检验推步方法的得失。有时推算与实际观测不吻合，这是推算方法出现了差错，不是天体运行出现了差错。假使天体运行变动不定没有规律，那么天象一定不可能推算准确，也就无法确立推算的固定方法了。

【原文】 或曰：“日食既预推而得，圣人畏天变之意何如？”曰：“此变，其县象著明之常，不必为变其行度之常也。岂有天变见于上，而圣人不恐惧修省者乎？人君日食修德，月食修刑，依乎阴阳立义，无非敬天、畏天之诚耳。”

---

① 黄初(220—226)：三国时曹魏文帝曹丕的年号。黄初七年(226)五月，魏明帝曹叡即位，沿用黄初年号，第二年才改元。

【译文】 有人说："日食既然可以依靠预先推算准确获知，那么圣人敬畏天象变化这种思想又该如何理解呢?"我认为："出现日食、月食这类天象变化，是悬挂天空的天体视觉映象明显变化的一种正常的天文现象，不是天体改变了自己运行度数的天文现象。难道天体运行度数发生变化并展现在上空，而圣人却不恐惧、反省吗？君王看见日食就自觉修养德行，看见月食就自觉慎用刑罚，根据阴阳性质确立义理，无非是用敬天、畏天的方式来确立真实性罢了。"

【原文】 或曰："《诗》言'亦孔之丑'，又言'彼月而食，则维其常。此日而食，于何不臧'。[①] 何也?"曰："此以王不知事天，而但陈天变以谏戒也。县象著明，莫大乎日月。犹有时蔽亏，人君而可自谓无蔽、无足亏君德乎？日，君象；月，臣象。日失其明，俾昼作夜。君德如斯，岂不甚丑？冀王反己自责，知其蔽而丑之，则修德而复乎常明之体矣。"

【译文】 有的人说："《诗经》说'亦孔之丑'，又说'彼月而食，则维其常。此日而食，于何不臧'。这又是为什么呢?"我认为："这是因为君王不懂得顺应天意，故而只得陈述天象变化来劝谏规诫君王。最鲜明的天象，没有能超过太阳和月亮的。天上的太阳、月亮有时都会出现遮蔽和亏蚀，那么君王就敢自称没有遮蔽、君德没有亏损吗？太阳，是君主之象；月亮，是臣属之象。太阳失去光明，使昼夜颠倒。君王的德行如此这般，难道不是万分凶险的征兆吗？希望君王能够反躬自省，自知有遮蔽而警醒，那样就能够修养德行，恢复正常光明的本体了。"

---

① 亦孔之丑：非常凶险的征兆。彼月而食，则维其常。此日而食，于何不臧：过去见过月食，却习以为常。这次发生日食，为何觉得凶险呢？

书小雅后

【原文】 《鹿鸣》以下二十二篇，汉经师以为正雅亡其词者六，故郑康成《诗谱》云："《小雅》十六篇为正经。"

【译文】 《鹿鸣》以下的二十二篇，汉代的经师认为是正雅中的六篇遗失的内容，所以郑玄《诗谱》说："《小雅》十六篇是正经。"

【原文】 《采薇》《出车》《杕杜》，汉世有谓为懿王时诗者，据诗中曰"天子"，曰"王命"，毛、郑解为殷王，徒泥正雅作于周初耳。苟其诗得乎义之正，而为治世之正事，何必非正雅乎？

【译文】 《采薇》《出车》《杕杜》，汉代时，有人说是懿王时的诗，根据诗中说"天子"，说"王命"，毛公、郑玄解释为殷王，这主要是拘泥于正雅一定作于周初罢了。如果该诗内容来源于正面的义理，而且是盛世的正面史实，为什么就一定不能够是正雅呢？

【原文】 文王未尝自称王，成、康以后，昭、穆、共、懿、孝、夷、厉、宣八王。而宣王命吉甫北征曰："猃狁孔炽。"则前此二百余年间，固不必无猃狁崛强之事矣。宣王之臣皇父，谓南仲为太祖，岂必远求南仲于文王时与？文王之臣亦未闻有南仲者。

【译文】 文王未尝自称为王，成王、康王以后，有昭王、穆王、共王、懿王、孝王、夷王、厉王、宣王等八王。而宣王命令尹吉甫北征说："猃狁来势特别凶猛。"在这之前的二百多年间，本来就不一定没有猃狁猖狂的史实。宣王的臣子皇父，称南仲为太祖，难道必须远求南仲到文王时代吗？文王的臣子没有听说有叫作南仲的。

【原文】《南陔》以下，则又周初雅乐。未可泥今之篇什第次，定作诗时世也。

【译文】《南陔》以下，则又是周初的雅乐了。不可拘泥于如今《诗经》各篇的编排次序，并据此来确定作诗的时代先后。

大戴礼记目录后语一

【原文】 郑康成《六艺论》曰:"《戴德传记》八十五篇。"《隋书·经籍志》曰:"《大戴礼记》十三卷,汉信都王太傅戴德撰。"今是书传本卷数与《隋志》合,而亡者四十六篇。《隋志》言"戴圣删大戴之书为四十六篇,谓之《小戴记》",殆因所亡篇数,傅合[1]为是言欤?其存者,《哀公问》及《投壶》,《小戴记》亦列此二篇,则不在删之数矣。他如《曾子·大孝篇》见于《祭义》,《诸侯衅庙篇》见于《杂记》,《朝事篇》自"聘礼"至"诸侯务焉",见于《聘义》;《本命篇》自"有恩有义"至"圣人因教以制节",见于《丧服四制》。凡大、小《戴》两见者,文字多异。《隋志》已前,未有谓小戴删大戴之书者,则《隋志》不足据也。所亡篇目不存或两见,实多耳。然因《隋志》而知隋、唐间所存已仅三十九篇。

【译文】 郑玄《六艺论》说:"《戴德传记》八十五篇。"《隋书·经籍志》说:"《大戴礼记》十三卷,汉代信都王太傅戴德撰。"现今这本书传本的卷数和《隋书·经籍志》吻合,但遗失了四十六篇。《隋书·经籍志》说"戴圣将大戴的书删减为四十六篇,称作《小戴记》",大约是根据所遗失的篇数来附会说这句话的吗?它所保存的,《哀公问》和《投壶》,《小戴记》也列有此二篇,则不在删减篇目之中。其他如《曾子·大孝篇》见于《祭义》,《诸侯衅庙篇》见于《杂记》,《朝事篇》从"聘

---

① 傅合:附会。叶适《始论二》:"今世议论胜而用力寡,大则制策,小则科举,高出唐虞,下陋秦汉,傅合牵连,皆取则于华辞耳,非当世之要言也。"

礼”到“诸侯务焉”，见于《聘义》；《本命篇》从“有恩有义”到“圣人因教以制节”，见于《丧服四制》。大凡《大戴礼记》《小戴礼记》两书都有的篇目，文字多有不同。《隋书·经籍志》以前，没有说小戴删大戴的书的，可见《隋书·经籍志》不足为据。所遗失的篇目不存或两书皆有的情况，实在有很多。但是因为《隋书·经籍志》所载，可以得知隋、唐间所存的篇目仅有三十九篇了。

【原文】 史绳祖谓《大戴记》杂取《家语》之书，其说不然。《家语》，王肃所私定，窃取其书为之。史氏误连读《公冠篇》孝昭冠辞为成王冠辞，而云："祝辞内有先帝及陛下字，周初岂有此？《家语》止称王，当以为正。"此史氏不审章句，谬加讥评也。王肃袭取为《冠颂》，已章句不辨，《家语》袭《大戴》，非《大戴》取《家语》，就此一条，亦其明证。

【译文】 史绳祖认为《大戴礼记》摘录《家语》一书，他的说法是不对的。《家语》为王肃私自编定，乃窃取《大戴礼记》一书而成的。史氏错误连读《公冠篇》孝昭冠辞为成王冠辞，因而说："祝辞内有先帝及陛下等字，周初难道有这类称呼吗？《家语》只称王，应当据此来改正。"这是史氏不懂章句，错误地给予了讥评。王肃抄袭写成的《冠颂》，断章析句已经是错误的，《家语》抄袭《大戴礼记》，而非《大戴礼记》抄袭《家语》，就这一条，也是其明证。

大戴礼记目录后语二

【原文】 右《太傅礼》见存三十有九篇，不题作注人姓名。朱熹引明堂之说“二九四、七五三、六一八”，郑注曰“法龟文”，以注为康成作也，惟王伯厚指为卢景宣[①]辩之注。是书自汉迄今，注独此一家，而脱误特多。余尝访求各本，得旧本五，参互校正。今春正月，卢编修召弓以其校本示余，又得改正数事。卢编修本所失者，则余五本中或得之，若疑文缺句，无从考得，姑俟异日。

【译文】 前文所列《太傅礼》，现存三十九篇，不题作注人的姓名。朱熹引用其中有关明堂的一些语句“二九四、七五三、六一八”，郑注释说“法龟文”，大家认为此注释是郑玄所作，只有王应麟认为是卢辩所作的注释。这本书从汉代到如今，注释独此一家，而且脱落和错误特别多。我曾访求各种版本，得到五种旧的版本，对照着进行校对。今年正月，卢编修召弓将他的校本拿给我看，我又得到需要改正的数条错误。卢编修所据版本有缺失不足的，我所拥有的五个版本中有的则是正确的，至于有疑问的文字，有缺漏的句子，无从考证得以改正的，姑且等待他日再说吧。

【原文】 郑康成注《学记》，引《武王践阼》，孔冲远以“师尚父亦端冕”及“西折而南”，皆为郑所加。又《丹书》之言曰：“敬胜怠者强，

---

① 卢景宣：即卢辩（？—557），字景宣，范阳郡涿县（今河北省涿州市）人。出自范阳卢氏北祖。聪慧好学，通晓儒家经典。北魏正光初，举秀才出身，担任太学博士，曾注释《大戴礼记》。

怠胜敬者亡。"《瑞书》则曰:"敬胜怠者吉,怠胜敬者灭,义胜欲者从,欲胜义者凶。"今各本不与冲远所见同,殆俗儒未省照,徒据郑、孔称引窜改也。《公冠篇》"太子拟焉",各本讹作"天子",吴幼清《仪礼逸经》亦然,幸卢注可考。其"公冠"之讹为"公符",王伯厚《困学纪闻》已莫是正。

【译文】 郑玄注解《学记》,引《武王践阼》,孔颖达认为"师尚父亦端冕"及"西折而南",都是郑玄所添加的。又《丹书》中的语句说:"敬胜怠者强,怠胜敬者亡。"《瑞书》则说:"敬胜怠者吉,怠胜敬者灭,义胜欲者从,欲胜义者凶。"如今各种版本都和孔颖达所见不同,大约是因为俗儒不懂,只是根据郑玄、孔颖达的称引来窜改的。《公冠篇》"太子拟焉",各种版本讹误成"天子",吴幼清《仪礼逸经》也是如此,幸而有卢注可以参考。至于"公冠"讹误成"公符",王应麟的《困学纪闻》已经不能有所订正了。

【原文】 许叔重《五经异义》论明堂,称《戴记·礼说》《盛德记》语,在今《明堂篇》中。《魏书·李谧传》《隋书·牛闳传》俱称《盛德篇》,或称《泰山盛德记》,大概隋、唐以前故书,无所谓《明堂篇》者。今目录两七十四,晁公武亦云然。陈振孙云两七十二,熊朋来、吴幼清皆云两七十三,此《盛德》第六十六后篇题窜改之证。朱子称引《明堂》,不称《盛德》,自唐、宋间,已分合窜易,非复前人之旧,举若斯矣。

【译文】 许慎《五经异义》论明堂,称引《大戴礼记·礼说》《盛德记》语,在今《明堂篇》中。《魏书·李谧传》《隋书·牛闳传》都称《盛德篇》,要么称《泰山盛德记》,大概隋、唐以前的旧书,没有所谓的《明堂篇》。今本目录有两个第七十四篇,晁公武也予以认可。陈振孙说有两个第七十二篇,熊朋来、吴幼清都说是两个第七十三篇,这是第六十六篇《盛德》以后篇题窜改的证据。朱熹称引《明堂篇》,不称作《盛德篇》,从唐、宋开始,已经分合窜改,不再是前人的老模样,大体就是这个样子。

【原文】 书十有三卷，凡五卷无注，卷之四、卷之五，《立事》至《天圆》十篇，篇题并冠以“曾子”，即《汉·艺文志》之《曾子书》尚存于是。卷之九《千乘》《四代》《虞戴德》《诰志》，卷之十一《小辨》《用兵》《少间》，王伯厚以为即《汉志》《孔子三朝记》七篇，中隔以卷之十，篇帙淆乱也。注中征引汉、魏、晋之儒，有康成、谯周、孙炎、宋均、王肃、范宁、郭象及杨孚《异物志》，然则为景宣注甚明。乾隆丁丑孟夏月，戴震记。

【译文】 整本书共十三卷，有五卷没有注，第四卷、第五卷，《立事》到《天圆》十篇，篇题都用“曾子”来题名，这些即是《汉书·艺文志》所谓的《曾子书》尚保存在此。第九卷《千乘》《四代》《虞戴德》《诰志》，第十一卷《小辨》《用兵》《少间》，王应麟认为即是《汉书·艺文志》所谓的《孔子三朝记》七篇，中间被第十卷隔开，这是由于篇卷混乱而造成的。注中征引汉、魏、晋的儒学学者，有郑玄、谯周、孙炎、宋均、王肃、范宁、郭象及杨孚《异物志》，但是注释为卢辩所作是很明了的事。乾隆丁丑年(1757)孟夏月，戴震记。

尔雅文字考序[①]

【原文】 古故训之书，其传者莫先于《尔雅》，六艺[②]之赖是以明也。所以通古今之异言，然后能讽诵乎章句，以求适于至道。刘歆、班固论《尚书》古文经曰："古文读应《尔雅》，解古今语而可知。"盖士生三古后，时之相去千百年之久，视夫地之相隔千百里之远无以异。昔之妇孺闻而辄晓者，更经学大师转相讲授，而仍留疑义，则时为之也。

【译文】 古代训诂方面的书籍，流传下来的没有早于《尔雅》的，六经依赖《尔雅》得以明白可懂。依赖《尔雅》通晓古今的字词差异，然后才能够诵读文章的章节句子，并得以达到至高的大道。刘歆、班固谈论《尚书》古文经时说："古文释读和《尔雅》相合，解释古今字，使得古今字字义清晰可知。"因为读书人生于三古之后，时间相隔有千百年之久，这就和两地相隔千百里之远没什么不同。过去妇女儿童都知晓的字词，更是经学大师辗转解释，而仍然存在疑义，就是时间相隔久远造成的。

【原文】 余窃谓儒者治经，宜自《尔雅》始。取而读之，殚心于兹

---

① 周德美以为此文乃任基振《尔雅注疏笺补》自序，非戴震作品。详细参见《文献》2003年第3期《戴震〈尔雅文字考序〉考伪》一文。

② 六艺：有小六艺、大六艺（六经）之分。小六艺：礼、乐、射、御、书、数。大六艺（六经）：《易》《书》《诗》《礼》《乐》《春秋》。章太炎《国学讲演录》："六经者，大艺也；礼、乐、射、御、书、数者，小艺也。语似分歧，实无二致。古人先识文字，后究大学之道。"

十年。是书旧注之散见者六家，犍为文学[①]、刘歆、樊光[②]、李巡[③]、郑康成（案：郑氏无《尔雅》注，《周礼·大宗伯·疏》误引之耳），孙炎[④]，皆缺逸，难以辑缀，而世所传郭《注》，复删节不全，邢氏《疏》尤多疏漏[⑤]。夫援《尔雅》以释《诗》《书》，据《诗》《书》以证《尔雅》，由是旁及先秦以上，凡古籍之存者综核条贯[⑥]，而又本之六书音、声，确然于故训之原，庶几可与于是学。余未之能也。偶有所记，惧过而旋忘，录之成帙，为题曰若干卷《尔雅文字考》，亦聊以自课[⑦]而已。若考订得失，折衷前古，于《尔雅》万七百九十一言[⑧]，合之群经传记，靡所扞格，姑俟诸异日。

【译文】 我私自认为读书人研读经书，应当从研习《尔雅》开始。拿来研读，尽心尽力地研读十年。该书旧注散见于各书的共有六家，犍为文学、刘歆、樊光、李巡、郑玄（按：郑玄没有《尔雅》注，《周礼·大宗伯·疏》错误引用而已），孙炎，都已经缺损散佚，难以辑录编纂，而世上所传的郭璞的《注》又删节不全，邢昺的《疏》更是多有疏漏。援引《尔雅》来解释《诗经》《尚书》，根据《诗经》《尚书》来证明《尔雅》，由

---

① 犍为文学：又称舍人，汉武帝时待诏。犍为是汉代郡名，文学、舍人、待诏等都是官名，其姓氏已无考。犍为文学注是今天可以考见的关于《尔雅》的最早的注释，每一条都特别值得珍惜。

② 樊光：东汉京兆（今陕西省西安市）人，宫中散大夫。陆德明《经典释文序录》："樊光《尔雅注》六卷。京兆人，后汉中散大夫。沈旋疑非光注。"《隋书·经籍志》著录三卷，《旧唐书·经籍志》《新唐书·艺文志》均著录为六卷。

③ 李巡：东汉汝南汝阳人，宦官，灵帝时为中常侍，清廉忠正，不争威权。

④ 孙炎：字叔然，乐安（今山东省博兴县）人，三国时期经学家。受业于郑玄，时人称为"东州大儒"。曾著《周易·春秋例》，为《毛诗》《礼记》《春秋三传》《国语》《尔雅》和《尚书》作过注，所著《尔雅音义》影响较大。

⑤ 郭《注》：指郭璞《尔雅注》。邢氏《疏》：指邢昺《尔雅疏》。

⑥ 综核：谓聚总而考核之。条贯：条理，系统。

⑦ 自课：自己要求自己、自己规定自己来完成的工作或学业。

⑧ 《尔雅》万七百九十一言：今本《尔雅》共 13113 个字，全书收词语 4300 多个，分为 2091 个条目。这些条目按类别分为"释诂""释言""释训""释亲""释宫""释器""释乐""释天""释地""释丘""释山""释水""释草""释木""释虫""释鱼""释鸟""释兽""释畜"等 19 篇。

此涉及先秦以前的其他典籍，大凡古籍中保存下来的都进行综合考察，使之系统而条理分明，而且又以六书音、声理论为根据，对于训诂的原原本本了然于心，或许可以从事于《尔雅》学了。我是做不到了。偶然有所记，担心不久后忘了，就抄录成册，为它取名为《尔雅文字考》若干卷，并姑且把它当作自己要求自己要完成的学业罢了。至于考订得失，调和前人的观点，使之得到确解，对于《尔雅》的一万七百九十一字，使之和群经传记相吻合，没有抵触不通，则要等到以后了。

尔雅注疏笺补[1]序

【原文】 《尔雅》,《六经》之通释也。援《尔雅》附《经》而《经》明,证《尔雅》以《经》而《尔雅》明。然或义具《尔雅》而不得其《经》,殆《尔雅》之作,其时《六经》未残缺欤?为之旁摭百氏,下及汉代,凡载籍去古未遥者,咸资证实,亦势所必至。曩阅庄周书"已而为(之)[知]者""已而不知其然",语意不可识。偶检《释诂》"已,此也",始豁然通乎其词。

【译文】 《尔雅》是对《六经》的疏通解释。援引《尔雅》将它附到《经》文中,那么《经》文的意义就明白晓畅;用《经》文来证明《尔雅》,那么《尔雅》的训释就明白晓畅。但是有时《尔雅》具备某个义项,却找不到相关《经》文,这大约是著作《尔雅》时《六经》还没有残缺吧?为了《尔雅》这些义项,另行诸子百家,向下直到汉代,大凡典籍所载而又距离古代不远的,都用来作为考证资料,也是形势所需。过去阅读庄周的书,读到"已而为(之)[知]者""已而不知其然",句子意思弄不懂。偶然翻检到《释诂》"已,此也"这条义项,才豁然开朗,弄懂这些词句的意思。

---

① 尔雅注疏笺补:清代任基振撰。书今存。任基振,字领从,号松斋,高邮人。任立己孙,任凤翔子。乾隆三十四年(1769)进士,授中书。升吏部验封司员外郎,寻兼摄考功,充则例馆纂修。学问渊博,寝图馈史,善画工书。年六十卒于京邸。著有《尔雅注疏笺补》《玉海订正笺补》,受到著名学者戴震的高度赞扬,并为其作序言。他还与戴震弟弟戴澍校刊《毛郑诗考正》,该书后人选《续修四库全书》。

【原文】 至若言近而异趣，往往虽读应《尔雅》而莫之或知。如《周南》："不可休思。"《释言》："庥，荫也。"即其义。《豳诗》"蚕月条桑"，《释木》："桑、柳，丑条。"即其义。《小雅》"悠悠我里"，《释诂》："悝，忧也。"即其义。说《诗》者，不取《尔雅》也。

【译文】 至于那些语句相近但是情趣意旨不同的，往往即使释读和《尔雅》相一致却没人知道这一点。如《诗经·周南》："不可休思。"《尔雅·释言》："庥，荫也。"这里对"庥"的释义即是对"不可休思"的"休"的释义。《诗经·豳诗》"蚕月条桑"，《尔雅·释木》："桑、柳，丑条。"这里对"桑"的释义即是对"蚕月条桑"的"桑"的释义。《小雅》"悠悠我里"，《释诂》："悝，忧也。"这里对"悝"的释义即是对"悠悠我里"的"里"的释义。解说《诗经》的人，(因不懂得这一点)都不去征引《尔雅》。

【原文】 外此转写讹舛，汉人传注，足为据证。如《释言》："阋，恨也。"郭氏云："相怨恨。"毛公传《小雅》"兄弟阋于墙"，"阋，很也"；郑玄注《曲礼》"很毋求胜"，"很，阋也"。二字转注，义出《尔雅》。又"苛，妎也"。郭氏云："烦苛者多嫉妎。"康成注《内则》"疾痛苛痒"，"苛，疥也"，义出《尔雅》。凡此，遽数之不能终其物，用是知《经》之难明，《尔雅》亦不易读矣。

【译文】 除此之外转写错误，汉代人的传注，都可以作为考订的证据。如《尔雅·释言》："阋，恨也。"郭氏说："相怨恨。"毛公传《小雅》"兄弟阋于墙"，"阋，很也"；郑玄注《礼记·曲礼》"很毋求胜"，"很，阋也"。"很""阋"二字为转注字，这个训释出自《尔雅》。又"苛，妎也"。郭氏说："烦苛者多嫉妎。"郑玄注《礼记·内则》"疾痛苛痒"，"苛，疥也"，这个训释也出自《尔雅》。凡此种种，一时之间，很难列举完毕，由此可知《经》书难以通晓，《尔雅》也很难读懂读通。

【原文】 丙戌[①]春，任君领从以所治《尔雅》示余，余读而善之。今又越七载，任君官京师，犹孜孜是学不已，更出其定本属余撰序。夫今人读书，尚未识字，辄目故训之学不足为其究也，文字之鲜能通，妄谓通其语言；语言之鲜能通，妄谓通其心志，而曰傅合不谬，吾不敢知也。任君勤于治经，盖深病夫后儒凿空之说[②]，歧惑学者，欲使本诸《尔雅》，以正故训，故以是学先焉。书中考索精详，辨据明晰，则读其书者固自知之。休宁戴震。

【译文】 丙戌年(1766)春天，任基振先生将他研究《尔雅》的成果《尔雅注疏笺补》一书拿给我看，我读后便觉得该书很好。到如今又过了七年，任基振先生在京城做官，仍然勤勉不懈地研治《尔雅》学，更是拿出定本嘱托我撰写序言。现代人读书，还不曾认识字就认为训诂学不值得去研究。造成的结果是，还未能弄通文字的意思，就狂妄地认为已经精通了语言；还未能弄通语言，就狂妄地认为已经把握了作者的思想情志。并且认为自己正确无误，这是我所不敢知道的。任基振先生勤奋研究经书，对后儒用那些空泛而没有根据的言论迷惑学习研究的人深恶痛绝，想以《尔雅》为根本依据，来修正古代的训释，所以把《尔雅》学作为治学的基础。所作《尔雅注疏笺补》一书考证检索精准详细，辨析有据，条理分明，这些则是读过该书的人本就知道的事了。休宁戴震。

---

① 丙戌：即清高宗弘历乾隆三十一年(1766)。

② 凿空之说：空泛而没有根据的言论。

与王内翰凤喈[①]书

【原文】 承示《书尧典注》，逐条之下，辨正字体字音，悉准乎古，及论列故训，先征《尔雅》，乃后广搜汉儒之说，功勤而益巨，诚学古之津涉[②]也。昨仆偶举篇首“光”字，引《尔雅》：“光，充也。”仆以为此解不可无辨。欲就一字见考古之难，则请终其说以明例。

【译文】 承蒙您将《书尧典注》拿给我阅读，每一条的下面，辨析并厘正字的写法和读音，全部以合于古为标准，至于研讨罗列训释，先征引《尔雅》，再广泛搜罗汉代学者的解说，用功甚勤且收益巨大，果真是为学习古典的人提供了有效门径啊。昨天我偶然提到篇首的“光”字，征引《尔雅》：“光，充也。”我以为对于这个解释不能不进行一些考辨。想借这一个字来说明考证古学的难度，就请让我说完我的考辨来提供一个明确的例证吧。

【原文】 孔《传》：“光，充也。”陆德明《释文》无音切。孔颖达《正义》曰：“光、充，《释言》文。”据郭本《尔雅》：“桄、颎，充也。”注曰：“皆充盛也。”《释文》曰：“桄，孙作光，古黄反。”用是言之，光之为充，《尔雅》具其义。汉唐诸儒，凡于字义出《尔雅》者，则信守之笃。然如光字，

---

① 王内翰凤喈：即王鸣盛（1722—1798），字凤喈，号礼堂，又号西庄，晚号西沚居士，江苏嘉定（今属上海市）人。乾隆十九年（1754）进士，官至内阁学士兼礼部侍郎。乾隆二十八年（1763），以丁母忧辞官归里，后居苏州三十年。王鸣盛曾师从惠栋，精于经史考据，为乾嘉时期著名史学家。著有《十七史商榷》一百卷，《蛾术编》一百卷等。内翰：唐宋时称翰林为内翰，清代称内阁中书为内翰。

② 津涉：渡口。比喻为学的门径。

虽不解，靡不晓者，解之为充，转致学者疑。蔡仲默《书集传》："光，显也。"似比近可通，古说必远举光充之解何欤？虽孔《传》出魏晋间人手，以仆观此字据依《尔雅》，又密合古人属词之法，非魏晋间人所能，必袭取师师相传旧解，见其奇古有据，遂不敢易尔。后人不用《尔雅》及古《注》，殆笑《尔雅》迂远，古《注》胶滞，如光之训充，兹类实繁。

【译文】 孔《传》："光，充也。"陆德明《释文》没有注明音切。孔颖达《正义》说："光、充，出自《释言》。"根据郭本《尔雅》："桄、颎，充也。"注释说："皆充盛也。"《释文》说："桄，孙作光，古黄反。"根据这些说法，"光"有"充"义，《尔雅》中收录了这个义项。汉唐大多儒生，对于大凡是出自《尔雅》的字义，就坚信不疑。但是像"光"这个字，虽然不理解，没有人懂，将它解释为"充"，反而导致学习的人疑惑。蔡仲默《书集传》："光，显也。"似乎接近本义，可以讲得通。古人解说一定舍近求远，举"光是充"这个解释，这是为何呢？虽然孔《传》出自魏晋间人之手，据我看来，这个字的解释依据的是《尔雅》，又完全符合古人造词方法，并非魏晋间人能够编造出来的，一定是从老师那里继承，代代相传的旧解，（魏晋间人）看见这个解释来源古老，正确有据，便就不敢改篡罢了。后来的人不引用《尔雅》及古代的《注》，嘲笑《尔雅》迂阔遥远，古代的《注》拘泥没有变通，如将"光"训释为"充"，这类的例子实在是太多了。

【原文】 余独以谓病在后人不能遍观尽识，轻疑前古，不知而作也。自有书契以来，科斗而篆籀，篆籀而徒隶，字画俯仰，浸失本真。《尔雅》桄字，《六经》不见。《说文》："桄，充也。"孙愐《唐韵》："古旷反。"《乐记》："钟声铿，铿以立号，号以立横，横以立武。"郑康成《注》曰："横，充也，谓气作充满也。"《释文》曰："横，古旷反。"《孔子闲居篇》："夫民之父母乎，必达于礼乐之原，以致五至而行三无，以横于天下。"郑《注》曰："横，充也。"疏家不知其义出《尔雅》。《尧典》古本必有作"横被四表"者，横被，广被也，正如《记》所云"横于天下""横乎四海”是也。横四表，格上下对举。溥遍所及曰横，贯通所至曰格。四表言被，以德加民物言也；上下言于，以德及天地言也。《集传》曰："被四表，格上下。”殆失古文属词意欤？“横”转写为“桄”，脱误为“光”。追原古初，当读“古旷反”，庶合充霩广远之义，而《释文》于《尧典》无音切，于《尔雅》乃“古黄反”，殊少精核。述古之难如此类者，遽数之不能终其物。

【译文】 唯独我认为问题出在后人不能通读书籍完整掌握知识，便轻易去怀疑古人，缺乏知识却去编撰创写。自从有书籍以来，从蝌蚪文到篆文、籀文，从篆文、籀文到隶书，文字笔画俯仰变化，逐渐丧失本来面目。《尔雅》所收“桄”字，《六经》中已经看不到了。《说文解字》：“桄，充也。”孙愐《唐韵》：“古旷反。”《乐记》：“钟声铿，铿以立号，号以立横，横以立武。”郑玄注道：“横，充也，谓气作充满也。”《释文》说：“横，古旷反。”《孔子闲居篇》：“夫民之父母乎，必达于礼乐之原，以致五至而行三无，以横于天下。”郑玄注道：“横，充也。”注疏的人不知道这个义项出自《尔雅》。《尧典》古本一定有写作“横被四表”的，“横被”，即是“广被”的意思，正如《记》所说的“横于天下”“横乎四海”。“横四表”和“格上下”对举。所到之处很普遍叫作“横”，贯通所到叫作“格”。四表称“被”，说的是将恩德普遍加到百姓身上；上下称“于”，说的是恩德遍及天地。《集传》说：“被四表，格上下。”这大概是不知道古文遣词造句的本意吧？“横”转写作“桄”，发生脱误，变成了“光”。溯源到上古初始的时候，应当读“古旷反”，这才基本符合“充霩广远”这个义项。但是《释文》对于《尧典》没有标注读音，对于《尔雅》就标注读音为“古黄反”，这确实是缺乏精审的考证。像这样考证古代字词名物的情形很多，多到数都数不完的地步。

【原文】 六书废弃，经学荒谬，二千年以至今。足下思奋乎二千年之后，好古洞其原，谅不仅市古为也。仆情僻识狭，以谓信古而愚，愈于不知而作，但宜推求，勿为株守。例以光之一字，疑古者在兹，信古者亦在兹，漫设繁言以献。震再拜。

【译文】 六书理论被废弃，经学荒废谬误百出，两千年以至于今。先生打算奋发于两千年之后，热爱古学，探本求原，想必不仅仅是在兜售古学，食古不化。我性情孤僻，见识偏狭，可以说是信奉古学并且愚笨，更是无知而撰作。但是应当严密考证，科学论证，不要拘泥固守。用“光”这个字为例，疑古的可从对这个字的解释看出来，信古的也可从对这个字的解释看出来，所以零零碎碎地写下这篇繁杂的文字进献给您。戴震再拜。

【原文】 丁丑仲秋，钱太史晓征为余举一证曰：“《后汉书》有‘横被四表，昭假上下’语。”检之《冯异传》，永初六年安帝诏也。姚孝廉姬传又为余举班孟坚《西都赋》“横被六合”。壬午孟冬，余族弟受堂举《汉书·王莽传》“昔唐尧横被四表”，尤显确；又举王子渊《圣主得贤臣颂》：“化溢四表，横被无穷。”（洪榜案：《淮南·原道训》：“横四维而含阴阳。”高诱注：“横，读桄车之桄。”是汉人“横”“桄”通用甚明。段玉裁案：李善注《魏都赋》，引《东京赋》：“惠风横被。”今本《东京赋》作“惠风广被”，后人妄改也）。

【译文】 丁丑年（1757）仲秋，钱大昕帮我找到一个例证说：“《后汉书》有‘横被四表，昭假上下’这句话。”查《冯异传》，出自永初六年（112）安帝的诏书。姚鼐又帮我找到班固《西都赋》“横被六合”这个例证。壬午（1762）孟冬，我的族弟受堂找到《汉书·王莽传》“昔唐尧横被四表”，这个例证尤其显著精确；又找到王子渊《圣主得贤臣颂》“化溢四表，横被无穷”这个例证。（洪榜按：《淮南子·原道训》：“横四维而含阴阳。”高诱注：“横，读桄车之桄。”这表明汉代“横”“桄”通用很为明确。段玉裁按：李善注《魏都赋》，引《东京赋》：“惠风横被。”今本《东京赋》作“惠风广被”，是后人妄改的）。

与卢侍讲召弓书

【原文】《大戴礼记》刻后印校，俗字[1]太多，恐伤坏版，姑正其甚者，不能尽还雅也。

【译文】《大戴礼记》雕刻后印刷校对，俗字太多，担心影响版本质量，这里对其中一些严重的错误进行校正，不能够全部还归正字。

【原文】 所有误字，向未核出：如《保傅注》"谓俎豆传列及食之等"，"谓"讹作"男"，"食"讹作"嗜"。"环，旋也"，"旋"讹作"短"。《曾子本孝注》"处安易之道"，"之"讹作"也"。《曾子天圆注》"山川言牲，互文"，"牲"因正文讹作"牷"，"互文"讹作"玄之"。《子张问入官注》"缫瑱之设"，"瑱"讹作"须"。《盛德注》"礼察曰"，讹作"祭礼曰"。《诸侯迁庙注》"未即吉"，"吉"讹作"告"。"孙、郑等改鞠衣"，"鞠"讹作"袆"。"又云一命展衣者"，"云"讹作"下"。《少间注》"污，洼也"，"洼"讹作"深"。"朝事致饔既"，"饔""雍"错见。凡此类，既就印本改正。

【译文】 所有错字，以前一直没有被审核出来的：如《保傅注》"谓俎豆传列及食之等"，"谓"讹作"男"，"食"讹作"嗜"。"环，旋也"，"旋"讹作"短"。《曾子本孝注》"处安易之道"，"之"讹作"也"。《曾子天圆注》"山川言牲，互文"，"牲"受正文影响讹作"牷"，"互文"讹作"玄之"。《子张问入官注》"缫瑱之设"，"瑱"讹作"须"。《盛德注》"礼

① 俗字：异体字的一种。过去文字学家称流行于民间的文字为俗字，别于正字而言。

察曰”，讹作“祭礼曰”。《诸侯迁庙注》“未即吉”，“吉”讹作“告”。“孙、郑等改鞠衣”，“鞠”讹作“袆”。“又云一命展衣者”，“云”讹作“下”。《少间注》“污，洼也”，“洼”讹作“深”。“朝事致饔既”，“饔”“雍”错见。大凡此类错误，已经在印本上直接加以改正。

【原文】 又《保傅》“有司参夙兴端冕”，《注》“参职谓三月朝也”，下案云“《注》职字疑衍”，是疑“参”与“三月”嫌文①，或别有意也。然古人立文，绝无有如此者。在《内则》②为三月之末，择日以子见于父，此见之南郊，亦三月时事。正文当作“有司斋夙端冕”，《注》文当作“斋夙谓三月朝也”。明嘉靖癸巳袁氏依宋本重刊之《大戴礼记》，“齐”皆作“斋”，后人不识古字，遂讹作“参”，而“夙”字不可通于下加“兴”字。《魏书·李彪传》引此，作“有司齐肃端冕”，无兴字，其窜误无疑。《注》乃并“夙”字讹作“职”，字形转写之谬。前改正者，皆是也。

【译文】 又《保傅》“有司参夙兴端冕”，《注》“参职谓三月朝也”，下面的按语说“《注》职字疑衍”，这是怀疑“参”和“三月”文字声音相近，可能别有深意。但是古人行文定字，绝对没有这种做法。在《内则》为三月的月底，选择一个日子带着儿子拜见父亲，这里是在南郊拜见，也是三月的事。正文当作“有司斋夙端冕”，《注》文当作“斋夙谓三月朝也”。明嘉靖癸巳袁氏依据宋本重新刊刻的《大戴礼记》，“齐”都作“斋”，后人不认识古字，于是将“斋”讹作“参”，但是“夙”字读不通，便在“夙”字下添加一个“兴”字。《魏书·李彪传》引用这句话，作“有司齐肃端冕”，没有“兴”字，可见“兴”字确凿无疑是后人错误窜入的。《注》于是连着“夙”字一起讹作“职”字，这是字形转写而造成的错误。前文所改正的，都是这种错误。

---

① 嫌文：文字音声相近。嫌：近于，接近。

② 《内则》：“三月之末，择日剪发为鬌，男角女羁，否则男左女右。是日也，妻以子见于父。”

【原文】《凡例》末一条云:“又有虽俗字而其来已久,魏晋六朝皆用之,如‘準’之作‘准’,‘殺’之作‘煞’,‘陈’之作‘阵’,‘景’之作‘影’,亦皆不改。”震之愚,窃以为“景”与“影”,今异字异音,古通用“景”,葛洪始加“彡”作“影”,义有可通,无妨后人滋益。“准”字,虽《魏书》有云:“欲知其名,淮水不足。”非避寇莱公讳。(吕忱《字林》用准为平準之準,见《佩觿》。忱,晋人,是此时俗字)。然许叔重在汉时,作《说文解字序》云:“诡更正文,乡壁虚造不可知之书,变乱常行,猥曰‘马头人为长’,‘人持十为斗’,‘虫者屈中也’,‘苛之字止句也’,皆不合孔氏古文,谬于史籀,怪旧艺而善野言。”则《魏书》之称“淮水不足”,设许氏见之,必且讥为野言者也。苟害六书之义,虽汉人亦在所当改,何况魏晋六朝?此书中仍有未尽俗谬者,“準”“准”、“殺”“煞”、“陈”“阵”,参差互见,宜使之画一,以免学者滋惑。震愚昧,径行改易。

【译文】《凡例》的末尾一条说:“又有一些字,虽然是俗字,但是如此使用由来已久,魏晋六朝都如此使用,如‘準’写作‘准’,‘殺’写作‘煞’,‘陈’写作‘阵’,‘景’写作‘影’,都不作校改。”戴震我虽然愚昧,却自以为“景”和“影”,如今不仅字形不同,而且字音也不同,古代通常写作“景”,葛洪开始加“彡”旁写作“影”,这两个字字义有相同的地方,后人不妨增衍义项,用“影”代“景”。“准”字,即使是《魏书》有这样的话:“欲知其名,淮水不足。”这不是因为避寇莱公寇准的讳。(吕忱《字林》使用“准”字写作“平準”的“準”,参见《佩觿》。吕忱为晋代人,“準”是当时的俗字)。但是汉代的许慎,所作《说文解字序》说:“故意变更正规文字,向着墙壁凭空虚构一些难以认识的东西,淆乱通行的文字,竟然歪曲地说:‘马头人’是‘长’字,‘人持十’是‘斗’字,‘虫’字是弯曲的‘中’字。‘苛’字乃是‘止句’。这些都同孔子壁中的古文不合,也不合于大篆,把原先遵行的当作怪异,却把民间流行的俗说当成宝贝。”这样看来,《魏书》宣称“淮水不足”,如果让许慎看到了,一定会讥笑是乡野之人的胡言乱语。如果违反了六书规则,即使是汉代学者也在必须改正的行列，何况是魏晋六朝的呢？这部书中仍有没校改完的错误，“凖”“准”、“殺”“煞”、“陈”“阵”，错杂混用，应该将它们统一起来，以免学习的人产生疑惑。戴震我愚昧无知，对此径直进行了校改。

【原文】 其存疑未敢改者：《夏小正》“初岁祭耒，始用畅也。其曰初岁云者：畅也者，终岁之用祭也，言是月始用之也”。细绎文义，正月所系之事，他处不言初岁，至此独言初岁，故解之曰：“畅乃终一岁所用之于祭，而用之自是始，惟其为终一岁之所用，故曰初岁，以见终岁皆用之。”讹作“其曰初云尔”，已不可通，又移就下“言是月”句，失其伦次。“缇[①]缟”下“何以谓之，小正以著名也”。《尔雅》疏连引此文，本系此处无疑。朱子移置篇题之下，以是为解“小正”二字，究无所发明，古人必不用此赘文以解篇题。合综前后，“何以谓之”凡两见，以四字为句。前“雉震呴”条“正月必雷，雷不必闻，惟雉为必闻”，中间用“何以谓之”设问，申之曰“雷则雉震呴，相识以雷”。此云“小正以著名也”，乃申上“缇先见”者也。又与后文“有见稊而后始收，是小正之序也，皆若是也”可参观。名者，命之也。“小正以著名”者，谓小正立言之体，以缇著而先见，故不曰“缟缇”，而名其物候曰“缇缟”，“著”即“动而后著”之“著”[②]。谨陈鄙见，惟有道正之。

【译文】 还有一些存疑没敢校改的：《夏小正》“初岁祭耒，始用畅也。其曰初岁云者：畅也者，终岁之用祭也，言是月始用之也”。仔细品味文义，记录于正月的事件，其他地方都不说“初岁”，唯独在此处说“初岁”，所以可如此解释：“畅，整个一年都用于祭祀，而且从年初就开始使用，正是因为整个一年都要使用，所以特别使用‘初岁’来表达整年都要使用的特性。”讹误成“其曰初云尔”，已经讲不通了，又移动文字来迁就下面的“言是月”这句话，就更是语无伦次了。“缇

---

① 缇：莎草的籽实。

② 著：显著，可见。

缟"下"何以谓之,小正以著名也"。《尔雅》疏接连引用这个句子,这个句子在此处本来没有问题。朱熹将它移到篇题下面,把它当作解释"小正"二字的,(这个改动)终究没有什么新的发现,古人是一定不会用这样累赘的文字来解释篇题的。综合考察前后文,共有两处可见"何以谓之"这个句子,都是四字一句。前文"雉震呴"条"正月必雷,雷不必闻,惟雉为必闻"的中间用"何以谓之"来设问,然后引申解说道"雷则雉震呴,相识以雷"。这里说"小正以著名也",乃是引申解说上文"缇先见"的。还可以和后文"有见稊而后始收,是小正之序也,皆若是也"相结合来看。所谓的名就是命令它的意思。所谓的"小正以著名",就是说《夏小正》行文的体例,因为莎草的籽实很显眼,总是首先看到它,所以不说"缟缇",而是根据物候特点来命名作"缇缟","著"即是"动而后著"的"著"。恭敬地陈说本人鄙陋的见解,唯愿有道者斧正它。

再与卢侍讲书

【原文】 去冬刻就《屈原赋注》，属舍弟印送，谅已呈览，尚有误字。其《大戴礼记》一书，今正复检一过，又得若干事。后因穷处，多繁杂，未及订定。兹略举大致，以乞教正。

【译文】 去年冬，《屈原赋注》刻印完工，嘱托舍弟将印本送您，想必您已经批阅，但是该书还有错字。那个版本的《大戴礼记》一书，今年正月又检查了一遍，又查到若干条错误。后因穷困，有很多日常杂务，没来得及加以订正。这里略举大概，以求指教。

【原文】 《主言篇》“则正亦不劳矣”，“正”当作“政”。“百步而堵”，“堵”疑“亩”之讹，“千步而井”，不可通，“千步”疑“方里”之讹。“昔者明王以尽知天下良士之名”，篇内“主”字并“王”字之讹，惟此一处各本仍作王，当据之以表微。

【译文】 《主言篇》“则正亦不劳矣”，“正”当作“政”。“百步而堵”，“堵”疑是“亩”的讹误，“千步而井”，不通，“千步”疑是“方里”的讹误。“昔者明王以尽知天下良士之名”，篇内“主”字全部是“王”字的讹误，只有这一处各本仍旧写作“王”，应当以此为根据，来显示本书的细节。

【原文】 《哀公问于孔子篇》“然后言其丧葬”，别本多作“丧算”，义长。

【译文】《哀公问于孔子篇》“然后言其丧葬”，其他版本多作“丧算”，更合理，更值得采纳。

【原文】《礼察篇》“倍死忘生之礼”，“礼”当作“徒”，字形之讹。

【译文】《礼察篇》“倍死忘生之礼”，“礼”当作“徒”，字形相近造成的讹误。

【原文】《夏小正篇》“震也者，鸣也；呴也者，鼓其翼也。”徐坚《初学记》两引此文，皆作“呴者，鸣也；震者，鼓其翼”。殆后人因“雉震呴”之言而改之，以就先“震”后“呴”欤？“初岁祭耒”，止此四字属《夏小正》元文，自“始用畅也”以下皆为解说，不必重“初岁祭耒始用畅也”字，似文义更明。“岁再见尔”，“尔”上当有“云”字，脱在“盖记时也”下。“而不食于母也”，当从别本“于”作“其”者。“堇，菜也”，朱熹《仪礼经传通解》载此文，“菜”作“采”，与上“大舍采也”字正一例。“推之不必取之”，各本无句末“之”字。“取必推而不言取”，“取必”当作“故言”，字形讹舛。“突穴取与之室何也”，各本皆然。“突”当作“宊”，王逸注《楚辞》“宊厦”云：“宊，复室也。”洪兴祖《补注》云：“宊，深也，隐暗处。盖宊厦犹言深厦。”此突穴，指燕所为巢深隐也。下云“谓之室何也”，是书“谓”字或讹作“与”，或讹作“为”，不胜毕举。因“与”字，又误衍“取”字。“故言挚云”，各本无“言”字，《通解》载此文，止作“挚云”，于古人文体尤合。“之离而生”，“之”当作“以”，字形之讹。“穴也者言蛰也”，各本无“穴也者”三字。“于时月也，万物不通”八字，应属《小正》元文。若说《小正》者，则“是”字直用“是”，不用“时”，篇内可考，义亦非解“啬人不从”。

【译文】《夏小正篇》“震也者，鸣也；呴也者，鼓其翼也。”徐坚《初学记》两次引用此段文字，都作“呴者，鸣也；震者，鼓其翼”。大约是后人根据“雉震呴”这句话来改动的，是用来迁就先“震”后“呴”吗？“初岁祭耒”，只有这四个字属于《夏小正》原文，自“始用畅也”以下都是解说的文字，不必重复“初岁祭耒始用畅也”这句文字，似乎文义更加明了。“岁再见尔”，“尔”前应当有“云”字，脱落到“盖记时也”后面。“而不食于母也”，当遵从别的版本将“于”改作“其”字。“堇，菜也”，朱子《仪礼经传通解》载这段文字，“菜”写作“采”，和上文“大舍采也”用字正是同一种情况。“推之不必取之”，各种版本都没有句末的“之”字。“取必推而不言取”，“取必”应当是“故言”，因字形而形成的讹误。“突穴取与之室何也”，各本都这样。“突”当作“宎”，王逸注《楚辞》“宎厦”说：“宎，复室也。”洪兴祖《补注》说：“宎，深也，隐暗处。盖宎厦犹言深厦。”这里所谓的宎穴，指的是燕子所筑的巢深而隐蔽。下文说“谓之室何也”，这本书“谓”字，要么讹误成“与”，要么讹误成“为”，不胜枚举。因为写作“与”字，又误增“取”字。“故言挚云”，各本都没有“言”字，《通解》载此段文字，只作“挚云”，和古人行文体例尤其符合。“之离而生”，“之”当作“以”，字形原因造成的讹误。“穴也者言蛰也”，各本都没有“穴也者”三个字。“于时月也，万物不通”八字，应属《夏小正》原文。如果是解说《夏小正》的文字，那么“是”字只用“是”，不用“时”，篇内有据可考，其内容也不是解释“啬人不从”的。

【原文】 《保傅篇》“固举之礼”，《魏书·李彪传》引此文，作“因举以礼”，及下“齐肃端冕”，可证“参夙兴”之讹。“《尚书》及《周礼》说而文与此同”，《通解》载此注，“而”作“古”，当是“《古尚书》及《周礼》说与此同”，转写致讹，又衍“文”字。（案：当作“《古文尚书》及《周礼》说与此同”，“文”字非衍）。许叔重《五经异义》称《古文尚书》说、《古尚书》说，是其证。“言人性本虽无善”，《通解》载此注作“本或有所不能”，似朱子所改。“使谏击之以‘自闻也’”，《通解》载此注，“谏”下有“者”字。“大夫谏足以义使于瞽叟”，“足”当作“之”，“使”当作“后”，别本“叟”作“史”，此以解“正谏在瞽史乐工后”也。“殷、周之前以长久者”，“前”当作“所”，字形之讹。“强，犹强也”，当作‘犹劝也”。《周礼·司谏》注有此训。“暑而渴”，宋、元本“渴”并作“喝”。《通解》载此文作“暍”，注之云：“暍，伤暑也。”渴、暍，皆字形之讹。“宴室郏室于宴寝也”，《通解》载此注作“宴室、夹室，次宴寝也”，今是书“夹”并作“郏”。《内则》注云：“侧室，谓夹之室，状宴寝也。”亦一旁证。“以七月就宴”，当从《通解》作“比七月就宴室”。“太史持铜而御户左”，当作“太师”，注同。“冲在中，牙在旁”，《通解》载此注作“璜在旁，冲牙在中”，亦似朱子所改。此截注“冲牙”二字，“璜”属上注矣。又《玉藻》疏皇氏说亦分“冲牙”为二，与此注同。“纳于衡璜之间”，《通解》“之间”上有“冲牙”二字。“坐不边蹕”，“蹕”上脱“立不”二字。“诵诗”上脱“夜则令瞽”四字。“形容端正”，上脱“生子”二字。“任子之时”，“任”即“妊”，上云“孕子之礼”，“孕”亦当作“任”。“敬《白虎通》”，“敬”当作“故”。“欲左欲右”，当重“左右”字。“以其前为慎于人也”，“前”亦当作“所”，“慎”当作“顺”。“而置尸于北堂”，篇末“而犹汝矣”之注当在此。“邹衍、乐毅以齐至”，当作“自齐、魏至”。《韩诗外传》下衍二十二字，“以魏、齐至之”亦脱误。考《外传》作“燕昭王得郭隗、邹衍、乐毅，是以魏、赵兴兵而攻齐”。依是书注例，“闵王名地”，当注云“齐王地也”，脱“地”字。

【译文】《保傅篇》“固举之礼”，《魏书·李彪传》引用这段文字，作“因举以礼”，以及下文“齐肃端冕”，可证“参夙兴”的讹误。“《尚书》及《周礼》说而文与此同”，《通解》收录这个注释，“而”字作“古”字，应当是“《古尚书》及《周礼》说与此同”，传抄导致的讹误，再添加了一个“文”字。（按：当作“《古文尚书》及《周礼》说与此同”，“文”字并非增衍）。许慎《五经异义》称《古文尚书》说、《古尚书》说，这便是证据。“言人性本虽无善”，《通解》收录这个注释作“本或有所不能”，似是朱熹所改。“使谏击之以‘自闻也’”，《通解》收录这个注释，“谏”字下面有“者”字。“大夫谏足以义使于瞽叟”，“足”当作“之”，“使”当作“后”，别的版本“叟”作“史”，这是用来解释“正谏在瞽史乐工后”的。“殷、周之前以长久者”，“前”当作“所”，字形相近造成的讹误。“强，犹强也”，当作“犹劝也”。《周礼·司谏》的注解有这个训释。

"暑而渴",宋、元版本"渴"都作"暍"。《通解》收录这段文字"渴"写作"暍",并注释它说:"暍,伤暑也。"渴、暍,都是字形相近造成的讹误。"宴室邦室于宴寝也",《通解》收录这个注释作"宴室、夹室,次宴寝也",如今这部书"夹"都作"郏"。《内则》注说:"侧室,谓夹之室,状宴寝也。"也是一个旁证。"以七月就宴",应当根据《通解》写作"比七月就宴室"。"太史持铜而御户左","太史"当作"太师",注释同此。"冲在中,牙在旁",《通解》收录这个注释作"璜在旁,冲牙在中",也可能是朱熹所改。此断开来注释"冲牙"两个字,而将"璜"字归属到上一个注释去了。又《玉藻》疏皇氏的解说也将"冲牙"一分为二,和这个注释一样。"纳于衡璜之间",《通解》"之间"前有"冲牙"二字。"坐不边跸","跸"前脱落"立不"二字。"诵诗"前脱落"夜则令瞽"四字。"形容端正"前脱落"生子"二字。"任子之时","任"即是"妊",前文说"孕子之礼","孕"也应该写作"任"。"敬《白虎通》","敬"当作"故"。"欲左欲右",当重复"左右"二字。"以其前为慎于人也","前"也当作"所","慎"当作"顺"。"而置尸于北堂",篇末"而犹汝矣"的注释应当在此处。"邹衍、乐毅以齐至",当作"自齐、魏至"。《韩诗外传》下增添了二十二字,"以魏、齐至之"也有脱落错误。考《韩诗外传》作"燕昭王得郭隗、邹衍、乐毅,是以魏、赵兴兵而攻齐"。依据这本书的注释体例,"闵王名地",应当注释为"齐王地也",脱漏一"地"字。

【原文】 《曾子立事篇》"朝忿忘身",词不足,当是"一朝之忿忘其身",脱误。"思唯可复",当作"无不可复"。"不唱流言","唱"当作"倡"。"谓时事须杀也","杀"当作"繁",字形之讹。"忿怒而为恶","为"当作"无"。注内两说:前说谓忿怒妄动,不必心以为恶而怒;后说谓人本无恶而妄怒。据后说,"为"字舛谬明矣;义则前说尤善。"自执而轻于善","轻"当作"诬",字形之讹。

【译文】 《曾子立事篇》"朝忿忘身",字词不够,应当是"一朝之忿忘其身",有脱落的错误。"思唯可复",当作"无不可复"。"不唱流言”，“唱”当作“倡”。“谓时事须杀也”，“杀”当作“繁”，字形相近造成的讹误。“忿怒而为恶”，“为”当作“无”。注释中有两种说法：前一种说法认为忿怒妄动，不一定是心中是恶的然后动怒；后一种说法认为人本来没有作恶却肆意动怒。根据后一种说法，“为”字谬误很明了了；从意蕴所指来说，则前一种说法更合理。“自执而轻于善”，“轻”当作“诬”，字形相近造成的讹误。

【原文】 《本孝篇》“痺”当作“庳”。“谓三者之孝”，“三”当作“王”。

【译文】 《本孝篇》“痺”应当作“庳”。“谓三者之孝”，“三”应当作“王”。

【原文】 《制言》上“曰友之也”，“曰”当作“曾”，字形脱误。《制言》中“《诗》云行有死人，尚或墐之”，此十字亦注文，故不注某诗之几章。正文语势亦显然，不可引《诗》横隔。“以役其身”，“役”当作“殁”，前《立事篇》可据证。

【译文】 《制言》上“曰友之也”，“曰”应当作“曾”，字形原因造成的脱落错误。《制言》中“《诗》云行有死人，尚或墐之”，这十个字也是注文，所以没有注明出自什么诗的第几章。是正文的语势也很明显，不可能陡然引用《诗》中的句子来横加隔断。“以役其身”，“役”应当作“殁”，前面的《立事篇》可引以为证。

【原文】 《疾病篇》“如长日加益而不自知也”，长，竹丈切，谓己身之长，故曰不自知。注云“如日之长”，袁氏本无日字，空此一格，当作“如身之长”。

【译文】 《疾病篇》“如长日加益而不自知也”，长，竹丈切，说的是自己身体的高度，所以说自己不知道。注释说“如日之长”，袁氏本没有“日”字，但此处空了一格，应当作“如身之长”。

【原文】 《天圆篇》"施,施也",当作"赋也"。《周礼·内宰》注云:"施,犹赋也。"是其义。"温暖如阳","阳",当作"汤",此注本《汉书·五行志》刘向语。

【译文】 《天圆篇》"施,施也",应当作"赋也"。《周礼·内宰》注释说:"施,犹赋也。"这是"施"的含义。"温暖如阳","阳",应当作"汤",这个注释来源于《汉书·五行志》刘向所说。

【原文】 《武王践阼篇》"于百姓",朱文端本作"十百世",盖"十"讹作"于",转而为"于",妄改者不知此解其量十世百世也。"虽夜解怠","怠"当作"息",解谓释带也。"屦履之铭",当作"履屦",屦不名履,履之言践也。"论慎屦","屦"当作"履"。"劳与富","劳"当作"福","福""富"同音,正文作"富",注兼取"福"义,故曰"音义两施互取焉"。

【译文】 《武王践阼篇》"于百姓",朱文端本作"十百世",大约是"十"字错成了"于"字,转而写成了"于"字,妄加改动的人不知道这是在解释其量达到十世百世。"虽夜解怠","怠"应当作"息",解释认为是解开衣带。"屦履之铭",应当作"履屦",屦不会叫作履,履的意思是践踏。"论慎屦","屦"应当作"履"。"劳与富","劳"应当作"福","福""富"同音,正文作"富",注释又取"福"的义项,所以说"音义两施互取焉"。

【原文】 《卫将军文(字)[子]篇》"言下国信蒙其富","富"当作"福"。"云先生者犹难之",一本作"云先生犹有难之"。"言偃,鲁人也","鲁"字疑"吴"之讹。"言未至者未及也",当作"言未至未及者"。"晋侯也",当作"晋侯彪也"。"祁篌,祁午也",当作"祁午之父也"。"羊舌肸,羊舌职之父",当作"羊舌大夫,羊舌肸也,羊舌职之子"。

【译文】 《卫将军文子篇》"言下国信蒙其富","富"应当作"福"。

“云先生者犹难之”，有版本作“云先生犹有难之”。“言偃，鲁人也”，“鲁”字疑是“吴”字的讹误。“言未至者未及也”，应当作“言未至未及者”。“晋侯也”，应当作“晋侯彪也”。“祁篌，祁午也”，应当作“祁午之父也”。“羊舌肸，羊舌职之父”，应当作“羊舌大夫，羊舌肸也，羊舌职之子”。

【原文】《五帝德篇》“黄帝黼黻衣”，“帝”字衍。“知民之急”，袁氏本“急”作“悫”，义当作“隐”。

【译文】《五帝德篇》“黄帝黼黻衣”，“帝”字是增添的。“知民之急”，袁氏本“急”字写作“悫”，字义当是“隐”。

【原文】《帝系篇》“及象产敖”，《礼记》疏引此文作“及产象敖”，“敖”字之衍久矣。《史记》“卷章”，此讹为“老童”，王逸注《楚辞》作“老僮”。“什祖”，各本“什”多作“付”，与《史记》作“附沮”合。《史记》“穴熊”“疵”“越章王”，此讹“穴”为“内”，“疵”为“痹”，“越”为“戚”，韦昭注《国语》，不知楚之别封有越，而误谓勾践羊姓，失之也。《郑语》曰：“芈姓，夔、越。”王符《潜夫论》亦曰：“或封于夔，或封于越。”皆楚之越章耳。楚自粥熊九世至熊渠，此于“内熊”下，有“九世至于渠、娄、鲧出自”九字，盖当云“其裔孙粥熊，自粥熊九世至于熊渠”，下乃接“熊渠有子三人”，然无善本可以订正。“昆吾者，卫氏也”以下六氏字不可通，皆当从《世本》作“是”，声之讹也。“次妃陈隆氏”，别本作“陈锋”，与《史记》合。

【译文】《帝系篇》“及象产敖”，《礼记》疏文引这段文字作“及产象敖”，“敖”字增添由来已久。《史记》“卷章”，这里讹误为“老童”，王逸注《楚辞》写作“老僮”。“什祖”，各个版本“什”字大多写作“付”，和《史记》写作“附沮”相符。《史记》“穴熊”“疵”“越章王”，这里将“穴”讹误为“内”，“疵”讹误为“痺”，“越”讹误为“戚”，韦昭注《国语》，不知楚国芈姓家族有封地在叫作越的地方，而误认为勾践姓羊，这是错误的。《郑语》说："芈姓，有封于夔的、有封于越的。"王符《潜夫论》也说："有的封到夔地，有的封到越地。"皆指楚国的越章。楚国从粥熊传九世到熊渠，这里对于"内熊"以下，有"九世至于渠、娄、鲧出自"九字，应当说"其裔孙粥熊，自粥熊九世至于熊渠"，以下才接"熊渠有子三人"，但是没有善本可以来订正这个问题。"昆吾者，卫氏也"以下六个"氏"字不可通，都应当遵从《世本》作"是"，这是读音相近造成的讹误。"次妃陈隆氏"，别的版本作"陈锋"，和《史记》一致。

【原文】 《劝学篇》"殆教亡身"，"亡"字当从《荀子》作"忘"。"痺下"当作"庳下"。"必出量"，当作"以注量"。

【译文】 《劝学篇》"殆教亡身"，"亡"字应当根据《荀子》作"忘"。"痺下"应当作"庳下"。"必出量"，应当作"以注量"。

【原文】 《子张问入官篇》"恒言无害也"，"恒"当作"犹"。"详为陋矣"，"详"即"佯"，"陋"当作"漏"，声之讹。别本"矣"作"失"，漏失遗忘也。"郭象曰：'主上无为于亲事，而有为于用臣也。'"《庄子·天道篇》注文，此讹"亲"为"日"，又脱"臣"字。"今云惑视听"，"今云"当作"令不"。

【译文】 《子张问入官篇》"恒言无害也"，"恒"应当作"犹"。"详为陋矣"，"详"即是"佯"，"陋"应当作"漏"，这是读音相近造成的讹误。其他版本"矣"作"失"，漏失遗忘的意思。"郭象曰：'主上无为于亲事，而有为于用臣也。'"这是《庄子·天道篇》的注文，这里'亲"讹误为"日"，又脱落"臣"字。"今云惑视听"，"今云"当作"令不"。

【原文】 《盛德篇》"君臣之义失"，别本"义"作"位"，与《礼记》本文合。"以慎天法"，"慎"当作"顺"。"正朝之位"，"朝"下脱"仪"字。

【译文】 《盛德篇》"君臣之义失"，其他版本"义"作"位"，和《礼记》本文一致。"以慎天法"，"慎"应当作"顺"。"正朝之位"，"朝"字下脱漏一“仪”字。

【原文】《千乘篇》“执事政也”，“政”当作“正”。“故年谷不成”，“不”当作“顺”，不知者误读下文，妄改为“不”。

【译文】《千乘篇》“执事政也”，“政”应当作“正”。“故年谷不成”，“不”应当作“顺”，不懂的人误读下文，肆意改为“不”字。

【原文】《文王官人篇》“以观其不宁”，“不宁”当从《逸周书》作“不荒”。“如临人以色”，“如”当从《逸周书》作“好”。“其貌固呕”，篇内“呕”字并“妪”之讹，“执之以物而遬惊，决之以卒而度料”，以《逸周书》“设之以物而数决，敬之以卒而度应”互相订，“执”即“设”之讹，“遬”“数”义同为速，“速决”宜连文，“惊之”脱误为“敬之”。“不学而性辨”，《逸周书》作“不文”，当作“不紊”。“始妒诬者也”，《逸周书》作“始诬者也”，“始”即“妒”之讹。此文与注并衍一“始”字，因讹致衍。如《保傅篇》“学礼曰”一段，“而”讹作“如”，“如”又讹作“始”，各本遂作“而始”。凡“顺”之为“慎”，“而”之为“如”，“谓”之为“与”、为“为”，“政”与“正”之错互，类皆方音溷同致舛，不得云古字通。以数语中二字错施，彼此交易，正可决古人用字，不宜如是滋惑，虽改正之可也。“察其慝”，“慝”当作“阴”，袁氏本作“应”，“阴”与“应”，声之讹，不知者遂改“应”为“慝”。“人有多隐其情”，“有”字衍。“推前恶忠”，据注，“恶”疑“特”之讹。“谓有询义”之“义”，当作“议”。“自顺而不让”，据注，“顺”疑“执”字讹耳。“及其所不知正也”，“正”字疑衍。“为先偏习之”，当作“谓先遍习之”。书内“为”当作“谓”者不具列。“有道而自顺”，“有”当从《逸周书》作“假”。“以见佚气自然”，“佚”当作“侠”。“骄厉以为勇”，当从《逸周书》作“矫厉”，注同。“内恐外悴”，当从《逸周书》作“外夸”。“敬再其说”，“敬再”当从《逸周书》作“亟称”。“阴阴窃谓求诸人也”，次“阴”字别本作“阳”，以正文订之，当作“阴行谓窃求诸人也”。《逸周书》“日有守者也”；此脱误为“日守也”。

【译文】《文王官人篇》“以观其不宁”，当根据《逸周书》作“不荒”。“如临人以色”，“如”当根据《逸周书》作“好”。“其貌固呕”，篇内“呕”字都是“妪”字的讹误，“执之以物而遬惊，决之以卒而度料”，用《逸周书》“设之以物而数决，敬之以卒而度应”来相互校订，“执”即是“设”的讹误，“遬”“数”字义同为速，“速决”应当连读，“惊之”脱落讹误为“敬之”。“不学而性辨”，“不学”《逸周书》作“不文”，应当作“不紊”。“始妒诬者也”，《逸周书》作“始诬者也”，“始”即是“妒”的讹误。此段文字和注文一起增添了一个“始”字，这是因为讹误导致的增添。如《保傅篇》“学礼曰”一段，“而”讹误成“如”，“如”又讹误成“始”，各种版本于是便写作“而始”。大凡“顺”写成“慎”，“而”写成“如”，“谓”写成“与”、写成“为”，“政”和“正”之间相互错用，诸如此类都是因方言读音相同而造成的错误，不可以说“古字通”。因为很多语句中两字错用，彼此交换，完全可以断定古人用字，不应如此混乱，使人迷惑，即使直接改正它，也是可以的。“察其慝”，“慝”应当作“阴”，袁氏本作“应”，“阴”和“应”，读音相近造成的讹误，不懂的人于是将“应”字改为“慝”字。“人有多隐其情”，“有”字增添。“推前恶忠”，根据注释，“恶”疑是“特”的讹误。“谓有询义”的“义”字，应当写作“议”。“自顺而不让”，根据注释，“顺”疑是“执”的讹误。“及其所不知正也”，“正”字疑是增添。“为先偏习之”，应当作“谓先遍习之”。书内“为”应当作“谓”的情况很多，不详细列出。“有道而自顺”，“有”字应当根据《逸周书》作“假”。“以见佚气自然”，“佚”应当作“侠”。“骄厉以为勇”，“骄厉”当根据《逸周书》作“矫厉”，注释同此。“内恐外悴”，“外悴”当根据《逸周书》作“外夸”。“敬再其说”，“敬再”当根据《逸周书》作“亟称”。“阴阴窃谓求诸人也”，第二个“阴”字别的版本作“阳”，根据正文来考订它，应当作“阴行谓窃求诸人也”。《逸周书》“日有守者也”；这里脱落讹误成“日守也”。

【原文】《诸侯迁庙篇》“于练焉坏”下脱一“庙”字。“纳新神”上脱一“将”字。“房,西房也”,“西”字别本或作“日”,或作“由”,据《礼》订之,当作“东房”。

【译文】《诸侯迁庙篇》“于练焉坏”后面脱落一个“庙”字。“纳新神”前脱落一个“将”字。“房,西房也”,其他版本“西”字要么写成“日”字,要么写成“由”字,根据《礼》来校订,应当作“东房”。

【原文】《诸侯衅庙篇》“拭帨”,“帨”当作“捝”。《用兵篇》云:“蚩尤古之诸侯或妄耳”,当作“或云”,“或”字脱误在“诸侯”下。“羸暴于天下”,“羸”当作“赢”。“虽诸夏能相养”,当作“离散莫能相养”,因字形讹舛耳。“与斗应相直”,“应”疑“杓”字之讹,“或深声误为邹也”,“深”当作“陬”。《周礼·大师职》曰“师”当作“史”。“颁告朔于邦国也”,脱“告”字,别本多脱“朔”字。《周书》下脱“曰”字,似仍脱“力争则力政”一语,此《逸周书·度训篇》文。“此周所伏四海”,“伏”当作“服”,下同。“此朝明堂时来者数国也”,当作“国数”。

【译文】《诸侯衅庙篇》“拭帨”,“帨”应当作“捝”。《用兵篇》说:“蚩尤古之诸侯或妄耳”,“或妄”应当作“或云”,“或”字脱落误写到“诸侯”二字后面。“羸暴于天下”,“羸”应当作“赢”。“虽诸夏能相养”,应当作“离散莫能相养”,这是因字形相近造成的讹误。“与斗应相直”,“应”疑是“杓”的讹误,“或深声误为邹也”,“深”应当作“陬”。《周礼·大师职》说“师”应当作“史”。“颁告朔于邦国也”,脱落一“告”字,其他版本大多脱落一“朔”字。《周书》下脱落一“曰”字,似乎还脱落“力争则力政”一句,这是《逸周书·度训篇》的文字。“此周所伏四海”,“伏”应当作“服”,下文同此。“此朝明堂时来者数国也”,“数国”应当作“国数”。

【原文】《少闲篇》“同名同食日同等”,别本“食”作“位”,义长。“缘近小治”,“治”当作“始”。“又不能备问也”,“问”当作“闻”。“其人迅走若鹿”，《逸周书》曰：“发人麃，麃者若鹿，迅走。”谓北发之人贡似鹿兽耳。“渠搜贡虚犬”，“虚”字误。《逸周书》曰：“渠搜以鼩犬，鼩犬者，露犬也，能飞，食虎豹。”“虚”或当作“露”。“如繁者”，“者”当作“诸”。“言职其并兴”，“职”当作“识”。“如以观闻也”，当作“而以闻观也”。别本或讹作“闲观”。“谷亦如之”，“谷”当作“民”。“大及小人畜谷”，“小”字衍。“疆蒌未亏”，不可通，“蒌”当作“薮”。

【译文】 《少闲篇》“同名同食日同等”，其他版本“食”作“位”，更合理，更值得采纳。“缘近小治”，“治”应当作“始”。“又不能备问也”，“问”应当作“闻”。“其人迅走若鹿”，《逸周书》说：“发人麃，麃者若鹿，迅走。”是说北发地区的人进贡的物品似鹿兽。“渠搜贡虚犬”，“虚”字错误。《逸周书》说：“渠搜以鼩犬，鼩犬者，露犬也，能飞，食虎豹。”“虚”或许当作“露”。“如繁者”，“者”应当作“诸”。“言职其并兴”，“职”应当作“识”。“如以观闻也”，应当作“而以闻观也”。其他版本讹误成“闲观”。“谷亦如之”，“谷”应当作“民”。“大及小人畜谷”，“小”字增添。“疆蒌未亏”，不通，“蒌”应当作“薮”。

【原文】 《朝事篇》“诸臣之五等之命”，“命”上脱“之”字，衍十八字。“及大客之义”，“义”当作“仪”。“以成邦国之贰”，当从《周礼》作“以除邦国之慝”。“致会”当作“致襘”。

【译文】 《朝事篇》“诸臣之五等之命”，“命”字前脱落“之”字，增添了十八个字。“及大客之义”，“义”应当作“仪”。“以成邦国之贰”，当依据《周礼》作“以除邦国之慝”。“致会”应当作“致襘”。

【原文】 《投壶篇》“以其算告”，当从袁氏本作“奇算”。

【译文】 《投壶篇》“以其算告”，当根据袁氏本作“奇算”。

【原文】 《公冠篇》“其径五寸”，“径”当作“颈”。“肩博二寸”，“肩”下脱“革带”二字。“诸侯之服”，“服”上脱“朝”。“娶妇”下，《通解》载此注，有“之家”二字，并下“一举乐可也”，袁氏本亦作“可”。

【译文】 《公冠篇》“其径五寸”，“径”应当作“颈”。“肩博二寸”，“肩”字后面脱落“革带”二字。“诸侯之服”，“服”前脱落“朝”字。“娶妇”后面，《通解》收录了这个注释，有“之家”二字，连同后文“一举乐可也”，袁氏本也作“可”。

【原文】 《本命篇》“人资始焉”，袁氏本作“人莫违焉”，“资始”二字，似后人所改。“八者维刚也”，“刚”当作“纲”。“以治之也”，“治”上脱“一”字。“故经成见星”，袁氏本“经”作“绖”。

【译文】 《本命篇》“人资始焉”，袁氏本作“人莫违焉”，“资始”二字，似乎是后人所改。“八者维刚也”，“刚”应当作“纲”。“以治之也”，“治”字前脱落“一”字。“故经成见星”，袁氏本“经”作“绖”。

【原文】 《易本命篇》“易说卦曰”，“卦”字衍，此引《乾凿度》语。“气之始”下脱“也”字。“所以苟者多”，当作“以所包者多”。“故举禽兽之名”，“禽”下仍脱一“禽”字。“言亦有生而生之也”，“有生”当作“有本”。“日月属于天”，“日”字衍，“属”当作“亏”，字形之讹。

【译文】 《易本命篇》“易说卦曰”，“卦”字增添，这是引用《乾凿度》中的语句。“气之始”后面脱落“也”字。“所以苟者多”，当作“以所包者多”。“故举禽兽之名”，“禽”下仍脱一“禽”字。“言亦有生而生之也”，“有生”应当作“有本”。“日月属于天”，“日”字增添，“属”应当作“亏”，字形相近造成的讹误。

【原文】 今春又得一本，耑刻正文，前亦有韩元吉、郑元祐二序。虽非善本，有数处颇可据：《主言篇》“虽有国焉”，作“国马”，不必借证于王肃所私定之《家语》矣。《哀公问五义篇》“其心不买”，作“不置”，与《文王官人篇》“有施而不置”，注云“不形于心色也”，义可互订。此言不以己之尽忠信于人置诸心，而责人之忠信也。惟自励于躬行，不以己厚责人薄，是之谓“躬行忠信，其心不置”。因推寻下句“仁义在己而不害不知”，可取订于《制言》中所谓“有知之则愿也；莫之知，苟吾自知也”。此盖谓己有仁义之实，虽人不知何害。“知”或作“志”者讹。《子张问入官篇》“统统塞耳”，“统”作“纩”，取证于《汉书·东方朔传》“黈纩充耳”，“纩”即“黈”之别字耳。（段玉裁案：李善注《东京赋》及《答客难》皆引《大戴礼》“黈纩塞耳”）。注内云：“统，《庄子》作黈。”亦讹。

【译文】 今年春天又得到一个新的版本，正文雕刻端正，前面也有韩元吉、郑元祐所作的两篇序文。虽然不是什么善本，但是有数处可以作为考证的依据：《主言篇》“虽有国焉”，作“国马”，不必借助于王肃所私定的《家语》来考证了。《哀公问五义篇》“其心不买”，作“不置”，和《文王官人篇》“有施而不置”，注释所说“不形于心色也”，字义可以相互考订。这里是说，不将自己对他人尽忠信的事放置于心上，却责成别人尽忠信。只有自我勉励亲身践行，不拿自己丰厚之处来责难别人的薄弱之处，这才可以叫作“躬行忠信，其心不置”。由此类推下句“仁义在己而不害不知”，可拿来考订《制言》中所谓的“有知之则愿也；莫之知，苟吾自知也”。这句话大约是说自己真实拥有仁义，即使别人不知道，也没有什么妨碍。“知”可能是“志”字的讹误。《子张问入官篇》“统统塞耳”，“统”作“纩”，从《汉书·东方朔传》寻取证据，“黈纩充耳”，“纩”即是“黈”的别字。（段玉裁按：李善注《东京赋》及《答客难》都引用《大戴礼》“黈纩塞耳”）。注释中说：“统，《庄子》作黈。”也属于讹误。

【原文】 谨录如上，一二致确处，私心颇怡乐也。伏待垂择，不无有可附于阁下前所订数十条末者。

【译文】 谨录如上，若有一两处正确的，我私下里也就颇感快乐了。恭敬地等待您的选择，应当有可以附在先生以前所考订的数十条后面的。

【原文】 兹敝友程君亦田，名瑶田，上年秋闱后，同震到扬。今复往，特取道江阴，愿抠谒[①]大君子。其人少攻词章之学，诗古文词皆有法度，书法尤绝伦，直造古人境地。年来有志治经，所得甚多。与震往还十余载，行日励，学日进，而境日困。今遭重丧[②]，不得已外出，情可悲也！其读书沉思核订，比类推致，震逊其密。想阁下所乐取其长，而进其未逮者也。

【译文】 鄙人有一个朋友程先生亦田，名瑶田，去年科举考试结束后，和我一起来过扬州。今年又来到扬州，特意取道江阴，渴望能够恭恭敬敬地拜见大德君子您。程瑶田这个人，少小之时即研读辞章之学，诗古文词都有章法功力，书法尤其绝伦，直达古人境界。近年来有志研究儒家经典，收获颇丰。和戴震我交往已有十多年，一天比一天奋进，学问也一天比一天进步，而处境也是一天比一天困顿。近来亲人相继去世，不得已外出，真的可悲可叹啊！他这个人读书善于思考，精于考据，排比类推，戴震我不如他精密。想必先生是会乐于取他人之长，来弥补自身的不足的。

---

① 抠谒：提起衣服前襟谒见，即恭恭敬敬地拜见。出自《复愚得谢太守先生书》。

② 重丧：家属中有两人相继死亡。

书小尔雅后

【原文】《小尔雅》一卷，大致后人皮傅[①]掇拾[②]而成，非古小学遗书也。如云"鹄中者谓之正"，则正鹄之分，未之考矣。"四尺谓之仞"，则"筑宫仞有三尺"，不为一丈，而为及肩之墙矣。"浍深二仞"，无异洫深八尺矣。其解释字义，不胜枚数以为之驳正。故汉世大儒，不取以说经，独王肃、杜预及东晋枚赜奏上之，《古文尚书》孔传颇涉乎此。

【译文】《小尔雅》一卷，大约是后人牵强附会拼凑而成的，不是古代小学遗书。如说"鹄中者谓之正"，这样一来，正鹄的不同，就不曾区别开来。"四尺谓之仞"，那么"筑宫仞有三尺"，就不足一丈，而成了仅仅高及肩膀的墙了。"浍深二仞"，就和说洫深八尺没什么不同了。该书解释字义，有不胜枚举可以拿来驳斥辩证的错误。所以汉代的大儒，从不使用它来解经书，唯独王肃、杜预及东晋枚赜上奏朝廷，而且《古文尚书》孔传常常运用该书。

【原文】《度量》曰："豆四谓之区，区四谓之釜。"本[诸]《春秋传》"四升为豆，各自其四以登于釜"之文。[下曰]："釜二有半谓之薮。"本《聘礼记》"十六斗曰薮"。"薮二有半谓之缶"，此句无本。"缶二谓之钟"，所谓"陈氏新量皆登一焉，钟乃大矣"者。齐旧量盖先王之制，区斗六升，釜六斗四升，钟六斛四斗。陈氏从而诡更之；釜登一

---

① 皮傅：以肤浅的认识牵强附会。

② 掇拾：搜集。

区则八斗，区登一豆则二斗，豆登一升则五升，而钟实八斛。兹用旧量之豆、区、釜，用新量之钟，两法杂施显相剌谬。

【译文】 《度量》篇说：“豆四谓之区，区四谓之釜。”来源于《春秋传》“四升为豆，各自其四以登于釜”之文。［下文说］：“釜二有半谓之籔。”来源于《聘礼记》“十六斗曰籔”。“籔二有半谓之缶”，此句没有来源。“缶二谓之钟”，即所谓的“陈氏新量皆登一焉，钟乃大矣”。齐旧量器大约是先王的旧制，一区为一斗六升，一釜为六斗四升，一钟为六斛四斗。陈氏在此基础上使诈更改；一釜增加一区则达到八斗，一区增加一豆则达到二斗，一豆增加一升则达到五升，而一钟实际上有八斛。本书使用原来容量的豆、区、釜，用新容量的钟，两法杂用，明显两项乖谬。

【原文】 《度衡》曰：“两有半曰捷，倍捷曰举。”皆于古无本。“倍举曰锊”，贾景伯[①]所称“俗儒以锊重六两”是也。不稽古训，故目之曰俗儒云尔。

【译文】 《度衡》篇说：“两有半曰捷，倍捷曰举。”都没有来源依据。“倍举曰锊”，即贾逵所说的“俗儒以锊重六两”。不考察古训，所以将其看作俗儒。

【原文】 张揖作《广雅》，于《释器》曰：“钟十曰斞，庾十曰秉，秉十曰筥。”斞、庾二文错见，并当为籔。而改“区十曰籔”，斯协于《聘礼记》“十斗曰斛，十六斗曰籔，十籔曰秉”矣，“钟十”之云谬也。此十六（斗）［斛］之秉，量名也。刈禾盈手谓之秉，秉犹把也；字同义别。《聘礼记》曰：“四秉曰筥，十筥曰稯，十稯曰秅，四百秉为一秅。”然则“秉十”当改“秉四”，又不当蒙“籔十曰秉”相乱。其掇拾之病，与《小尔雅》同。

---

① 贾景伯：即贾逵（30—101），字景伯，东汉经学家、天文学家。

【译文】 张揖作《广雅》，在《释器》中说："钟十曰斞，庾十曰秉，秉十曰筥。"斞、庾二字交错出现，都应当为籔。而且改"区十曰籔"，这和《聘礼记》"十斗曰斛，十六斗曰籔，十籔曰秉"相一致了，"钟十"之类的说法是错误的。这里容量为十六斛的秉，是容量名。收割禾苗，握满一手为一秉，一秉如同一把；（两个"秉"字）字同，但内涵不同。《聘礼记》说："四秉曰筥，十筥曰稯，十稯曰秅，四百秉为一秅。"那么"秉十"当改为"秉四"，又不该受"籔十曰秉"的影响而产生混乱。这个拼凑的毛病，和《小尔雅》一样。

【原文】 或曰："《小尔雅》者，后人采王肃、杜预之说为之也。"时乾隆己卯秋，东原氏记。

【译文】 有人说："《小尔雅》是后人摘录王肃、杜预的解说编写而成的。"时乾隆己卯年(1759)秋，戴东原作。

六书论序

【原文】 自昔儒者，其结发①从事，必先小学。小学者，六书之文是也。《周官》保氏掌之以教国子②，司徒掌之以教万民，而大行人③所称，谕书名，听声音，又属瞽、史分职专司。故其时儒者治经有法，不歧以异端。后世道缺，小学不修，古文绝于嬴氏，佐隶起于狱吏。汉兴盖百年，始征小学之士，令说文字未央廷中。光武时，马援上疏论文字之讹谬。及贾侍中修理旧文，而许叔重从受古学，撰《说文解字》则在安和已后。

【译文】 古代的读书人，他们自结发成年开始从事学业，一定先学习小学。所谓小学就是六书之类的文字理论。《周官》保氏掌管小学把它教给公卿大夫子弟，司徒管小学把它教给众百姓，而负责宾客礼仪的大行人所称说，讨论书名，辨听声音，又归类给瞽、史各司其职，专门掌管。所以那时候读书人研治经书有规范标准，不会用异端邪说来产生歧义。后世大道缺失，小学不再修习，古文灭绝于秦朝嬴政时，隶书产生于管理牢狱的官吏。汉朝兴起大约一百年，才开始征调懂得小学的读书人，使之在未央宫中解说文字。汉光武帝时，马援

---

① 结发：束发，扎结头发，古代男子二十岁束发而冠，女子十五岁束发而笄，表示成年。男女成年的标志分别为“加冠”“加笄”。韩愈《争臣论》：“岩穴之士，闻而慕之。束带结发，愿进于阙下。”

② 国子：一指公卿大夫的子弟。一指国子学。

③ 大行人：职官名。职掌宾客的礼仪，以接待远方宾客为主。《周礼·秋官·大行人》：“大行人掌大宾之礼及大客之仪，以亲诸侯。”

上疏讨论文字的讹谬问题。等到贾逵整理旧的文字，而许慎跟从他学习古文字学，撰写《说文解字》则在安和之后。

【原文】 今考经史所载，汉时之言六书也，说歧而三：一见《周礼》注引郑司农解，一见班孟坚《艺文志》，其一则叔重《说文解字序》，颇能详言之。班、郑二家，虽可以广异闻，而纲领之正，宜从许氏。

【译文】 现在考证经书和史书的记载，汉代论述六书，有三个不同的学说：一个见之于《周礼》注所引郑众的注解，一个见之于班固的《艺文志》，另一个则是许慎的《说文解字序》，能够详细地谈论它。班、郑二家，虽然可以扩充新的知识和不同的见闻，但是要想纲目原理合于法则，宜采取许慎的学说。

【原文】 厥后，世远学乖，罕睹古人制作本始。谓谐声最为浅末者，后唐徐锴之疏也。以指事为加物于象形之文者，宋张有之谬也。谓形不可象则指其事，事不可指则会其意，意不可会则谐其声者，诸家之纷紊也。谓转声为转注者，起于最后，于古无稽，特萧楚诸人之臆见也。盖转注之为互训，失其传且二千年矣。

【译文】 这以后，年代久远，学术背离，难以察见造字的本义。提出最为浅薄最次等的谐声说的，是后唐徐锴的注疏。认为指事是添加物象到象形文字之上的，是宋代张有的谬误。认为不可以用象形法造字的就使用指事法，不可以用指事法造字的就使用会意法，不可以用会意法造字的就使用谐声法，这是各个学派纷杂淆乱的说法。认为转声是转注，起源时间最迟，追溯到上古，没有根据不可考稽，只是萧楚等人臆造的观点。因为转注即是互训，（这个学说）失传将近两千年了。

【原文】 六书也者，文字之纲领，而治经之津涉[①]也。载籍极博，统之不外文字，文字虽广，统之不越六书。纲领既违，讹谬日滋。故考自汉以来，迄于近代，各存其说，驳别得失，为《六书论》三卷。凡所不载，智者依类推之，以拾遗补艺[②]，将有取乎此也。时乾隆乙丑孟冬，戴震撰。

【译文】 六书是文字的纲领，研治经书的门径。记载典籍极为广博，统摄它们的不外乎文字，文字虽然众多，但是统摄它们的不超越六书。已经违背纲领，讹谬就不免日益滋生。所以考察自汉代以来，到达近代，各自保存他们的学说，辨别他们各自的得失，作《六书论》三卷。凡是书中没有记载刊录的，有智慧的人可依理类推。用来弥补疏漏、匡正过失，补充经学的不足，是将从这本书中有所采用的。乾隆乙丑年(1745)孟冬，戴震撰。

---

① 津涉：渡口。比喻为学的门径。

② 艺：艺学，指经学，文章典籍之学。

与丁升衢[①]书

【原文】《易玄星纪谱》[②]颇不通。上层列二十八宿，各注总度，终于三百六十五，无小余。次层列十二次，注分野，终于三百六十，后不接续。三层用孟喜《易》坎、离、震、兑四正卦之爻配二十四气者。四层用李溉所传《卦气图》十二辟卦之爻配七十二候[③]者，亦终于三百六十，后不接续。五层用诸侯、大夫、卿、公辟六十卦之爻爻错综之，以一爻配《玄》之二赞，亦终于三百六十，后不接续。六层列《玄》之八十一首及其准易，因空格附记诸家所推《玄》之九赞，配日躔宿度与节气次舍之属。七层、八层列《玄》之九赞与五层相配。

【译文】《易玄星纪谱》很不通顺。最上层列二十八宿，都分别注出总的度数，结束于三百六十五度，没有余数。第二层列十二次，注明分野，结束于三百六十度，后面没有接续。第三层运用孟喜《易》

---

① 丁升衢：即丁杰（1738—1807），原名锦鸿，字升衢，号小雅，浙江归安（今浙江省湖州市）人。少家贫，就书肆中读。乾隆四十六年（1781）进士。参与《四库全书》的校勘。其肆力经史，旁及说文、音韵、算数。为学长于校雠，与卢文弨最相似。得一书必审定句读，博稽他本同异。于《大戴礼》用功尤深。张之洞称清代校勘学家以“戴（震）、卢（文弨）、丁（杰）、顾（广圻）为最”。著有《大戴礼记绎》《小西山房文集》等。

② 《易玄星纪谱》：作者晁说之（1059—1129），字以道、伯以，因慕司马光之为人，自号景迂生，澶州清丰（今河南省濮阳市）人。

③ 七十二候：是我国古代用来指导农事活动的补充历法。它是根据黄河流域的地理、气候和自然界的一些景象编写而成，以五日为候，三候为气，六气为时，四时为岁，一年二十四节气，共七十二候。各候均以一个物候现象相应，称“候应”。其中，植物候应有植物的幼芽萌动、开花、结实等；动物候应有动物的始振、始鸣、交配、迁徙等；非生物候应有始冻、解冻、雷始发声等。七十二候候应的依次变化，反映了一年中物候和气候变化的一般情况。

坎、离、震、兑四正卦的爻来配二十四节气。第四层用李溉所传《卦气图》十二辟卦的爻来配七十二候，也结束于三百六十度，后面没有接续。第五层用诸侯、大夫、卿、公辟六十卦的爻爻错综之，以一爻配《太玄》的二赞，也结束于三百六十度，后面没有接续。第六层列《太玄》的八十一首及他的准易，在空格处附录诸家所推演《太玄》的九赞，配日躔宿度和节气次舍之类。第七层、第八层列《太玄》的九赞和第五层相配。

【原文】 扬子云本太初三统之法作《玄》，而此乃用四分法，已不合子云意矣。袭汉人卦气，又不解六日七分之法，使不能循环相接，由疏于算学强作解事也。旧本式样不分晓，今拟一式，使开卷了然，整齐易写。讹脱处皆推明粘签，可照改也。

【译文】 扬雄根据太初三统之法作《太玄》，而这里仍使用四分法，已经不合扬雄本意。沿袭汉代人卦气说，又不了解六日七分之法，使之不能循环相接，这是因为不懂算学，却勉强装懂而造成的。老版本图谱式样不分明，现在我重拟一式样，使之开卷了然，整齐易写。讹脱之处都一一推阐，分别贴上标签，可以照着修改。

再与丁升衢书[1]

【原文】 《太玄》[2]之七百二十九赞，两赞配一日，终于三百六十四日有半，末有"踦""嬴"两赞配半日及岁之小余。《太初历》[3]一昼夜千五百三十九小分，是为日法，即为度法。其周天五十六万二千一百二十，满度法得三百六十五度有小分三百八十五，其岁周即为三百六十五日小余三百八十五。因而四之，得千五百四十，满日法成日，仍有小余一。是四年而大于《四分历》[4]者一小分，六千一百五十六年而较《四分历》少一日矣。汉已后岁实[5]，各历不同，未有过四分日之一者，独《太初历》过之。晁说之谓"温公本《太初历》而作《玄历考》"，其所计分秒徒用《四分历》耳，绝不涉《太初》也。

【译文】 《太玄经》七百二十九赞，每两赞分配给一昼夜，最终共

---

① 本文为笔者拜托张庆伟先生代译的。编入本书时，笔者根据自己的理解有所改动。张庆伟先生亦将本文收入其《戴震自然科学著作选译》一书中，可参阅。

② 《太玄》:《太玄经》的简称，也称《扬子太玄经》，汉代扬雄编撰。《太玄经》模仿《周易》而成。分一玄、三方、九州、二十七部、八十一家、七百二十九赞，以模仿《周易》之两仪、四象、八卦、六十四重卦、三百八十四爻。其赞辞，相当于《周易》之爻辞。

③ 《太初历》:汉武帝时期制定的一种历法，将一日分为八十一分，故又称"八十一分律历"，是中国第一部有完整文字记载的历法，唐都、落下闳、邓平等主持编制。

④ 《四分历》:有"古四分历"和"后汉四分历"之分。广义的四分历，古已有之。"后汉四分历"乃东汉章帝元和二年(85)由编欣、李梵等创制的历法。对于本文所谓"四分历"，黄山书社出版的《戴震全书》的编者于本句不加书名号，而于下文所引晁说之语则加书名号，可见，编者认为此处为泛指，下文为专指"后汉四分历"。细绎文意，笔者认为当皆专指"后汉四分历"。故本书改为皆加书名号。

⑤ 岁实:我国古代历法用语，相当于现代名词的回归年。

三百六十四点五个昼夜，末尾有“踦”“赢”两赞，配置半天时间及一个回归年[①]剩余的分数。《太初历》将一昼夜等分为一千五百三十九个小分，称为“日法”，又称“度法”。一个回归年合计五十六万二千一百二十个小分，除以度法一千五百三十九得到三百六十五（昼夜）后，剩余一千五百三十九分之三百八十五（即 365＋385/1539）。三百八十五乘以四得到一千五百四十个小分，用“日法”计算，一千五百四十个小分即为一昼夜，仍然盈余一个小分（385/1539 ＊ 4＝1＋1/1539；或可表达为 1540 小分＝1539 小分＋1 小分＝1 昼夜＋1 小分）。这样一来，积四年，《太初历》就比《四分历》多出一个小分（《太初历》四年共计为 1461 日＋1/1539 日；《四分历》四年为 365.25 ＊ 4＝1461 日）。《太初历》每四年比《四分历》多计算一小分，经过六千一百五十六年，则多计算一千五百三十九小分，因而也就少了整整一个昼夜。汉代以后测定的回归年时长，各种历法都不相同，都没有超过三百六十五又四分之一日的，唯独《太初历》超过。晁说之认为“司马光根据《太初历》而创作《太玄历考》”，但是《太玄历考》中计算分秒只是使用了《四分历》的数据而已，完全没有涉及《太初历》。

【原文】 此谱上一层宿度，次二层十二次，皆取之《汉书》，乃赤道度。后汉永元四年，贾逵奏称：“日月实从黄道，官无其器。”十五年诏书：“造太史黄道铜仪。”与赤道宿度多异。节气准黄道，不准赤道，则凡就赤道言节气者，谬也。况列宿有岁差：唐、虞冬至日在虚，乃玄枵之中。殷在婺女，乃玄枵之维首。周冬至日在牵牛，至周末在斗，故周人名斗、牵牛为“星纪”之次。今冬至，日在箕初，乃析木之津正中。《汉书》言“星纪中牵牛初，冬至”者，未测验故也。《四分历》改为“斗十九度，冬至”，《太初》之失见矣。次随星名，义合宿体。分至虽迁，而厥位不改，祖冲之论之甚详。则凡以十二次之初为节气、十二次之中为中气者，谬也。此两层，其谬多端。

---

① 回归年：太阳中心连续两次经过春分点所需要的时间。

【译文】 本谱第一层绘制的是二十八星宿各自占据的度数，第二层（布置的是与二十八星宿相应的）十二次（黄道的十二等分），这些图像都取材于《汉书·律历志》，标识的是对应的赤道度数。东汉永元四年（92），贾逵上奏朝廷称道：“太阳、月亮实际上是沿着黄道运行的，但是官府没有相应的观测仪器”。永元十五年（103），皇帝下诏书：“敕令太史局制造铜制黄道测量仪。”用黄道仪测量的二十八星宿度数与赤道所测星宿度数有较大不同。二十四节气是根据太阳在黄道上的相应位置来确定的，并非以赤道为准。那么，但凡以赤道为准而说的二十四节气，都是谬误的。更何况，二十八宿由于地球自转轴长期运动，而产生地球视觉位置的改变。唐尧、虞舜时期的冬至那天，太阳处在“虚”宿，即“玄枵”次的中星位置。殷商时期，迁至“婺女”宿，即“玄枵”次的首星位置。周初，迁至“牵牛”宿。到了周朝末期，又迁至“斗”宿。故而，周代的人把“斗”与“牵牛”两宿之所在命名为“星纪”之次。如今的冬至，太阳处在“箕子”宿的初始位置，即“析木”次的星河正中央。《汉书》上“太阳位于‘星纪’次之中、‘牵牛’宿之初时为冬至”的言论不正确，根本原因在于未经实测核验。（经过实测），东汉《四分历》改之为“太阳行至‘斗’宿十九度时为冬至”，这样就把《太初历》的错误揭示出来了。先有二十八星宿之名，随后区分十二次。二十八星宿命名合乎星宿的形貌体态。春分、秋分、冬至、夏至太阳行至的星宿虽然一直在变迁，但是它们之间的相对位置却不改变，祖冲之对此有详细的论述。因此，但凡以十二次的初宿位置确定十二节令、以十二次的中宿位置确定十二中气的做法，都是错误的。图表中这两层，可以说是错误百出。

【原文】 次三层乃《易纬》所谓四正之卦，卦有六爻、爻主一气者。次四层乃《易纬》所谓十二辟卦，爻配一候者。次五层虽取《易纬》“卦气起中孚”之说，彼以侯、大夫、卿、公、辟六十卦之爻，均分三百六十五日四分日之一，卦主六日又八十分日之七，是为六日七分法。此以相比之侯、大夫、卿、公、辟五卦六爻相间，乃兼用齐《天保历》所谓“五卦初爻相次用事”[①]者。此层当与子云“八十一首准《易》六十四卦”者合，而乃与上次四层“爻准一候五日”皆终于三百六十，缺《玄》之“驯”准“坤”九赞及“将”准“未济”之初一，此十赞合为五位，断而不续。上次三层“爻准一气”者，亦不数此五位。因傅会其说，谓：“坤无当于卦则无当于爻，示八十一首虚一不用。”夫子云以“踦”“赢”系“养”之末，欲该历日与天度之余分，未闻缺“驯”不用且缺“将”之初不用也。

【译文】 第三层是《易纬》中所说的震（正东）、离（正南）、兑（正西）、坎（正北）四卦。每卦六爻，合计二十四爻，分别主宰一个节气。第四层是《易纬》中所说的复、临、泰、大壮、夬、乾、姤、遁、否、观、剥、坤十二卦。每卦六爻，合计七十二爻，分别匹配一个物候。第五层名义上虽然取法《易纬》“卦气起中孚（阴历十一月冬至，古人定以为七十二物候之始，以中孚卦配之）”的学说，即：四正卦之外六十卦（一个月分配五卦，分别代表诸侯、大夫、九卿、三公、天子五等）的三百六十爻，均匀分布在三百六十五又四分之一日之中，每卦主宰六又八十分之七日，古人称它为“六日七分法”。这里用每月中诸侯、大夫、九卿、三公、天子五等卦的六爻相间排列，乃是融入了北齐《天保历》中所谓的“五卦初爻相次用事”的观点。这一层理应当和扬雄《太玄经》“八十一首准《易》六十四卦”的做法相一致，而且和上面第四层“爻准一候五日”一样，都终止于三百六十日。从而缺失了《太玄经》“驯”首照准《周易》坤卦的九赞及《太玄经》“将”首照准《周易》未济卦初六的一赞，（两赞配一日），合计漏掉十赞五个图位，即五日，致使太阳的一个完整回归年中断，不能连续起来。上面第三层“爻准一气”部分，（四正卦合计二十四爻，一个节气十五日，二十四节气合计也是三百六十

---

① 五卦初爻相次用事：每月从五卦的初爻开始，第一日用第一卦的初爻，第二日用第二卦的初爻，第三日用第三卦的初爻，第四日用第四卦的初爻，第五日用第五卦的初爻。然后依次取五卦的二爻分别主六日、七日、八日、九日、十日，其他依次来推，五卦共主三十日。

日）。同样，也是少数了五日。因此，不得不牵强附会地加以解释，说："坤无当于卦则无当于爻，示八十一首虚一不用。"扬雄将"踦""赢"两赞系补在《太玄经》"养"首的末尾，是想要概括太阳回归年经历时日与二十八宿运行度数的余数部分，未曾听闻过有将"驯"首、"将"首初赞缺略不用的做法。

【原文】 次六层列《玄》之八十一首，次七层、八层列《玄》之七百二十九赞。其次六层空格附录范叔明、郭元亨、司马温公三家异同。范叔明以二十四气均分七百二十九赞，气得三首三赞又二十四分赞之七[①]。所云气起者，以余分在此赞也。既详其余分，而气终定于前一赞，则余分未尽，是自乱其例矣。郭元亨以两赞配一日而分昼夜，自中之初一起，终于养上九，三百六十五日之昼，余归踦赢。温公以一首得三百六十四分十六秒，一赞得四十四分十六秒，合八十一首之赞，其得二万九千五百二十四分十六秒，于《四分历》仍有十六分二十四秒。以四十分十六秒系之踦，二十分八秒系之赢。二法归余于踦赢，优于最上两层起大雪。要其不知"列宿有岁差"，失则均焉。

【译文】 第六层布列的是《太玄经》的八十一首。第七层、第八层布列的是《太玄经》的七百二十九赞。再往里六层空格中附录了范叔明、郭元亨、司马光三家观点的异同。范叔明用二十四节气均分七百二十九赞，平均每个节气分得三首三赞又二十四分之七赞。在他那里，冬至源起（即平气）的时刻因为这种算法只能出现在上个太阳回归年余数部分所在的最后那一赞中。虽然详细计算了余数部分，但是冬至的定气却最终只能确定在前面一赞（即大雪这一节气）上了。这样做的话，上个回归年的余数部分太阳又尚未全部走完，顺便把自己推上了自乱阵脚、进退两难的境地。郭元亨以两赞分配到一日之中，而且区分昼夜。从"中"首的初一赞算起，终结于"养"首的上

---

① 经过计算，729/24＝30……9，即三首三赞又二十四分之九赞。此处的"七"，应为"九"。

九赞，累积到第三百六十五日的白天（每两赞一昼一夜，七百二十九赞合计三百六十四昼夜又加一昼），剩余的时刻（包括闰月）统归“踦”“赢”两赞。司马光以《太玄经》一首平均分得三百六十四分十六秒，一赞分得四十四分十六秒，合计八十一首所有的赞，总共得到二万九千五百二十四分十六秒，相较于《四分历》仍有十六分二十四秒的差距。然后，以四十分十六秒系于“踦”赞，剩下的二十分八秒系于“赢”赞。郭元亨、司马光的算法将余数归到“踦”“赢”两赞上，优于范叔明将冬至定气设在大雪这一节气中。最紧要的问题在于，他们都不知道“列宿有岁差”。数人的算法虽有差异，但是在过失的根源方面却是基本相同的。

转语二十章序

【原文】 人之语言万变，而声气之微，有自然之节限。是故六书依声托事，假借相禅[①]，其用至博，操之至约也。学士茫然莫究。今别为二十章，各从乎声，以原其义。

【译文】 人的语言千变万化，而声音气息哪怕是再细微(的变化)，都有自然规律来节制限定。因此，六书依靠字音来表现事物，将已有的字词借过来表达新的字词的意义，它们使用极其广博，操作起来却极为简约。研习者对此往往一片茫然，不知所以。现在我分成二十章来讲这个问题，各章都以字音为依据，来推原字词的本义。

【原文】 夫声自微而之显，言者未终，闻者已解。辨于口不繁，则耳治不惑。人口始喉，下底唇末，按位以谱之，其为声之大限五，小限各四[②]，于是互相参伍，而声之用盖备矣。

【译文】 语音从隐微到明显，说话的人没说完，听话的人早就已经理解。声音在口中不必那么繁复地分辨，那么听起来就不会困惑。平时人们说话发音，从喉部开始，到唇末端，按照发音部位来列表展示，发声部位为“大限”，可分为“喉、吻、舌、齿、唇”五类，发音方法为“小限”，可分为“发、送、内收、外收”四种，发声部位和发音方法相互

---

① 禅：替代。

② 大限五：发声部位称作“大限”，包括喉、吻、舌、齿、唇五类。小限各四：发音方法为“小限”，包括发、送、内收、外收四种。

组合，因而声音应用就完备起来。

【原文】 参伍之法[1]：台、余、予、阳，自称之词，在次三章；吾、卬、言、我，亦自称之词，在次十有五章。截四章为一类，类有四位，三与十有五，数其位，皆至三而得之，位同也。凡同位为正转，位同为变转[2]。尔、女、而、戎、若，谓人之词，而如、若、然，义又交通，并在次十有一章。《周语》："若能有济也。"《注》云："若，乃也。"《檀弓》："而曰然。"《注》云："而，乃也。"《鲁论》："吾末如之何。"即奈之何；郑康成读"如"为"那"。（乃个切。按《集韵》三十八个云："如，乃个切，若也。《书》曰：'如五器，卒乃复。'郑康成读。"今《尚书音义》无此，盖开宝中所删，丁度等据未改《释文》有之。《毛诗》"柔远能迩"，笺云："能，伽也。""伽"字当亦音乃个切）。曰乃、曰奈、曰那，在次七章。七与十有一，数其位，亦至三而得之。若此类，遽数之不能终其物，是以为书明之。凡同位则同声，同声则可以通乎其义；位同则声变而同，声变而同则其义亦可以比之而通。

【译文】 转语方法：台、余、予、阳，是自称词，编在第三章；吾、卬、言、我，也是自称词，编在第十五章。截取四章作为一类，每类有四位，第三章和第十五章，数它们的位数，都数到第三位，所获发音方法都相同，这叫位同。如果发声部位这个"大限"未变，而发音方法有了差别，这是正转，即"双声"之转；如果发音方法这个"小限"未变，而发声部位有所转移，这是变转，即"叠韵"之转。尔、女、而、戎、若，是称谓别人的词，而如、若、然，字义又交叉相通，都排在第十一章。《周语》："若能有济也。"《注》说："若，乃也。"《檀弓》："而曰然。"《注》说："而，乃也。"《鲁论》："吾末如之何。""如之何"即是"奈之何"；郑玄将

---

① 参伍：交互错杂，错综比验。参伍之法：本指比较分析法，这里指由于发声部位和发音方法相互组合所形成的转语之法。

② 同位：同一小类，即同母。位同：同一发音部位，即同一大类。同小类叫作正转，同大类叫作变转。

“如”读作“那”。(那，乃个切。按《集韵》三十八个说：“如，乃个切，即‘若’的意思。《尚书》说：‘如五器，卒乃复。’这是郑玄的读法。”今本《尚书音义》没有这个读法，大约是开宝年间删去了，丁度等根据没有改窜的《释文》而保留下来。《毛诗》“柔远能迩”，郑玄笺注道：“能，伽也。”“伽”字应当也读乃个切)。曰乃、曰奈、曰那，编在第七章。第七章和第十一章，数它们的位数，数到第三位，也获得了相同发音方法的字音。像这样的情形，急切之间去点数，是不能够点数完毕的，这就需要写成书来揭示清楚。凡是发声部位相同的所发出的声音就相同，所发出的声音相同的词义也就相通；发音方法相同的声音发生变化也相同，声音变化相同的词义也就相近相通。

【原文】 更就方音言，吾郡歙邑，读若“摄”(失叶切)，唐张参《五经文字》、颜师古注《汉书·地理志》已然。“歙”之正音读如“翕”，“翕”与“歙”声之位同者也。用是听五方之音及少儿学语未清者，其展转讹溷必各如其位，斯足证声之节限位次，自然而成，不假人意厝设也。

【译文】 以方音为例来讨论这个问题，如我们家乡徽州府府治歙县，“歙”读如“摄”(失叶切)，唐代张参的《五经文字》、颜师古注《汉书·地理志》已经如此去读了。“歙”的正确读音读作“翕”，“翕”和“歙”发音方法相同。使用转语知识去听各地的方言，以及儿童刚学习说话但尚且吐字不清时的发音，发音无论如何改变，造成怎样的讹误混乱，发音一定有固定的方法和部位，这足以证明发声的方法和部位是自然形成的，不是人们能够随意改变的。

【原文】 古今言音声之书，纷然淆杂，大致去其穿凿，自然符合者近是。昔人既作《尔雅》《方言》《释名》，余以谓犹缺一卷书，创为是篇，用补其缺。俾疑于义者，以声求之，疑于声者，以义正之。说《经》

之士，搜小学之奇觚[1]，访六书之逸简[2]，溯厥本始，其亦有乐乎此也。时乾隆丁卯仲春，戴震撰。

【译文】 古今研究语音的书籍，正误淆杂，总体来说，剔除那些穿凿附会，发音方法和发声部位等原理相符合的则基本正确。古人已经撰写了《尔雅》《方言》《释名》等书，我则认为还缺一本（讨论词语因时地不同或其他原因而声音发生转变的规律，以及音转与字义关系的）书，所以撰写了这篇文章，来弥补这个缺漏。使得对字义有疑虑时，根据字音来推求；而对于读音有疑虑时，则根据字义来考察订正。研习经典的人士，搜罗小学方面的奇书，寻访六书方面散佚的书简，追本溯源，相信他们一定会对此感兴趣并从中获得乐趣。时为乾隆丁卯年（1747）仲春，戴震撰。

---

① 奇觚：犹言奇书。史游《急就篇》："急就奇觚与众异。"注："觚者，学书之牍，或以记事。削木为之，盖简属也。其形或六面，或八面，皆可书。觚者，棱也。以有棱角，故谓之觚。"

② 逸简：散失的简册。

水经郦道元注序

【原文】 后魏御史中尉范阳郦道元，字善长，撰《水经注》四十卷。萧宝夤之乱，道元叱贼而死，赠吏部尚书、冀州刺史、安定县男。善长虽依《经》附《注》，不言《水经》撰自何人，《唐书·艺文志》始以为桑钦撰。钦在班固前，固尝引其说，与《水经》违异。晋以来注《水经》凡二家，郭璞《注》三卷，唐时犹存。杜君卿①言："二家皆不详所撰者名氏，亦不知何代之书。"则景纯已不能言其作者矣。

【译文】 北魏御史中尉范阳郦道元，字善长，撰有《水经注》四十卷。萧宝夤发动叛乱，郦道元因大骂叛军而被杀死，追赠吏部尚书、冀州刺史、安定县男。郦道元虽然依据《水经》而作《注》，却没有说明《水经》撰自什么人，《新唐书·艺文志》开始以为是桑钦撰写。桑钦出生在班固之前，班固曾引用他的言论，和《水经》的观点并不相同。晋以来注《水经》的共有两家，郭璞的《注》有三卷，唐代还有留存。杜佑说："两家都不知道撰作人的姓名，也不知道是什么时代的著作。"这么说来，郭璞已经说不出作者是谁了。

【原文】 《崇文总目》："《水经注》亡者五卷。"今所传即宋之残本，后人又加割裂，以傅合四十卷之数。如《注》文"江水又东径巫县故城南"，《注》讹列为《经》，遂与《经》文"又东过巫县南"割分异卷。《唐六典》注云："《水经》所引天下之水百三十七。"今自河水至斤员水

---

① 杜君卿：即杜佑（735—812），字君卿，京兆万年（今陕西省西安市）人。唐朝著名政治家、史学家，所撰《通典》二百卷，创立史书编纂的新体裁，开创中国史学史的先河。

（案：旧作斤江水，今从《汉志》作“员”）。凡百二十三，应脱逸十有四水，盖在五卷中者也。王伯厚《通鉴地理通释》引《水经》四事，惟魏兴安阳一事属《经》文，余三事咸《郦注》之讹为《经》者。故其作书时世，益莫能定。

【译文】 《崇文总目》：“《水经注》散佚了五卷。”如今所传的就是宋代所传的这个残本，后人又加以割裂，来凑合四十卷之数。如《注》文“江水又东径巫县故城南”，《注》错列作《经》，于是和前面的《经》文“又东过巫县南”割裂分为不同的两卷。《唐六典》注说：“《水经》所引天下之水百三十七。”如今从“河水”到“斤员水”（按：旧作“斤江水”，现根据《汉书·艺文志》改作“员”）。共有河流一百二十三条，应该遗漏了十四条河流，大约是收录在第五卷中的。王应麟《通鉴地理通释》引《水经》四条，只有“魏兴安阳”这一条属于《经》文，其余三条都是郦道元《水经注》中错成为《经》的。所以作书的时代，越发不能够确定了。

【原文】 《水经》立文，首云某水所出，以下无庸重举水名；而《注》内详及所纳群川，加以采摭故实，彼此相杂，则一水之名不得不更端重举。《经》文叙次所过郡县，如云“又东过某县”之类，一语实赅一县；而《注》则沿溯县西以终于东，详记所径委曲。《经》据当时县治，至善长作《注》时，县邑流移，是以多称故城，《经》无言故城者也。凡《经》例云“过”，《注》例云“径”。以是推之，虽《经》《注》相淆，而寻求端绪，可俾归条贯。

【译文】 《水经》组织文字，首先说某某河发源之所，以下则不再重复列举该河名；但《注》文内详细叙述该河流所纳入的众多支流，加上有采集摘录相关的故事传说，内容驳杂，因此同一河流的名字不得不多次重新列举。《经》文叙述河流流经的郡县，如说“又东过某县”之类，一句话便概括整个县；但是《注》却沿途追溯，从县西记叙到县东，详细记录河流所经过的详情。《经》文所依据的当时的县治，到郦道元作《注》时，县邑迁移，因此常常称作“故城”，《经》文中则没有“故城”的情况出现。（河流流经郡县），凡是《经》文，依例用“过”字，而《注》则依例用“径”字。根据这些特点来考证推求，虽然《经》《注》相混淆，但是可以寻找出头绪，使之《经》《注》分明，体系完善。

【原文】 善长于《经》文“涪水至小广魏”，解之曰：“小广魏即广汉县也。”于“钟水过魏宁县”，解之曰：“魏宁，故阳安也，晋太康元年，改曰晋宁。”然则《水经》上不逮汉，下不及晋初，实魏人纂叙无疑。

【译文】 郦道元对于《经》文“涪水至小广魏”，将它解释为：“小广魏即是广汉县。”对于“钟水过魏宁县”，将它解释为：“魏宁，即故阳安，西晋太康元年（280），改称晋宁。”但是《水经》成书向前不到汉代，向后不迟于晋初，这实际上无疑是魏代人纂改的。

【原文】 史言善长好学，广览奇书。故是《注》之传，或以其综核，或尚其文辞，至于触类引申，因川源之派别，知山势之逶迤，高高下下，不失地防[①]，取资信非一端。然讹舛既久，虽善读古书如阎百诗、顾景范、胡朏明诸子，其述论所涉，犹辄差违，斯订正之不可以已也。

【译文】 史书说郦道元好学，广泛阅览各种奇书。所以这本《水经注》之所以传世，要么是因为该书考证翔实，要么是因为推崇该书优美的文辞，至于该书触类引申，根据河流分支流向，探知山势的曲折走向和高低险平，懂得地势，可以取得凭借、助益的绝对不止一两个方面。但是由于错乱讹误已久，即使是善读古书如阎百诗、顾景范、胡朏明等先生，他们论述所涉及的尚且有差错乖违，这就要求对该书的订正不可以停止。

---

① 防（lè）：地脉，地势。

【原文】 审其义例，按之地望，兼以各本参差，是书所由致谬之故，昭然可举而正之。至若四十卷之为三十五，合其所分，无复据证。今以某水各自为篇：北方之水莫大于河，而河以北、河以南众川，因之得其叙矣；南方之水莫大于江，而江以北、江以南众川，因之得其叙矣。惟以地相连比，篇次不必一还其旧。庶乎川渠缠络，有条而不紊焉。休宁戴震。

【译文】 根据它的条例来审查，按照地理位置来考证，加上根据各种版本的不同来比较这本书导致谬误的原因，昭然若揭并可以由此而订正它。至于将四十卷合成三十五卷，将分开的卷数复合起来，则不再有证据来论证。所以如今用“某某河流”为依据，各自编为一篇：北方的河流没有大过黄河的，因而黄河以北、黄河以南的众多河流，都随着对黄河的叙述而展开叙述；南方的河流没有比长江更大的，因而长江以北、长江以南的河流，都随着对长江的叙述而展开叙述。只根据地理方位的相连相邻为依据，篇次不必一一还原到过去。这样一来，纠缠不清的河流沟渠就基本上有条不紊了。休宁戴震。

书水经注后

【原文】 夏六月，阅胡朏明《禹贡锥指》所引《水经注》，疑之，因检郦氏书，展转推求，始知朏明所由致谬之故。

【译文】 今夏六月，阅读胡朏明《禹贡锥指》所引《水经注》，产生疑问，因此查检郦道元《水经注》原书，辗转考证推论，才得知胡朏明产生谬误的缘由。

【原文】 《水经》立文，首云某水所出，已下不复重举水名，而《注》内详及所纳小水，加以采摭故实，彼此相杂，则一水名不得不循文重举。《水经》叙次所过均线，如云“又东过某县南”之类，一语实赅一县；而《注》内则自县西至东，详记水历委屈。《水经》所列即当时县治，至善长作《注》时，已县邑流移。《注》既附《经》，是以云径某县故城，《经》无有称故城者也。凡《经》例云“过”，《注》例云“径”。

【译文】 《水经》组织文字，第一次提到某某河流的源头，以下不再重复列举该河流的名字，但是《注》中详细记录所流入的小河，加上要摘录与之相关的历史典故，彼此相杂在一起，所以同一条河流不得不根据行文需要而重复列举。《水经》依次叙述河水所流经的郡县，若说“又东过某县南”之类的话，则这句话实际上涵盖整个县；但是《注》中则自县西到东，详细记录河水流经的原原本本。《水经》所列即当时的县治，到郦道元作《注》时，县治已经有所迁移。《注》文依附《经》文，所以会说流经某县故城，《经》则不会有称故城的情况出现。

凡是《经》按照惯例用“过”字，而《注》按照惯例用“径”字。

【原文】 是书至唐、宋间遂残缺淆紊，《经》多误入《注》内，而《注》误为《经》，校者往往以意增改。如《河水注》“北河又东径莎车国南”，“北河又东南径温宿国”，“北河”皆当作“枝河”，蒙上“左合枝水”之文，今本作“北河”者，殆后人所改。又如济水，经文“东至北砾溪南”，注文“又东南砾石溪水注之，水出荥阳城西南李泽，东北注于济，世谓之砾石涧，即《经》所谓砾溪矣，《经》云济水出其南，非也”。今注重列为经。胡朏明引其文，乃曰“上有北砾溪，故此为南砾溪，石字衍”，不知注明言砾石溪东北注济，则济实过其北，且辨正经文不当云“至砾溪南”，其无二砾溪固显然，“南北”二字殆后人误增。书中类此者不胜悉数。

【译文】 《水经注》这部书到唐宋年间就已经残缺混淆杂乱了，经文常常误入注文中，而注文又误为经文，校对的人往往凭借自己的意见任意增改。如《河水注》“北河又东径莎车国南”，“北河又东南径温宿国”，“北河”都应当作“枝河”，承接上文“左合枝水”而来，今本写作“北河”，当是后人所改。又如济水，经文“东至北砾溪南”，注文“又东南砾石溪水注之，水出荥阳城西南李泽，东北注于济，世谓之砾石涧，即《经》所谓砾溪矣，《经》云济水出其南，非也”。今本将注文重列为经文。胡朏明引这段文字，就说“上有北砾溪，故此为南砾溪，石字衍”，不知注文明言砾石溪向东北注入济水，则济水实际上是从它的北面流过，而且辨正经文不当说“至砾溪南”，没有南北两个砾溪本是明显的事，“南北”二字大概是后人误增的。书中此类问题不胜枚举。

【原文】 据《崇文总目》，郦氏书四十卷，亡其五，今仍作四十卷者，盖后人所分以傅合其卷数。其三十四卷之首，“江水又东径巫县故城南”，乃上卷“又东过巫县南”注文。《注》误为《经》，遂割分异卷。而《元和志》《寰宇记》等书引《水经注》滹沱河、泾水、洛水，今皆无之，或在所亡之五卷内欤？

【译文】 据《崇文总目》，郦道元的《水经注》共有四十卷，后来其中有五卷散佚，今仍作四十卷，是后人将郦道元《水经注》所存三十五卷分开来附会凑合它原有四十卷卷数。其中，三十四卷卷首“江水又东径巫县故城南”，乃是上一卷“又东过巫县南”的注文。注文被错误地当成经文，于是分隔开，编在不同卷中。而《元和郡县志》《太平寰宇记》等书引《水经注》滹沱河、泾水、洛水，今本都没有，或许在所亡失的五卷里吗？

【原文】 《水经》有郭璞注三卷，唐时犹存。杜氏《通典》引《水经》三事，证其为顺帝以后纂叙。宋王伯厚《通鉴地理通释》引《水经》四事，惟魏兴安阳一事属《水经》，余三事皆郦《注》之误为《经》者矣。又《郡国志》“桂阳郡汉宁，永和元年(136)置”，吴改曰阳安，西晋太康元年(280)改曰晋宁县，在桂阳郡东百二十里。三国时吴与蜀分荆州，南郡、零陵、武陵已西为蜀，江夏、桂阳、长沙已东为吴，南阳、襄阳、南乡三郡为魏。《吴志》，孙皓甘露元年(265)十一月，以桂阳南部为始兴郡，十二月晋受魏禅，未闻魏取阳安事，而《水经》“钟水北过魏宁县之东”，盖作《水经》者魏人，故于广汉、汉宁悉改曰魏。其书实出一手。《旧唐志》云郭璞撰，《新唐志》以为桑钦，晁公武云钦为此书而后人附益，王伯厚云郦氏附益，皆非也。

【译文】 《水经》有郭璞注三卷，唐代时还有传存。杜佑《通典》引《水经》三事，证明它是顺帝以后纂改记下的。宋代王应麟《通鉴地理通释》引用《水经》四件事，只有魏兴安阳这一件事出自《水经》，其余三件事都是把郦道元的《注》文错误地当作《经》文了。此外，《郡国志》“桂阳郡汉宁，永和元年(136)置”，吴改称作阳安，西晋太康元年(280)改称为晋宁县，在桂阳郡东边一百二十里。三国时吴和蜀分占荆州，南郡、零陵、武陵以西为蜀所有，江夏、桂阳、长沙以东为吴所有，南阳、襄阳、南乡三郡为魏所有。《吴志》，孙皓甘露元年(265)十一月，将桂阳南部设为始兴郡，十二月晋取代魏，没有听说魏攻取阳安的事，但《水经》却有“钟水北过魏宁县之东”的记载，这大概是因为作《水经》的是魏国人，所以将广汉、汉宁全部改为魏国所有。《水经》这本书实际上出自一人之手。《旧唐志》说是郭璞撰，《新唐志》认为是桑钦所作，晁公武说桑钦作此书而后人有所增补，王应麟说是郦道元增补的，这些说法都不对。

【原文】 今就郦氏所注，考定经文，别为一卷，兼取注中前后倒紊不可读者为之订正，以附于后。是役也，为治郦氏书者，棼如乱丝而还其注之脉络，俾得条贯，非治《水经》而为之也。乾隆三十年乙酉秋八月，休宁戴震记。

【译文】 现在依据郦道元的注本，考定经文，另外编为一卷，同时对注文中前后颠倒混淆不可通读的部分进行订正，并把它附在经文后面。这项工作是研究郦道元《水经注》的，将一团乱丝般的注文理顺，使之脉络条贯，通畅无碍，而不是为研究《水经》经文而作。乾隆三十年乙酉(1765)秋八月，休宁戴震记。

答曹给事[1]书

【原文】 承示《元和志》[2]汾州一条，仆有其全书，曾摭入志。其书之可宝贵，自孟坚《地理志》、道元《水经注》而外，无有上之者矣。然《地志》至隋、唐，凿空傅合之说又多于前人，稍失精核，不能无谬。如叙汾州沿革数行云“后属魏，谓之西河，子夏居西河，吴起为西河守，皆谓此也”，谬一。云“武帝置西河郡，理富昌县”，谬二。云“黄初二年乃于汉兹氏县置西河郡，即今州理”，谬三。云“高齐又于此城置南朔州”，谬四。云“周宣帝于此置汾州”，谬五。云“大业三年废汾州”，谬六。

【译文】 承蒙您将《元和郡县志》中有关汾州的这一条抄录给我看，我有这本书，曾经从中采摘资料录入方志中。这本书值得重视，除班固《汉书·地理志》、郦道元《水经注》之外，没有超过它的了。但是从《汉书·地理志》到隋、唐，凭空附会的又多于前人，逐渐丢掉了精审考核，错误时出。例如叙述汾州沿革的数行文字说“后属魏，谓之西河，子夏居西河，吴起为西河守，皆谓此也”，这是第一个错误。说“武帝置西河郡，理富昌县”，这是第二个错误。说“黄初二年(221)乃于汉兹氏县置西河郡，即今州理”，这是第三个错误。说“高齐又于

---

① 曹给事：即曹学闵(1709—1787)，字孝如，号慕堂，汾阳县太平村(今山西省汾阳市)人。乾隆十九年(1754)进士，翰林院庶吉士，后授馆职，改河南道御史，又进为弄科给事中，转吏科掌事中，鸿胪寺少卿。

② 《元和志》：即《元和郡县志》，唐代宰相李吉甫创作的一部地理学专著，对古代中国政区地理沿革有比较系统的叙述，是保留下来的中国最早的一部地理学专著。

此城置南朔州”，这是第四个错误。说“周宣帝于此置汾州”，这是第五个错误。说“大业三年(607)废汾州”，这是第六个错误。

【原文】 《水经注》“谒泉山崖半有一石室，去地可五十余丈”，而张守节引《随国集记》云“此为子夏石室，退老西河居此，有卜商神祠”，《元和志》“西河县卜商祠在县北四十里”。考之《魏书》，太和八年置西河郡，治兹氏城，是为西河郡治在兹氏之始。道元注《水经》时，西河郡治新在此地，故于谒泉山及文水、汶水绝不涉及子夏设教，以此地近汾远河，西河之上不得移而虚加之汾上耳。武侯浮西河而下，中流顾谓吴起曰“美哉乎山河之固”，浮河非浮汾也，道元以浮河事系之夏阳，子夏陵及庙室系之郃阳，咸于魏都安邑不远。沉古所称西河，未尝以名郡，即吴起为西河守，亦非如后世之郡守，特举龙门西河，该河之左右诸城。魏未失阴晋、少梁以前，其疆土在河西者，南至华阴，西至洛水，北至今榆林府之北鄂尔多斯地。而赵之西边邑与魏邻，不与秦邻，故赵成侯三年当魏武侯之十五年，《赵世家》云“魏败赵蔺”。及秦孝公八年与魏战，取少梁。越四年，当赵成侯之二十四年，《赵世家》始云“秦攻我蔺”。其后蔺、离石、中阳屡失于秦，力复之以守险。魏、秦之攻赵蔺皆自河西来。汉兹氏县在离石正东，赵地，非魏地。凡以为魏之西河者，谬也。

【译文】 《水经注》“谒泉山崖半有一石室，去地可五十余丈”，而张守节引《随国集记》说“此为子夏石室，退老西河居此，有卜商神祠”，《元和郡县志》“西河县卜商祠在县北四十里”。查考《魏书》，太和八年(484)设置西河郡，郡治设在兹氏城，这是西河郡治设在兹氏的开始。郦道元注《水经》时，西河郡治重新设在此地，因而对于谒泉山及文水、汶水完全不提及子夏设教，这是因为此地距离汾河近，距离黄河远，西河以上不可移动，虚妄地加到汾州中。武侯乘船沿西河而下，行到中流回头对吴起说“美哉乎山河之固”，这是浮游黄河不是浮游汾河，郦道元将浮游黄河的事写在夏阳之中，子夏陵和庙室写在郃阳之中，都和魏都安邑不远。况且古代所称西河，不曾用来称呼郡名，即便是吴起所担任的西河守，也不像后世的郡守，特举龙门西河来概指此段黄河两岸众多的城池。魏国未丢失阴晋、少梁之前，它在黄河西面的疆土，南到华阴，西到洛水，北到今天榆林府北面的鄂尔多斯地。而赵国西面边境和魏国相邻，不和秦国相邻，所以赵成侯三年（公元前 372）当为魏武侯十五年（公元前 381），《赵世家》说"魏败赵蔺"。到秦孝公八年（公元前 354）和魏国发生战争，攻取了少梁。过了四年，到了赵成侯二十四年（公元前 351），《赵世家》才说"秦攻我蔺"。其后蔺、离石、中阳屡屡被秦国攻占，赵国均用力收复，来防守此险要。魏国、秦国攻打赵国的蔺城都从河西方向发动。汉代的兹氏县在离石正东方向，是赵国的地盘，不是魏国的地盘。凡是认为西河是魏国的，都是错误的。

【原文】 《东观记》："西河郡治平定县，离石在郡南五百九里。"吉甫言理富昌县者，徒因《地理志》首列富昌故云然。《后汉书》始云，凡县名先书郡所治也，孟坚作志，未有斯例，阎百诗曾论之，如梁国先书砀而治睢阳，汝南郡先书平舆而治上蔡是也。百诗于西河郡亦从《元和志》，则偶失检耳。凡以为汉西河郡治富昌者，谬也。

【译文】 《东观记》："西河郡治平定县，离石在郡南五百九里。"李吉甫说府治在富昌县，仅仅因为《地理志》首列富昌县所以如此说。《后汉书》才开始说，大凡记录县名，首先记载郡治所在，班固作志，还没有这种体例，阎百诗曾经有过考论，例如梁国先记载砀县，但是府治却在睢阳县；汝南郡先记载平舆县，但是郡治在上蔡县。阎百诗对于西河郡，亦遵从《元和郡县志》的说法，这是偶尔失于察检罢了。凡是认为汉西河郡郡治在富昌县的，都是错误的。

【原文】 《水经》"原公水出兹氏县西羊头山"，道元注云："魏黄初二年，《西河恭王司马子盛庙碑》文云：西河旧处山林，汉末扰攘，百姓失所。魏兴，更开疆宇，分割太原四县以为邦邑，其郡带山侧塞矣。王以咸宁四年改命爵土，其年十二月丧国，臣太农阎崇、离石令宗群等二百三十四人刊立石碑，以述功德。”今案《晋书》，西河缪王斌，字子政，魏中郎，武帝受禅封陈，三年改封西河，咸宁四年薨，子隐立。谥字及改封与《水经注》微异。[①]《水经》以碑系之魏黄初二年，尤可致疑。《元和志》云：“魏黄初二年于汉兹氏置西河郡。”然则黄初二年实魏置西河郡之始。前此建安十八年省州并郡，废西河郡入太原，至是复分太原之四县置西河郡也。“黄初二年”下当有记置郡所起者，脱去其文，自黄初二年越二百六十四年为北魏太和八年，西河郡始治兹氏城。司马斌葬兹氏，故有庙碑在此。吉甫因《水经注》《西河王庙碑》系之兹氏，系之黄初，遂以为是时即置郡兹氏，殊疏。《晋书·地理志》，西河国领县四，首离石，固用《后汉书》例县名先书郡所治，况碑文言其郡“带山侧塞”，宜为离石甚明。晋改兹氏曰隰城，碑末称“离石令宗群等”，不称隰城。魏、晋之西河，皆因汉永和五年徙治离石之旧，可据证固不一矣。凡以为魏、晋之西河治兹氏者谬也。

【译文】 《水经》“原公水出兹氏县西羊头山”，郦道元注道：“魏黄初二年(221)，《西河恭王司马子盛庙碑》碑文说：西河过去处于山林之中，汉末动乱，百姓流离失所。魏兴起后，更是开疆拓土，将原属太原的四县分割出去作为新的郡邑，这个郡就一边靠山一边邻接边塞了。恭王司马子盛于咸宁四年(278)改了爵位和封地，当年十二月丧失封国，他的臣属太农阎崇、离石县令宗群等二百三十四人刻石立碑，叙述他的功勋和恩德。”今按《晋书》，西河缪王司马斌，字子政，曹魏时期官任中郎。晋武帝司马炎登基为皇帝后，将司马斌封于陈，三年后又改封到西河。咸宁四年(278)，司马斌去世，其子司马隐被立。

---

① 今案《晋书》……谥字及改封与《水经注》微异：此段文字黄山书社出版的《戴震全书》标点为：“今案《晋书》，西河缪王斌，字子政，魏中郎，武帝受禅封陈，三年改封西河，咸宁四年薨，子隐立，谥字及改封。与《水经注》微异。”今据上下文改。

谥号及改封的地点和《水经注》记载的不同。《水经》把刻石立碑的时间系之于魏黄初二年(221),特别值得怀疑。《元和郡县志》说:“魏黄初二年(221)于汉兹氏置西河郡。”这么说来,黄初二年(221)实际上是魏设置西河郡的开始。此前建安十八年(213)撤州并郡,废除西河郡并入太原,到这时才再次分割太原郡的四个县并设置西河郡。“黄初二年”之后,应当有记载设置西河郡的原因,这些文字已脱落不见。从黄初二年(221)过了二百六十四年是北魏太和八年(484),西河郡郡治才设在兹氏城。司马斌葬在兹氏,所以有庙碑在此。吉甫因为《水经注》《西河王庙碑》记录在兹氏,记录在黄初年间,于是认为当时便设郡在兹氏,这种做法是粗疏草率的。《晋书·地理志》,西河国统辖四个县,首列离石县,本是用《后汉书》记载县名先记载郡治所在这一体例,何况碑文明言该郡“带山侧塞”,为离石很明了了。晋改兹氏为隰城,所以碑末称“离石令宗群等”,不称隰城。魏、晋的西河,都沿袭汉永和五年(140)迁徙郡治到离石的旧惯例,可依据的证据不止一两个。凡是认为魏、晋的西河郡治在兹氏的,都是错误的。

【原文】 《元和志》介休下云:“后魏明帝时为贼所破,至孝静帝更修筑,迁朔州,军人镇之,因立为南朔州,但领军人,不领郡县。”《隋书》以南朔州为齐置,与介州皆于西河郡下言之,疏谬失核。南朔州、介州并在介休,而《元和志》又汾州下溷称高齐于此城置南朔州,盖杂袭群书,前后失检如是。凡以南朔州系之高齐、系之汾州者,谬也。

【译文】 《元和郡县志》介休下说:“北魏孝明帝时被叛军攻占损毁,到东魏孝静帝时重新修建,迁到朔州,派军队据守,因此设立为南朔州,只统领军队,不统辖郡县。”《隋书》以为南朔州是北齐设置的,和介州一起都放在西河郡下面来记载,这是错误的,没能准确考证审核。南朔州、介州都在介休,但是《元和郡县志》又在汾州下混淆,宣称高齐在此城设置南朔州,这大约是杂抄群书,前后文没有仔细检查核对造成的。凡是把南朔州记录在高欢北齐名下、放在汾州中的,都是错误的。

【原文】《魏书·地形志》,延和三年置吐京镇,太和十二年改镇为汾州,治蒲子城。其地在今隰州。孝昌[①]中陷,移治西河,事详《裴良传》。是为汾州治在西河之始,不待后周宣帝也。且西魏别置汾州,在今陕西延安府宜川县。后周以东魏之南汾州为汾州,在今吉州,寻改置汾州于今霍州。平齐后,废齐之汾州,其郡县属介州。隋开皇十八年改汾州曰吕州,即后周所置在今霍州者。唐武德[②]初,以介休郡为介州,西河郡为浩州,三年,改浩州为汾州。是周、隋之汾州皆非西河郡境,而漫曰宣帝于此置汾州,大业三年废汾州,甚矣!沿革之不易言也。以近古而有法,如吉甫之作,图志一条中纷然不治者六焉。

【译文】《魏书·地形志》,延和三年(434)设置吐京镇,太和十二年(488)将吐京镇改为汾州,州治在蒲子城。其地在今天的隰州。孝昌年间沦陷,州治移到西河,事详见《裴良传》。这是汾州治设在西河的开始,不是迟至后周宣帝时候才开始。况且西魏另外设置汾州,在今天的陕西延安府宜川县。后周把东魏的南汾州称作汾州,在今天的吉州,不久便改置汾州到今天的霍州。灭齐以后,废除齐的汾州,将所属郡县改属介州。隋开皇十八年(598)将汾州改称吕州,即后周设置在今天霍州的那个州。唐武德初年,把介休郡称作介州,西河郡称作浩州,武德三年(620),将浩州改为汾州。这表明周、隋的汾州皆不在西河郡境内,却随意宣称宣帝在此地设置汾州,大业三年(607)废除汾州,甚矣!地理沿革是很不容易说得精准的。即便是近古有了正确的方法,如李吉甫所作《元和郡县志》中这么一条,就有六个错误。

---

① 孝昌(525—527):北魏君主魏孝明帝元诩的第四个年号。

② 武德(618—626):唐高祖李渊的第一个年号。

【原文】 此外府境故实，《水经》："河水南过西河圁阳县东，又南过离石县西，又南过中阳县西，又南过土军县西。"据地望考之，中阳西滨河，当在今宁乡县境，《赵世家》"秦取我西都及中阳"是也。道元乃云"中阳故城在东，东翼汾水，不滨于河也"。《元和志》于孝义县下云"魏移西河郡中阳于今理"。此条可证明《水经》之中阳其所本之书，道元偶失检。《元和志》中如此事，仆曩者尝据以证《水经》及道元注各一中阳。至若《汉志》西都属西河郡，中都属太原郡，魏王泰、张守节溷而一之。

【译文】 此外有关州府境域方面的历史，《水经》："黄河从南流经西河郡圁阳县东，又向南流经离石县西，又向南流经中阳县西，又向南流经土军县西。"根据地理方位来考察，中阳县西面临近黄河，当在今天宁乡县境内，《赵世家》"秦取我西都及中阳"说的便是。郦道元所以说"中阳故城在东，东翼汾水，不滨于河也"。《元和郡县志》在孝义县下说"魏移西河郡中阳于今理"。这一条可证明《水经》中有关中阳的资料所根据的书籍，郦道元偶尔没有正确引证。《元和郡县志》中这件事，我过去曾经作为依据来证明《水经》中的中阳与郦道元注中的中阳不是同一个地方。至于《汉书·地理志》所载，西都属于西河郡，中都属于太原郡，魏王泰、张守节将其混同为一。

【原文】 《水经》："汾水南过大陵县东。"道元注云："汾水于县迤为邬泽，其陂东西四里，南北一十余里，陂南接邬。《地理志》曰：'九泽在北，并州薮也。'《吕氏春秋》谓之大陆。又名之曰沤洟之泽。俗谓之邬城泊。许慎《说文解字》曰：'鄔水出西河中阳县之西南入河。'即此水也。"道元所言邬泽，北起大陵，南接邬，正今平遥之西，孝义之东，介休之北，最为洿下，汾川转徙不常之地。《说文解字》之鄔水，乃入河，非入汾。后世凡流水俗多呼某河。叔重得古学于贾侍中，未尝少假借，汉中阳西滨黄河，《说文》亦一证。道元就"鄔"字与"邬"字牵合，谬矣。

【译文】《水经》:"汾水从南流经大陵县东。"郦道元注道:"汾水在大陵县蜿蜒曲折,形成邬泽,泽宽东西四里,南北一十余里,泽南接邬郡。《地理志》说:'九泽位于北面,这是并州的湖沼。'《吕氏春秋》将它称作大陆。又将它称作沤洟之泽。俗称为邬城泊。许慎《说文》说:'滆水发源于西河郡中阳县的西南并流入黄河。'即是这条河。"郦道元所说的邬泽,北起大陵,南接邬郡,在今天平遥县的西面,孝义县的东面,介休县的北面,地势最低,汾河迁徙,不常流经之地。《说文》中的滆水,流入黄河,不是流入汾河。后代大凡流水,世俗多将其称作某某河。许慎从贾逵处学习古学,不曾有一点假借,汉中阳县西临黄河,《说文解字》中的内容也是一个证据。郦道元将"滆"字和"邬"字进行牵合,是错误的。

【原文】孟坚以邬县北九泽当《周·职方》昭余祁,然《尔雅》称"晋有大陆,燕有昭余祁",《吕氏春秋》称"晋之大陆,赵之巨鹿,燕之大昭"。而《周礼》昭余祁与虖池、呕夷、涞易并举,郑康成云:"呕夷,祁夷欤?"考呕夷即滱水,出灵丘,祁夷出平舒,并今大同府境,源流各别,道元溷昭余祁、大陆、呕夷而一之,尤误。呕夷亦川,而非泽。祁县本晋祁氏之田,因一"祁"字而牵昭余祁于祁县,因一"夷"字而疑呕夷即祁夷。古人言地且彼此交纠,又何多责后之地志欤!《尔雅》《吕览》所称昭余祁、大昭系之燕,燕之不得跨太原而有祁、平遥、介休甚明。盖以汉人言周、秦则多失,以后魏言汉、魏、晋则多失,以唐人言后魏、齐、周、隋则多失,势使然也。魏收即后魏人,而《地形志》不能详魏之州郡兴废,其余史廑后一代作前代地志,疏漏讹舛实多。子长,良史也,而《史记》中往往涉传闻失实之语,谓介之推逃入绵山,显戾于《左氏春秋》。

【译文】班固将邬县北面的九个大泽认为是《周礼·职方氏》所谓的昭余祁,但是《尔雅》称"晋有大陆,燕有昭余祁",《吕氏春秋》称"晋之大陆,赵之巨鹿,燕之大昭"。而且《周礼》昭余祁与虖池、呕夷、涞易并举，郑玄说：“呕夷，祁夷欤？”考呕夷即滱水，发源于灵丘，祁夷发源于平舒，都在今天大同府境内，源头和径流都不同，郦道元将昭余祁、大陆、呕夷混而为一，错误尤其明显。呕夷也是河流，并不是湖泽。祁县本来是晋国祁氏家族的封地，因为一个“祁”字而将昭余祁与祁县联系在一起，因一个“夷”字而疑心呕夷即是祁夷。古人谈论地理沿革尚且彼此纠缠不清，又何必过多责备后世所修的地理志呢！《尔雅》《吕览》中所称的昭余祁、大昭，记录在燕国名下，燕国很明显不可能跨越太原而拥有祁、平遥、介休。大约汉代人谈论周、秦地理沿革就会多有讹误，后魏人谈论汉、魏、晋的地理沿革就会多有讹误，唐人谈论后魏、齐、周、隋地理沿革也会多有讹误，这是时势发展的必然。魏收即是后魏人，而他的《地形志》不能详述魏的州郡兴废情况，其他各史，都是后一代作前一代的地理志，疏漏讹误实在是太多了。司马迁是优秀的史官，但是《史记》中往往记载传闻失实之语，说介之推因逃避躲进了绵山，显然要归罪于《左氏春秋》了。

【原文】 汉西河郡谷罗、武泽在西北。武泽本名虎泽，唐人避庙讳所改①。胡三省注《资治通鉴》云：“虎泽应在五原曼伯之北，后汉建武二十六年诏，使匈奴徙居西河美稷之虎泽，亦即此泽也，盖境相接矣。”其说得之。五原曼柏，其故城在河之西，而顾景范《读史方舆纪要》以谷罗城及虎泽在永宁州北，美稷城在汾州府西北，皆无可指实。自府而西北至永宁州之北，群山簇拥岩谷之险，绝无平地以容所谓虎泽者。

【译文】 汉代西河郡的谷罗县、武泽县在西北。武泽本名叫作虎泽，为避唐高祖李渊爷爷李虎的讳所改。胡三省注《资治通鉴》说：“虎泽应在五原郡曼伯县的北面，东汉建武二十六年(50)下诏，使匈奴徙居西河郡美稷县的虎泽，也即是此泽，大约此时两地境域已相邻

① 唐代因唐高祖李渊的爷爷叫李虎，故唐朝人要避讳虎。

接了。”这一说法是正确的。五原郡的曼柏县，其故城在黄河的西面，而顾景范《读史方舆纪要》以为谷罗城及虎泽在永宁州的北面，美稷城在汾州府的西北面，但都查无实据。从汾州府到西北再到永宁州的北面，群山簇拥，岩陡谷深，绝不可能有平地来容纳所谓的虎泽。

【原文】《平遥志》有尹吉甫将台及墓，则后人以晋地之太原释泾阳西北之太原，而吉甫之迹不难东移千余里，且指一墓实之。《元和志》孝义县西五里有魏文侯坟，县东北二十五里有段干木墓。县志则城西五里有魏文侯墓，与《元和志》合；城东六里有段干木墓，与《元和志》不合；县西北七里又有三子墓，指为卜子夏、田子方、叚干木。是一县中而段干木墓凡二三。《水经注》，河水自河北城南东径芮城，二城之中有段干木冢。唐贞观中，诏芮城之魏文侯墓、段干木墓并禁失调樵采。元和在贞观后几二百年，而在芮城者又在孝义。凡宗仰昔贤，用寄爱慕，虽指不知谁氏之垄而闻名起敬可也，援以证实，用资考核，必有起而辨之者。

【译文】《平遥志》有尹吉甫将台和坟墓，因此后人把晋地的太原当成了泾阳西北的太原，因而尹吉甫的足迹就轻而易举地东移一千多里，并且用一座坟墓来坐实它。《元和郡县志》孝义县西五里有魏文侯坟，县东北二十五里有段干木墓。县志则说城西五里有魏文侯墓，与《元和郡县志》相吻合；城东六里有段干木的坟墓，与《元和郡县志》不相符；县西北七里又有三子墓，墓主说是卜子夏、田子方、段干木。这样同一个县中段干木的坟墓就有二三处。《水经注》，黄河水从河北城的南面向东流经芮城县，二城之间有段干木的坟墓。唐贞观年间，诏令芮城县的魏文侯墓、段干木墓一并禁止打柴。元和在贞观后近二百年，因而原在芮城县的两座坟墓又变成了在孝义县。一般而言，敬仰昔日贤达，寄托爱慕，即使是将不知何人的坟墓附会到这些贤达身上，使后人闻名而生敬意，也无不可；但是用来作为历史依据、考证材料时，就一定要有站出来准确考辨的人。

【原文】 志事顷已告竣，不敢苟同前人处，略陈梗概如右。

【译文】 州志即将完工，不敢和前人苟同的地方，粗略陈述梗概如上。

应州续志序[①]

【原文】 余曩因诗古文词所涉，检寻郡邑志书，其于经史中地名、山川、故城、废县，以及境内之利病，往往遗而不载，或载之又漫无据证，志之失，大致尽然。南丰吴君[②]为应州政事之余暇，取旧志续之，既见者不复赘于篇，曰《应州续志》，书成，请序于余。余览其书，凡旧文失核，必按诸史事，纠谬补逸，盖不徒踵续是任也。君既勤于考订，则余更质以未入是编二事。

【译文】 我从前因为诗词、古文所涉及的一些字词，寻找查检郡邑的志书，发现它对于经史中的地名、山川、故城、废县，以及管辖范围内各方面的利弊，往往缺漏不记载，或者有记载却又杂乱无据，志书的不足，大致就是这样。南丰吴炳先生在完成应州政事的闲暇之余，取来旧的《应州志》进行续编。旧《应州志》已记载的不再写入续编中，并把续编叫作《应州续志》。书成，请我作序。我阅读这本书，(发现)大凡旧志与史实不合的，一定根据史实，改正谬误补充缺逸，并非仅仅接续该书。先生既然勤于考订，那么我就另拿两件没有编入的事和您辨析。

【原文】 其一，旧志相承袭谓秦、汉为阴馆县。考《汉志》"雁门郡阴馆累头山，治水所出，东至泉州入海"，而《武五子传》作台水。许

---

① 本文为戴震代徐浩作，作于乾隆三十四年(1769)。

② 南丰吴君：即吴炳，应州知州，江西省南丰县人。乾隆二年(1737)进士，于乾隆三十四年(1769)主持纂修《应州续志》十卷。

慎《说文解字》:“漯水出阴馆累头山。”漯水即治水也。《魏书》道武帝西幸马邑,观漯源。《水经》讹作“湿”,以为出阴馆则同。《太平寰宇记》,累头山在雁门县西北六十里。今山在朔、代间,其东南三十五里即句注山,阴馆城在句注陉北。《水经注》:“桑乾枝水东流通结两湖,俗谓之南池。池北对汪陶县之故城。又东北注漯水。又东北径白狼堆南。又东流四十九里径巨魏亭北。”其言崞川水也,北径繁畤、巨魏亭、剧阳。阚骃《十三州志》:“剧阳在阴馆东北百三里。”顾景范《读史方舆纪要》:“汪陶废县在应州西。”《一统志》:“汪陶在山阴县东。白狼堆在应州西北,巨魏亭在州北,剧阳在州东北。”然则应州殆汉汪陶、剧阳二县地,阴馆于地非比矣。

【译文】 其一,旧志相互承袭,认为应州县秦汉时期为阴馆县。考《汉志》“雁门郡阴馆的累头山,治水从这里流出,向东到泉州流入大海”,但“治水”《武五子传》写作“台水”。许慎《说文解字》:“漯水出自阴馆累头山。”“漯水”即“治水”。《魏书》载道武帝向西来到马邑,考察漯源。“漯”字《水经》讹作“湿”字,但认为出自阴馆则是相同的。《太平寰宇记》载累头山在雁门县西北六十里。今山在朔、代之间,它的东南三十五里即是句注山,阴馆城在句注山脉中断处的北面。《水经注》:“桑乾的支流向东流,连接两湖,俗称南池。池北正对汪陶县的故城。南池水又向东北流入桑乾水,这便是漯水。又向东北流经白狼堆的南面。又向东流四十九里,流经巨魏亭的北面。”那个叫作崞川水的,向北流经繁畤、巨魏亭、剧阳。阚骃《十三州志》:“剧阳在阴馆东北一百零三里处。”顾景范《读史方舆纪要》:“汪陶废县在应州的西面。”《一统志》:“汪陶县在山阴县的东面。白狼堆在应州的西北面,巨魏亭在州北,剧阳在州东北。”这么说来,应州当是汉代的汪陶、剧阳二县之地,并非阴馆之地了。

【原文】 其一,东魏天平二年置善无郡,领善无、沃阳二县。《读史方舆纪要》:“沃阳废县在应州西南,善无城在代州西北七十里,本汉县。”考《汉志》，沃阳有盐泽。《水经注》：“盐池，西南去沃阳故城六十五里。《十三州志》善无县南七十五里有中陵县。”中陵，今宁武之神池县，而善无又在其北。沃阳盐池，唐为安北都护之胡落盐池，今偏关外归化城西蒙古部地也。偏关五寨所食盐，今仍自蒙古来，况中陵、善无、沃阳之水归树颓水以注黄河，然则汉沃阳东南距应州远甚。

【译文】 其一，东魏天平二年(535)设善无郡，统领善无、沃阳二县。《读史方舆纪要》：“沃阳废县在应州的西南，善无城在代州西北的七十里处，本是汉代的县。”考《汉志》，沃阳有盐泽。《水经注》：“盐池西南距离沃阳旧城六十五里。《十三州志》载善无县南七十五里有中陵县。”中陵，即今天宁武的神池县，而善无又在它的北面。沃阳盐池，唐代为安北都护府的胡落盐池，在今天偏关之外的归化城西面蒙古部地域。偏关五寨所吃的食盐，今天仍旧来自蒙古，何况中陵、善无、沃阳的地表水流入树颓水后注入黄河，这样看来，汉代的沃阳东南距离应州很远。

【原文】 古今沿革，作志首以为重。吴君雅才闳博，举其境内利民病民者，既殚心求之，而于沿革山川，志之所列，咸务底精确不苟同。积古以来守讹传谬。兹二事，度亦君之乐闻也夫。(乾隆三十四年己丑秋月)。

【译文】 古今地理沿革，是编写志书的首要重任。吴炳先生为人文雅，知识广博，网罗其治境之中有利于百姓、妨害百姓的各种自然社会情况，竭尽全力去搜罗考证，而且对于志书所列的地理沿革都务必做到精确，不苟同于自古以来坚守讹误、传播错误的做法。这两件事想必也是吴炳先生乐意听到的。(乾隆三十四年己丑秋月)。

策算序

【原文】《汉书·律历志》:“算法用竹,径一分,长六寸,二百七十一枚而成六觚为一握。”古算之大略可考如是。其一枚谓之一算,亦谓之筹。

【译文】《汉书·律历志》:“它的计算方法是用竹子,直径一分,长六寸,二百七十一枚就形成六角,是一握的数量。”可以考证的古代计算方法的大致情况就是这样。计算用的竹子每一枚叫作一算,也叫作一筹。

【原文】《梅福传》:福上书曰:“臣闻齐桓之时,有以九九见者。”所谓九九,盖始一至九,因而九之,终于八十一。①《周髀算经》:“商高曰:数之法出于圆方,圆出于方,方出于矩,矩出于九九八十一是也。”②以九九书于策,则尽乘除之用,是为策算。策取可书,不曰筹而曰策,以别于古筹算,不使名称相乱也。

---

① 九九:算术乘法名。以一至九每二数顺序相乘。上古时系由九九自上而下,而至一一,故称“九九乘法”。《管子·轻重戊》:“虙戏作造六峜以迎阴阳;作九九之数以合天道。”《汉书·梅福传》:“臣闻齐桓之时,有以九九见者,桓公不逆,欲以致大也。”杨树达《汉书窥管》:“敦煌木简载九九术,起九九八十一讫二二而四。罗振玉云:《孙子算经》乘法载此四十五句,亦起九九而讫一一,末言从九九至一一,总成一千一百五十五,是古法始九九之证。以木简及《孙子算经》证之,九九盖即乘法。其术始于九九,故称九九之术。”按:戴震认为九九算术乘法系由一一至九九,与诸家由九九而至一一的说法不同。

② 圆出于方:指圆形面积=外接正方形×圆周率÷4。方出于矩:指正方形源自两边相等的矩形。矩出于九九八十一:指长乘宽面积计算依自九九乘法表。

【译文】《梅福传》:梅福上书道:“臣听说齐桓公的时候,有人拿九九乘法表觐见。”所谓的九九,从一开始到九,因此九乘以九,最终达到八十一。《周髀算经》:“商高说:计数的方法出自圆周率和正方形,圆形出自正方形,正方形出自矩形,矩形出自九九乘法表。”用九九乘法表的方式书写到简策上,就能够满足乘法与除法的应用,这就是策算。取策运算的方法可以记录,不称为筹却称为策,主要是用来和古代的筹算相区别,不使名称相混淆。

【原文】 策列九位,位有上下。凡策,或木或竹,皆两面,一与九,二与八,三与七,四与六共策,五之一面空之为空策,合五策而九九备。如是者十,各得十策。别用策一列,始一至九,各自乘,得方幂之数,为开平方策。

【译文】 算策每列共九位,有上位和下位。大凡算策,要么是木头的,要么是竹子的,都有两面,一和九,二和八,三和七,四和六写在同一个算策的两面,写有五的算策的另一面空着成为空策。组合这五个算策,就可齐备地用来进行九九乘法运算了。像这样的算策每种十枚,各种算策分别有十策。另外用算策排成一列,从一到九,各自相乘,就得到方幂之数,作为开平方用的算策。

【原文】 算法虽多,乘除尽之矣,开方亦除也。平方用广,立方罕用,故策算专为乘、除、开平方。举其例,略取经史中资于算者,次成一卷,俾治《九章算术》者首从事焉。乾隆甲子长至日,东原氏戴震叙。

【译文】 算法虽然多种多样,但是乘除就可以穷尽这些算法,开方也是除法。平方用途广泛,立方运用罕见,所以策算专门用作乘、除、开平方。列举使用的方法,从经史中选取可用于策算的资料,编成一卷,恭候研究《九章算术》的人率先从事研究。乾隆甲子(1744)夏至日,戴震序。

刊九章算术序

【原文】 古者六艺之教:礼、乐残缺失传;射、御则绝无师说;书者治经之本,仅仅赖许叔重《说文解字》,略见梗概;而所谓九数即九章,世罕有其书,近时以算名者,如王寅旭、谢野臣、梅定九诸子,咸未之见。

【译文】 古代六艺教育:礼、乐已经残缺失传;射、御则完全失去了师承内容;书是研治经学的根本,仅仅依赖许慎的《说文解字》,得以粗略见到梗概;而所谓的九数即九章,世人很少有这本书,近代凭借算学闻名的学者,如王寅旭、谢野臣、梅定九等人,都没有看过这本书。

【原文】 余访求二十余年不可得,疑《永乐大典》或尝录入,书在翰林院中。丁亥岁,因吾乡曹编修①往一观,则离散错出,思缀集之,未之能也。出都后,恒寤寐乎是。及癸巳夏,奉召入京师,与修《四库全书》,躬逢国家盛典,乃得尽心纂次,订其讹舛,审知刘徽所注,旧有图而今缺者补之。书既进,圣天子命即刊行,又御制诗篇冠之于首。古书之隐显,盖有时焉,诚甚幸也。

【译文】 我访求这本书二十多年都没有得到,猜想《永乐大典》或许曾有收录,《永乐大典》收藏在翰林院中。丁亥年(乾隆三十二

① 曹编修:即曹文埴(1735—1798),字竹虚,安徽歙县人。乾隆二十五年(1760)进士,改庶吉士,授编修。直懋勤殿,四迁翰林院侍读学士,命在南书房行走。

年,1767),凭借老乡曹文埴的关系有机会前往翻阅,该书已经缺失散乱,本想拼合整理却没能够实行。出京后,常在梦中惦记着这件事。及癸巳年(乾隆三十八年,1773)夏,奉召入京师,参与编修《四库全书》,有幸遇上国家这一盛大活动,才能够尽心尽力编纂整理,订正讹误,考订哪些是刘徽所作的注解,旧本有图但是今本缺失的,将它补齐。书整理好进献给皇上,圣明的皇帝便立即命令刊刻发行,又亲自作诗排放在书籍的首页。古书是隐没还是彰显,大概是有机遇的,这确实是一件很幸运的事啊。

【原文】 吾友屈君鲁传①亦好是学,愿得《九章》刊之,从余录一本。今秋之仲,曲阜孔君体生②访求得算书若干卷,系毛氏扆③影摹宋刻者。扆识其后有云:"从太仓王氏处得《孙子》《五曹》《张丘建》《夏侯阳》四种,从章丘李氏处得《周髀》《缉古》二种,后从黄俞邰处又得《九章》,皆元丰七年(1084)秘书省刊版。每卷有秘书省官衔姓名一幅,又一幅宰辅大臣自司马相公而下俱列名于后。"余急假之孔君,独《九章》卷六已后缺,因更校改数字,以寄屈君,而记其得是书之不易如此。休宁戴震。

【译文】 我的朋友屈曾发也爱好这门学问,希望能够得到《九章》一书并刊刻,从我手上抄录了一本。今年仲秋,曲阜的孔继涵访求到若干本算学方面的书籍,是毛扆影摹宋刻的本子。毛扆在书后题中说道:"从太仓王氏处获得《孙子》《五曹》《张丘建》《夏侯阳》四

---

① 屈君鲁传:即屈曾发,字鲁传,江苏常熟人。戴震好友,生平事迹详见同治《苏州志》。

② 孔君体生:即孔继涵(1739—1783),字体生,一字浦孟,号荭谷,别号南州,自称昌平山人,山东曲阜人。系六十七代衍圣公孔毓圻之孙,正一品荫生孔传钲之子。清代著名藏书家、金石学家、刻书家,精于三礼、天文、算术、地志、经学、字义。

③ 毛氏扆:即毛扆(1640—1713),字斧季,江苏常熟人。毛晋之子,承继家学,耽于校雠。曾校订毛晋所编《诗词杂俎》,又与陆贻典在汲古阁同校《金荃集》。兼精小学。著有《汲古阁珍藏秘本书目》一卷。有题跋文章传世。

种，从章丘李氏处获得《周髀》《缉古》二种，后来从黄俞邰处又获得《九章》，都是元丰七年(1084)秘书省刊刻的版本。每卷都有一页刻有秘书省官衔和姓名，又有一页刻有宰辅大臣，司马相公以下的官员都列名在后面。”我急忙向孔继涵借阅，唯独《九章》卷六以后缺失，因此校改数个文字，并寄给屈曾发，而且记录下获得这本书的艰难情形。休宁戴震。

夏侯阳算经跋

【原文】 《隋书·经籍志》有《夏侯阳算经》二卷，《旧唐书·经籍志》有《夏侯阳算经》三卷。甄鸾[①]注。《新唐书·艺文志》列《夏侯阳算经》一卷，甄鸾注；又韩延[②]《夏侯阳算经》一卷。韩延乃作注者姓名，亦犹《新唐志》中称李淳风[③]注甄鸾《孙子》也。而《直斋书录解题》载元丰京监本云："三卷，无注。"盖甄鸾、韩延两本易混淆，乃加姓名以别之，而传写又各有并析，故卷帙互异欤？且《唐志》载李淳风注《明算科十书》，独不及《夏侯算经》，盖李注者甄鸾之本，当宋时已佚欤？

【译文】 《隋书·经籍志》著录有《夏侯阳算经》二卷。《旧唐书·经籍志》著录有《夏侯阳算经》三卷，甄鸾注。《新唐书·艺文志》则列《夏侯阳算经》一卷，甄鸾注；又列韩延《夏侯阳算经》一卷。韩延是作注者的姓名，就像《新唐书·艺文志》中称李淳风注甄鸾《孙子》一样。而《直斋书录解题》记载元丰京监本说："三卷，无注。"大约甄鸾和韩延所著两本书容易混淆，所以就加上姓名来区分它们，而且传

---

① 甄鸾：生卒年不详，字叔遵，无极（今河北省无极县）人，北周数学家，官司隶校尉、汉中太守。信佛教，擅长精算、制天和历法，曾注释不少古算书。所撰《五曹算经》，是一部为古代分科办事的官署（曹）的行政管理官员编写的应用数学手册。全书分田曹、兵曹、集曹、仓曹、金曹五卷，每卷收入若干个该曹官员可能遇到的数学问题并给出解答，是一本实用手册。

② 韩延：生平事迹不详。戴震断之为隋代人。

③ 李淳风（602—670）：初唐岐州雍（今陕西省凤翔县）人，唐朝政治人物、天文学家和数学家。撰《法象志》，奉诏注释《算经十书》，编《麟德历》。还编撰有《推背图》《典章文物志》《秘阁录》《乙巳占》等书。此外，《旧唐书》《新唐书》皆记载李淳风曾研制"三重环"浑天仪。

写时又各自有合并和分卷，所以造成卷数各不相同吧。而且《新唐书·艺文志》记载李淳风注《明算科十书》，唯独没有提到《夏侯阳算经》，大约李淳风注的甄鸾本，到宋时就已散佚失传了吗？

【原文】 然皆不言阳为何代人。序有云：“《五曹》《孙子》，述作滋多，甄鸾、刘徽[①]为之详释。”则其人当在甄鸾后。而《宋史·礼志》载算学祀典有云：“封魏刘徽淄川男，晋姜岌成纪男，张丘建信成男，夏侯阳平陆男，周甄鸾无极男。”又《张丘建算经序》云：“夏侯阳之方仓。”则阳为晋人，在甄鸾前明矣。

【译文】 然而都不提夏侯阳是什么朝代的人。考证可知夏侯阳自序中有这样的话：“《五曹》《孙子》，撰述传承越来越多，甄鸾、刘徽给该书作了详细注解。”这么说来，夏侯阳这个人当出生在甄鸾之后。而《宋史·礼志》载算学祀典时有这样的话：“封魏的刘徽为淄川男，晋的姜岌为成纪男，张丘建为信成男，夏侯阳为平陆男，后周的甄鸾为无极男。”又《张丘建算经序》说：“夏侯阳的方仓问题。”所以夏侯阳是晋代人，并且出生在后周的甄鸾之前是比较明了的事了。

【原文】 书内又称：“南朝宋元嘉二年（425），徐受重铸铜斛，至梁大同元年（535），甄鸾校之。”则系隋初人，去梁稍远，故目梁时斗尺为古所用。其《辨度量衡》云：“在京诸司及诸州，各给秤尺并五尺度、斗、升、合等样，皆铜为之。仓库令诸量函[②]，所在官造，大者五斛，中者三斛，小者一斛，以铁为缘，勘平印书，然后给用。”及《课租庸调章》

---

① 刘徽（约 225 —约 295）：山东邹平人，魏晋时期的数学家，中国古典数学理论的奠基人之一。著有《九章算术注》和《海岛算经》，是中国宝贵的数学遗产。

② 函：有人认为是斛以上更大一级的计量单位，有人认为是标准量器，也有人称它为容量器。《唐六典》记：“凡受租，皆于输场对仓官、租纲吏人执筹数函，其函大五斛，次三斛，小一斛。”《夏侯阳算经》：“仓库令诸量函，所在官造。大者五斛，中者三斛，小者一斛。以铁为缘，勘平印书，然后给用。”故一函的容积是一到五斛，可见“函”不是一个有固定量值的计量器具。从“执筹数函”来看，函也应该是有各种不同量值的容器。

称“赋役令”,《论步数不等章》称“杂令”“田令”之属,皆据隋制言之,则是韩延传其学而以己说篡入之.《序》亦当为延所作。故李淳风取甄鸾本而舍是,《志》亦以韩延《夏侯阳算经》别之也。韩延为隋人,盖无可疑。

【译文】 书内又宣称:“南朝宋元嘉二年(425),徐受重新铸造铜斛,到梁大同元年,甄鸾对铜斛进行了校核。”则夏侯阳为隋初人,距离梁代较远,所以将梁时斗尺看作古代所用。他在《辨度量衡》中说:“在京的各部门和各个州,各自供给秤尺和五尺度、斗、升、合等样品,都用铜制作而成。仓库规定各种计量工具,都由官府制造,大函容量为五斛,中函容量为三斛,小函容量为一斛,用铁皮包边,勘核平整,印上文字,然后提供使用。”到了《课租庸调章》中所称“赋役令”,《论步数不等章》中所称“杂令”“田令”之类,都是根据隋朝度量衡制度来说的。这表明,韩延传承夏侯阳的学说而且将自己的观点混杂其中,《序》也当是韩延所作。故李淳风取甄鸾本而舍弃韩延本,《新唐书·艺文志》也用“韩延《夏侯阳算经》”来区别它们。韩延为隋代人,大约是无可怀疑的。

【原文】 其书务切实用,虽《九章》古法,非官曹民事所必需者,亦略而不载。于诸算经中,最为简要,且于古今制度异同,多资考证,尤足宝重云。今此本即韩延所传无注本,宋元丰京监所刊者也。昔毛氏斧季得之太仓王氏,余今假之孔君体生。因题其后。休宁戴震。

【译文】 这本书务必追求实用,即使是《九章》中的古代算法,只要不是官府百姓事务所必需的,也都略而不载。所以在众多算经中,最为简明扼要,而且对于古今制度的异同,有很多详细的考证,格外珍贵,尤其值得重视。如今的这个本子即是韩延所传的无注本,为宋代元丰京监所刊。从前毛扆从太仓王氏处所获得的,我如今借给孔继涵,并趁机作序附在书后。休宁戴震。

原善序

【原文】 余始为《原善》之书三章，惧学者蔽以异趣也，复援据经言疏通证明之，而以三章者分为建首，次成上、中、下卷。比类合义，灿然端委毕著矣，天人之道，经之大训萃焉。以今之去古圣哲既远，治经之士，莫能综贯，习所见闻，积非成是，余言恐未足以振兹坠绪①也。藏之家塾，以待能者发之。

【译文】 我先前写了一篇《原善》的文字，共三章，担心读者因为不同的兴趣而误读，又援引经典言论来疏通证明它，并把《原善》原有的三章分开列在篇首，按次序编写成上、中、下三卷。将性质相同的内容，根据其含义整合在一起，文辞华丽可观，始末原委全都揭示出来了，关于天人的道理，经书的训释都汇集在一起。因为现在距离古代圣人哲人已经很久远了，研治经书的人士，没有人能够融会贯通，习惯于所见所闻，将长期形成的错误当作正确的。我的这些言论恐怕不足以振兴那些行将绝灭的学说。就将所著收藏在家塾中，以此来等待有能力的人来阐发推广它。

---

① 坠绪：本指失落的线头、湮没的源头。这里指行将绝灭的学说。

答彭进士允初[1]书

【原文】 允初先生足下：

日前承示《二林居制义》，文境高绝，然在作者，不以为文而已，以为道也。大畅心宗[2]，参活程、朱之说，以傅合六经、孔、孟，使闳肆无涯涘。孟子曰："资之深则取之左右逢其源。"凡自得之学尽然。求孔、孟之道，不至是不可谓之有得。求杨、墨、老、庄、佛之道，不至是亦不可谓之有得。

【译文】 允初先生足下：

前几天承蒙您将《二林居制义》拿给我看，文章境界高超卓绝，但作者却不把写文章作为目的，而是用文章来传达圣贤大道。大谈特谈禅宗，用全新的方法来参验程、朱学说，来附会六经、孔、孟，使得这些学说极其宏大恣肆。孟子说："积蓄深了，才能左右逢源取之不尽。"凡是自己有所得的知识学问都是这样。探求孔、孟之道，不达到这个境界不能说有收获。求杨、墨、老、庄、佛之道，不达到这个境界不能说有收获。

【原文】 宋以前，孔、孟自孔、孟，老、释自老、释，谈老、释者高妙其言，不依附孔、孟。宋以来，孔、孟之书尽失其解，儒者杂袭老、释之

---

① 彭进士允初：即彭绍升（1740—1796），字允初，别号尺木居士，又号知归子。乾隆年间进士，家居不仕。初治程朱理学，后由陆王通向禅学，论学皆以见性为宗。喜用释老解释儒学，试图调和儒、佛两家思想。著有《二林居集》等。

② 心宗：即禅宗。禅宗以不立文字、直指人心为标的，故称。

言以解之。于是有读儒书而流入老、释者。有好老、释而溺其中，既而触于儒书，乐其道之得助，因凭借儒书以谈老、释者。对同己则共证心宗，对异己则寄托其说于六经、孔、孟，曰："吾所得者，圣人之微言奥义。"而交错旁午，屡变益工，浑然无罅漏。

【译文】 宋代以前，孔、孟是孔、孟，老、释是老、释，谈老、释的人的语言高深玄妙，但不依附孔、孟。宋以后，孔、孟的书完全失去正解，儒生杂用老、释的思想言论来注解孔、孟。这样就有读儒家典籍却掺杂老、释的。有爱好老、释并且沉溺其中，之后又接触儒家典籍，其所喜好的老、释之道得到了有力的支撑，因而就有借助于儒家典籍来谈论老、释的。观点和自己相同，就引用来和自己的观点一起论证心宗；观点和自己不同，就将自己的观点附会到六经、孔、孟中，说："我的所得是圣人包含在精微语言里的深刻道理。"而且交错往复，越来越严密，最终浑然一体，没有漏洞。

【原文】 孔子曰："道不同，不相为谋。"言徒纷然词费，不能夺其道之成者也。足下之道成矣，欲见仆所为《原善》。仆闻足下之为人，心敬之，愿得交者十余年于今。虽《原善》所指，加以《孟子字义疏证》，反覆辩论，咸与足下之道截然殊致，叩之则不敢不出。今赐书有引为同，有别为异，在仆乃谓尽异，无毫发之同。

【译文】 孔子说："道不同，不相为谋。"说的是白白浪费口舌，也不能够改变对道的体悟。足下体悟到道了，想要看我所作的《原善》。我早就听说了足下的为人，心怀敬意，和您结交的想法到如今已有十余年了。虽然《原善》所想要讨论的，加上《孟子字义疏证》，反复辨析讨论，都和足下的思想完全不同，(您)问我，(我)却不敢不说出来。如今您赠书给我，有征引我的观点，认为和您的相同；也有将我的观点区别开，认为和您的相异。但在我看来，我们的思想观念、治学方法完全相异，没有一丝一毫相同的地方。

【原文】 昔程子、张子、朱子，其始也，亦如足下今所从事。程叔子撰《明道先生行状》曰："自十五六时，闻周茂叔论道，慨然有求道之志，泛滥于诸家，出入于老、释者几十年，返求诸六经而后得之。"吕与叔撰《横渠先生行状》曰："范文正公劝读《中庸》，先生读其书，虽爱之犹以为未足，又访诸释、老之书累年，尽究其说，知无所得，返而求之六经。"知无所得者陋之，非不知之也。朱子慕禅学，在十五六时。年二十四，见李愿中，愿中教以看圣贤言语，而其后十余年有《答何叔京》二书，其一曰："向来妄论持敬之说，亦不自记其云何，但因其良心发见之微，猛省提撕①，使心不昧，即是做工夫底本领。本领既立，自然下学而上达矣。若不察良心发见处，即渺渺茫茫，恐无下手处也。所谕多识前言往行②，熹向来所见亦是如此。近因返求，未得安稳处，却始知此未免支离，曷若默会③诸心以立其本，而其言之得失，自不能逃吾之鉴邪。"其一曰："今年不谓饥歉至此，夏初，所至汹汹，遂为县中委以赈粜之役，百方区处④，仅得无事。博观之弊，此理甚明，何疑之有！若使道可以多闻博观而得，则世之知道者为不少矣。熹近日因事方少有省发处，如'鸢飞鱼跃'，明道以为与'必有事焉而勿正'之意同者，今乃晓然无疑。日用之间，观此流行之体，初无间断处，有下工夫处。此与守书册、泥言语全无交涉，幸于日间察之，知此则知仁矣。"二书全背愿中⑤，复归释氏，反用圣贤言语指其所得于释氏者。至乾道癸巳，朱子年四十四，门人廖德明录癸巳所闻云："先生言：二三年前见得此事尚鹘突，为他佛说得相似，近年来方看得分晓。"是

---

① 提撕(tí xī)：警觉，提醒，振作。《诗经·大雅·抑》："匪面命之，言提其耳。"郑玄笺："我非但对面语之，亲提撕其耳。"

② 前言往行：指前代圣贤的言行。《易经·大畜卦·象》："君子以多识前言往行，以畜其德。"孔颖达《尚书正义序》："斯乃前言往行，足以垂法将来者也。"

③ 默会：暗自领会。出自方孝孺《医原》。默会的知识是一种只可意会不可言传的知识，是一种经常使用却又不能通过语言文字符号予以清晰表达或直接传递的知识。

④ 区处：处理，筹划安排。

⑤ 愿中：矢适中其所射。《周礼·考工记·弓人》："其人危，其矢危，则莫能以愿中。"孙诒让《正义》："愿中，谓矢不旁掉，适中其所射，若谨愿然。"

后,朱子有《答汪尚书书》云:“熹于释氏之说,盖尝师其人,尊其道,求之亦切至矣,然未能有得。其后以先生君子之教,校乎前后缓急之序,于是暂置其说而从事于吾学。其始盖未尝一日不往来于心也,以为俟卒究吾说而后求之未为甚晚。而一二年来,心独有所自安,虽未能即有诸己,然欲复求之外学①以遂其初心,不可得矣。”

【译文】 昔日程颐、张载、朱熹,他们开始治学,也像足下现在所从事的那样(喜欢老庄佛释)。程颐撰《明道先生行状》说道:“在十五六岁的时候,听到周敦颐论说圣人之道,于是就慨然有探求圣道的志向,开始不得要领、漫无边际地杂学各家,出入于老庄佛释将近十年,最后回归到六经上才得其真谛。”吕大临撰《横渠先生行状》写道:“范仲淹劝他读《中庸》,(张载)先生读《中庸》,虽然喜爱,但是仍感到不满足,于是又访求佛、道之书,读了多年,透彻地了解了佛、道的学说,知道没有什么收获,又返回来读六经。”程颐、张载、朱熹知道从佛、道的书中难有收获,因此轻视它,不是不了解它。朱熹敬仰禅学是在十五六岁的时候。到二十四岁时,拜见李愿中,希望李愿中用圣贤的言行语录来教他,这之后的十多年有《答何叔京》两封书信,其中一篇写道:“从前凭空讨论‘持敬’学说,自己也不知道它究竟说了些什么,只是因为它触发善良之心而使自己有所觉悟的思想很精微,使人猛然觉悟,使得本心不被蒙昧,(便认为)这是修身养性的本领。本领已经掌握,就可以自然而然地通过这些平常的知识,理解其中的哲理,获得人生的真谛。如果不能把握善良之心的发掘方法,就会一片茫然,恐怕就会无处下手了。(这些学说)说的大多是前代圣贤的言行,我向来所持之见也是如此。近来因为回顾探求,没能够得到一个平稳妥当的方式,才知道这种治学方法难免烦琐而凌乱,不如在心中暗自领会来确立根本的学问,这样言论的得失,自然不能够逃脱我的审查

---

① 外学:东汉儒生以“六经”为外学。而佛教则指佛经以外的典籍为外学。文中当指后者。

了。”另一篇写道：“今年闹饥荒到这个地步，初夏时，饥荒汹涌而至，所以被县里委任从事售米赈救的差事，千方百计地筹划安排，仅仅做到没有造成大的灾难。读书博杂有弊病，这个道理很清楚，有什么值得怀疑的呢！假使大道可以通过多听多看而获得，那么世上通晓大道的人就会不少。我近日因为公事少，有很多领会受启发的地方，如‘鸢飞鱼跃’，程颢以为和‘必有事焉而勿正’之意思相同，现在才明白无疑。日常应用之中，观察这些流动飞行的事物，本就没有无间断的地方，只有可下功夫去揣摩体会的地方。这和墨守书本、拘泥于言语毫无关系，幸而在平日里体察到这一点，掌握了这个就掌握到仁了。”这两封书信完全背离圣贤大道，全部归结到佛教思想，反而将圣贤言语说成是来源于佛教。到乾道癸巳年(1173)，朱熹四十四岁，朱熹的弟子廖德明记录癸巳年听到的老师的言论，说道：“先生说：两三年前见到这件事还觉得困惑，因为它和佛教说法相似，近年来才看明白。”这之后，朱熹在《答汪尚书书》中写道：“我对于佛教思想，曾经以佛为师，推崇它的思想。研究它这是够恳切周至的了，但是却没有什么收获。这以后用先生君子的教导，来校正(治学)先后缓急次序，由此暂且放弃禅宗学说，并开始研学儒家学说。开始时，不曾有一天不在心中反复斟酌思考，认为等到最终推求清楚儒家学说之后再研究(禅宗学说)不算是很晚。而近一二年以来，我的心才逐步安定下来，虽然没能够立即有所收获，但是再从研学外学过程中来实现最初的愿望，也是不可能的了。”

【原文】 程、朱虽皆先入于释氏，而卒能觉悟其非。程子曰：“吾儒本天，异端本心。”朱子曰：“吾儒以理为不生不灭，释氏以神识为不生不灭。”仆于《孟子字义疏证》辩其视理也，与老、释之视心、视神识，虽指归各异，而仅仅就彼之言转之，犹失孔、孟之所谓理、所谓义。朱子称“为他佛说得相似”者，彼之心宗，不特指归与彼异也，亦绝不可言似。程、朱先从事于彼，熟知彼之指归，既而求之此，见此之指归与彼异矣，而不得其本，因推而本之天。夫人物，何者非本之天乎，岂得谓心必与天隔乎，彼可起而争者也。苟闻乎此，虽愚必明，虽柔必强。扩而充之，何一非务尽其心以能尽道。苟自以为是而不可与入尧、舜之道，虽言理、言知、言学，皆似而非，适以乱德。

【译文】 程颢、朱熹虽然都先接受佛教思想，但最终都能够觉察这样做是错误的。程颢说："我们儒家以天地万物的定理为根本。佛教等则随心所欲，毫无定见。"朱熹说："我们儒家认为理是不生不灭的，佛教则认为神识是不生不灭的。"我在《孟子字义疏证》中辨析他们看待理，和道家、佛教看待内心、看待意识，虽然具体所指各不相同，而如果仅仅用道家、佛教的思想言论来传达儒家思想，就会失去孔、孟所谓理、所谓义的本意。朱熹宣称"那些他们佛家说法相似"的，属于禅宗思想，不只是具体所指和儒家思想相异，也绝对不可以说相似。程颢、朱熹先从事道家、佛教的研习，熟悉它们的根本意旨，然后来研讨儒家思想，发现儒家的根本意旨和道家、佛教不同，却没有弄明白这种不同的本质，因而进行推究，将它归根于天性自然。大凡人类和万事万物，哪一样不可以推原到天性自然，难道可以说思想必定和天性自然相隔离吗？这些是可以起来和他们据理力争的。如果懂得了这些，即使是愚蠢的人也一定变得聪明，即使是柔弱的人也一定会变得刚强。推而广之，哪一样不是务必尽心尽力来发掘大道。如果自以为是对的却不可以归入尧、舜之道中去，虽然是谈理、谈知、谈学，都是似是而非的，这恰恰是在败坏德行啊。

【原文】 在程、朱先入于彼，徒就彼之说转而之此，是以又可转而之彼，合天与心为一，合理与神识为一，而我之言，彼皆得援而借之，为彼树[1]之助。以此解经，而六经、孔、孟之书，彼皆得因程、朱之解，援而借之为彼所依附。譬犹子孙未睹其祖父之貌者，误图他人之貌为其貌而事之，所事固己之祖父也，貌则非矣。实得而貌不得，亦

---

[1] 彼树：因佛教经典中常用"彼树""彼大树"阐发佛理，故这里用来指佛教。

何伤。然他人则持其祖父之貌以冒吾宗，而实诱吾族以化为彼族，此仆所由不得已而有《疏证》之作也。破图貌之误，以正吾宗而保吾族，痛吾宗之久坠，吾族之久散为他族，敢少假借[①]哉。

【译文】 程颢、朱熹先接受道家、佛教的思想，迁就道家、佛教的思想学说来诠释儒家思想学说，之后又迁就儒家思想学说来诠释道家、佛教的思想学说，将天性自然和心性思想合而为一，将天理与意识合而为一，因而儒家思想言论，道家、佛教都得以援引借用，作为阐发佛学的手段。用这种方式解读儒家经典，结果就会因为二程、朱熹的注解，六经、孔、孟之书被援引借用，成为道家、佛教的依据。譬如子孙没有看见祖父的容貌，错将别人的容貌画下来当作祖父的容貌，并侍奉他，所侍奉的固然是自己的祖父，容貌却已经完全变了。实际效果达到了，只是容貌弄错了，这又有什么关系呢？但是别人拿着他祖父的容貌来冒充我们的祖宗，其实质上是诱骗我们家族从而变成他们家族，这就是我不得不挺身而出，从而有《孟子字义疏证》这部著作的原因。破除画容貌的错误，来肃清并且保全我们宗族，痛心我们宗族败落已久，我们宗族已经分散成别人的家族，怎么敢掉以轻心呢？

【原文】 宋儒仅改其指神识者以指理，而余无所改，其解孔、孟之言，体状复与彼相似。如《大学章句》于"在明明德"，《中庸章句》于"不显维德"，尤浑合几不可分。足下遂援"上天之载，无声无臭"为心宗之大原。于宋儒之杂用老氏尚"无欲"，及庄周书言"复其初"者，而申之曰："无欲，诚也。'汤、武反之'，'复其初'之谓也。"[②]仆爱《大戴

---

① 假借：宽假，宽容。《战国策·燕策三》："荆轲顾笑武阳，前为谢曰：'北蛮夷之鄙人，未尝见天子，故振慑，愿大王少假借之。'"文中指掉以轻心。

② 汤、武反之：出自《孟子·尽心下》："孟子曰：'尧舜，性者也；汤武，反之也。'"意思是"孟子说：'尧舜所行的仁德是出于本性，商汤和周武王是经过亲身实践而向这一本性靠拢的，然后再力行仁政。'"复其初：出自《庄子·外篇·缮性》："缮性于俗学，以求复其初。"意思是用世俗之道理来修身养性，企图回归本真。

礼记》“分于道谓之命”一语，道，即阴阳气化。故可言分。惟分也，故成性不同。而《易》称“一阴一阳之谓道”，《中庸》称“天命之谓性”，孟子辨别“犬之性”“牛之性”“人之性”之不同，豁然贯通。而足下举“维天之命，于穆不已”，以为不得而分，此非语言之能空论也，宜还而体会六经、孔、孟之书本文云何。《诗》曰“予怀明德”，对“不大声以色”而言。《大学》之“明明德”，以“明德”对“民”而言。皆德行行事，人咸仰见，如日月之悬象著明。故称之曰“明德”。倘一事差失，则有一事之掩亏。其由近而远，积盛所被，显明不已，故曰“明明德”，曰“明明德于天下”。《诗》之“不显”“不承”，即《书》之“丕显”“丕承”，古字“丕”通用“不”，大也。《中庸》言“声名洋溢乎中国”，其言“黯然”也，与“日章”并言，何必不欲大显，而以幽深玄远为至。夫昼日当空，何尝有声臭以令人知？而畴不知之，不可引“上天之载无声臭”以言其至乎。“上天之载”二语，在《诗》承“骏命不易”言，《郑笺》云：“天之道难知也，耳不闻声音，鼻不闻香臭。仪法文王之事，则天下咸信而顺之。”在《中庸》承“化民之德”言，不假声臭以与民接也。谈老、释者，有取于“虚灵不昧”“人欲所蔽”“本体之明”“幽深玄远”“至德渊微”“不显之妙”等语与其心宗相似，不惟《大学》《中庸》本文差以千里，即朱子所云，虽失《大学》《中庸》之解，而其指归究殊。

【译文】 宋儒仅仅将那些指意识的来指天理，其他方面并无改动，他们诠释孔、孟的思想言论，形式内容还和孔、孟相似。譬如《大学章句》对于“在明明德”的诠释，《中庸章句》对于“不显维德”的诠释，完全相吻合，几乎不可以区分。您便引用“上天之载，无声无臭”作为禅宗的根本来源。对于宋儒掺杂使用老子崇尚“无欲”的思想，以及庄周书籍说“复其初”的语言，从而引申道：“无欲即是诚。‘汤、武反之’就是‘复其初’。”我欣赏《大戴礼记》“分于道谓之命”这句话，道即是阴阳二气的运行变化，所以可以说分化。唯有分化，所以形成不同的质性。而《易》说“一阴一阳之谓道”，《中庸》说“天命之谓性”，孟子辨析“犬之性”“牛之性”“人之性”的不同，就将道彻底说明白了。

但是您却举“维天之命，于穆不已”的例子，认为不可以区分，这不是用语言就能凭空讨论的，应该回归并深入体会六经、孔、孟书籍原文是怎么说的。《诗经》说“予怀明德”，这是针对“不大声以色”而说的。《大学》中的“明明德”，“明德”是针对“民”而说的。都是凭借德行来行事，人们都能够看得到的，就像日月悬挂在天空一样显而易见。所以将它称作“明德”。如果有一件事出现差错失误，就有一件事来掩饰这个亏损。它们由近及远，越积越多，最终极为显明，所以叫作“明明德”，叫作“明明德于天下”。《诗经》的“不显”“不承”，即是《尚书》的“丕显”“丕承”，古字“丕”通用为“不”，大的意思。《中庸》讲“声名洋溢乎中国”，它谈到“黯然”，和“日章”一起讲，为什么不想大力彰显，却把幽深玄远当作最高境界。白天太阳当空，哪有什么声音气味来使人感知呢？竟然不懂得这一点，(不知道)不可以引用“上天之载无声臭”来谈论这个问题吗？“上天之载”两句话，在《诗经》中是承接“骏命不易”的句意来说的，《郑笺》说：“天道难以知晓，耳朵听不到声音，鼻子闻不到香臭。效法文王去行事，那么天下就都信服并顺从他。”在《中庸》中是承接“化民之德”句意来说的，不依靠声音气味和民众打交道。信奉道教、佛教的人，有拿“虚灵不昧”“人欲所蔽”“本体之明”“幽深玄远”“至德渊微”“不显之妙”等语句的意义来说，和禅宗相似，不只是和《大学》《中庸》文句本意相差千里，即使是朱熹所说的，那些失去《大学》《中庸》正解的语句，也和它的意指完全不同。

【原文】 又《诗》《书》中凡言天命，皆以“王者受命于天”为言，天之命王者不已，由王者仁天下不已。《中庸》引“维天之命，于穆不已。于乎不显，文王之德之纯”。其取义也，主于不已，以见至诚无息之配天地。“于穆”者，美天之命有德深远也。譬君之于贤臣，一再锡命[1]，惓惓[2]不已，美君之能任贤者，岂不可叹其深远。引之者岂不可曰“此

① 锡：通“赐”，赐予。锡命：天子有所赐予的诏命。

② 惓惓：恳切，忠谨。

君之所以为君也”。凡命之为言，如命之东则不得而西，皆有数以限之，非受命者所得逾。试以君命言之，有小贤而居上位，有大贤而居下位，各受君命以居其位，此命数[①]之得称曰君命也。君告诫之，使恭其事，而夙夜兢惕，务尽职焉，此教命之得称曰君命也。命数之命，限于受命之初，而尊卑遂定。教命之命，其所得为视其所能，可以造乎其极。然尽职而已，则同属命之限之。命之尽职，不敢不尽职，如命之东，不敢不赴东。论气数，论理义，命皆为限制之名。

【译文】 又《诗经》《尚书》中大凡谈到天命，都用“王者受命于天”来论说的，上天无休止地赐予天道意志给王，是因为王无休止地仁爱天下。《中庸》引“维天之命，于穆不已。于乎不显，文王之德之纯”。这里主要是取其“不已”的意思，来表现至诚不止，可以和天地相匹配的意思。“于穆”，赞美上天降命给德行深厚的人。譬如君主对于贤明的臣子，一而再地赐予诏命，恳切不绝，那么，要赞美君王能够任贤使能，怎么会不赞叹他恩德深厚久远。引用这些赞美语句的人怎么会不说“这就是君主之所以是君主的缘故”。大凡用到“命之”这个词语，如命令某人向东就不可以向西，都有一定的规定程式来加以限制，不是受命的人可以逾越的。请让我用“君命”来说明这一点，现在有一般道德才华的人处于高的官位，非常有道德才能的人却处于低下的官位，他们各自接受君主的任命从而处于各自的官位，这些官职品级就叫君命。君主告诫他，要求他认真履行职责，每天兢兢业业，不敢懈怠，务必恪尽职守，这些训斥命令也叫作君命。官职品级这类“命”，仅限于刚刚接受官职之时，尊贵卑下自此决定。训斥命令的“命”，这类情形的收获当看它的才能，可以达到最高的境界。但是仅仅尽职而为，就同属于命令、限制。命令尽职，不敢不尽职，如命令向东，不敢不向东。从气数和命运来说，从义理来说，命都是限制的意思。

---

① 命数：爵位或官职的品级。刘禹锡《代谢赐门戟表》：“礼著等威，朝有命数。”

【原文】 譬天地于大树，有华、有实、有叶之不同，而华、实、叶皆分于树。形之巨细，色臭之浓淡，味之厚薄，又华与华不同，实与实不同，叶与叶不同。一言乎分，则各限于所分。取水于川，盈罍、盈瓶、盈缶，凝而成冰，其大如罍、如瓶、如缶，或不盈而各如其浅深。水虽取诸一川，随时与地，味殊而清浊亦异，由分于川，则各限于所分。人之得于天也，虽亦限于所分，而人人能全乎天德。以一身譬之，有心，有耳目鼻口手足，须眉毛发，惟心统其全，其余各有一德焉，故《记》曰："人者，天地之心也。"瞽者，心不能代目而视；聋者，心不能代耳而听，是心亦限于所分也。饮食之化为营卫[①]，为肌髓，形可并而一也。形可益形，气可益气，精气附益，神明自倍。散之还天地，萃之成人物。与天地通者生，与天地隔者死。以植物言，叶受风日雨露以通天气，根接土壤肥沃以通地气。以动物言，呼吸通天气，饮食通地气。人物于天地，犹然合如一体也。体有贵贱，有小大，无非限于所分也。

【译文】 如果把天地比作一棵大树，就会有花、有果实、有叶子的不同，而花、果实、叶子都只是整棵大树的一个组成部分。形状的大小，颜色的深浅，气味的浓淡，又会有花和花不同，果实和果实不同，叶子和叶子不同。仅仅从"分"的角度来说，则各自受所分得的组成部分的限制。从河里取来水，装满罍、装满瓶、装满缶，使之凝结成冰，其形状大小就和这个罍、瓶、缶一般，如果不装满，其形状大小就会或深或浅和所装水的深浅一致。水即使是从同一条河里取来的，但因为时间和地点的不同，味道和清浊也会不同，由于（所取的水都是）从河中所分得的，因此也就各自受分得的部分的限制。人从上天获得的，虽然也受到所分得的部分的限制，却仍然能够保全上天之德。用人的整个身体来比喻的话，（人的身体）有心，还有耳朵、眼睛、

① 营卫：营、卫、气、血是中国传统医学的基础理论术语。指人体生命活动过程中所必需的物质和动力基础。营、卫来源于水谷之精气，其生成要通过一系列的脏腑气化活动，如脾胃的消化运输，心脾的气化输布，然后分别营养人体各部分。

鼻子、嘴、手、脚，胡须、眉毛、头发，其中只有心统帅全身，其他器官各自只有专一的功能，所以《礼记》说："人是天地的心。"眼睛瞎了，心不能代替眼睛去看东西；耳朵聋了，心不能代替耳朵去听声音。这说明心也受所分得的部分的限制。食物转化为人体所需要的营养，生长为肌肤骨髓，形可以合并成为一个整体。形可以增益形，气可以增益气，有精气的增益，人的精神和智慧就会倍增。精气散开就归还到天地，荟萃起来就成为人和万物。与天地相通的就生存，与天地相隔绝的就死亡。拿植物来说，叶子接受阳光、风雨、露水来连通天气，根系连接肥沃的土壤来连通地气。拿动物来说，靠呼吸来连通天气，靠饮食来连通地气。人类、万事万物和天地，如此这般地紧密相连，犹如一个整体。形体有贵有贱，有大有小，无非是受到所分得的部分的限制。

【原文】 心者，气通而神；耳目鼻口者，气融而灵。曾子曰："阳之精气曰神，阴之精气曰灵，神灵[①]者，品物之本也。"《易》曰："精气为物，游魂为变，是故知鬼神之情状。""精气为物"者，气之精而凝，品物流行之常也。"游魂为变"者，魂之游而存，其形敝而精气未遽散也，变则不可穷诘矣。老、庄、释氏，见于游魂为变之一端，而昧其大常，见于精气之集，而判为二本。庄周书曰："一受其成形，不亡以待尽。"释氏"人死为鬼，鬼复为人"之说同此。周又曰："其形化，其心与之然，可不谓大哀乎。"老氏之"长生久视"，释氏之"不生不灭"，无非自私，无非哀其灭而已矣，故以无欲成其私。孟子曰："广土众民，君子欲之。"又曰："欲贵者，人之同心也。"又曰："鱼，我所欲也；熊掌，亦我所欲也。""生，亦我所欲也；义，亦我所欲也。"在老、释皆无之，而独私其游魂，而哀其灭以豫[②]为之图。

---

① 神灵：《大戴礼记·曾子天圆》："阳之精气曰神，阴之精气曰灵。神灵者，品物之本也。"孔广森补注："神为魂，灵为魄。"

② 豫：预先，事先。

【译文】 心，气息通畅就有神；耳目鼻口，气息融通就有灵。曾子说："阳的精气叫神，阴的精气叫灵，神灵是万物的根本。"《易经》说："精气凝聚成为物形，魂体游散造成变化，就能知晓鬼神的情实和状态。"所谓的"精气为物"指的是，气的精养和凝聚是万物流变运行的常态。所谓的"游魂为变"指的是，魂的游动和存在，它的形态衰败但是精气没有就此消散，变化多端不可以探究穷尽。老子、庄子、佛家，了解了游魂变化的一些情形，却不曾明白其本性，了解了精气的聚集，却将它判定为两个不同的本源。庄周的书中写道："一人胎受精就变成这个形体，生出来就有生命了。出生的第一天，觉得自己是活着的，实际上是在等死。"佛教"人死变成鬼，鬼又变为人"的说法和庄子相同。庄子又说："人的形骸逐渐衰竭，人的精神和感情也跟着一起衰竭，这能不算是最大的悲哀吗？"老氏之"长生不老，耳目不衰"，释氏之"既没有生也没有死"，（种种说法）无非是自私，无非是因死亡而哀伤罢了，所以用无欲来实现他们的私念。孟子说："拥有广大的土地、众多的人民，是君子所希望得到的。"又说："希望尊贵，这是人们的共同心理。"又说："鱼，是我所想要的；熊掌，也是我所想要的。""生命，是我所想要的；道义，也是我所想要的。"在老子、佛教那里都否定私欲的存在，却唯独对游魂有私欲系念着它，并且哀惜它的衰灭来预先谋划（追求长生）。

【原文】 在宋儒惑于老、释无欲之说，谓"义亦我所欲"为道心，为天理，余皆为人心，为人欲。欲者，有生则愿遂其生而备其休嘉者也。情者，有亲疏、长幼、尊卑感而发于自然者也。理者，尽夫情欲之微而区以别焉。使顺而达，各如其分寸豪厘之谓也。欲，不患其不及而患其过。过者，狃于私而忘乎人，其心溺，其行慝，故孟子曰"养心莫善于寡欲"。情之当也，患其不及而亦勿使之过。未当也，不惟患其过而务自省以救其失。欲不流于私则仁，不溺而为慝则义，情发而中节则和，如是之谓天理。情欲未动，湛然无失，是谓天性。非天性自天性，情欲自情欲，天理自天理也。

【译文】 到了宋儒这里，被老子、佛教无欲之说所迷惑，提出“义亦我所欲”是道心，是天理，其余都是人心，是人欲。所谓的欲，指的是活着就希望实现活着的愿望并且能够美好地活着。所谓的情，包括亲疏、长幼、尊卑等情感及自然而然流露的情感。所谓的理，指的是竭力体察情和欲的细微不同，并将它们区别开来。使之顺畅通达，各如其分，毫厘不爽。欲，不担心不足，但担心超过了限度。超过了限度，就会习惯于追求私利而忘记别人，他的思想就会沉溺其中，他的行为就会充满邪恶，所以孟子说“修养内心的方法，没有比减少欲望更好的了”。恰当的情，担心它的不足并且也不要使得它超过了应有的限度。不恰当的情，则不仅担心超过了应有的限度，而且务必要自我反省来弥补其过失。欲望不流于私利就是仁，不沉溺其中为非作歹就是义，情感抒发并且有所节制就是和，如此这般就是天理。情欲不动，淡泊无失，这是天性。并非天性就是天性，情欲就是情欲，天理就是天理。

【原文】 足下援程子云：“圣人之常情，顺万事而无情。故君子之学，莫若廓然而大公，物来而顺应。”[①]谓无欲在是。请援王文成之言，证足下所宗主，其言曰：“良知之体，皦如明镜，妍媸之来，随物见形，而明镜曾无留染，所谓‘情顺万事而无情’也。‘无所住以生其心’，佛氏曾有是言。明镜之应，妍者妍，媸者媸，一照而皆真，即是‘生其心’处。妍者妍，媸者媸，一过而不留，即是‘无所住’处。”[②]程子说圣人，阳明说佛氏，故足下援程子不援阳明，而宗旨则阳明尤亲切。阳明尝倒乱《朱子年谱》，谓朱、陆先异后同。陆、王，主老、释者也；程、朱，辟老、释者也。今足下主老、释、陆、王而合孔、孟、程、朱与之为一，无论孔、孟不可诬，程、朱亦不可诬。抑又变老、释之貌为孔、孟、程、朱之貌，恐老、释亦以为诬己而不愿。

---

① 出自程颢《答横渠先生定性书》。

② 出自王阳明《传习录》。

【译文】 您援引程颢的话："圣人的平常情感，顺应万物而不私偏，没有任何个人私情在内。君子的学问，不过境界阔大且公正，没有个人私情在内，面对万事万物，能够做到顺应其规律来对待。"认为这句话体现了程颢"无欲"的思想。请援引王阳明的话，来论证您所持的观点，王阳明说道："良知的本体，亮如明镜，美丑在镜中随时现出原形，而明镜却不留下任何污染，这就是程颢所说的'情顺万事而无情'。佛教曾说'无所住以生其心'，意思跟这个差不多。如同明镜照物，美就是美，丑就是丑，一照就显出真相，这就是'生其心'的地方。美就是美，丑就是丑，照过后什么都不留下，这就是'无所住'的地方。"程颢说的是圣人，王阳明说的是佛教。您援引程颢却不援引王阳明，但是思想主旨却与王阳明更为亲切。王阳明曾经颠倒打乱《朱子年谱》，说朱熹和陆象山的思想先异后同。陆象山、王阳明，主张老子、佛教的思想；程颢、朱熹，反对老子、佛教的思想。现在您接受老子、佛教、陆象山、王阳明的思想并且将孔子、孟子、程颢、朱熹的思想合二为一，不但孔子、孟子不可贬斥，程颢、朱熹也不可贬斥。抑或是将老子、佛教的思想外衣篡改为孔子、孟子、程颢、朱熹的思想外衣，恐怕连老子、佛教也会以为这是在贬斥他们而对此不屑一顾。

【原文】 老氏曰："唯之与阿，相去几何；善之与恶，相去何若？"告子曰："性无善无不善也。""义，外也，非内也。"释者曰："不思善，不思恶，时认本来面目。"陆子静[①]曰："恶能害心，善亦能害心。"王文成曰："无善无恶，心之体。"凡此，皆不贵善也。何为不贵善？贵其所私而哀其灭，虽逐于善，亦害之也。今足下言之，则语益加密，曰："形有生灭，神无方也，妙万物也，不可言生灭。"又曰："无来去，无内外。"引程子"天人本无二，不必言合"，证明全体，因名之曰"无声无臭之本"。谓之为"天命之不已"，而以"至诚无息"加之。谓之为"天道之日新"，而以"止于至善"加之。请援王文成之言证足下所宗主，其言曰："夫

① 陆子静：即陆九渊，字子静，号存斋，南宋理学家。

良知一也，以其妙用而言，谓之神；以其流行而言，谓之气。”[①]又曰：“‘本来面目’，即吾圣门所谓‘良知’。随物而格，是致知之功。佛氏之‘常惺惺’，亦是常存他‘本来面目’耳，体段工夫，大略相似。”[②]阳明主捍御[③]外物为格物，随物而格，所谓遏人欲也。“常惺惺”，朱子以是言存天理，以是解《中庸》“戒慎恐惧”，实失《中庸》之指。阳明得而借《中庸》之言以寄托“本来面目”之说，曰：“养德养身，止是一事。果能‘戒慎不睹，恐惧不闻’，而专志于是，则神住，气住，精住，而仙家所谓‘长生久视’之说亦在其中矣。”庄子所谓“复其初”，释氏所谓“本来面目”，阳明所谓“良知之体”，不过守己自足，既自足，必自大，其去《中庸》“择善固执”，“博学、审问、慎思、明辨、笃行”，何啻千万里。

【译文】 老子说：“诚恳地接受和阿谀奉承有什么差别？行善积德和为非作歹有什么差别？”告子说：“天生的人性无所谓善，也无所谓不善，没有善恶的区别。”“义是外在的，而不是内在的。”释者说：“不要去想好的，也不要去想坏的，正是这个时候可以分辨事情的本来面目。”陆九渊说：“恶会伤害人心，善也会伤害人心。”王阳明说：“无所谓善也无所谓恶，这是人心的本来面目。”凡此种种，都不以善为贵。为什么不以善为贵？因为有私利而看重它，但又因为其会丧失而悲伤，即使是追求善，也是有害的。现在您谈论这个问题，语言更加强烈，说：“形体有生有灭，神则没有固定的形体，巧妙地构建出万事万物，没有生也没有灭。”又说：“没有来去，没有内外。”引用程颢“天人本来契合无二，无所谓合不合”来证明“全体”的观点，并说它是“没有声音、没有气味的本体”。说它是“无休无止的天命”，而且增加“极端的真诚没有止息”的内涵。说它是“天道是日新月异变动不已的”，而且增加“处于最完美的境界”的内涵。请让我援引王阳明的话

---

① 出自王阳明《答陆原静书》。

② 出自王阳明《传习录》。

③ 捍御：防御、抵抗。《左传·僖公二十四年》：“其怀柔天下也，犹惧有外侮；捍御侮者，莫如亲亲，故以亲屏周。召穆公亦云。”蔡邕《黄钺铭》：“始受旄钺钲鼓之任，捍御三垂。”

来证明您的主张，他说道："说到良知，还是归之于一的，也就是此心本是有良知的，针对此心有妙用来称之为神；由于其流布于身体之中称之为气。"又说："'本来面目'，就是我们圣学中所说的'良知'。'随物而格'是致知的一个手段，等同于佛家的'常惺惺'，也是经常存养他的'本来面目'。儒、佛两家的体认锻炼功夫大致相似。"王阳明主张防御外物就是格物，随着外物去推究事物的道理，就是遏止人的欲望。"常惺惺"，朱熹用这句话来解释"存天理"，用这句话来解释《中庸》"戒慎恐惧"，实际上丢失了《中庸》的本意。王阳明借用《中庸》中的话来传达"本来面目"的含义，说："养德和养身，只是一回事。果真能够做到'在无人看见的地方也小心谨慎，在无人听到的地方也恐惧敬畏'，专心致志于养德和养身，那么神就稳固，气就稳固，精也稳固，而仙家所谓'长生久视'之说也包含在其中了。"庄子所谓的"复其初"，佛教所谓的"本来面目"，王阳明所谓的"良知之体"，都不过是固守本我自我满足，既做到了自我满足，必定能够尊大自我，这距离《中庸》"选择善行，坚持不变"，"广博地学习，审慎地发问，慎重地思考，明白地辨别，切实地践行"，何止是千万里啊！

【原文】 孟子曰："反身而诚，乐莫大焉。"曰："反身不诚，不悦于亲矣。"《中庸》《孟子》皆曰："不明乎善，不诚乎身矣。"今舍明善而以无欲为诚，谬也。证[①]心宗者，未尝不可以认"本来面目"为"明乎善"，此求伸其说，何所不可。老子、告子视善为不屑焉，犹能识善字。后之宗之者，并善字假为己有，实并善字不识。此事在今日，不惟彼所谓道德非吾所谓道德，举凡性与天道，圣智、仁义、诚明，以及曰善，曰命，曰理，曰知，曰行，无非假其名而易其实。"反身不诚"，言事亲之道未尽也。"反身而诚"，言备责于身者无不尽道也。孟子曰："尧、舜，性之也；汤、武，身之也；五霸，假之也。久假而不归，恶知其非有也。"性之，由仁义行也。身之，仁义实于身也。假之，假仁义之名以

---

① 证：佛教用语，参悟，修行得道。

号召天下者，久则徒知以仁义责人，而忘己之非有。又曰："尧、舜，性者也；汤、武，反之也。"下言"动容周旋中礼者，盛德之至也"，申明性者如是。言"哭死而哀，非为生者也；经德不回，非以干禄也；言语必信，非以正行也；君子行法以俟命而已矣"。皆申明"反之"，谓无所为而为，乃反而实之身。若论"复其初"，何用言"非为生者"，"非以干禄"，"非以正行"，而且终之曰"俟命"。其为"反身"甚明，各核本文，悉难假借。

【译文】 孟子说："反躬自问诚实无欺，便是最大的快乐。"说："如果反躬自问而心意不诚，就不能让双亲高兴。"《中庸》《孟子》都说："不彰明善行，就不能够使自己真诚。"现在舍弃彰明善行却把无欲当作诚信，这是荒谬的。参悟禅宗的，未尝不可以将"本来面目"看作"明乎善"，这是将禅宗学说进行引申，没有什么不可以的。老子、告子对"善"不屑一顾，他们尚且能够辨识"善"字的内涵。后代信奉老子、告子的人，一并将"善"字据为己有，其实连"善"字的内涵都不清楚。这种情况发展到今天，不只是他们所谓的道德不是我们所谓的道德，大凡性与天道，圣智、仁义、诚明，以及善、命、理、知、行，无非借用这些名词却改变了它的内涵。"反躬自问而心意不诚"，表明没有尽到侍奉双亲的义务。"反躬自问诚实无欺"，表明严格要求自己，没有没尽到的义务。孟子说："尧、舜爱好仁德，是出于天然本性；商汤、周武王是身体力行；五霸是借来运用，以此匡正诸侯。但是，久借不还，又怎知他不会最终拥有呢？""性之"是说天生拥有仁义的品行，"身之"是说身体力行仁义，"假之"是说用仁义的名义来号召天下。用仁义的名义来号召天下的时间长了，就会只知道用仁义来要求别人，却忘记了自己本来并不具有仁义。又说："尧、舜的美德是出于本性，商汤、周武王则是通过修身而将美德加之于己身的。"紧接着说"举止容颜、待人接物无不合于礼的，是美德达到了顶点"，这几句话讲明了尧、舜天生具备仁义的情形。说"为死者而哭的悲哀，不是做给生者看的。贯彻道德，远离邪僻，不是为了谋求一官半职。言语一定信实，不是为了让人知道我行为端正。君子依法度而行，只是等待天命罢了”。这几句话则讲明了商汤、周武王通过修身而拥有仁义的情形，指出了不带功利性、目的性地去做，反而能够切实拥有仁义。如果是说“回归初始”，哪里用得着说“不是做给生者看的”，“不是为了谋求一官半职”，“不是为了让人知道我行为端正”，而且还用“等待天命”来总结。这是“回到自身”很明了，一一核对原文，全部不可以假借为别的意思。

【原文】 足下所主者，老、庄、佛、陆、王之道，而所称引，尽六经、孔、孟、程、朱之言。诚爱其实乎？则其实远于此。如误以老、庄、佛、陆、王之实为其实，则彼之言，亲切著明，而此费迂就傅合，何不示以亲切著明者也。诚借其名乎？则田王孙之门，犹有梁丘贺在①。况足下阅朱子《答何叔京》二书，必默然之，及程、朱辟老、释，必不然之，而至于借助，则引程、朱为同乎己。然则所取者，程、朱初惑于释氏时之言也。所借以助己者，或其前之言，或其后之似者也。所爱者，释氏之实也。爱其实而弃其名，借其名而阴易其实，皆于诚有亏。足下所云“学问之道，莫切于审善恶之几，严诚伪之辨”。请从此始！倘亦如程、朱之用心，期于求是，不杂以私，则今日同乎程、朱之初，异日所见，或知程、朱之指归与老、释、陆、王异。

【译文】 您所持有的是老子、庄子、佛教、陆九渊、王阳明的思想，但是援引的尽是六经、孔子、孟子、二程、朱熹的语言。您真的是喜爱它的思想内容吗？那么您这种做法早已远离它的真正内涵。如果错误地将老子、庄子、佛教、陆九渊、王阳明的思想内容当作六经、孔子、孟子、二程、朱熹的思想内容，则六经、孔子、孟子、二程、朱熹的语言亲切明了，而老子、庄子、佛教、陆九渊、王阳明的语言牵强附会，晦涩难懂，为什么不用亲切明了的语言来表达呢？难道只是借用一

① 田王孙之门，犹有梁丘贺在：《汉书·儒林传》：“王孙授施雠、孟喜、梁丘贺。繇是《易》有施、孟、梁丘之学。”

下它的名义吗？则田王孙的门弟子中，尚有梁丘贺在。何况您阅读朱熹的《答何叔京》两封书信，一定心中默默地赞同信中的观点。到了程、朱批驳老子、佛教，断然不以为意，甚至引用程、朱和自己相同的观念来作为自己思想的依据和支撑，但是您所选取的都是程、朱早年受到佛教思想蛊惑时的言语。您所用来作为自己思想依据和支撑的，要么是程、朱早年的言语，要么是晚期与老庄、佛教相似的言语。实质上，您所喜爱的是佛教的思想内容。喜爱的是佛教的思想内容却不用其名义，借用其名义却暗中改变其思想内容，在诚实方面都有亏损。您说“做学问的方法，无非切实地从事辨别善和恶的精微区别，严格真诚和虚伪的区别”。请从现在开始！倘若也像程、朱那样用心钻研，以求是为目标，不杂私心，那么您如今的思想和程、朱早期的思想相同（都是赞同老子、庄子和佛教的），以后思想有了发展，或许会体悟到程、朱的思想主旨和老子、佛教、陆九渊、王阳明的不同了。

【原文】 然仆之私心期望于足下，犹不在此。程、朱以理为“如有物焉，得于天而具于心”，启天下后世人人凭在己之意见而执之曰理，以祸斯民，更淆以无欲之说，于得理益远，于执其意见益坚，而祸斯民益烈。岂理祸斯民哉，不自知为意见也。离人情而求诸心之所具，安得不以心之意见当之，则依然本心者之所为。拘牵之儒，不自知名异而实不异，犹贸贸争彼此于名而辄蹈其实。敏悟之士，觉彼此之实无异。虽指之曰“冲漠无朕”①，究不得其仿佛，不若转而从彼之确有其物，因即取此以赅之于彼。呜呼！误图他人之貌者，未有不化为他人之实者也。诚虚心体察六经、孔、孟之言，至确然有进，不惟其实与老、释绝远，即貌亦绝远，不能假托。其能假托者，后儒失之者也。是私心所期于足下之求之耳。

---

① 冲漠无朕：空寂无形。出自《庄子·应帝王》。

【译文】 但是我私下里对于您的期望，还不在这方面。程、朱把理当作“好像有一个东西，从上天那里获得并且具备在心中”，开启了天下后代人人依据自己的意见来祸害老百姓，而且固执地认为是符合天理的。更进一步混淆无欲的学说，这距离天理就更远了，根据自己的意见来行事就更坚决，而祸害老百姓的程度就更加强烈。难道是天理祸害老百姓吗？是不曾自知其实，这只是个人的私意偏见罢了。脱离人的合理要求而向内心求取所拥有的天理，怎么可能不把私意偏见当成天理呢？这样做的结果是依据个人的想法去行事。拘泥牵合的儒生，不懂得名义不同而思想内涵没有什么不同，尚且贸然从名义的角度去争论彼此的异同，却按照其思想内涵去行事。聪敏颖悟的读书人，觉察到彼此内涵没有不同。即使把理说成“空寂无形”，终究不知道它究竟像什么，不如转而从具体形体来思考，并用理的具体形体来想象它空寂无形的情形。唉！错误地用别人的容貌来画像，没有不真的变为别人的。果真虚心体悟辨察六经、孔子、孟子的言语，达到确实有进步，不单是思想内涵和老子、佛教完全不同，就是外在表现也和它完全不同，因而不可以委托借用。那些能够委托借用的，是后代儒生误解所致。这才是我私心期望您去潜心研究的。

【原文】 日间因公私纷然，于来书未得从容具论，大本苟得，自然条分理解。意言难尽，涉及一二，草草不次。南旋定于何日？十余年愿交之忱，得见又不获畅鄙怀。伏惟自爱。震顿首。

【译文】 近来因为公私事务繁杂，对您的来信没时间从容详细答复，抓住了问题的根本，自然能够将看法分成条理加以阐释。语言难以将思想完整呈现，仅仅涉及其中的一小部分，草草写下，没有章法。您将南归定在什么时候？诚挚希望与您结交的愿望已有十多年了，匆匆一见又难以敞开心怀交流。敬请保重。戴震顿首叩拜。

与任孝廉幼植[1]书

【原文】 幼植足下：

承示禘祫[2]、丧服等辨，今之治此者盖希矣。好学深思如幼植，诚震所想见其人不可得者[3]。况思之锐，辨议之坚而致，以此为文，直造古人不难。以此治经，则思之所入，愿弗遽以为得，勿以前师之说可夺而更之也。今幼植奋笔加驳于孔冲远、贾公彦诸儒，进而难汉之先师郑君康成矣；进而呰汉以来相传之子夏《丧服传》为刘歆、王莽傅会矣；进而遂呰《仪礼》之经，周公之制作，为歆、莽之为之矣。呜呼！《记》不云乎："毋轻议《礼》！"[4]

【译文】

幼植足下：

承蒙您将考辨禘祫、丧服等文章寄给我看，现在从事这方面研究

---

① 任孝廉幼植：即任大椿（1738—1789），字幼植，又字子田，江苏兴化人，任陈晋之孙。乾隆三十四年（1769）进士。尝充四库馆纂修。累官陕西道监察御史，未莅任而卒。少工文辞，诗风清远，小戴震十五岁，曾与戴震同举于乡，又师从戴震，为徽派朴学的知名学者，任大椿长于治《礼》经，尤其长于名物，而且精通小学诸类。

② 禘祫（dì xiá）：《通典·礼九》："古者天子诸侯三年丧毕，皆合先祖之神而享之，以生有庆集之欢，死亦应备合食之礼，缘生以事死，因天道之成而设禘祫之享，皆合先祖之神而享之。"《宋史·礼志十》："古者新君践阼之三年，先君之丧二十七月为禫祭，然后新主祔庙，特行禘祭，谓之始禘。是冬十月行祫祭，明年又行禘祭，自此五年，再为禘祫。丧除必有禘祫者，为再大祭之本也。"

③ 此句化用《史记·孔子世家》："虽不能至，然心乡往之。余读孔氏书，想见其为人。"

④ 出自《礼记·礼器》：孔子曰："'诵诗三百，不足以一献。一献之礼，不足以大飨。大飨之礼，不足以大旅。大旅具矣，不足以飨帝。'毋轻议礼。"

的人大概很少了。像幼植您这样喜欢学习又能深入思考的，实在是戴震我想遇到却不可能遇到的人。何况思想敏锐，辨析议论坚实细密，凭借这些写作文章，不难直接达到古人的程度和境界。凭借这些来研究经书，则思维所至，希望不要就以为获得正解，不要认为前代经师的解说可以轻易定夺并更改它。现在幼植您奋笔疾书，对孔颖达、贾公彦等大儒加以驳斥，进而问难汉代先师郑玄；进而非议汉代以来代代相传的子夏《丧服传》，认为是刘歆、王莽附会而作；进而非议《仪礼》经书，将本是周公的制作，说成是刘歆、王莽的伪作了。唉！《礼记》不是说过“不要轻易论《礼》”吗！

【原文】 方《周官经》初出，未立学官[①]，马融所谓入于秘府[②]，五家之儒莫得见是也。迨王莽时，刘歆置博士[③]。永平之初，杜子春年且九十，能通其读，贾逵、郑众往受业，然后颇行于世。俗学肤浅，往往求之不可通，辄肆指摘，云刘歆窜入。若《士礼》十七篇，汉兴，高堂生传之以授萧奋，萧授孟卿，孟授后苍，后授戴德、戴圣、庆普。武帝时，后氏立于学官，宣帝复立大、小戴。《艺文志》故云：“《礼经》十七篇，后氏、戴氏。”此后师师相传，绝不闻此经与歆、莽相涉，史绝不闻歆、莽改博士之业，博士失其师承也。

【译文】 当《周官经》刚刚发现流出的时候，并没有设置学官，马融所谓收藏在宫廷秘府中，五家学官都没能够看到的说法是对的。到了王莽的时候，刘歆被设置为博士官。永平初年，年龄将近九十岁的杜子春，能够正确解读。贾逵、郑众前往拜师学习，这以后《周官经》开始在社会上流行。庸俗浅薄的学人，探究《周官经》往往读不通，就肆意指责，说是刘歆篡改增添的。至于《士礼》十七篇，汉朝兴

---

① 学官：掌管教化的官职或官学教师。如汉代开始设置的五经博士、博士祭酒，西晋开始设置的国子祭酒、博士、助教，宋代以后设置的提学、学政、教授、学正、教谕等。

② 秘府：宫廷保藏图书秘记的地方。

③ 博士：古代学官名。六国时有博士，秦因之。唐有太学博士、算学博士等，皆教授官。明清仍之，稍有不同。

起时，高堂生传播它，将它传授给萧奋。萧奋传授给孟子，孟子传授给后苍，后苍传授给戴德、戴圣、庆普。武帝时期，后氏被立于学官，宣帝时期，重新立大、小戴于学官。《艺文志》所以说：“《礼经》共十七篇，有后氏、戴氏两家传授。”这以后，经师传经师，经师间绝对没有听到这部《周官经》和刘歆、王莽有所牵连，历史上也绝对没听到刘歆、王莽改换博士学业，从而使得博士学业失去他的师承的说法。

【原文】 今目为刘歆傅会者，于《传》则所谓“小功者，兄弟之服。不敢以兄弟之服服至尊”①。于《经》则“女子子为父母、世父母、叔父母出降服也”②。《记》曰“至亲以期断”③。试以此言旁差④之，昆弟“期”，从父昆弟“大功”，从祖昆弟“小功”，族昆弟“缌”。由族昆弟而上，族父、族祖父、族曾祖父皆“缌”。由从祖昆弟而上，从祖父、从祖祖父皆“小功”，此制服之易知者。由从父昆弟而上，世父、叔父何以不“大功”也？自“至亲以期断”之言上差之，父何以不“期”、祖不“大功”、曾祖不“小功”、四世祖不“缌”也？立期之节，象“天地则已易，四时则已变，凡在天地之中者，莫不更始”。然而孝子之心不能以已也，使倍之而为制三年之丧，故曰“三年以为隆”。人子不隆于其亲，不可以为子。父在，为母“期”，屈于至尊，不敢伸其私尊⑤，而犹无不及其节也。为人后者，为其父母“期”，持重于大宗者，降其小宗而犹无不及其节也。幼植有取于孔冲远，谓“至亲以期断”专为此二者，则失制礼之深意矣。

---

① 小功者，兄弟之服。不敢以兄弟之服服至尊：小功是为兄弟服的丧服。因此，不敢以兄弟的丧服作为至尊的丧服。

② 女子子为父母、世父母、叔父母出降服也：女子为父母、世父母、叔父母服降等丧服（由服斩衰降为服齐衰不杖期）。

③ 至亲以期断：为某些至亲而不至尊的亲属服丧满一年就应该除服。

④ 差：参差，乱丝貌。参相参为参，两相参为差。

⑤ 私尊：母亲对于儿子是尊，夫则不以为尊。故儿子对母亲的尊敬为私尊。

【译文】 现在认为是刘歆附会篡改的，在《传》中有所谓的“小功者，兄弟之服。不敢以兄弟之服服至尊”。在《经》中则有“女子子为父母、世父母、叔父母出降服也”。《礼记》说：“至亲以期断”。下面试着以这句话为对象作些分析探讨。兄弟服“期”，从父兄弟服“大功”，从祖父兄弟服“小功”，同族兄弟都服“缌”。由同族兄弟而上，同族父辈、同族祖父辈、同族曾祖父辈都服“缌”。由从祖兄弟而上，从祖父、从祖祖父都服“小功”，这在丧服制度中显而易见。由从父兄弟往上，世父、叔父为什么不用“大功”呢？用“至亲以期断”的说法来分析，父为什么不服“期”、祖为什么不服“大功”、曾祖为什么不服“小功”、四世祖为什么不服“缌”呢？以一年为服丧节点，表征“一年之中，天地已经运行了一周，四季已经循环了一遍，天地之间，万象无不更新”。但是孝子的孝心不能够就此停止，于是在一年的基础上加倍，从而制定出服三年的丧制，所以说“服丧三年是为了更加隆重其事”。为人子不为他的父母服隆重的三年丧礼，就不配为人子。父亲健在，为母亲只需服丧一年，这是表明对家庭中最尊贵的父亲的屈服，做儿子的不敢私自伸张自己对母亲的尊敬，这般服母丧并不存在礼节不到位的情况。同样作为父母的后人，为父母只需服丧一年，大宗服丧三年是隆重其事，小宗服丧一年是降低为父母服丧的级别，这般服丧都不存在礼节不到位的情况。幼植您接受孔颖达的解释，认为“至亲以期断”是专门就这两种情况而言的，这就丧失了制作丧礼的深层含义了。

【原文】 祖父母、世父母、叔父母之“期”也，亦隆也。不隆于祖，不隆于父之昆弟，不可以为孙子。“缌麻”之加一等而“小功”，“小功”之加一等而“大功”，不可谓之隆。圣人于是为“齐衰三月”之服，以上杀之义，故减九月、五月之数而三月。以祖虽百世有隆无替，故不敢以“功”“缌”加于祖考，而“齐衰”。《传》云：“不敢以兄弟之服服至尊。”意如是。康成申之曰：“重其衰麻，尊尊也；减其日月，恩杀也。”且丧服及曾祖，不及四世祖以上。康成因《传》文“小功者兄弟之服”

而明之曰："正言'小功'者，服之数尽于五，则高祖宜'缌麻'，曾祖宜'小功'也。据祖'期'则曾祖宜'大功'、高祖宜'小功'也。高祖、曾祖皆有'小功'之差，则曾孙、玄孙为之服同也。"又于《缌麻三月》章曰："族曾祖父者，曾祖昆弟之亲也。族祖父者亦高祖之孙，则高祖有服明矣。"盖通乎经所不言之意也。然而犹未尽夫子孙之于祖考不相逮则已矣，虽不相逮，必不可曰有无服之祖也。苟相逮，皆"齐衰"三月。其杀也者，以上杀为义；其不复杀也者，以有隆无替为义。道并行而不相悖，夫是之谓文[①]。《诗》曰："曾孙笃之。"郑《笺》云："曾犹重也，自孙之子而下事先祖，皆称曾孙。"《礼》注云："于曾祖以上称曾孙而已。"由是言之，《仪礼》言曾祖，即关四世祖以上也。

【译文】 为祖父母、伯父母、叔父母服丧一年，也属于隆重的礼节。为祖父服丧不采用隆礼，为父亲的兄弟服丧不采用隆礼，不配为儿孙。"缌麻"加一等就是"小功"，"小功"加一等就是"大功"，不可以说是隆礼。圣人于是制定"齐衰三月"的服制，来表明推崇降杀的主张，所以将九个月、五个月减为三个月。因为对于祖，即使是百世之后，也是用隆礼而不用降杀之礼来替代，所以不敢用"功""缌"来加之于祖考，而用"齐衰"。《传》说"不敢用兄弟的服礼来服父亲和始祖这些最尊贵的先人"便是这个意思。郑玄引申道："重视衰麻，是为了表达尊重至尊的意思；减少服丧的时间，是为了传达降杀的意思。"而且丧服只服到曾祖这一辈，不服四世祖以上。郑玄因为《传》文"小功是为兄弟服的丧礼"而明确地说："明确说服'小功'，表明服丧止于五代，那么高祖宜用'缌麻'，曾祖宜用'小功'。根据祖用'期'，那么曾祖宜用'大功'、高祖宜用'小功'。高祖、曾祖都用'小功'，那么曾孙、玄孙为高祖、曾祖所服相同。"又在《缌麻三月》章说："同族曾祖父是曾祖的兄弟这样的亲属。同族祖父也是高祖的孙子，那么对于高祖要服丧也就很明显了。"这是在揭示经文没有明确说出来的意蕴。但

---

① 文：礼乐仪制。

是仍然没有说到这层意蕴。子孙对于祖考辈分（超过五代）已不相逮及就可以不再为之服丧了。虽然辈分（超过五代）已不相逮及，一定不能说存在没有服丧义务的祖先。如果辈分在五代之内，都服“齐衰”三月。这是用杀礼，用的是崇尚降杀的意思；至于不再进一步降杀，用的是隆重对待无可替代的意思。两种方法并行不悖，这就叫作礼乐仪制。《诗经》说：“曾孙笃之。”郑玄《笺》道：“曾，犹如重，从孙子的儿子起的后代对于先祖，皆称作曾孙。”《礼》注道：“对于曾祖以上的祖先，都自称曾孙罢了。”由此可以说，《仪礼》说到曾祖，便和四世祖以上相关。

【原文】 幼植知昆弟之昆为兄，不审古人法度之言“兄弟”与“昆弟”异义，不惟《仪礼》，他经及《尔雅》皆然。《传》曰：“何如则可谓之兄弟？《传》曰‘小功’以下为兄弟。”此《传》中引《传》相证明也。《尔雅》曰：“母与妻之党为兄弟。”又曰：“妇之党为婚兄弟，婿之党为姻兄弟。”《诗·小雅》：“兄弟无远。”[①]郑《笺》云：“兄弟，父之党，母之党。”盖兄弟云者，或专言异姓，或兼同姓异姓，皆举远不以关“大功”之亲。《记》[②]曰：“兄弟皆在他邦，加一等；不及知父母与兄弟居，加一等。”此惟“小功”以下即于疏，故加等。若“大功”以上则昆弟也，世父母、叔父母也，从父昆弟也，岂可以皆在他邦及少孤相依而加等哉？“大功”之亲，分当相恤；其不相恤，是贼其性者也。“小功”以下而相恤，斯进之也。故《传》有曰：“子无‘大功’之亲。”不言“小功”，古人立言精微若此。《记》曰：“夫之所为兄弟服[③]，妻降一等。”或欲援此为叔嫂有服之证，则与《檀弓》《奔丧》《逸礼》相背戾。且本篇《传》文言“夫之昆弟无服”，亦相与背戾。阎百诗解之曰：“夫之所为兄弟服，即夫之所为‘小功’服。妻降一等为‘缌麻’也。《服问》之‘外兄弟’，指外祖父母从母在‘小功’者，是其证。”百诗此论精矣。惜尚未告之以“昆弟”不

① 兄弟无远：朱熹：“兄弟，朋友之同侪者。无远，皆在也。”

② 《记》：此指《仪礼》。

③ 兄弟服：指小功以下的丧服。

言“兄弟”，及举远不可关“大功”之亲，使其义益晓然也。

【译文】 幼植您知道昆弟的昆指兄，却不知道礼法制度用到“兄弟”和“昆弟”时含义不同。不只是《仪礼》，其他经典及《尔雅》都是这样。（《丧服》的）《传》说：“怎么样就可以称作兄弟？《传》说，‘小功’以下同辈都可互称为兄弟。”这是《传》中引用《传》相互证明的例子。《尔雅》说：“母亲亲族和妻子亲族的同辈互称兄弟。”又说：“妻子亲族的同辈互称婚兄弟，女婿亲族的同辈互称姻兄弟。”《诗经·小雅》：“兄弟们全在场。”郑《笺》说：“兄弟，父亲亲族的同辈，母亲亲族的同辈。”大概称作兄弟的，要么专门用来指不同姓的姻亲，要么既指同姓，又指异姓，都是指关系较为疏远，不是“大功”的亲戚和同族。《记》说：“兄弟因行仕出游或辟仇等原因而在他国的（无宗室之亲，若有客死的），丧服的规格加一个等级；幼年即丧父母，自己尚不懂事，便与兄弟共同生活的（如果兄弟死了），丧服的规格加一个等级。”这只是因为“小功”以下就是关系疏远的亲族，所以（以上情况）丧服要加一个等级。如果是“大功”以上，就是昆弟了，就是世父母、叔父母了，以及从父昆弟了，怎么可能都在他国及年幼即丧父母和兄弟相依为命，（在此情况下）丧服要加一个等级呢？服“大功”的亲族，要格外地表达哀怜；如果不表达（特别的）哀怜，这是伤害服孝人的本性。服“小功”以下的亲族，特别地表达哀怜，这是提高丧礼级别（以示哀怜和报恩之情）。所以（《仪礼》）《传》有这样的说法：“子女没有可以为他服‘大功’之丧的（堂兄弟，未婚的堂姊妹，已婚的姑、姊妹、侄女等）亲族。”没有提到“小功”，古人论说就是这样的精深微妙。《记》说：“丈夫所服的是小功以下丧服时，妻子服降一等的丧服。”有人想引用这句话作为叔嫂之间有丧服之礼的证据，这就和《檀弓》《奔丧》《逸礼》的相关内容相矛盾。并且本篇的《传》文说“对于丈夫的昆弟没有丧服之礼”，这也相互矛盾。阎若璩对此解释道：“丈夫为兄弟所服的丧服，即是服小功以下丧服，妻子降一等服‘缌麻’丧服。《礼记·服问》篇中的国君庶子的远房兄弟，指的是外祖父外祖母、母亲的姐妹服的是‘小功’，就是此类情况的证据。”阎若璩此段考论，很是精深。可惜没有说用“昆弟”不用“兄弟”，以及列举较疏远的亲族不可以囊括服“大功”的亲族，从而使得其意思更加晓畅明白。

【原文】 若女子出降服，此与“男女异长”①意同。以女子生而有适人之道，使之异于男子。岂若幼植之意，必十五以后许嫁笄，始别异哉？服有出降或缘有适人之道而即降，以异于男子，世父母、叔父母、姑姊妹之“大功”是也；或既适人而后降，为众昆弟“大功”是也；或不敢降，祖父母“期”，曾祖父母“齐衰”三月是也。昔儒谓降旁亲，不降正尊，可与“至亲以期断”之言，“外亲之服皆缌”之言，“小功以下为兄弟”之言，合为义例之大要。惟降旁亲，而父没则不降昆弟之为父后者。然后妇人虽在外必有归宗之义明，惟不降正尊，而当其既嫁从夫，不能二尊，且降父之服而为“期”，舅姑亦“期”。然后所谓父者子之天，夫者妻之天，妇人不贰斩者，犹曰不贰天之义明。圣人制，为父在，为母“期”，女子适人者为其父母“期”，是二者，义之至也。

【译文】 至于女子服降一等的丧服，这与“兄弟和姐妹的排行应予以分开”的意蕴相同。因为女子一出生就有出嫁的道理，（这样做）使得女子和男子有区别。怎么像幼植您说的那个意思，一定要到十五岁许嫁和行及笄礼之后，才开始将女子和男子区别对待呢？丧服有出服、降服，要么因为女子有出嫁的道理而实行降一等服丧制度，用来区别于男子，伯父母、叔父母、姑姑、姊妹的“大功”属于这类；要么因为已出嫁之后降一等服丧，为诸位昆弟服“大功”之丧属于这一类；要么不敢降等服丧，为祖父母服“期”丧，为曾祖父母服“齐衰”之丧三个月属于这一类。过去有大儒认为旁系亲人降一等服丧，嫡系亲人不降等，可以和“至亲以期断”（嫡系亲人以服一年丧为标准），“外亲之服皆缌”（旁系亲人服丧期三个月内着缌服），“小功以下为兄弟”（服小功以下的为兄弟），合起来作为根本性的体例。只有旁系亲

① 男女异长：出自《礼记·曲礼》。

人降一等服丧，而父亲去世了就同父的兄弟的丧服就不降等。这样一来，女子虽然外嫁，但是仍需要认祖归宗的意思就明确出来了，唯独是服嫡系亲人丧的丧期不降等，但是女子已经外嫁后当从夫，这时不能有二尊，就将服父丧的时间降为一年，服公婆丧的时间也降为一年。这样一来，所谓父亲是子女的天，丈夫是妻子的天，女子不两次服斩丧，就如同说没有两个天的意思就明确出来了。圣人规定，因为父亲健在，为母亲服丧的时间就只服一年，女子嫁人了，为父母服丧的时间就只有一年，这两种丧，是女子最高的义务。

【原文】 以幼植所深訾为刘歆傅会者二条，今姑据此疏通证明之，其精微非圣人不足与于此，余皆可类推。震向病同学者多株守古人，今于幼植反是。凡学未至贯本末，彻精粗，徒以意衡量，就令载籍极博，犹所谓"思而不学则殆"也。远如郑渔仲，近如毛大可，只贼经害道而已矣。今幼植具异质而年富，成就当不可量，是以不敢不尽言。震再拜[①]。

【译文】 拿幼植您所痛骂为刘歆附会的两条《丧服传》，现在根据以上内容注释疏通并证明它，它们极为精深微妙，不是圣人不能够达到这种水平，其余可以以此类推。我向来痛恨共同研习（圣人经典）的人多拘泥守旧，不知变通，而今幼植您则与此相反。大凡做学问没有达到讲大道这个本和文章这个末的融会贯通，弄通道理的精深和粗浅，空凭自己的想法来衡量，就大量著述，这就是所谓的"思考却不学习就很危险"了。远一点的如郑樵，近一点的如毛奇龄，只是篡改经书，危害大道罢了。而今幼植您具有不同凡响的资质，而且年富力强，将来的成就当不可限量，因此我不敢不畅所欲言，毫无保留。戴震再拜。

---

① 再拜：古代一种隆重的礼节，拜两次，表达敬意。

答朱方伯[1]书

【原文】 古礼之不行于今已久，虽然，士君子不可不讲也；况冠、婚、丧、祭之大，岂可与流俗不用礼者同。

【译文】 到现在已经很久不实行古礼了，虽然这样，士人君子却不可以不讲古礼；何况成年、婚嫁、丧葬、祭祀等重要的事情，怎么能够和世俗的人不使用礼仪的做法一样呢？

【原文】 《丧服》昆弟[2]之子"期"[3]，从父昆弟"大功"[4]，此正服[5]也。大夫，为昆弟之子为士者，"大功"；大夫之子，为从父昆弟为士者，"小功"[6]；此降服[7]也。《记》曰："'大功'之末，可以冠子，可以嫁子；父'小功'之末，可以冠子，可以嫁子，可以取妇；己虽'小功'，既卒哭，可以冠、取妻。"震窃观后人于礼之名，无不从其重，未尝闻大夫及大夫之子，降旁"期"以下之为士者也，而于礼之实，几荡然不用。与其实去而名徒存，何如古人有正有降，一一各尽其实也。

---

① 朱方伯：即朱珪（1731—1806），字石君，号南厓，大兴人。朱筠之弟。乾隆十年（1745）进士。官至体仁阁大学士，卒谥文正。性孝友，于经尤无所不通，在官持大体，不亲细务，清操亮节，海内称之。

② 昆弟：兄弟。

③ 期：一年。

④ 大功：丧服名，亦称"大红"，是次于"齐衰"的丧服，用粗熟麻布制成，服期为九个月。

⑤ 正服：按照礼制规定应该穿戴的服饰。

⑥ 小功：丧服名，亦称"上红"，是次于"大功"的丧服，用稍粗熟麻布制成，服期为五个月。

⑦ 降服（jiàng fú）：丧服降低一等。

【译文】《丧服》兄弟的儿子服丧一年，父亲的亲兄弟的儿子服大功，这是正服。大夫，是兄弟的儿子，其为士人，服大功；大夫的儿子，是父亲的亲兄弟，其为士人，服小功；这是实行降低一等的服制。《礼记·杂记下》说："'大功'的尾期，可以为儿子加冠，可以嫁女；父亲'小功'的尾期，可以为儿子举行冠礼，可以嫁女，可以娶妻；自己虽服'小功'，既然已经哭丧结束，就可以加冠，可以娶妻。"戴震私下里观察到后代人对于礼仪的名义，没有不从重实行的，不曾听到大夫和大夫的儿子，降等到丧期一年以下的士人，而对于礼仪的实质，几乎完全弃之不用。与其丢弃礼仪的实质而仅仅保存它的形式名义，不如古人有正服、降服，一一名实相符更好。

【原文】今欲讲明古礼而但从正服，不从降服，则是用其一、不用其一，窃亦以为不可。以今准古，名为"期"，名为"大功"，古礼断然为"大功"及"小功"也。"小功"卒哭之后，即可以取妻[①]。况越过"大功"除服之后乎？然必父亦在"小功"之末方可。若父在"大功"之末，则可以冠子、嫁子，不可以取妇。凡言末者，谓卒哭之后，非谓除服之后。然则既虞卒哭，服虽未除，可借吉，明矣。"大功"之末，不可以取妇；"大功"既除服，固可取妇，甚明。

【译文】如今想要准确地讲习古礼，却只服从正服，不服降服，就是只用一个方面，不用另一方面，我也私下里认为不可以。用今天来衡量古代，名称是"期"，名称是"大功"，古代礼制一定是"大功"和"小功"。"小功"哭丧之后，就可以娶妻。何况是完成"大功"丧仪，除去丧服之后呢？但是必须是父亲也在"小功"末期才可以。如果父亲在"大功"的末期，就可以为儿子加冠，嫁女儿，但不可以娶妻。凡是说"末"的，是指完成哭丧礼仪之后，不是指去除丧服之后。既然是哭丧之后，丧服虽然没有去除，但是可以借此（加冠、嫁女之类的吉礼）

---

① 取妻：即娶妻。取、娶，古今字。

达到逢凶化吉的目的，这是明确了的。“大功”的末期，不可以娶妻；“大功”丧服去除后，才可以娶妻，很是明了。

【原文】 兹斟酌古今，名实两得，倘犹云失礼，则据礼证之固无失。倘云执礼太过，则必至是始于礼无讥。君子行礼，不求变俗，要归于无所苟而已矣。

【译文】 反复考虑古今规制以后决定取舍，使得名和实两方面都得以施行有所体现，尚且还会说有违礼制，那么根据古礼规定考证它，就没有缺失了。倘若说施行礼制规定过于执着，那么做到这一步，也就对于礼制规定没有什么可以讥讽批评的了。君子实行礼仪，不追求改变世俗，重要的是要归之于无所苟且罢了。

与是仲明[①]论学书

【原文】 仆所为经考，未尝敢以闻于人，恐闻之而惊顾狂惑者众。昨遇名贤枉驾，望德盛之容，令人整肃，不待加以诲语也。又欲观末学所事得失，仆敢以《诗补传序》并《辨郑卫之音》一条，检出呈览。今程某奉其师命来取《诗补传》，仆此书尚俟改正，未可遽进，请进一二言，惟名贤教之。

【译文】 我所谓的经书考证，不曾敢将它拿出来使人知道，担心听到后惊诧疑惑的人会很多。昨天遇到名贤大驾光临，望见您的容貌，不必等到您开口教诲就使人不觉整饬严肃。您想看看我所作研究的成果得失，我斗胆拿《诗补传序》和一条《辨郑卫之音》的文字，从中检出来进呈给您阅览。现在程某奉他老师之命前来领取《诗补传》，我的这部书还需要修改订正，不可以现在就进呈。请让我进呈几句话，希望能够得到像您这样有名贤人的教诲。

---

① 是仲明：段玉裁《戴东原先生年谱》："仲明名镜，是姓，江阴人，客游于扬者。欲索先生《诗补传》观之，先生答此书。平生所志所加功，全见于此，亦以讽仲明之学非所学也。仲明筑室于江阴舜过山讲学，其人不为先生所重，故讽之。"杨应芹在《段著〈东原年谱〉疑误考》一文中指出：(1)是仲明非江阴人，而是世居阳湖。(2)是仲明与顾昀滋等同讲学于无锡共学山居，而未曾筑室舜过山讲学。(3)乾隆二十二年(1757)是仲明已六十五岁，无客游扬州事。(4)《与是仲明论学书》非丁丑所作，当作于乾隆十五年庚午(1750)。(5)书信中心内容为论学，即谈个人的治学过程及其心得体会，并归结为"淹博难，识断难，精审难"，其目的无外乎要说明《诗补传》未可遽进的缘由。通览全篇，没有失敬之词，更看不出有"讽之"的意思。

【原文】 仆自少时家贫，不获亲师，闻圣人之中有孔子者，定《六经》示后之人，求其一经，启而读之，茫茫然无觉。寻思久之，计于心曰：经之至者道也，所以明道者其词也，所以成词者字也。由字以通其词，由词以通其道，必有渐①。求所谓字，考诸篆书，得许氏《说文解字》，三年知其节目，渐睹古圣人制作本始。又疑许氏于故训未能尽，从友人假《十三经注疏》读之，则知一字之义，当贯群经，本六书，然后为定。

【译文】 我从小家里很穷，没有老师亲自教我，听说圣人之中有一个名叫孔子的人，编定了六部经典给后代人看，我找到其中的一部，打开（书）读它，（感到）很茫然，什么也看不懂。（为这事）我思考了很久，心里盘算说：经中最高深的内容是道，用来阐明道的东西是词，构成词的东西是字。从字去理解词，从词去理解道，一定有一个渐进的过程。探求字（的奥秘），（应该）从篆书中去考究，找到了许慎的《说文解字》，三年后了解了其中的概要，逐渐看清了古代圣人行文的根本之所在。又怀疑许慎没能考究古字的全部内涵，从朋友那里借到一本《十三经注疏》来读，就明白了要了解其中每一个字的含义，应该贯通所有的经书，以（象形、会意、指事、形声、转注、假借）六书为根本，这样才能得出定论。

【原文】 至若经之难明，尚有若干事：诵《尧典》数行，至"乃命羲和"，不知恒星七政②所以运行，则掩卷不能卒业。诵《周南》《召南》，自《关雎》而往，不知古音，徒强以协韵，则龃龉失读。诵古《礼经》，先

---

① 渐：渐次也，进也，稍也，事之端，先睹之始也。《易·渐卦正义》："渐者，不速之名。凡物有变移，徐而不速，谓之渐。"

② 七政：《尚书·舜典》："在璇玑玉衡，以齐七政。"孔传："七政，日月五星各异政。"孔颖达疏："七政，其政有七，于玑衡察之，必在天者，知七政谓日月与五星也。木曰岁星，火曰荧惑星，土曰镇星，金曰太白星，水曰辰星。"《史记·五帝本纪》："于是帝尧老，命舜摄行天子之政，以观天命。舜乃在璇玑玉衡，以齐七政。""以齐七政"裴骃集解引郑玄注同此说。一说指北斗七星。

《士冠礼》，不知古者宫室、衣服等制，则迷于其方，莫辨其用。不知古今地名沿革，则《禹贡》《职方》[①]失其处所。不知少广旁要[②]，则《考工》之器不能因文而推其制。不知鸟兽、虫鱼、草木之状类名号，则比兴之意乖。而字学、故训、音声未始相离，声与音又经纬衡从宜辨。汉末孙叔然[③]创立反语，厥后考经论韵悉用之。释氏之徒，从而习其法，因窃为己有，谓来自西域[④]，儒者数典不能记忆也。中土测天用勾股，今西人易名三角八线，其三角即勾股，八线即缀术[⑤]，然而三角之法穷，必以勾股御之，用知勾股者，法之尽备，名之至当也。管吕言五声十二律[⑥]，宫位乎中，黄钟之宫，四寸五分，为起律之本，学者蔽于钟律失传之后，不追溯未失传之先，宜乎说之多凿也。凡经之难明，右若干事，儒者不宜忽置不讲。仆欲究其本始，为之又十年，渐于经有所

① 《职方》：此指《周礼》篇名。《周礼·夏官》有职方氏，掌天下之地图，主四方之职贡；后每沿用，如明、清兵部及民国初年内务部均有职方司。

② 少广旁要：古代算学名词。《周礼·地官·保氏》"六曰九数"汉郑玄注："九数：方田，粟米，差分，少广，商功，均输，方程，嬴不足，旁要。"贾公彦疏："今《九章》以勾股替旁要，则旁要勾股之类也。"一说少广为《九章算术》第四章篇名，旁要为《九章算术》第九章《勾股》。

③ 孙叔然：即三国魏国人孙炎，生卒年不详，字叔然，一生治学不仕，是魏晋之际名闻一时的大儒。北齐颜之推《颜氏家训·音辞》："孙叔然创《尔雅音义》，是汉末人独知反语。至于魏世，此事大行。"后人据此以为孙炎首创反切，但后来发现，人们开始使用反切的时间早于孙炎。孙炎的《尔雅音义》今已失传。

④ 释氏之徒，从而习其法，因窃为己有，谓来自西域：此指唐末和尚守温，曾深入研究音韵，仿照梵文创制"三十六字母"。其"三十六字母"为宋人"三十六字母"的蓝本，大体上代表了唐、宋间汉语语音的三十六个声母。

⑤ 八线即缀术：八线，指八个三角函数。缀术，南北朝时祖冲之撰《缀术》，书中论圆周率、三次方程解法和正确的球体积量法，今已失传。宋沈括《梦溪笔谈》称天文推步法为"缀术"，清徐有壬称级数求和法为"缀术"。

⑥ 管吕：管乐律吕。五声：五声音节中的宫、商、角、徵、羽五个音级，相当于简谱的1、2、3、5、6。十二律：古代音律制度，分十二个不完全相等的半音，各律从低到高依次为黄钟、大吕、大簇、夹钟、姑洗、仲吕、蕤宾、林钟、夷则、南吕、无射、应钟，奇数各律称为"六律"，偶数各律称为"六吕"，或总称"律吕"。

会通，然后知圣人之道，如悬绳树槷[①]，毫厘不可有差。

【译文】 至于经书难以弄清楚的，还有若干件事：诵读《尧典》数行后，到“乃命羲和”，不知道（日月和水星、火星、土星、金星、木星）这恒星七政怎么运行，就合上书本是不能够完成学业的。诵读《周南》《召南》，从《关雎》开始，不懂得古音，只强行用叶韵改变读音，就会互相矛盾无法诵读。诵读古《礼经》，首先读到《士冠礼》，不了解古代的宫室、衣服等制度，就会迷失方向，不能够辨识它的功用。不了解古今地名沿革，那么读《禹贡》《职方》就弄不清地理方位。不知道少广、旁要之类的专有名词，那么《考工》中的器物就不能够根据文字而推测出它的形制。不知道鸟兽、虫鱼、草木的形状、种类、名称，那么，就会对于诗歌比兴手法的含义感到别扭与不合情理。而且字学、故训、音声紧密相连，未曾分离；声和音又构成经纬纵横关系，应当综合辨析。汉末孙炎创立反语，这以后考证经书讨论音韵都使用它。佛教徒从而学习并掌握这种方法，顺便盗窃据为己有，说是来自西域。习儒的人数典忘祖竟然不知道出自本土。中国本土测量天体使用勾股知识，现在西方人将其改名为三角八线。他们所谓的三角就是勾股，八线就是缀术。但是解三角的方法用完了，一定要用勾股知识来补充。懂得并使用过勾股知识的人才知道，勾股方法极其完备，名副其实。管乐律吕讨论五声十二律，宫的位置在中，黄钟之宫，四寸五分，是起律的根本，从事学习和研究的人在钟律理论失传之后感到困惑蒙蔽，不能够追溯到没有失传之前，当然解说多是穿凿附会。大凡经书难以弄明白的，如右所列若干种情形，习儒的人不能够忽视不解决。我想探究这些问题的本末缘由，又认真研究了十年，对于经书渐渐能

① 悬绳树槷（niè）：槷是古代竖在地上测量日影的柱子。柱子必须立正，所以向柱子四周悬拉绳子，牵引校正。《周礼·冬官考工记》：“匠人建国水地置槷以县。”《疏》：槷，柱也。以县者欲取柱之景，先须柱正。欲柱正，当以绳县，而垂于柱之四角四中，绳皆附柱，则柱正矣。

够融会贯通，这以后才懂得圣人之道，就像悬绳树槷那样，不可有一毫一厘的差错。

【原文】 仆闻事于经学，盖有三难：淹博难，识断难，精审难。三者，仆诚不足与于其间，其私自持[①]，暨为书之大概，端在乎是。前人之博闻强识，如郑渔仲、杨用修诸君子，著书满家，淹博有之，精审未也。别有略是而谓大道可以径至者，如宋之陆，明之陈、王，废讲习讨论之学，假所谓"尊德性"以美其名，然舍夫"道问学"[②]，则恶可命之"尊德性"乎？未得为中正可知。

【译文】 我听说从事经学，大约有三大困难：渊博难，决断难，精密周详难。这三个方面，我确实不够格参与其中去，但私自进行衡量处置，并写下它的大概情形，确实感到有这三个方面的困难。前人博闻强记的，如郑樵、杨慎等诸多君子，著书堆满了家，渊博是具有的，精密周详则未必具有。另外还有忽视读书，却以为大道可以直接获得的人，如宋代的陆九渊，明代的陈第、王阳明，（他们）废弃讲习讨论的治学方法，借用所谓的"尊德性"来美化它的名称，然而舍弃"道问学"，怎么能够称之为"尊德性"呢？可见不能是中正持平的观点。

【原文】 群经六艺[③]之未达，儒者所耻。仆用是戒其颓惰，据所察知，特惧忘失，笔之于书，识见稍定，敬进于前不晚。名贤幸谅！震白。

---

① 自持：自己掌握或处理。《新五代史·吴世家·杨隆演传》："宋氏之专政也，隆演幼懦，不能自持，而知训尤凌侮之。"秦观《清和先生传》："然先生遇事多不自持，以待人斟酌而后行。"

② 尊德性、道问学，出自《礼记·中庸》："君子尊德性而道问学。"意谓君子既要尊重与生俱有的善性，又要经由学习、存养发展善性。宋代理学家、心学家据此提出了各自不同的治学与教学路线。朱熹注《中庸》说："尊德性，所以存心而极乎道体之大也。道问学，所以致知而尽乎道体之细也。"

③ 六艺：指礼、乐、射、御、书、数六种技能。《周礼·保氏》："养国子以道，乃教之六艺：一曰五礼，二曰六乐，三曰五射，四曰五御，五曰六书，六曰九数。"

【译文】 群经六艺不能够做到通达，是习儒的人深以为耻的。我用这个来警诫自己不要颓废懒惰，根据自己的观察和了解，特别惧怕遗忘丢失，将它记录下来写到书本上，等到认识见解逐步有了定论，恭敬地进呈到您的面前为时不晚。敬请知名贤能的您谅解！戴震告白。

与姚孝廉姬传[1]书

【原文】 日者，纪太史晓岚欲刻仆所为《考工记图》，是以向足下言欲改定。足下应词非所敢闻，而意主不必汲汲成书，仆于时若雷霆惊耳。自始知学，每憾昔人成书太早，多未定之说。今足下以是规教，退不敢忘。自贺得师。何者？凡仆所以寻求于遗经，惧圣人之绪言[2]暗汶[3]于后世也。然寻求而获，有十分之见，有未至十分之见。所谓十分之见，必征之古而靡不条贯，合诸道而不留余议，巨细必究，本末兼察。若夫依于传闻以拟其是，择于众说以裁其优，出于空言以定其论，据于孤证以信其通，虽溯流可以知源，不目睹渊泉所导，循根可以达杪，不手披枝肄所歧，皆未至十分之见也。以此治经，失不知为不知之意，而徒增一惑，以滋识者之辩之也。

【译文】 前些日子，太史纪晓岚打算将我所作的《考工记图》雕刻成书，因为这个我曾向先生您说过要将《考工记图》修改定稿。先生的答复之词是我不敢受教的，但是您主张不要急于雕刻成书，我当时很是震惊，好像有雷霆传入耳中。我从开始懂得治学起，就常常对古人成书太早，为书中多不能作为定论的说法而感到遗憾。现在先

---

① 姚孝廉姬传：即姚鼐(1731—1815)，字姬传，世称惜抱先生。与方苞、刘大櫆并称"桐城派三祖"。乾隆二十八年(1763)进士。官至刑部郎中。四库馆开，荐为编修，因与同僚意见不合，乞归。主江南紫阳、钟山等书院四十年。著有《惜抱轩全集》，编有《古文辞类纂》等。

② 绪言：发端之言，已发而未尽的言论。《楚辞·涉江》："唉秋冬之绪风。"《庄子·渔父》："先王有绪言而去。"

③ 汶(mén)：昏暗不明貌。《楚辞·渔父》："安能以身之察察，受物之汶汶者乎？"

生以这些来规劝我，我回来后也不敢忘记（您的教诲）。我自己庆幸自己有了一位好老师，为什么这么说呢？我之所以从遗存的经典中探寻研究，是因为惧怕圣人的学说在后世昏暗不明。但是我寻觅求证之后发现，（前人的言论中）有十分之见和没有达到十分之见两种。所谓的十分之见，是指征引古代典籍却没有不能够贯穿的，契合圣贤之道却不会引起任何的异议，事情无论大小，一定有所探究；问题无论是根本的还是细节的，都一起考察。至于依据传闻来决定是非，选择大众的说法来裁决优劣，从没有根据的言论出发来判定观点的正确与否，运用孤证证明却相信结论全部可靠，虽然逆流而上可以探知河流的源头，但是不亲眼看见源泉的流向，顺着树木的根本可以达到树梢，但是不亲手沿着枝条分叉的地方去探寻，都是不可能取得十分之见的。如此研治经典，就丧失“不知为不知”的本意，而只是白白地添加一些困惑，让有识见的人增添争辩的负担。

【原文】 先儒之学，如汉郑氏，宋程子、张子、朱子，其为书至详博，然犹得失中判。其得者，取义远，资理闳，书不克尽言，言不克尽意。学者深思自得，渐进其区，不深思自得，斯草秽于畦而茅塞其陆。其失者，即目未睹渊泉所导，手未披枝肄所歧者也。而为说转易晓学者，浅涉而坚信之，用自满其量之能容受，不复求远者闳者，故诵法康成、程、朱不必无人，而皆失康成、程、朱于诵法中，则不志乎闻道之过也。诚有能志乎闻道，必去其两失，殚力于其两得。既深思自得而近之矣，然后知孰为十分之见，孰为未至十分之见。如绳绳木，昔以为直者，其曲于是可见也；如水准地，昔以为平者，其坳于是可见也。夫然后传其信，不传其疑，疑则缺，庶几治经不害。

【译文】 古代儒者的学问，如汉代郑玄，宋代的程颢、程颐、张载、朱熹，他们著书极为详尽广博，然而也还是得失参半。他们有所得的原因在于，他们选取并用来支撑的义理深远宏大，文字不能够书写出全部的言语，言语不能够将意蕴全部表达出来。学习的人深入思考自然有所收获并逐渐进入该领域，而不深入思考，就会像杂草污秽填塞田地，茅草堵塞陆地一样，思想充塞蒙蔽，自然没有收获。他们有所失的原因在于，眼睛没能亲眼看到源流导源的地方，没有亲自用手拨开树枝分叉的地方。而创立学说，变为容易理解并学习的东西，仅仅涉猎粗浅的知识并且坚信它是正确的。自我满足于自己所接受的东西，不再去求索更深远宏阔的义理了。因此学习效法郑玄、程颢、程颐、朱熹的人，不一定没有，而是他们都在效仿郑玄、程颢、程颐、朱熹的过程中失去了他们著书立说的本义，这就是没有立志于闻道的原因造成的。如果真有能够立志于闻道的人，一定会避免犯以上两种错误（指"目未睹渊泉所导，手未披枝肄所歧"），竭尽全力于两得（指"取义远，资理闳"）。只有经过深思后接近真理，然后才能知道什么是十分之见，什么是未至十分之见，就好像用绳子衡量木头，以前认为是直的，现在可以见到它的弯曲之处；就好像用水衡量地面，以前认为是平的地方，现在就可以看到它的低凹不平了。然后转述那些正确可信的，不转述那些有疑问的（知识学问），有疑问就缺而不论，这样大约研治经典就不会篡改经典，妨害大道了。

【原文】 仆于《考工记图》，重违知己之意，遂欲删取成书，亦以其义浅，特考核之一端，差可自决。足下之教，其敢忽诸！至欲以仆为师，则别有说：非徒自顾不足为师，亦非谓所学如足下，断然以不敏谢也。古之所谓友，固分师之半。仆与足下无妨交相师，而参互以求十分之见，苟有过则相规，使道在人不在言，斯不失友之谓，固大善。昨辱简，自谦太过，称夫子，非所敢当之，谨奉缴。承示文论延陵季子处识数语，并《考工记图》呈上，乞教正也。

【译文】 我对于《考工记图》（的处置），深深地违背了知己您的意思，就想删取成书，也因为这本书的义理很浅显，只是涉及考核这一方面（的学问），差不多可以自己决定。您的教诲，我哪里敢不重视呢？至于您想拜我为师，我则另有说法：我不只是觉得自己不足为师，也不是说我的治学和你相同，就断然用不聪敏而谢绝您。古人所说的朋友，本来就是半个老师。我和您，不妨互相为师吧，而且互相参省来寻求十分之见，如果有过错，就相互规劝，倡明大道在于人怎么做而不在于人怎么说，这才不会丢失朋友这个称谓的真正内涵，才是一大善事。昨天您写信给我，您太过自谦了，称我为夫子，我怎敢当，我恭敬地献上我的书信。承蒙您能把文章给我看，我也写了评论文章，在此也将《考工记图》一并呈上，希望能得到您的教诲和指正。

答郑丈用牧[1]书

【原文】 立身守二字曰不苟，待人守二字曰无憾。事事不苟，犹未能寡耻辱，念念求无憾，犹未能免怨尤。此数十年得于行事者。

【译文】 为人处世坚守两个字叫作"不苟"，待人接物坚守两个字叫作"无憾"。事事都一丝不苟地去完成，仍然不能够减少耻辱，念念不忘，追求没有遗憾，仍然不能够免除别人的怨恨。这是我几十年来为人处世的感悟收获。

【原文】 其得于学，不以人蔽己，不以己自蔽；不为一时之名，亦不期后世之名。有名之见[2]，其弊二：非掊击前人以自表襮[3]，即依傍昔儒以附骥尾[4]。二者不同，而鄙陋之心同，是以君子务在闻道也。今之博雅文章善考核者，皆未志乎闻道。徒株守先儒而信之笃[5]，如南北朝人所讥："宁言周孔误，莫道郑服非。"[6]亦未志乎闻道者也。私

---

① 郑丈用牧：即郑牧（1714—1792），字用牧，徽州休宁海阳人。与戴震同邑，师于江永，为"江门七子"之一。著有《性理字训》等。

② 有名之见（xiàn）：追求虚名的表现。

③ 掊（pǒu）击：抨击。表襮（bó）：表露，炫耀。

④ 附骥尾：《史记·伯夷列传》索隐："苍蝇附骥尾而致千里。"指蚊蝇附在马的尾巴上，可以远行千里。后遂以"附骥尾"比喻依附先辈或名人之后而成名。后常用为自谦的套语。亦省作"附尾""附骥"。

⑤ 徒株守先儒而信之笃：株守，成语"守株待兔"的略称。这里比喻拘泥于先儒的言论不知变通。笃，忠实。

⑥ 周孔：周公、孔子。郑服：郑玄、服虔，二人均为汉代经学家。

智[1]穿凿者，或非尽掊击以自表襮，积非成是[2]而无从知，先入为主而惑以终身；或非尽依傍以附骥尾，无鄙陋之心而失与之等。故学，难言也。

【译文】 (我)从治学中得到的感悟是，不要因为别人(的看法)而使自己受到蒙蔽，不要因为自己(的看法)而使自己受到蒙蔽；不要为了一时的名声(而治学)，也不要希望博得后世的名声。追求虚名的表现，它的弊病有两个：不是抨击批评前人来自我炫耀，就是依附过去的大儒来博取名声。两种情况不同，但是卑鄙浅陋的心思则是相同的，因此正人君子一定致力于闻见圣贤道理。当今渊博文雅能写文章、善于考据的人，都没能够立志于闻见圣贤道理。只是死守古代儒者的观点而不知变通，一如南北朝人所讥讽的那样："宁可说是周公、孔子错了，也不相信郑玄、服虔的解释不对。"也是因为不曾有志于闻见圣贤道理。私自逞能穿凿附会的人，有的也并非竭力抨击别人来自我标榜，但是他们往往积累错误，最终把错的当成是正确的也无从发现，有了第一印象和最初形成的看法后便不再考虑其他情况和听取另外的意见从而造成终身迷惑；有的也并非依附过去的大儒来博取名声，也没有卑鄙浅陋的想法，其形成的错误则和前一种相同。所以说，治学是一个难以说清楚的话题。

【原文】 好友数人，思归而共讲明正道，不入四者之弊，修词立诚[3]，以俟后学。其或听或否，或传或坠，或尊信或非议，述古贤圣之道者所不计也。

【译文】 我的几位好友，想着回乡一起探讨揭示正确的道理，没

---

① 私智：一个人的主观认识。

② 积非成是：错误的观点沿袭久了会被误认为真理。

③ 修词立诚：出自《周易·系辞》："修辞立其诚。"意谓言辞要反映真诚的思想情感，言辞的运用必须首先重视思想道德的修养。

有犯四种弊病，真诚地著书立说，并将它留给后来的读书人。他们(著书立说)要么肯定，要么否定，要么流传，要么失传，要么尊重信从，要么否定批驳，(一切只在)传述古代贤圣的道理，其他都不曾考虑计较。

与某书[1]

【原文】 足下制义，直造古人，冠绝一时。夫文无今古之异，闻道之君子，其见于言[2]也，皆足以羽翼经传[3]，此存乎识趣者也；而辞不纯朴高古亦不贵，此存乎行文之气体格律者也；因题成文，如造化[4]之生物，官骸毕具，根叶并茂，少缺则非完物，此存乎冶铸之法者也。精心于制义一事，又不若精心于一经，其功力同也，未有能此而不能彼者。

【译文】 先生您的考据成就，完全达到了古人的水平，超出了同辈，首屈一指。文章没有古今的不同（都是用来传道的），领会圣贤之道的君子，他们写成文章就都足以佐助经传，这就涉及一个识见和志趣的问题；然而词句不高雅古朴，（文章）也就不珍贵，这就涉及一个构思文章的风貌、体裁、格调、韵律的问题；根据题目写成文章，如同自然生成万物，器官形体全部具备，根须枝叶一齐繁茂，稍微有些缺失就不是完整的物件，这就涉及一个冶炼铸造的方法问题。专一于考据这件事，不如专一于一部经典，它们所用的工夫一样，没有能够精通经典却不能够精通考据的道理。

【原文】 治经先考字义，次通文理，志存闻道，必空所依傍。汉

---

① 这封书信所致的对象和写作时间皆不详。蔡锦芳认为，乃戴震致彭绍升之书札，写作时间可能稍早于《答彭进士允初书》，且同在乾隆四十二年（1777）。可备一说。

② 见于言：表现到语言文字，即写成文章。

③ 经传：儒家经典和解释经典的传。

④ 造化：自然界的创造者，也指自然。

儒训诂[①]有师承，亦有时傅会；晋人傅会凿空益多；宋人则恃胸臆[②]为断，故其袭取者多谬，而不谬者在其所弃。我辈读书，原非与后儒竞立说，宜平心体会经文，有一字非其的解，则于所言之意必差，而道从此失。学以牖[③]吾心知，犹饮食以养吾血气[④]，虽愚必明，虽柔必强。可知学不足以益吾之智勇，非自得之学也，犹饮食不足以增长吾血气，食而不化者也。君子或出或处[⑤]，可以不见用，用必措天下于治安。宋以来儒者，以己之见硬坐为古贤圣立言之意，而语言文字实未之知；其于天下之事也，以己所谓理强断行之，而事情源委隐曲实未能得，是以大道失而行事乖。孟子曰："生于其心，害于其政；发于其政，害于其事。"自以为于心无愧而天下受其咎，其谁之咎？不知者且以躬行实践之儒归焉不疑。夫躬行实践，劝善惩恶，释氏之教亦尔也，君子何以必辟之？孟子辟杨墨，退之辟释老，当其时，孔墨并称，尊杨墨，尊释老者或曰："是圣人也，是正道也。吾所尊而守者，躬行实践，劝善惩恶，救人心，赞治化，天下尊之，帝王尊之之人也。"然则君子何以辟之哉？愚人睹其功不知其害，君子深知其害故也。

【译文】 研习经典，首先要考订字词的意义，其次要通晓文章的结构和条理，目标在于领会圣贤之道，就会有所创新而不因袭模仿。汉代学者的训诂有师承，也有凭空附会；晋代学者附会穿凿的更多；

---

① 训诂：对古书字句做解释。《汉书·艺文志》："《毛诗故训传》三十卷。"洪迈《容斋四笔·诸家经学兴废》："《毛诗》者出于河间人大毛公，为之故训，以授小毛公。"曾国藩《圣哲画像记》："百年以来，学者讲求形声故训，专治《说文》，多宗许郑，少谈杜马。"

② 胸臆：指心里的话或想法，亦指臆测。

③ 牖：通"诱"，诱导。如《诗经·大雅·板》："天之牖民。"《传》：牖，道也。《疏》：牖与诱通，故以为导也。

④ 血气：血液和气息。古人认为血液和气息是人和动物体内维持生命活动的两种要素。《礼记·三年问》："凡生天地之间者，有血气之属，必有知；有知之属，莫不知爱其类。"

⑤ 或出或处：要么出仕做官，要么隐居避世。《周易·系辞上》："《同人》：'先号咷而后笑。'子曰：'君子之道，或出或处，或默或语。二人同心，其利断金。同心之言，其臭如兰。'"处：止，隐退。

宋代学者则凭一己之意来凭空决断，所以他们沿袭取用的多是谬误的，而正确的却被他们抛弃。我们读书，原本不是为了和后代读书人竞争，非得去创立什么新的学说，适宜平心静气地体会经书的文本内容，有一个字的解释不可靠，所理解的语句的意思就会有偏差，而圣人之道因此缺失。通过学习用来开导我们的心智，就好像通过吃喝来供养我们的血液和气息。（通过学习）即使愚蠢也一定变得聪明，即使柔弱也一定变得坚强。可见，学习不能够增益我们的智慧和勇气，就不是自有所得的学习，好比吃喝不足以增长我们的血液和气息，是只吃却不消化吸收。君子要么出仕做官要么隐退，（他）可以不被任用，被任用就一定要将天下治理好，使之安宁太平。宋代以来的读书人，将自己的思想强行坐实为古代圣贤著述的本意，却对（圣贤著述的）文字不理解；他们对于天下大事，用自己所谓的理去强行决断处理，却对事情的始末缘由不曾弄清，因此，大道缺失，行事乖离。孟子说："（思想理念凭空）从心里产生，必然会对政治造成危害；用于政治，必然会对国家大事造成危害。"认为自己所作所为问心无愧，却使得天下人罹祸受罚，这究竟是谁的罪过？不了解的人尚且用亲身体验（圣贤大道）的读书人（的赞誉）归属给他而深信不疑。亲身体验，奖励善行惩罚恶行，佛教也有这样的主张，君子为什么一定要指斥禁止他们？孟子指斥禁止杨朱和墨翟的学说，韩愈指斥禁止释迦牟尼和老聃的学说。从前，孔子、墨子并称，尊奉杨朱、墨翟和尊奉释迦牟尼、老聃的人说："他们是圣人，他们的学说是正确的理论。我所尊奉并坚守的，是那些亲身体验，奖励善行惩罚恶行，拯救世道人心，赞助社会治理和教化，天下人都尊重的，帝王也尊重的人。"既然这样，那么君子为什么要指斥禁止他们呢？愚笨的人只看到他们的功效作用，没有看到他们的危害；圣人看到了他们的危害，所以指斥禁止他们。

【原文】 呜呼，今之人其亦弗思矣！圣人之道，使天下无不达之情，求遂其欲而天下治。后儒不知情之至于纤微无憾是谓理，而其所谓理者，同于酷吏之所谓法。酷吏以法杀人，后儒以理杀人，浸浸乎[1]舍法而论理，死矣，更无可救矣！[2] 圣贤之道德，即其行事，释老乃别有其心所独得之道德；圣贤之理义，即事情之至是无憾，后儒乃别有一物焉，与生俱生而制夫事。古人之学在行事，在通民之欲，体民之情，故学成而民赖以生；后儒冥心求理，其绳以理严于商韩之法，故学成而民情不知。天下自此多迂儒，及其责民也，民莫能辩，彼方自以为理得，而天下受其害者众也！

【译文】 唉，今天的人们大概也不曾思考过吧！圣人的主张，是使得天下百姓没有不能表达的思想情感，追求满足老百姓的生存愿望和要求，从而使得天下大治。后代的儒生不懂得百姓的实际诉求皆能实现且没有丝毫遗憾，这才叫作天理；而他们所谓的天理，和残酷的官吏们所谓的法律相同。残酷的官吏们用法律来残杀人民，后代的儒生则用天理来残杀人民，渐渐地抛开法律转而用天理来裁决（老百姓的）是非曲直，（老百姓）死定了，再也无法解救了！圣贤的道德，就是他们行动的本身，释迦牟尼、老聃却在他们的心里另有所谓独得的道德；圣贤的理义，就是把事情做得完全正确没有缺欠，后代的儒生却是另有东西在心里，和人生并存而控制着事物。古人的学问为了指导行动，为了实现老百姓的（生存）欲望，满足老百姓的（基本）感情，所以学习有了成就，老百姓就可以依赖他们的学问而生存；后代的儒生专心研究天理，他们用天理衡量人，比商鞅、韩非子的法律还要严，所以他们学完功成，却连老百姓的（基本）感情都不懂得。从此天下迂腐的儒生就多了，当他们责备老百姓的时候，没有老百姓

---

① 浸浸乎：渐渐地。

② 据北京大学图书馆藏《戴东原先生文》抄本之《与某书》的手稿，原文在“酷吏以法杀人，后儒以理杀人，浸浸乎舍法而论理，死矣，更无可救矣”之后，还有“人各巧言理，视民如异类焉，闻其呼号之惨而情不相通”等语，后被墨笔删去。另，后文中“天下自此多迂儒，及其责民也，民莫能辩”的“辩”字，经韵楼等刊本作“辨”。

能够为他们的错误而争辩，他们便自以为符合天道，从而使得天下受他们残害的人比比皆是了。

与方希原[1]书

【原文】 得郑君[2]手札，言足下大肆力古文之学。仆尝以为此事在今日绝少能者，且其途易歧，一入歧途，渐去古人远矣。

【译文】 收到郑先生一封信，信中说您竭尽全力从事古文相关的学问。我曾以为这事在今天绝对很少有的，而且容易误入歧途，一旦入了歧途，渐渐地就会离古人越来越远了。

【原文】 古今学问之途，其大致有三：或事于理义，或事于制数[3]，或事于文章。事于文章者，等而末者也。然自子长、孟坚、退之、子厚诸君子之为之[4]，曰："是道也，非艺也。"以云道，道固有存焉者矣。如诸君子之文，亦恶睹其非艺欤？夫以艺为末，以道为本，诸君子不愿据其末，毕力以求据其本。本既得矣，然后曰："是道也，非艺也。"循本末之说，有一末必有一本。譬诸草木，彼其所见之本与其末同一株而根枝殊尔，根固者枝茂。世人事其枝，得朝露而荣，失朝露而瘁，其为荣不久。诸君子事其根，朝露不足以荣瘁之，彼又有所得而荣、所失而瘁者矣。且不废浸灌之资，雨露之润，此固学问功深，而不已于其道也。而卒不能有荣无瘁。故文章有至有未至，至者得于

---

① 方希原：即方矩（1729—1789），字晞原，一作希原，安徽歙县人。清代学者，乾隆诸生。学宗婺源江永，文宗桐城刘大櫆。著有《道古堂初刻》。

② 郑君：疑即郑牧，字用牧。

③ 制数：考据。

④ 子长、孟坚、退之、子厚：即司马迁、班固、韩愈、柳宗元。

圣人之道则荣，未至者不得于圣人之道则瘁。以圣人之道被乎文，犹造化之终始万物也。非曲尽物情，游心物之先，不易解此。然则如诸君子之文，恶睹其非艺欤？

【译文】 古今从事学问的路径方法，它大致有三种：或者从事于义理，或者从事于考据，或者从事于文章。从事于文章的，属于末等。但是自司马迁、班固、韩愈、柳宗元等君子从事文章，说："这是道，不是技艺。"将其说成是道，（文章中）固然有道存在，如这些君子的文章，又怎么知道它不是技艺呢？既然把技艺作为末，把道作为本，诸位君子不愿意根据这个末，用尽全力来追求以本为依据。已经得到道这个本了，这之后便说："这是道，不是技艺。"沿着本末的说法来看，有一个末，必然有一个本。用草木来作譬，那所看见的本和末同处在一棵植物上，却有根须和枝叶的不同罢了，根本坚固，枝叶就繁茂。世人只致力于枝叶，获得朝露就茂盛，失去朝露就枯槁，草木就不会长久茂盛。诸位君子致力于根须，朝露不能够使它繁茂和枯槁，根须有所得就会繁茂，有所失就会枯槁。而且不需要浪费雨露的供给与滋润，这本来是因为学问功力深厚，而且不停止对道的追求，但是最终却不可能只有繁茂没有枯槁。所以文章有达到（最高境界的）有没能达到（最高境界的），达到（最高境界）获得圣人的大道就饱满华美，没能达到（最高境界）就干瘪失败。用圣人的大道贯穿文章，就像造化和万物相始终一样。不能曲折深入地将万物的奥妙表达出来，写作之前就用心体会观察，是不容易理解这些的。然而，像这些君子的文章，又怎么知道它不是技艺呢？

【原文】 诸君子之为道也，譬犹仰观泰山，知群山之卑；临视北海，知众流之小。今有人履泰山之巅，跨北海之涯，所见不又县[1]殊乎哉？足下好道而肆力古文，必将求其本。求其本，更有所谓大本。大

① 县：通"悬"。

本既得矣，然后曰：“是道也，非艺也。”则彼诸君子之为道，固待斯道而荣瘁也者。

【译文】 这些君子追求大道，就像仰观泰山，从而认识到群山的卑下；亲临观看北海，从而认识到广大河流的细小。如果现在有人（更进一步）登上泰山峰顶，跨越了北海边涯，他所看到的差别不是更大吗？先生热爱大道，致力于古文，一定会追求道这个根本。追求道这个根本，（需要）还有所谓的更大的道、更大的根本。得到了这个更大的道、更大的根本，然后（才可以）说：“这是道，不是技艺。”这样说来，那些君子追求大道，本需等待掌握大道与否，从而使得文章或成功或失败。

【原文】 圣人之道在六经，汉儒得其制数，失其义理；宋儒得其义理，失其制数。譬有人焉，履泰山之巅，可以言山；有人焉，跨北海之涯，可以言水；二人者不相谋。天地间之巨观，目不全收其可哉？抑言山也，言水也，时或不尽山之奥，水之奇。奥、奇，山、水所有也，不尽之，缺物情也。今足下同郑君、汪君①相与聚处，勉而薄乎巅涯，究乎奥奇不难。仆奔走避难，向之所欣，久弃不治。数千里外，闻足下为之，意志动荡，不禁有言。足下试察其言，漫散不可收拾，其近况可弗赘陈矣。

【译文】 圣人的大道体现在六经之中，汉儒得到其中的考据，失去其中的义理；宋儒得到其中的义理，失去其中的考据。譬如有那么一个人，登上了泰山峰顶，就可以谈论山；有那么一个人，跨越了北海边涯，就可以谈论水；这两个（走不同道路的）人，是不能在一起谋划研讨的。天地之间的奇观壮景，不能做到尽收眼底，这样做行吗？要么论山，要么论水，（如此就会）说不尽山水的奥妙与神奇。奥妙、神奇，为山水所共有，不能够完整论说，是因为缺乏对山水情状、道理的

① 汪君：疑即汪梧凤，字在湘。

充分体察。现今您和郑先生、汪先生相聚在一起，努力钻研，并且（日益）迫近泰山的峰顶、跨越北海的涯岸，探究山水的奥妙神奇也就不难了。我奔走在外避难，从前喜爱的，放弃了很久不再从事。在数千里之外，听说先生的所作所为，心潮澎湃，止不住有话要说。先生可仔细考察我所说的话，分散凌乱，没有主题中心贯穿其中。我的近况也就可以不必累赘地去陈说了。

【原文】 置身无所如仆者，起古人于今日，必哀而怜之。凡事履而后知，历而后难，曾不如古人而思得古人怜我。若强其乞怜于异乎古人者，则亦不为也。

【译文】 像我这样一个连安身之所都没有的人，（从地下）叫起古人生活到当今，也一定会哀伤怜悯我。任何事情，只有亲身实践，才会（真正）掌握；只有亲身经历了，才会真正体察到其中的难处，竟然不如古人却想得到古人的怜爱。但如果强迫我向（思想和境界）不同于古人的人乞求怜悯，那也是我不会去做的。

古经解钩沉序

【原文】 士贵学古治经者,徒以介其名使通显欤[①]? 抑志乎闻道,求不谬于心欤? 人之有道义之心也,亦彰亦微。其彰也,是为心之精爽;其微也,则以未能至于神明。《六经》者,道义之宗,而神明之府也。古圣哲往矣,其心志与天地之心协而为斯民道义之心,是之谓道。

【译文】 以学习古代典籍、研究圣贤经典为贵的读书人,只是依靠这种方式获取好的名声,使得自己通达显赫吗? 还是有志于领悟知识道理,追求思想上不出现错误呢? 人所拥有的一颗道义之心,是半彰显半隐微的。它彰显,是因为神清气爽;它隐微,是因为没能够达到神清气明。《六经》是道德和正义的宗主,精神和智慧的宝藏。古代的圣人哲人都已去世,他们和天地的心意志气和洽而成为为民的道德和正义之心,这就叫作道。

【原文】 士生千载后,求道于典章制度而遗文垂绝,今古县隔。时之相去,殆无异地之相远,仅仅赖夫经师故训乃通,无异译言以为之传导也者。又况古人之小学亡,而后有故训,故训之法亡,流而为凿空[②]。数百年以降,说经之弊,善凿空而已矣。

【译文】 读书人出生于(圣人哲人去世)千年之后,(只得)从典

---

① 徒:只,仅仅。介:依靠,凭借。

② 凿空:本指开通道路,后多用来比喻穿凿附会。《史记·大宛列传》:"然张骞凿空,其后使往者皆称博望侯。"裴骃《集解》引苏林曰:"凿,开;空,通也。骞开通西域道。"

章制度中寻求圣哲之道。但是圣哲遗留下来的文章接近亡佚，古今远隔难以联络。时间相隔，大约和地域距离遥远一样（难以联络），仅仅依赖那些传授经义的教师和训诂才能够理解沟通，这和翻译古文字并把它作为传导的方式没有什么不同。又何况古人研究字形、字义及字音的小学（文字学、声韵学及训诂学）失传，然后才有解释古代文字的故训方法；故训的方法失传，流落而成为凭空穿凿的方式。数百年以来，解说经典的弊病，只是善于凭空穿凿罢了。

【原文】 虽然，经自汉经师所授受，已差违[①]失次，其所训释，复各持异解。余尝欲搜考异文[②]，以为订经之功，又广览汉儒笺注之存者，以为综考故训之助。顾力不暇及，以语族弟时甫，方事于此。书未稿就，而吾友朱君文游[③]以其友余仲林[④]之《古经解钩沉》若干卷，千里驰寄。前有天台齐宗伯[⑤]、太仓王光禄[⑥]二序，既为之导其意，嘉其存古之功。文游复语余曰："二公于子，廿数年之知，二公之所称许，是以余子又欲得子之一言也。"吾以仲林之为是书，好古而有师法[⑦]，然吾因之重有感也。

---

① 差违：略违，稍违。出自张鷟《游仙窟》。

② 异文：凡同一书的不同版本或不同的书记载同一事物而字句互异，包括通假字和异体字，都称异文。《左传·隐公二年》："夏，莒人入向，以姜氏还。"杜预注："凡得失小，故《经》无异文而《传》备其事。"

③ 朱君文游：即朱奂，字文游，清乾隆间华亭人，藏书家，与惠栋为莫逆之交。家有"滋兰堂"，藏书之富，甲于吴中。时常熟钱曾、毛晋、席玉照、陆敕先、冯定远、曹彬侯诸家藏书散出，他大力搜求。顾广圻称他"视装订签题根脚上字，便晓属某家某人之物"。其藏书于嘉庆元年（1796）大半毁于火。另，朱邦衡，受学惠栋弟子，当为朱奂之侄。诸家著录多误。

④ 余仲林：即余萧客（1732—1778），字仲林，号古农。惠栋弟子，吴派考据学家。有《古经解钩沈》等。搜辑汉唐人解经之作十四种。

⑤ 齐宗伯：即齐召南（1703—1768），字次风，号息园，天台（今浙江省天台县）人。乾隆元年（1736），举博学鸿词科，官至礼部侍郎。亦为当时著名学者。宗伯，古代六卿之一。后人多以礼部尚书称大宗伯，礼部侍郎称少宗伯，或均泛称宗伯。

⑥ 太仓：今江苏省太仓市。王光禄：即王鸣盛（1722—1797），字凤喈，号西庄，嘉定（今属上海）人。乾隆间进士，官至礼部侍郎，随左迁光禄寺卿，著名学者。有《十七史商榷》等。

⑦ 师法：师弟代代相传，谨守不替为专门一家之学，称师法。《汉书·胡母生传》："唯嬴公守学不失师法。"

【译文】 虽然如此，经书自从汉代传授经义的教师传授后，已经略违次序，他们对字词的解释，又各自持有不同的见解。我曾经想搜集考证这些异文，把它作为考订经书的成果；又广泛阅读汉代儒生留存下来的古籍的注解，把它作为综合考订字词解释的辅助。但想到精力不够，就告诉同宗弟弟时甫，（现在）正在从事这项工作。书稿还没有写成，我的朋友朱奂先生将他的朋友余萧客所作《古经解钩沉》若干卷，从千里之外寄送来。书前有天台齐召南、太仓王鸣盛所作的两篇序，这两篇序既替他说明写作意图，又称赞他保存古代文化的功绩。朱奂又对我说："齐召南、王鸣盛两位先生和先生您是二十多年的好友。被二位先生赞许，所以余萧客先生又想得到先生您的只言片语。"我因为余萧客写作这本书，喜爱古代文化并且有师法渊源，（所以乐意为他写篇序），何况我还因此而深有感触。

【原文】 韩退之氏之言："志乎古必遗乎今。"彼所谓古，特文词不类于近今者耳。进而语人以汉经师之业，其沉蕴积久，岂古文词比哉？后之论汉儒者，辄曰故训之学云尔，未与于理精而义明。则试诘以求理义于古经之外乎？若犹存古经中也，则凿空者得乎？呜呼！经之至者道也，所以明道者其词也，所以成词者未有能外[①]小学文字者也。由文字以通乎语言，由语言以通乎古圣贤之心志，譬之适堂坛之必循其阶，而不可以躐等。[②] 是故凿空之弊有二：其一，缘词生训也；其一，守讹传谬也。缘词生训者，所释之义非其本义；守讹传谬者，所据之经并非其本经。[③]

【译文】 韩愈说："有志学习古人的人，必为今人所弃。"他所谓的古，特指文辞和现代不同罢了。进而告诉别人汉代传授经义的教师的学业，沉潜蕴积已久，怎么是古文词所能够匹配的呢？后代研讨

---

① 外：除开。《淮南子·俶真训》："达则嗜欲之心外矣。"高诱注："外，弃也。"

② 堂坛：殿堂。躐等：越级，不循原有序列。

③ 缘词生训：附会字词表面意思进行训释。守讹传谬：固守误说而以讹传讹。

汉代儒生的，仅用“故训之学”来概括而已，并不包括道理精准与条理明确。那么，难道要在古代经典之外探寻义理吗？如果（义理）还存在于古代经典之中，那么凭空穿凿能够获得吗？唉！经典的最高层次是道，能够用来阐明道的是字词，而能够解释说明字词的，没有能够出于文字学、声韵学及训诂学之外的。通过文字来疏通语句，通过语句来通晓古代圣贤的思想情志，就好像登堂屋、高台必须沿着台阶（一步步登进）一样，却不可以越级跨入。因此，凭空穿凿的弊病有两种：一种是根据字词的字面意思来产生解释，一种是固守误说、传播谬误。根据字词的字面意思来解释，所解释的字义不是它的本来意义；固守误说、传播谬误，所依据的经典不是本来的经典。

【原文】 今仲林得稽古之学[①]于其乡惠君定宇[②]。惠君与余相善，盖尝深嫉乎凿空以为经也。二三好古之儒，知此学之不仅在训诂，则以志乎闻道也，或庶几焉。

【译文】 现在余萧客从他的同乡惠栋先生那里学得辑佚考据的学问。惠栋和我彼此交好，也曾深切痛恨凭空穿凿地研治经典。有那么两三个爱好古文化的儒生，懂得这门学问不仅仅在训诂，且有志于闻见大道，（能够如此）也就可以了。

---

① 稽古之学：即辑佚学。从现存书引文中搜辑出已亡佚古书的学问。

② 惠君定宇：即惠栋（1697—1758），字定宇，号松崖，元和（今江苏省吴县）人。清中叶著名学者，考据学中的吴派领袖。有《九经古义》等。

诗比义述序[①]

【原文】 《诗》之部分四：风，乡乐；小雅，诸侯之乐；大雅、颂，天子之乐。而宴飨群臣嘉宾，或上取，或下就，著在《礼经》。其后，因旧部而颇有附益，于是目其定于周初制作礼乐时者，谓之四始。若夫《周官经》大师教六诗，继风之下，曰赋、曰比、曰兴，则存乎章句间。《三百》皆有所赋之事，言非一端，或难径言。郑司农云："比者，比方于物也；兴者，托事于物。"盖立言之体有是三者。非直赋其事，则或比方，或托物。赋直而比曲，比迩而兴远。兴，既会其意矣，则何异于比。比，如见其事矣，则何异于赋。此涵斋王先生《诗比义述》之所为有作也。

【译文】 《诗》分为四个部分：风是地方的乐歌；小雅是诸侯的乐歌；大雅、颂是天子的乐歌。至于天子饮宴群臣、国宾，要么取用上一等次，要么就取用下一等次，（具体做法）著录在《礼经》中。此后，沿着原来的分部并且逐步有所增益，于是就将周初周公制作礼乐时，称之为"四始"。至于《周官经》所谓的"大师教六诗"，承接"风"之后的是"赋"、是"比"、是"兴"，则（赋、比、兴）存在于章句之中。《诗》三百篇都有所敷陈记叙的事，所言不止有一种事端，甚至很难直接言说。郑司农说："比就是用其他事物来打比方，兴就是将要说的对象

① 本文为戴震于乾隆四十一年（1776）为王千仞著的《诗比义述》所作的序。王千仞，字启丹，号涵斋，江苏金匮人，诸生，与兄一峰教授乡里，人推老宿。乾隆五十八年（1793），重游泮水，著有《诗比义述》，《四库未收书辑刊》据乾隆嘉德堂刊本影印。

寄托到其他事物上。”大概写诗的方法有这三种。不是直接敷陈记事，就或者打比方，或者托物起兴。“赋”直接而“比”委婉，“比”贴近而“兴”远隔。(使用)“兴”，已经能够领悟、了解到它的意思了，就和“比”没什么两样。(使用)“比”，如同看到那些事了，就和“赋”没什么两样。这就是王千仞先生之所以写作《诗比义述》的原因。

【原文】 昔壬申、癸酉岁，震为《诗补传》未成，则录书内辨证成一帙，曾见有袭其说，以自为书刊行者，不知先生何由见震元书，择其合于比义若干条，俾得以名附大著中。先生之子栗人与震同举于乡，今为朝廷名御史。震虽未获亲闻先生讲论，而先生以是书远寄京师示震，且属序之，不得辞也。

【译文】 过去的壬申、癸酉年，戴震我作《诗补传》但没有最终完成，便摘录书中辨证的文字写成一册。我曾看见有人抄袭我的观点，把它写成书刊行的，不知道先生在哪里看到戴震的原书，选取其中若干条和“比”义相合的，使得我的名字得以附录在大作中。先生的儿子栗人和戴震我一同乡试中举，如今已经是朝廷有名的御史了。戴震虽然没有机会亲耳聆听先生的讲谈论议，但是先生把这本书长途邮寄到京城给戴震我看，并且嘱咐戴震我为书作序，(这是我)不可以推辞的。

【原文】 《易》曰：“引而信之，触类而长之。”《诗》之比、兴固如是，举比以通赋与兴，非创自是书也。《毛诗》于《樛木》曰：“兴也。”宜以葛藟之附樛木，兴福履之随君子已耳。而《篇义》曰：“后妃逮下也。”义取樛木下垂，葛藟得上蔓，为后妃逮下，众妾得亲附之比。《十月之交》之为直赋其事，无疑也。日月之行，终古不变。故交食[①]一

① 交食：一个天体经过另一个天体前方，将后者部分或完全挡住的天文现象。

事，可以验“推步”[1]之得失。其有不应，失在立法，不失在天行。使天行有变，必不可以得其准，无从立推步之常法矣。而圣人警于天变者，以县象著明，莫大乎日月，犹有蔽亏，人君可自谓无蔽，不省于亏失乎？日，君象；月，臣象。日失其明甚于月，喻君之蔽亏甚于臣。故曰“亦孔之丑”，曰“于何不臧”。诗词显以比德，非语(祯)[征]祥。帝王之尊，兢兢惟蔽亏是省。是以德臻上圣，仁覆天下。视惧以灾异大小，不绝远乎？篇内“高岸为谷，深谷为陵”，《毛传》曰：“言易位也。”《郑笺》云：“君子居下，小人居上之谓也。”亦据比义言之，推而至于隶用一字，在六书假借，引喻以明，无非比也。赋者，比之实也；兴者，比之推也。得比义，于兴不待言，即赋之中复有比义。

【译文】《易》曰：“引申推广它，联系同类事物，丰富其意蕴内涵。”《诗》的“比”“兴”本就是这样，使用“比”来连接“赋”和“兴”，这部书不是首创。《毛诗》于《樛木》说道：“兴也。”当是用葛藟攀附在樛木上来兴福履伴随君子罢了。但是《篇义》说：“后妃恩惠及于下人。”意思是取樛木向下垂，葛藟得以向上滋蔓生长，作为后妃恩惠及于下人，众妾得以攀附的比。《十月之交》是直赋其事，这是没有疑问的。日月的运行，从古至今不曾改变。所以交食这件事，可以用“推步”法来检验其对错。其中有不符合的，错在所确立的天文历法，不会是天体运行产生了错误。假使天体运行(突然)发生了变化，一定不可以获得它的准确运行轨迹，无从确立推步的固定推算法了。然而圣人从天象变化中获得警示，用悬挂天象来昭示明晰，没有比日月更大的天象了，尚且有蒙蔽亏损，人君可以自谓没有蒙蔽，不对过失有所警醒吗？日是君主的天象，月是臣子的天象。日比月失去的光明更多，比喻君主之过失大于臣子。所以写道“亦孔之丑”“于何不臧”。诗词明显是用日月来比君臣的德行，不是用来说征兆祥瑞的。尊贵的帝

① 推步：用仪器或算术来考测、推算天象历法。古人认为日月转运于天，犹如人的行步，可以推算得知。

王兢兢业业，唯有蒙蔽过失是其需要反省的。因此其德行达到上圣的层次，仁爱覆盖天下。对待因灾异的大小而产生恐惧，不是隔绝远离的吗？诗篇内“高岸为谷，深谷为陵”，《毛传》说：“写的是上下变换位置。”《郑笺》说：“君子居于下位，小人居于上位。”也都是根据比的内涵用法来说的。推广到选用一个字，六书中的假借，引用譬喻来阐明情理，都不外乎比。所谓赋是比的实体，兴是比的类推。懂得了比的含义，对于兴就不需多言，即使是赋之中也常有比的意蕴在其中。

【原文】 先生博采众说，逐条以己所得为案语[①]足成之，凡八卷。欲学者引申触类，知德行，达政体，孔子两许门弟子“可与言诗”，意实在此。然则是书为益，岂浅鲜哉？乾隆丙申三月，休宁戴震谨序。

【译文】 先生您广泛搜罗众多解说，逐条用自己的研究所得写成按语，最终完成本书，共八卷。希望学习的人能够联想引申，触类旁通，知晓德行，通达政体。孔子两次称赞门下弟子“可以和你讨论《诗经》了”，其用意实在于此。既然这样，那么这部书的教益，怎么会少呢？乾隆丙申年(1776)三月，休宁戴震谨序。

---

① 案语：旧时作者对作品的相关内容所作的说明、评论或考证等。因作者常于所作说明、评论或考证前加一“案”或“某某案”，故称案语，“案”又作“按”。

春秋究遗[①]序

【原文】 《春秋》一再传，而笔削之意[②]已失。故《传》之存者三家，各自为例，以明书法[③]，不得《春秋》之书法者盖多。何邵公[④]、杜元凯[⑤]诸人，徒据《传》为本，名为治《春秋》，实治一《传》，非治经也。唐啖、赵、陆氏[⑥]而后，言《春秋》者一变。迨宋而“废例”之说出，是为再变。桐城叶书山先生著《春秋究遗》一书，更约为比例数十条，列诸端首，考定书法之正，然后以知变例及异文特文等，盖尽去昔人穿凿碎义，而还是经之终始本末。

---

① 春秋究遗：桐城叶酉所著。叶酉，字书山，号花南，一说号范南，未知孰是。安徽桐城人，乾隆四年(1739)进士，官至左春坊左庶子。《春秋究遗》，《四库全书》收录，可参阅。

② 笔削之意：按儒家的说法，孔子“笔削鲁史而成《春秋》”。这里的“鲁史”，指的就是鲁《春秋》。“笔”的意思是“修改”，“削”的意思是“删除”，孔子修改了鲁《春秋》中不合微言大义的部分，删除了鲁《春秋》中无关治道人伦的部分，最后成就了后世尊之的《春秋经》。

③ 书法：即“春秋书法”，也叫“春秋笔法”或“微言大义”，为孔子首创。孔子修《春秋》，通过材料的安排、词语的选择来表达褒贬，而不是通过议论性文辞直接表达。春秋笔法以合乎礼法作为标准，既包括不隐晦事实真相、据事直书的一面，又包括“为尊者讳，为亲者讳，为贤者讳”的曲笔的一面。《史记・孔子世家》：“孔子在位听讼，文辞有可与人共者，弗独有也。至于为《春秋》，笔则笔，削则削，子夏之徒不能赞一词。弟子受春秋，孔子曰：‘后世知丘者以《春秋》，而罪丘者亦以《春秋》。’”

④ 何邵公：即何休(129—182)，字邵公，东汉今文经学家，儒学大师。著有《春秋公羊传解诂》十二卷，《春秋汉议》十三卷，并注有《孝经》《论语》等。

⑤ 杜元凯：即杜预(222—284)，字元凯，魏晋时期大臣、军事家、经学家、律学家。著有《左传集解》《春秋释例》等。

⑥ 唐啖、赵、陆氏：唐代的啖助、赵匡和陆淳。江藩《国朝经师经义目录・春秋》：“至唐，赵匡、啖助、陆淳，始废传谈经……有宋诸儒之说《春秋》，皆啖赵之子孙而已。”

【译文】 《春秋》一传再传，孔子删改修订《春秋》的意旨就丢失了。所以流传下来的《春秋传》有三家，各自建立自己的体例，来阐明孔子《春秋》的微言大义，没能够掌握《春秋》微言大义的地方很多。何休、杜预等众多学者，仅仅以《春秋传》为依据，名义上是研究《春秋》，实际上是研究一种《春秋传》，不是研究《春秋》。唐代啖助、赵匡和陆淳之后，研究《春秋》的学风发生第一次改变。等到宋代"废例"之说出现，这是学风的第二次改变。桐城叶酉先生著有《春秋究遗》一书，更是概括成数十条条例，列在篇首，考察认定《春秋》条例的正体，然后来把握《春秋》条例的变例和变异文字、特殊文字等。基本上改掉了古人牵强附会、支离破碎的解释，从而试图还原这部经典的本来面目。

【原文】 先生之为书也，有取于韩退之氏"(独)抱遗经究终始"①之言。震窃谓先生所得，在《春秋》书法之先。《春秋》所以难言者，圣人裁万事，犹造化之于万物，洪纤高下各有攸当，而一以贯之，条理精密，即在广大平易中。读《春秋》者，非大其心无以见夫道之大，非精其心无以察夫义之精。以故三家之《传》而外，说是经至数千百家，其于《春秋》书法，卒不得也。

【译文】 先生著作此书，(从命名来看，)有取法韩愈"唯独抱着《春秋》经，始终在《春秋》经上穷理考究"说法的意图。戴震我私下里认为先生感悟所得，在《春秋》书法之前。《春秋》之所以难以论说，是因为圣人裁决万事万物，就像造化对于万事万物那样，大小高下各有各的恰当安排，而且自始至终贯彻这种原则，条理精细严密，使之体现在广大平易之中。读《春秋》的人，没有开阔的心胸便没办法体察到道的宏大，没有精辟的洞察能力便没有办法体察到《春秋》义理的精微。因此三家《传》之外，解说这部经典的多达数百上千家，他们对

① (独)抱遗经究终始：出自韩愈《寄卢仝》(宪宗元和六年河南令时作)："春秋三传束高阁，独抱遗经穷终始。"

于《春秋》的书法，却最终无法获得。

【原文】 《春秋》，鲁史也，有史法在。古策书之体，其例甚严，所以为礼义之防维[①]而不敢苟，此则鲁之史官守之。自鲁公以来，行事有常经[②]，鲁史记书法不失者，君子以为不必修也。而修《春秋》自隐始，则王迹熄而诸侯僭乐坏礼，肆行征伐。诸侯之政又失，而大夫操其国柄。世变相寻[③]，行事为史所不能书，于是书法淆乱，非有圣人之达于权，不知治变。是以《春秋》义例不可与《鲁》史记之例同条而论，而"废例"之说，知其益疏矣。

【译文】 《春秋》是鲁国所修的史书，有修史的法则条例在。古代记录史实的简册体，它的体例是很严密的，是用来防备守护礼义的，因而不敢马虎、随便，鲁国的史官一直坚守这些法则。自从鲁公以来，行事有固定不变的法律规章，鲁国史官记录史事不曾抛弃修史的法则条例，因此君子认为不必重修鲁国的史书。至于(孔子)修《春秋》从鲁隐公开始，则是因为王道政治崩溃停息，而诸侯僭越，败坏礼乐，肆意行使本来只属于天子的征伐权。(紧接着)诸侯的政权又失落，大夫开始操纵国家大权。世上动乱接连不断，史官对于这些事件难以忠实记录，就这样史书的法则条例开始混乱起来。没有圣人根据实际情况实现变通，是不会知道国家政治已经发生改变的。因为这个原因，《春秋》的义理条例是不可以和《鲁》史所记的体例同等看待并去讨论它的，至于"废例"之说，也就知道它更为粗疏了。

【原文】 震尝获闻先生论读书法曰："学者莫病于株守旧闻，而不复能造新意；莫病于好立异说，不深求之语言之间，以至其精微之所存。夫精微之所存，非强著书邀名者所能至也。日用饮食之地，一

---

① 防维：防备守护。

② 常经：固定不变的法令规章。

③ 相寻：相继，接连不断。

动一言，好学者皆有以合于当然之则。循是而尚论古人，如身居其世睹其事，然后圣人之情见乎词者，可以吾之精心遇之。非好道之久，涵养之深，未易与于此。”先生之言若是。然则《春秋》书法以二千载不得者，先生独能得之，在是也夫。时乾隆己卯孟冬，休宁戴震撰。

【译文】 戴震我曾经听到先生谈论读书方法道：“学习的人没有人拘泥旧见闻的弊病，却不能够创造新的见解；没有人有建立新异学说的弊病，却不在语言文字中去深入探求，从而达到精深微妙的内蕴所在。精深微妙的内蕴，不是勉强著书博取名声的人所能够达到的。日用饮食方面，一言一行，热爱学习的人都有用来合乎‘应当如此’的法则。沿着这去研讨古人，就好像身居古人所处的时代、目睹古人的行事，这之后圣人的思想情感就从词句中看到，可以用我们的一片诚心来和它交流。不是长久好道，有深厚的学识修养，是不容易达到这个境界的。”先生的言论诸如此类。既然这样，那么《春秋》两千年不被人掌握的法则条例，先生独能掌握它，就在这部书中啊。时乾隆己卯年(1759)孟冬，休宁戴震撰。

六书音均表序

【原文】 韵书始萌芽于魏李登《声类》，积三百余年，至隋陆法言《切韵》[1]，梗概之法乃具。然皆就其时之语言音读，参校异同，定其远近洪细，往往有意求密，而用意太过，强生区别。至如虞、夏、商、周之文，“六书”之假借、谐声，《诗》之比音、协句[2]以成歌乐，茫乎未之考也。唐初，因法言撰本，为选举士人作律诗之用，视二百六韵中字数多者，限以独用，字数少者，合比近两韵或三韵同用，苟计字多寡而已。宋吴棫作《韵补》[3]，于韵目下始有古通某、古转声通某之云，其分合最为疏舛。郑庠[4]作《古音辨》，仅分阳、支、先、虞、尤、覃六部。近昆山顾炎武更析东、阳、耕、蒸而四，析鱼、歌而二，故列十部。吾郡老儒江慎修永于真以下十四韵，侵以下九韵，各析而二，萧、宵、肴、豪及尤、侯、幽亦为二，故列十三部。古音之学，以渐加详如是。

【译文】 韵书开始萌芽于魏代李登的《声类》，通过三百多年的

---

① 《切韵》：隋代陆法言所撰的韵书，共五卷，分193韵：平声54韵，上声51韵，去声56韵，入声32韵。唐代初年被定为官韵。增订本甚多。《切韵》原书已失传，其所反映的语音系统因《广韵》等增订本而得以完整地流传下来。

② 协句：音韵学用语，即协韵。一种因不知古今音异而随意把某字临时改读为某音以求和谐的做法。开始于南北朝，盛行于宋朝，朱熹是代表。

③ 《韵补》：宋代吴棫撰。吴棫（约1100—1154），字才老，建安（今福建省建瓯市）人。宣和六年（1124）进士。《韵补》全书分五卷。其宗旨是根据声训材料和《周易》《诗经》《尚书》以下，欧阳修、苏辙文集等五十种书籍中的韵语，说明古韵部的通转。《韵补》存在明显缺陷，但它是音韵学史上第一部研究古音的专著，在音韵学史上占有重要的地位。

④ 郑庠：字号、生卒年、籍贯不详，宋代古音学家。著《古音辨》，已佚。分古韵为六部，颇有系统。但为宋音，不合古韵。

积累和发展，到隋代陆法言的《切韵》，大略的体系内容才具备。但都是根据当时的语言确定的音韵，参照各种韵书校订异同，确定音韵韵部的远近和发音高低，往往刻意追求分部的细密，但是由于用心过度，强行分部分类。至于虞、夏、商、周的文章，"六书"中的假借、谐声，《诗经》的拟音、协韵来完成可唱的乐歌，由于缺乏资料而茫然无考。唐初，陆法言撰作韵书，作为参加科举考试的读书人作律诗的使用标准。他将二百零六韵中字数多的韵部，限定必须独用；字数少的韵部，则将相邻的两个或者三个韵部合用，（独用还是合用）仅仅按照字数多少来确定罢了。宋代吴棫作《韵补》，在韵目下开始有"古通某""古转声通某"之类的提法，他的分部、合部最为疏漏错乱。郑庠作《古音辨》，仅分阳、支、先、虞、尤、覃六部。近代昆山顾炎武进一步分合为东、阳、耕、蒸四部，分为鱼、歌二部，所以共分有十部。我们徽州府有一老儒江永在真以下十四韵，侵以下九韵，各分为二，萧、宵、肴、豪以及尤、侯、幽亦分为二，所以共分有十三部。古音之学，以逐渐细密为正确的发展方向。

【原文】 前九年，段君若膺语余曰："支、佳，一部也。脂、微、齐、皆、灰，一部也。之、咍，一部也。汉人犹未尝淆借通用，晋、宋而后，乃少有出入。迄乎唐之功令，支注'脂、之同用'，佳注'皆同用'，灰注'咍同用'，于是古之截然为三者，罕有知之。"余闻而伟其所学之精，好古有灼见卓识。又言："真、臻、先，与谆、文、殷、魂、痕为二，尤、幽与侯为二，得十七部。今官于蜀地且数年，政事之余优而成是书，曰《六书音均表》。凡为表者五[1]，撰述之意，表各有序说，既详之矣。"其书始名《诗经韵谱》《群经韵谱》嘉定钱学士晓征[2]为之序。兹易其体例，且增以新知，十七部盖如旧也。

---

① 凡为表者五：段玉裁《六书音均表》中的五个表分别是《今韵古分十七部表》《古十七部谐声表》《古十七部合用分类表》《诗经韵分十七部表》《群经韵分十七部表》。

② 钱学士晓征：即钱大昕（1728—1804），字晓征，一字辛楣，号竹汀，江苏嘉定（今属上海市）人。清代史学家、汉学家。

【译文】 九年前，段玉裁先生对我说道："支、佳，为一部。脂、微、齐、皆、灰，为一部。之、咍，为一部。汉代人还不曾混淆相借通用，晋、宋以后，才开始略有混淆借用。到了唐代，支注'脂、之同用'，佳注'皆同用'，灰注'咍同用'，就这样古代清楚明了地分为三部，至此少有人知晓了。"我听后，惊叹他学问的精深，热爱古学并且有真知灼见。他又说："'真、臻、先'和'谆、文、殷、魂、痕'一分为二，'尤、幽'与'侯'一分为二，共分十七部。如今在四川地区做官多年，在政事之余悠闲之时著成这本书，题名《六书音均表》。共有五个表，撰述的意图，在各表前都作有一篇序言详细说明。"该书起先叫《诗经韵谱》《群经韵谱》，嘉定钱大昕学士为该书作序。此次刊刻改变了原书的体例，且增加了新的内容，但是十七部分部法还是和原先一样。

【原文】 余昔感于其言"五支、六脂、七之有分"。癸巳春，寓居浙东，取顾氏《诗本音》，章辨句析，而讽诵乎经文，叹始为之之不易，后来加详者之信足以补其未逮。顾氏转侯韵入虞，江氏转虞韵入侯，此江优于顾。然顾氏药、铎有分，而江氏不分，此顾优于江。若夫五支异于六脂，犹清异于真也。七之又异于支、脂，犹蒸又异于清、真也。实千有余年，莫之或省者，一旦理解，按诸《三百篇》划然，岂非稽古大快事欤！时余略记入声之说，未暇卒业，今乐睹是书之成也，不惟字得其古人音读，抑又多通其古义。

【译文】 我过去就曾受到他"五支、六脂、七之有分"观点的启发。癸巳年(1773 年)春天，我寓居浙东，取来顾炎武的《诗本音》，对词句篇章进行详细考辨，对经书中的文字进行细致诵读，更加叹服初创的不容易，以及后来加以完善细密，足以弥补前人的缺失错误。顾炎武转"侯"韵入"虞"，而江永转"虞"韵入"侯"，这方面江永优于顾炎武。但是顾炎武将"乐""铎"分开，而江永不分，这方面顾炎武优于江永。至于"五支"和"六脂"相异，与"清"和"真"相异属于同种情形。"七之"又不同于"支""脂"，和"蒸"不同于"清""真"情形相同。这些一千多年来没有人弄懂、弄清楚，一旦理解了，按照着来读《诗经》，便觉得音韵分明，这难道不是考古好古者的一大快事吗！当时我曾简略地写过有关入声的论文，但没时间完成，如今很高兴看到这本书的完工，据此，不仅字得古人音读，还能通晓字词的古义。

【原文】 许叔重之论假借曰："本无其字，依声托事。"夫《六经》字多假借，音声失而假借之意何以得？故训、音声相为表里。故训明，《六经》乃可明。后儒语言文字未知，而轻凭臆解以诬圣乱经，吾惧焉。段君又有《诗经小学》《书经小学》《说文考证》《十七部古韵表》等书，将继是而出，视逃其难相与凿空者，于治经孰得孰失也？乾隆丁酉孟春月，休宁戴震序。

【译文】 许慎论假借说："本来没有这个字，根据发音借用已有的音同或音近的字来代表所想表达的字或意。"《六经》中有很多假借字，读音失传了，那么假借的词义如何得知？词语释义和词语的读音是相互依存互为表里的。词义解释清楚了，《六经》才可以读明白。后代的儒生不懂语言文字，却轻易地凭借主观的解释从而诬陷圣人扰乱经典，我对此非常担忧。段玉裁先生又有《诗经小学》《书经小学》《说文考证》《十七部古韵表》等书，将紧接着本书陆续刊刻出版，（他的做法）和那些逃避困难及凭空臆想的人相比，对于研治经典，究竟谁得谁失呢？乾隆丁酉年（1777）孟春，休宁戴震序。

屈原赋注九歌序

《九歌》，迁于江南所作也。昭诚敬，作《东皇太一》；怀幽思，作《云中君》；盖以况事君精忠也。致怨慕，作《湘君》《湘夫人》，以己之弃于人世，犹巫之致神而神不顾也。正于天，作《大司命》《少司命》，皆言神之正直，而惓惓[1]欲亲之也。怀王入秦不反，而顷襄继世，作《东君》，末言“狼弧”，秦之占星也，其辞有报秦之心焉。从河伯水游[2]，作《河伯》；与魑魅为群，作《山鬼》；闵战争之不已，作《国殇》；恐常祀之或绝，作《礼魂》。

【译文】 《九歌》是屈原被贬到江南时所作。表明忠诚恭敬，作《东皇太一》；心怀幽曲情思，作《云中君》；这是以之来比拟（自己）侍奉君主无比忠诚。表达幽怨倾慕，作《湘君》《湘夫人》，因为自己被人世所抛弃，如同巫师致引神灵，神灵却不理睬。想向天求取公正，作《大司命》《少司命》，都说神灵正直不阿，因而诚恳地想要亲近。怀王入秦不回，而顷襄王继位，作《东君》，篇末写到“狼弧”，这是秦的占星术，这些词句有报复秦国的志向。有投水殉国之志，作《河伯》；和妖魔鬼怪为友，作《山鬼》；悲悯战争无休无止，作《国殇》；担心固定的祭祀中断，作《礼魂》。

---

① 惓惓(quán)：真挚，诚恳。

② 从河伯水游：随从河伯出游水中。比喻屈原有投水殉国之志。

重刊五经文字九经字样序

【原文】 唐国子司业[①]张参《五经文字》，初书于屋壁，日久剥坏，乃更土涂，以木版关其背，使负墉相比，而书其表，语详刘禹锡《国学新修五经壁记》[②]。及开成二年，国子监《九经》石壁成，翰林勒字官唐玄度[③]复拾补参所略，为《九经字样》。二书即列《石经》之后。今石刻具存，字多损缺，末有庸妄人补字。

【译文】 唐代国子司业张参的《五经文字》，最初书写在房屋的墙壁上，天长日久，墙壁剥落损坏，因此重新涂抹墙壁土层（使之平整），又用木头制作面积巨大的书版，在书版背面暗设机关，然后将这些书版紧靠墙壁而立，并在书版表面书写九经经文，具体情形详见刘禹锡的《国学新修五经壁记》。到开成二年（837），国子监《九经》石壁建成，翰林勒字官唐玄度又重新校对，修补缺字、缺笔，作《九经字样》。这两本书便都排在《石经》之后。而今石刻都还保存着，但是字多损缺，末尾还有庸妄人补刻的一些文字。

---

① 司业：国子监一种官衔，为监内的副长官，协助祭酒主管监务，清代废除。

② 刘禹锡《国学新修五经壁记》："初大历中，名儒张参为国子司业，始定五经书于论堂东西厢之壁。辩齐、鲁之音取其宜，考古今之文取其正……揭揭高悬，积六十岁，崩剥污蔑，澳然不鲜……遂以羡赢，再新壁书。惩前土涂不克以寿，乃析坚木负墉而比之。其制如版牍而高广，其平如粉泽而洁滑。背施阴关，使众如一。附离之际，无迹而寻。"

③ 唐玄度：字彦升。文宗时，任翰林待诏。精于小草书，有楷则。开成二年（837），太学立石壁九经，受命以翰林勒字官复校字体。推原字画，使有旨归。作《十体书》，为古文、大篆、小篆、八分、飞白、薤叶、悬针、垂露、鸟书、连珠。并著《九经字样》一卷，学者资之。

【原文】 乾隆戊子冬，曲阜孔君体生[①]谓，拓本不能家有其书。遂雕印成帙，又详加考正，别自为卷附焉。前此祁门马氏[②]新刊版本，识诸末云："旧购宋拓《石经》中有此，因依样缮写，雕版于家塾，庶广其传。"孔君语余曰："马氏本虽完善，然以石刻校之，有字画尚存，而其本改易者，岂石刻有异欤？不然矣。又其本脱去'罣'字注十有九字，'螯'字并注凡八字，余亦时涉讹舛。"余闻而知孔君用心之审慎，其留意于小学也，好之深，是以能辨之详如此。

【译文】 乾隆戊子年（乾隆三十三年，1768）冬，曲阜孔继涵说，不可能家家都能够拥有这两本书的拓本。于是雕版刻印成书，又详细考校订正，另作一卷附在后面。此前有祁门马氏的新刊版本，马氏在篇末记录道："从前购买的宋拓本《石经》中有这部分内容，因此依样缮写，在家塾中雕刻版印，希望能够使其广泛传播。"孔继涵告知我说："马氏的本子虽然完善，但是拿《石经》刻本来校对它，有的《石经》刻本的字画还在，但是马氏的本子却已经改易，难道是《石经》刻本有不同吗？这是不可能的。又马氏的本子脱落'罣'字注十九字，'螯'字和注共八字，其他地方也不时有讹误乖错。"我听了孔继涵的话，知晓孔继涵的精深严谨，他一直留意于小学，深深痴迷，所以他的考辨能够如此这般详细精深。

【原文】 方汉熹平初，议郎蔡邕以经籍去圣久远，文字多谬，奏请于朝。得诏正定《六经》文字，立石太学门外。史言"观视及摹写者，车乘日千余辆，填塞街陌"。唐制，则国子监置"书学博士"，立《说

---

① 孔君体生：即孔继涵（1739—1783），字体生，一字涌孟，号荭谷，山东曲阜人。乾隆间进士，官户部主事，充《日下旧闻》纂修，后归隐著书。深研三礼，对天文地志、经学字义、算数之书无不博综，尤精天文、算术。凡所钞校者，数千百帙。好金石，集唐以来金石刻千余种，与经义史志相比附。又汇梓罕存之本，为《微波榭丛书》七种及《算经》十书，世称善本。有《春秋世族谱》《春秋闰例日食例》《勾股粟米法释》《红榈书屋集》等。与戴震友善。

② 马氏：指寓居扬州的大盐商马曰琯、马曰璐兄弟。

文》《石经》《字林》之学，而张参为司业。病夫人苟趋便，《五经》正文，荡而无守。故其作书推本《说文》，助以汉《石经》，虽未尽协六书，要主于远绝俗谬也。自宋以来，学者于“小学”不讲。朱锡鬯云：“《五经文字》独无雕本，为一缺事。”然周广顺三年，尚书左丞兼判国子监事田敏献印版书《五经文字》《九经字样》各二部，奏称：“臣等自长兴三年，校勘雕印《九经》书籍。”是此书雕本，在印版书甫创之初已有之，而绝不传闻，盖此学废弃久矣。

【译文】 东汉熹平初年，议郎蔡邕因经籍距离圣人时代久远，文字多有谬误，特向朝廷奏请。得到皇帝诏书，受任正定《六经》文字，将其刻写石上并立在太学门外。史书记载道“观看和抄写的人，每天车乘多达千余辆，一时之间，街道填塞拥堵”。唐代制度，则在国子监设置“书学博士”，设立《说文解字》《石经》《字林》学，而张参出任司业一职。愤慨于时人苟且，贪图方便，完全不遵从《五经》正文。所以他著述以《说文解字》为本，以汉《石经》为辅助，虽然没有完全和六书相合，但是重点在于做到了远离世俗乖谬。自宋代以来，研学的人不讲“小学”。朱锡鬯说：“唯独《五经文字》没有雕本，成为一大憾事。”但是后周广顺三年(953)，尚书左丞兼判国子监事田敏献曾刻版印刷的《五经文字》《九经字样》各两部，他上奏宣称：“臣等从长兴三年(932)开始，校勘雕印《九经》书籍。”这表明这本书的雕本，在印版书刚出现时就已经有了，却完全没有传播开来使人知晓，这大概是因为这门学问已经废弃了很久的缘故吧。

【原文】 孔君好古而知所从事，能去华取实于世之所不讲。余读是本，核订精审，不徒有功“小学”而已。治经之儒，先欲识字，其必自此书始。

【译文】 孔继涵先生好古且知道该干些什么，能够做到去掉浮华，专攻当世不关注的实学。我阅读这本书，感觉审核考订很精深，不仅仅是“小学”方面取得了成就。研治经书的儒生，想要先识字，他们就一定会从读这本书开始。

孟子赵注跋

【原文】 吾友朱君文游出所藏校本二示余：

【译文】 我的朋友朱奂拿出所藏的两种校本给我看：

【原文】 一有“虞山毛扆手校”印记。称引小宋本、元本、抄本，又有宋本又或称廖氏本，而逐卷之末，多记从吴文定抄本一校。何屺瞻云：“毛斧季从真定梁氏借得宋椠本影钞。”今未见其影钞者。而此本《尽心》下惟《梓匠轮舆章》有章指，余并缺。

【译文】 一种校本有“虞山毛扆手校”的印记。所称引的有小宋本、元本、抄本，还有宋本又叫廖氏本，而且每一卷的末尾，大多记录有“从吴文定抄本一校”之类的文字。何屺瞻说：“毛斧季从真定梁氏借得宋椠本影钞。”现今不曾发现他所说的影钞本。而且这个本子《尽心》下只有《梓匠轮舆章》有章指，其余一并缺失。

【原文】 一为何仲子手校之本，末记云：“文注用盱郡重刊廖氏善本校。”而《尽心》上《有事君人者》一章，《孔子登东山》以下三章，《尽心》下《吾今而后知》以下七章，并缺章指。

【译文】 另一种是何仲子手校的本子，篇末记录道：“文中的注释使用盱郡重刊的廖氏善本来校对。”而《尽心》上《有事君人者》一章，《孔子登东山》以下三章，《尽心》下《吾今而后知》以下七章，一并缺失章指。

【原文】 二校本各有详略，得以互订。外有章丘李氏所藏北宋蜀大字章句本，毛斧季影钞者，并得赵岐《孟子篇序》。于是台卿之学残失之余，合之复完，亦一大快也。乾隆壬辰春正月，休宁戴震识。

【译文】 两个校本各有详略，可以互相考订。另外有章丘李氏所藏的北宋蜀大字章句本，毛斧季影钞的，还得到赵岐的《孟子篇序》。就这样，台卿的学问，在残失之余，又集合完整，也是一大快事啊。乾隆壬辰年(1772)春正月，休宁戴震记。

序　剑

【原文】 方君友璜[①]以《检书看剑图》示余，且曰："非伟其事也，志也。愿得一言以明之。"余持之熟视，遂称曰："君子于书，惧其不博也；既博矣，惧其不审也；既博且审矣，惧其不闻道也。七十子之徒，亲得圣人以为依归，能闻道者不多数焉。君虽检于书若不及，能必道之闻乎？"曰："未能。"余又称曰："夫剑，上制重九锊[②]，长三尺；中制重七锊，长二尺有半尺；下制重五锊，长二尺。夫人而带之，夫人而利用之，以形貌节之。度今君于剑之用，岂能之乎？"曰"未能。"二者皆未能，而图奚以之？书以志乎道，奚志于剑也？

【译文】 方琮先生把《检书看剑图》拿给我看，还说道："不是为了借助您来抬高这本书的影响，撰写一本这样的著作是我的志向。希望能够得到您的只言片语来彰显这一点。"我翻开书仔细阅读一番，并问道："仁人君子撰写书籍，担心书籍不广博；做到了广博，则担心不精深；既广博又精深，便担心书籍没有致力于闻见道理。孔子七十高足，得到圣人亲传学问并把它作为终身信仰，但是能够做到闻见道理的却不多。先生您虽然做到了查阅汇辑典籍唯恐不及，但是能够一定做到闻见道理吗？"答道："不能够。"我又说："说到剑，上等形

---

① 方君友璜：即方琮，字黄山，一字友璜，号石巅，浙江人。善山水，山水宗黄公望，从学于张宗仓，笔致能相似，深得其传，供奉内廷。曾仿画王希孟《江山千里图卷》。

② 锊(lüè)：古代重量单位，一锊约合六两。《说文解字》："十铢二十五分之十三，或曰二十两为锊。"《小尔雅》："倍举曰锊，锊谓之锾。宋咸曰：举三两，锊六两。"《周礼·冬官考工记·冶氏》："戈戟皆重三锊，剑重九锊，次七锊，下次五锊。"

制重九锊，长三尺；中等形制重七锊，长二尺半；下等形制重五锊，长二尺。那些仁人君子佩带着它，那些仁人君子有目的地使用它，并用合乎礼仪的外形体貌来操控它。揣度一下当今君子对于宝剑的使用，能够达到这种境界吗？”答道“不能够。”“如果二者都不能够，那么您为什么抱着传道的志向来辑录宝剑图并汇编成书呢？为什么还有志于研究宝剑呢？”

【原文】 余闻剑之说，其握茎①，茎者固，固者信；其后镡②，镡者文，文者让；其前首③，首者止，止者礼；其中脊，脊者鲠④，鲠者廉；其厢腊⑤，腊者平，平者法；其刃锷⑥，锷者断，断者义；其末铓⑦，铓者锐，锐者勇。其内之也，袭之以夫袯⑧，而深诸匮中，似乎智之藏；其出之也，以备君子之德，威而不尚其猛，似乎仁之发。乃信，乃让，乃礼，乃廉，乃法，乃义，乃勇，乃智，乃仁，是故剑有九德焉。是故古之君子恒佩剑焉。余闻君子之于物也，右之左之，维其仪之；左之右之，维其有之。（案：《北史·长孙绍远传》言：“左之右之，君子宜之；右之左之，君子有之。”此文句与《北史》正同，但《北史》误倒失韵耳）。苟君子之未能者剑之用，而能者剑之德，孰谓道远，终必至之。是故《易》之言曰：“君子多识前言往行，以畜其德。”剑其书也，书其剑也，非其剑若书也，其人也，故好之不倦。

【译文】 我听到一些关于剑的说法，剑的柄叫作茎，茎要坚固，

---

① 茎：器物的柄，此处指剑柄。《周礼·考工记·桃氏》：“以其腊广为之茎，围长倍之。”注：“茎谓剑夹，人所握镡以上也。”

② 镡(xín)：剑柄和剑身连接处的两旁突出部分。旧亦称剑鼻、剑口、剑首、剑环等。

③ 首：剑柄上的环。《礼记·曲礼上》：“进剑者左首。”

④ 鲠：耿直。

⑤ 腊(liè)：剑的两刃或剑身与剑柄交接处。《周礼·考工记·桃氏》：“桃氏为剑腊，广二寸有半寸。”注：“腊，谓两刃。”疏：“两刃者，两面各有刃也。”

⑥ 锷：刀剑的锋刃。《玉篇·金部》：“刀刃也。”《广韵·铎韵》：“剑端。”

⑦ 铓(máng)：刀剑等的尖端。《玉篇·金部》：“刃端。”

⑧ 袯(ráo)：剑套。《玉篇·衣部》：“剑衣。”

坚固体现出诚信;剑柄和剑身连接处的两旁突出部分叫作镡,镡要有文采,有文采体现出礼让;剑柄上的环叫作首,环首是封闭的止,封闭体现出礼义;剑中间部分是剑脊,剑脊耿直,耿直体现出廉洁;剑脊的两边是剑的刃面,剑的刃面叫作腊,腊讲究平齐,平齐体现出法度;剑的锋刃叫作锷,锷要锋利,锋利体现出正义;剑的尖端叫作铓,铓要锐利,锐利体现出勇敢。将剑收纳起来,在剑的外面套上剑衣,深藏到剑匣里,这又好像体现出智慧的潜藏;剑抽出来,来成就君子的武德,威武却不提倡勇猛,这又好像是仁义的萌发。有诚信,有礼让,有礼义,有廉洁,有法度,有正义,有勇敢,有智慧,有仁义,所以剑拥有九个美德。这就是古代君子常常佩带宝剑的原因。我听说君子对于外物,或右或左地随身携带着它,主要注重的是其威仪;或左或右地随身携带着它,主要注重的是拥有它。(按:《北史·长孙绍远传》言:"左之右之,君子宜之;右之左之,君子有之。"此文句与《北史》正同,但《北史》误倒失韵耳)。如果君子不看重剑的实用功能,却能重视剑的美德,谁还会说距离道很远呢?最终一定会达到道的。所以《易》有言语说道:"君子要多汲取前贤的言论、往圣的事迹,用来蓄聚美好的品德。"剑就是他的书,书就是他的剑,不是剑像书,所以古代君子喜好宝剑,不知疲倦。

【原文】 语未毕,方君肃然起谢曰:"谨志此。"于是序剑以赠。

【译文】 话没说完,方先生肃然起敬,拜谢道:"我一定谨慎地记住您的这些话。"于是我写作这篇《序剑》把它赠送给方先生。

送右庶子毕君[①]赴巩秦阶道序

【原文】 陇西,旧所称雍之右臂,限截中外者。乾隆三十有二年冬,以右庶子毕君镇抚其地。君裕于文章学问,语及治经,尤勤勤绻绻,器量豁如也。

【译文】 陇西,旧时称之为雍州的右臂,是阻隔雍州内外沟通交流的要道。乾隆三十二年(1767)冬,右庶子毕沅接手陇西军政要务。毕公的文章学问颇有建树,谈起研究经书,格外殷勤恳切,心胸开阔,气量宏大。

【原文】 命下之日,人或谓边陲远境,民之父兄子弟,积闻习知,不过耕战之事,而君官既荣贵,又尝为传胪第一人,才名倾动一时,往践斯任,度未能快于怀。君从容语其友曰:"地无僻,民产焉者,无秀顽一成之性。近征之宋以来,学者之称闽、洛,直追蹑邹、鲁。夫洛固地中,若其峤外、海隅、七闽、百粤之区,旋革而名儒辈出,岂非后之独轶前代者欤?逾陇而西,古成纪盖在乎是。子长作《天官书》,言中国山川,维首在陇蜀。以余稽太皞氏生于成纪,而都陈仓,实始作《易象》,为书契群经之首矣。闽粤之贤,唐建中、兴元间已有如欧阳詹生

---

① 右庶子毕君:即毕沅(1730—1797),字纕蘅,一字秋帆,自号灵岩山人,江南镇洋县(今江苏省太仓市)人。毕沅幼年丧父,师从沈德潜,喜欢金石地理之学。乾隆二十五年(1760),状元及第,授翰林院编修,历任侍读学士、太子左庶子,实授甘肃巩秦阶道台、安肃道道台、陕西按察使、陕西布政使、陕西巡抚、河南巡抚、湖广总督。著有《续资治通鉴》《传经表》《经典辨正》《灵岩山人诗文集》等。

其人，盛推于韩退之氏。徒因莅彼土者，雅以文辞接其长材秀民，遂未几翕然向化。而陇右地，唐宋时史官所记录，犹一再陷入吐蕃。是以曩昔之论：一以陇之新旧两关为秦、雍要害之中；一以洮、灕、河、湟为控扼羌戎重镇。我皇上既悉平西域，绵延以往，万里未极。岷阶距帝京，路才四千，视之诚不啻尺咫。则宣敷朝廷文教，兹适其时乎。”君慨然见于言者如此，于是素器重君者，益以信通经致用之学，非无验也。震得亦与闻之，乐次而书之，以为君成政之符，且以庆陇右士民将蒙泽而丕化焉。

【译文】 任命下达之日，有人对毕公说边陲之地，远离京师，普通老百姓所熟知和习惯的，不过是耕种和战争，而您官衔已经很显贵，又曾是科举考试二甲第一名，才华名气轰动一时，若去陇西赴任，我猜您可能未必顺心。毕公很从容地对朋友说：“地方无所谓偏僻，百姓和物产，没有秀美和顽劣一成不变之性。就近求证于宋朝以来，学者们称颂的闽、洛二地，几乎赶上邹、鲁。洛阳本是中原地区（赶上邹、鲁，似乎是情理之中的事），但是像岭南、沿海、七闽、百粤地区，很快改变面貌且名儒辈出，这些难道不是后代超过前代的例子吗？越过陇山向西，大概是古代成纪县所在地。司马迁作《天官书》，谈到中国的山川，认为山川之首在陇和蜀两地。我曾考证过太皞氏生于成纪县，并在陈仓建都，实际上是他开始作的《易象》，该书是儒学经典之首。闽越之地的贤士，唐朝建中、兴元年间已有如欧阳詹这样的名士，被韩愈推崇。这些要归功于治理地方的官员们，以文雅之辞，修理文教，引导当地的优秀人才，最终不久便迅速走向开化。而陇山的西边，据唐宋时期史官的记录，尚且一再被吐蕃占领。因此从前有这样一些观点：一是以陇山的玉门关、阳关为秦雍之地要害中的要害；一是以洮、灕、河、湟等河流为扼控羌戎等游牧民族的军事要地。当今皇上已经平定西域，绵延伸展，超过万里。岷阶之地距离京师不过四千里路程，看来不过近在咫尺。那么去宣传、推广朝廷的文教，这是正当其时的。”毕公的慷慨激昂就这样体现在他的言行之中，于是平常向来器重毕公的人，更加相信精通经典的经世致用之学是一定会有用处的。戴震我得以听说了这些事情，非常高兴地将它编次记录下来，以此作为毕公您政绩功业的标记，并且以此来庆贺陇山以西地区的士子百姓将沐浴恩泽进而得到大幅度的开化。

送巡抚毕公[①]归西安序

【原文】 今巡抚陕西毕公，前以右庶子出守巩秦阶道[②]，慨然不以陇右[③]僻远，欲大施教泽，震既推公之意而序之。于今且十年，而公官至大府兵部侍郎兼都察院右副都御史。秋入觐，赴热河行在[④]，天子嘉其勋绩，赐予有加，以荣异之。还至京师，京师之大人先生，愿见不得遍，三宿遄归西安。时震抱疾，未能出户，而公步入隘巷，顾震于陋室中。坐久之，将行，乃曰："昔虽践监司之任[⑤]，然知人之责，未若今之专且大也。故得导宣圣天子德教，俾长材秀民，咸喻于道，以待国家登用。数岁以来，所惧者，人之贤否不易知。凡官吏若而人[⑥]，知之抑岂无要乎？"

【译文】 今陕西巡抚毕公，之前以右庶子官职外任甘肃巩秦阶道，慨然赴任，并不因为甘肃僻远而迟疑。毕公打算在甘肃大力推行

---

① 毕公：指毕沅。

② 巩秦阶道：康熙二年（1663）置洮岷道，驻岷州卫（甘肃岷县），领岷州卫（巩昌府岷州），洮州卫（巩昌府洮州），西固城所，巩昌府阶州、文、成、漳三县；雍正六年（1728）增领阶州；乾隆二十八年（1763）更名巩秦阶道，巩昌府全境、秦州来属；同治三年（1864）移驻秦州（治今天水市秦州区）。民国元年（1912）废。

③ 陇右：一为古地区名，泛指陇山以西地区。古代以西为右，故名。约在今甘肃省六盘山以西，黄河以东一带。二为甘肃省旧时别称之一。

④ 热河行在：即热河行宫。行在：天子巡行所到之地。

⑤ 监司之任：负有监察之责的官吏。汉以后的司隶校尉和督察州县的刺史、转运使、按察使、布政使等通称为监司。

⑥ 若而人：若干人。《左传·襄公十二年》："夫妇所生若而人，妾妇之子若而人。"今多指如此的人。

教化，戴震领会毕公之意并为之作序。到今天将近十年，而毕公官至大府兵部侍郎兼都察院右副都御史。今年秋入朝觐见，赴热河行在，天子嘉奖其政绩，赏赐的物品比礼制规定的多，用此来表达特殊的荣誉。毕公回到京师，京师的大人先生，希望拜见他的不可胜数，在京留宿三晚便迅速回到西安。当时戴震我正生病，不能出门，但是毕公却步行到狭窄的街巷之中，到陋室中看望戴震。毕公在此停留了很久，将要离开时，说："我过去虽然担负有监察之责的官职，然而知人善任的职责，比不上如今更为专门重大啊。所以必须宣传教导圣天子的德教，使得优秀人才都能够领悟道义，以待国家录用。数年以来，所担心的，在于人是否贤良是不易知晓的。大凡像我这样有监察职责的官员，在识别人才方面，难道没有方法要点吗？"

【原文】 震对曰："公今外为大府[①]，自兹以往，至内为宰相，诚兢兢惟知人是务，不愧古大臣矣。知人之难，由尧、舜至于今，莫敢易言之。然愚民不知学问，不解德行行事，问其官长邪正真伪，如以鉴写形，如水静之明烛须眉。进而官之卑者，其上官之邪正真伪，兼及情好之偏，知之亦然。进而官益尊，其视上官也，无遁形也，曲达其隐也。然而上之视下，能不惑者鲜矣。岂在下则明、在上则惑哉？无知人之责，不贤者不必自饰于其前，不贤者之嫉贤党不贤，亦不必巧进毁誉于其前。有知人之责，而工诈欺之人至矣，潜妒诬之人至矣。又况情好或偏，彼探得之入焉。疏不及觉，方自信明于知人，天下受其不知人之弊，古今通患也。若《皋陶谟》之九德[②]，《文王官人》之六征[③]，孔子《三朝记》之论观器视才，与夫传志子史，备言人之变态，则公究之也固有素。《中庸》曰：'人莫不饮食也，鲜能知味也。'言乎存

① 大府：明、清时称总督、巡抚为"大府"。

② 按：《皋陶谟》"行有九德"包括：宽而栗，柔而立，愿而恭，乱而敬，扰而毅，直而温，简而廉，刚而塞，强而义。

③ 按：《文王官人》所谓"六征"包括：一曰观诚，二曰考志，三曰视中，四曰观色，五曰观隐，六曰揆德。

诸心而已耳。公诚兢兢惟知人是务，不愧古大臣矣。夫天以亿兆之民哀乐安危授之君，君以民之哀乐安危倚任大臣。国之本莫重于民，利民病民之本莫重于吏，有一念及其民，则民受一念之福。察吏者，恻隐之实之至于民者也。”

【译文】 戴震回答道：“先生如今外任巡抚，从此以后，直到入朝做宰相，果真认认真真，以发掘人才为职责所在，真不愧有古代大臣的风范。识别人才很困难，从尧、舜到如今，没有人敢轻易谈论这个话题。然而愚民不懂学问，不懂得根据德行去行事，若问他的长官邪正真伪，却如同用镜子来照形体，如同平静水面能够清晰照见须眉一样。进而推至下级官员，他的上级官员的邪正真伪，以及性情嗜好，也一样了解得清清楚楚。进而官越大，他们了解上级官员越是无所隐遁，都能通过各种手段了解其隐情。然而上级了解下级，却很少不迷惑。难道是在下位的就明智，在上位的反而迷惑昏庸吗？（其实，若是）没有发掘人才的职责，无德无能的人不需要在他面前掩饰，无德无能的人虽嫉贤嫉能，也不需要在他面前巧进诋毁声誉的言论。而有发掘人才的职责，则那些工于欺诈的人纷纷来临，爱进谗言诬陷他人的人纷纷来临。又或许有特殊的情感爱好，他们探知后，乘虚而入。出现疏漏却不自知，正在自信有知人之明，而天下却在承受其不知人所带来的弊病，这是古往今来的通病。至于《皋陶谟》所谓的九德，《文王官人》所谓的六征，孔子《三朝记》论观器视才，以及传志子史，详细论及人才的各种情形，则先生本就研究有素。《中庸》说：‘人没有谁不饮食，却很少有人能做到知味。’（说到底，对于辨识人才，最关键的是）是否真的留心于彼罢了。先生果真能做到兢兢业业，以知人善任为职责，就无愧于有古代大臣的风范了。上天把亿兆百姓的哀乐安危交给君主，君主把百姓的哀乐安危交付给大臣。国家的根本，没有比百姓更重的，利民还是病民的根本，没有比官员更重的，有一念及于百姓，则百姓就会受到一念之福。考察官吏，就是要考察恻隐之心落实到百姓身上的具体情形。”

【原文】 谨书之，以先士民之颂。

【译文】 恭敬地记录下来，来表达对您先于其他士民的赞颂。

沈学子[①]文集序

【原文】 强梧赤奋若之岁[②]，余始得交于华亭沈大成先生。既而同处一室者更裘葛。方(一作时在)炎夏，金石流，草木焦，而先生持经籍一卷，往复校核无倦容。然则天地有寒暑，惟用心一者不知之。庄生有言："入水不濡，入火不热。"指或殊，而为抱一则同(一作同也)。故先生之学，于汉经师授受欲绝未绝之传，其知之也独深。因是赡涉旁午[③]，举凡先秦以降，精深、博大、怪奇、伟丽之文，靡不好之，而神与俱凝，复与俱释。而亦时时自发为文章，其醇之经，肆[④]之子史百家，掩其光而弥著，淡其味而弥永。此余曩所见于先生之学、之为诗古文词若是。今隔别六载，闻素重先生所为文暨学于先生者，为裒聚成集，先生乃驰书二千里属余撰序。

---

① 沈学子：即沈大成(1700—1771)，字学子，号沃田，江苏华亭(今属上海)人，诸生。博闻强识，以诗古文名。父乔堂卒官，家遂中落。自是屡就幕府征，由粤而闽而浙而皖，前后四十余年。然性勤敏，虽舟车往来，但必以四部书自随。晚游维扬，客运使卢见曾所，为其纂辑群书，交惠栋、戴震、王鸣盛等，益以学业相砥砺。乾隆二十七年(1762)卢见曾离任，沈大成开始馆于大盐商江春寓所，直至乾隆三十六年(1771)十月二十七日病重还家，二十九日即卒，年七十二。沈大成壮年时，耽心经籍，通经史百家之书及天文、乐律、九章诸术。校定书籍颇富，有《十三经注疏》《史记》《前后汉书》《南北史》《五代史》《杜氏通典》《文献通考》《昭明文选》等，著有《学福斋集》五十八卷。

② 强梧：亦作"强圉"。太岁在丁，称为"强圉"。《淮南子·天文》："巳在丁曰强圉。"赤奋若：太岁在丑、岁星在寅的年份为"赤奋若"。强梧赤奋若之岁：即丁丑年。

③ 旁午：亦作"旁迕"。一是交错，纷繁。二是四面八方，到处。在文中可以理解为其他各个方面。

④ 肆：放纵，任意行事。这里比喻对于子学、史学、百家之学涉猎广泛。

【译文】 丁丑年(1757),我开始结交华亭沈大成先生。不久我们便同处一室并更换上葛布大衣。当时正值炎热的夏天,金石似乎都要被融化了,草木都焦了,而先生手捧着一卷经籍,反复校对毫无倦意。然而天地之间有寒暑的变化,只是因为他专心致志、心无旁骛所以不知道而已。庄子有言:"浸入水里不觉得身上湿,掉到火里不觉得身上热。"这句话所指的或许不同,但所指做事专注是相同的。所以先生的学问,主要是汉代经师传授下来几乎失传而又不曾失传的学问,对这些知识的掌握独特而又精深。因此我浏览涉及其他各个方面,大凡先秦以来,精深、博大、怪奇、伟丽的文章没有不喜欢的,并且精神高度集中,对这些文章都予以解释。而且还常常自觉地写成文章,您的经学纯正,子学、史学、百家之学肆意涉猎。要是掩盖您的光芒的话,光芒反而更加显著;刻意淡化您的韵味,韵味反而更加长远。我过去所见到先生的学问,以及诗、古文、词的创作就是这般情形。如今已经分别六年了,听说向来敬重先生文章并且向先生求学的人,将您的文章汇编成集,先生在两千里之外,急速送信给我,嘱咐我为此书作序。

【原文】 夫先生之可传,岂特在是哉!以今之去古既远,圣人之道在《六经》也。当其时,不过据夫共闻习知(一有也字),以阐幽而表微。然其名义、制度,自千百世下遥溯之,至于莫之能通。是以凡学始乎离词①,中乎辨言,终乎闻道。离词则舍小学②故训③无所藉,辨言则舍其立言之体无从而相接以心。先生于古人小学故训,与其所以立言用相告语④者,研究靡遗。治经之士,得聆一话言,可以通古,

---

① 离词:分析词句。

② 小学:又称中国传统语言文字学,包括分析字形的文字学,研究字音的音韵学,解释字义的训诂学,围绕阐释和解读先秦典籍来展开研究,因此又被称为经学的附庸。

③ 故训:即训诂,用今语解释古典中的字句。

④ 用相:使用辅助。告语:文体类别名。马其昶《古文辞类纂标注序》:"曾文正公更约为三门十一类,曰论著,曰告语,曰记载。"曾国藩《经史百家杂钞》于"告语"门下,分诏令(上告下者)、奏议(下告上者)、书牍(同辈相告者)、哀祭(人告于鬼神者)四类。

可以与几于道。而斯集都其文凡若干篇，绳尺法度，力追古人。然特先生之出其余焉耳，此外著述，藏稿尚多。余企其毕合而传之，以为志古君子大快也。昭阳协洽之春新安戴震东原甫谨序①。

【译文】 先生可以流传于世的，难道只是这部著作吗？这只是因为现在离古代已经很久远了，圣人的大道体现在《六经》中。过去，不过根据共同的见闻、熟知的知识，来阐发其中所蕴含的深奥精微的道理，但是其中的名物礼仪、典章制度，到了千百代之下遥远地去追溯考源，甚至没有人能够弄通弄懂。因此，大凡治学从分析词句开始，再到辨析语句章法，最后是领会圣人的大道。分析词句，若抛开文字学、音韵学和训诂学，就没有了凭借支撑；辨析语句章法，若脱离著书立说的文体就没办法和作者进行思想交流。先生您对于古人的文字学、音韵学和训诂学，以及著书立说所使用的手法和文体，全面研究没有遗漏。研究经典的读书人，得以聆听先生一席话，就可以通晓古典，可以几乎接近于大道了。而且这部集子所收的文章若干篇，规矩法度完全可以和古人媲美。然而这只是先生刊出的一点结余罢了，这之外的著作，收藏在家的手稿还有很多。我企盼能够全部收集起来出版流传下去，把它作为有志于古学的君子的一大快事。癸未年(1763)春天新安戴震东原甫谨序。

---

① 黄山书社出版的《戴震全书》作“乾隆辛卯休宁戴震序”，手本作“昭阳协洽之春新安戴震东原甫谨序”，此处改从手本。昭阳协洽之春：太岁纪年法：“昭阳”对应天干“癸”，“协洽”对应地支“未”，“昭阳协洽之春”即癸未年的春天。

董思亭诗序

【原文】 荀卿氏之言学也，曰："为其人以处之。"[1]韩退之氏之言文，曰："仁义之人，其言蔼如也。"[2]是故学问文章，咸以人取重。张揖注《上林赋》"掩群雅"则曰："《诗·小雅》之材七十四人，《大雅》之材[3]三十一人。"揖据《二雅》篇数数之存者，而篇谓之人，岂非以诵其诗篇可想见其为人欤？

【译文】 荀子在谈论学问时说道："效仿他们的为人来和他们相处为友。"韩愈谈到写文章，他说："仁义的人，他的文辞必然和气可亲。"所以做学问写文章，都是以人品为重。张揖注释《上林赋》"掩群雅"时说："《诗经·小雅》有七十四个人的材质，《大雅》有三十一个人的材质。"张揖是根据《二雅》留存下来的篇数而言的，但是将篇说成人，难道不是运用了（孟子所谓的）诵读他的诗篇就能够想象到作者的为人品性吗？

【原文】 介休董思亭旧有《半壁山房诗集》传于世，既而赓以二刻，并为数三晋诗材者称首。盖公自少以孝闻，其后出交当世士，诗文之名日益著，然访其居里，虽儿童田夫，悉能道公孝行也。尝再为州守，以母忧归，不复起。方在江南宿州时，值岁饥，甫上陈，即开仓

---

① 出自《荀子·劝学》："君子知夫不全不粹之不足以为美也，故诵数以贯之，思索以通之，为其人以处之，除其害者以持养之。"

② 出自韩愈《答李翊书》。

③ 材：材质，这里当理解为人的材质、体貌。

赈给，卒得请。于是小民获免于死亡转徙，各输一钱建亭睢水上，用志弗忘，呼一文亭。余之曩识先生如是。

【译文】 董愚亭以前有《半壁山房诗集》流传于世，不久后又重新刊刻此书，且被数个三晋有诗才的人称赞并推为首位。先生从少年时就以孝心闻名，后来出去结交当代的文士，写诗作文的名声日益显著，访问他所居住的乡里，即使是儿童农夫，都能说出他的孝行来。他曾经两次担任州守，因为母亲去世而辞官回家，不再出来为官。当他正在江南宿州做官的时候，遇到了饥荒，刚向朝廷上奏（灾情），就打开了官仓赈济灾民，最后他的奏章获得了批准。因此老百姓得救不死，免于四处逃荒。百姓们自发每人捐一文钱在睢水上建了一座亭，来纪念此事以示不忘，取名为“一文亭”。我从前所认识的先生就是这样一个人。

【原文】 辛卯冬，承乏[①]来此，见先生皓发苍颜，望之俨如儒者也。读书之外，无他嗜好。而先生出其己卯以后诗，得若干篇，属余撰序。

【译文】 辛卯年（1771）的冬天，我因暂任某职的缘故来到此地，望见先生头发花白，容颜苍老，看上去就如同一个饱学之士。除了读书外，没有其他嗜好。先生拿出自己己卯后所作的诗，共有若干篇，嘱咐我为他作序。

【原文】 先生肆力于古人也久，故为诗愈就平淡，而其味愈永，敛其光华以归醇朴，而发诸情性，谐于律吕者，备体[②]而底于化[③]。其

---

① 承乏：暂任某职的谦称。出自《左传·成公二年》：“敢告不敏，摄官承乏。”

② 备体：犹齐备，完整。《管子·君臣下》：“上尊而民顺，财厚而备足，四者备体，顷时而王不难矣。”尹知章注：“谓备具而成体。”《宋书·礼志三》：“夫《礼记》残缺之书，本无备体，折简败字，多所缺略。”刘知几《史通·二体》：“然世犹淳质，文从简略，求诸备体，固以缺如。”

③ 底于化：达到化境。底：至，达到。

中家居怀旧之作，十居四三，又以知先生情笃交友也。读斯刻者，固以其人重其诗，抑于诗中如接其人。孔冲远所云："哀乐之感，冥于自然，使人求诸诗理之先。"循斯言也，庶几善读先生之诗也夫！

【译文】 先生着力研究古人很久了，所以写诗就更为朴实自然而不加雕琢，但韵味更为隽永。收敛起华丽的辞章，而返归于醇厚朴实，而且都是发自于自己的真性情，音律和谐，内容齐备，结构完整，达到化境。其中先生居家怀念过往的诗作，大概占十分之三四，又因此得知先生感情笃厚，重视交朋结友。阅读这些刊刻出版的诗篇，本就因为先生的为人而敬重先生的诗篇，又在阅读先生的诗篇过程中，与先生交往为友。这就如同孔颖达所说："悲喜之情与自然默契，使得人们必须在探寻诗理之前探寻它。"按照这种说法，或许就可以很好地阅读先生的诗了！

沈处士[1]戴笠图题咏序

【原文】 沃田先生周甲子六十之明年夏，以《戴笠图》示休宁戴震。先生在维扬使幕也久。震之得识先生也，于今四年，盖四三见。其见也，漏下不数商[2]而复离，离则时时县于想似。岂形遇疏者神遇故益亲邪？抑非也？

【译文】 沈大成先生在他六十花甲的第二年夏天，将所作《戴笠图》拿给休宁戴震看。沈大成先生在扬州客运使卢见曾幕府中待了很长时间，戴震我得以与先生相识，到今年已有四年，而前后总共大抵见过三四次面。我们见面，没几刻钟就又要离别，离别后却又彼此挂念着对方。难道是见面交往少，思想反而更加亲密吗？难道不是这样吗？

【原文】 先生于六经、小学之书，条贯精核[3]，目接手披，丹黄[4]烂然，而恂恂[5]乎与叔重、康成、冲远诸人辈行而踵蹑[6]也。盖先生卓然

① 沈处士：指沈大成。

② 商：古代以漏刻计时，谓之商。《诗经·齐风·东方未明》孔颖达疏："《尚书纬》谓刻为商。郑作《士昏礼》目录云：'日入三商为昏。'举全数以言耳。"后亦以"三商"指漏刻。一说"商"为"商"之讹字。

③ 精核：详细考核。

④ 丹黄：旧时点校书籍用朱笔书写，遇误字，涂以雌黄，故称点校文字的丹砂和雌黄为丹黄。

⑤ 恂恂(xún xún)：小心谨慎的样子。

⑥ 踵蹑(zhǒng niè)：相继，接连。

儒者。昔退之与崔敦诗书言:“贤者宜在上位,托于幕府则不为得其所[①]。”又有“合于天而乖于人”之说。斯固近矣,余以谓未尽。

【译文】 先生对于六经、小学之类的书籍,条分缕析,贯穿综合,精密考核,认真批阅,书上圈点涂抹密密麻麻,小心翼翼地跟在许慎、郑玄、孔颖达等人身后踵足而起。先生是一名卓越的儒生。韩愈曾经在给崔敦的诗书里说道:“贤能的人应该在上位,托身于幕府并不是他们应得的处所。”又有“合于天道却与人事相违”的说法。这些说法固然接近问题的本质,但我认为还没有讲彻底。

【原文】 夫儒者于平生的之遇,率目为适然[②],独孜孜不怠,以学自怡,竟老而不倦。不知者或又言其不得于今,欲借文学道艺立功名于后世,何见之归于浅也!凡以事业显当世及文学道艺垂示千古,曲士[③]莫测其原,曰:“某如是,某如是,吾慕而力为之,将有所至。”在儒者诚亦勤思抚志,若不忘当世与千古者,是故既睹其外,复探得其内,曰“某如是,某如是”,是信然[④]也。语之以进乎是者,莫之或解久矣。沃田先生出其余,足以信今而传后。震既见先生,但乐于相亲而已,有移我神而与我以各乐其天者欤?

【译文】 儒生对于平生的际遇,将它视为偶然的事,唯独在学问上勤勉努力毫不懈怠,以学问而自娱,学到老也不觉得厌倦。不理解的人又会说他们在当世得不到应得的地位和声誉,所以想凭借文章、学问、思想、技能扬名后世,这样的见解是多么的肤浅啊!凡是凭借事业显于当世及凭借文章、学问、思想、技能扬名后世的,孤陋寡闻的

---

① 不为得其所:原指未得善终,后指没有得到适当的安顿。也指不能达到目的。《穀梁传·成公八年》:“媵,浅事也,不志。此其志何也?以伯姬之不得其所,故尽其事也。”

② 适然:偶然、恰巧。《韩非子·显学》:“故有术之君,不随适然之善,而行必然之道。”

③ 曲士:乡曲之士。比喻孤陋寡闻的人。

④ 信然:果真如此。《后汉书·段颎传》:“颎于道伪退,潜于还路设伏,虏以为信然,乃入追颎。”

人无法知道其中的缘由，只会说："某某如此这般，某某如此这般，我羡慕他们并且努力拼搏，必然会达到和他们一样的成就。"儒生的确也勤于思索、明于志向，好像不能忘记传名当世和扬名千古一般，所以必须既了解他们的外部表现，又深入其内心（方能真正理解他们），他们也说"某某如此这般，某某如此这般"，但这是一种坚定的信念（而非羡慕）。把儒生的这种表现和追求告诉那些孤陋寡闻的人，已经很久没有人理解了。沈大成先生将他余下的著作拿出来，就足以显于当世、扬名后代。戴震我已经结识了先生，但是也只是因志同道合而乐于彼此接近罢了，有能够改变我的思想并且和我一起各自以保全天性为乐的人吗？

【原文】 余尝谓学之患二：曰私，曰蔽。世之欣于禄位，从乎鄙心生者，不必挂语。若所谓事业显当世及文学道艺垂千古，慕而企之，从乎私己之心生者也。儒者之学，将以解蔽而已矣。解蔽斯能尽我生；尽我生，斯欲尽夫义命之不可已；欲尽夫义命之不可已，而不吾慊志[①]也，吾之行己，要为引而极之当世与千古而无所增，穷居一室而无所损。然则退之之称"合于天"云者，犹私之也。然则沃田先生之使吾乐于相亲者，别有所以合也。

【译文】 我曾经说过学问的弊病有两个：一是私心，一是偏狭。世人都喜爱官位，从如此鄙陋的动机中产生的思想，不必牵挂讨论。就像所谓的在当世成就显赫的事业、文章学问与思想技艺流传千古，人们都羡慕并企图实现，就是从利己的私心中产生的思想。儒生的知识学问，仅仅是用来释疑解惑罢了。释疑解惑就能实现生存的价值；想要实现生存的价值，就必须永不停息地追求道义和天命；想要永不停息地追求道义和天命，就必须不仅仅满足自己的理想抱负，人们立身行事，达到极致时，无论当今还是千秋后代都无处添增，落魄

① 慊（qiè）：满足，满意。《史记·文帝纪》："天下人民，未有慊志。"

到穷居一室时，也无处减损。因此，韩愈所推崇的“合于天道”的说法，还是存有私心的。但是我之所以乐于接近沈大成先生，则是因为我们思想另有相契合之处。

【原文】 倘异时不速而游，遇先生于清涧怪石之畔，台笠[①]轩然，安步几几，其又何以乐之？爰书以为《戴笠图题咏序》。

【译文】 倘若将来有一天我不邀而至，在清澈涧水、怪异山石旁遇到先生，身穿蓑衣、头戴斗笠，气宇轩昂，缓缓步行，安详持重，则又将拿什么来取乐呢？因此我提笔写下这篇《戴笠图题咏序》。

---

① 台笠：蓑衣、笠帽。

题惠定宇先生授经图

【原文】 前九年，震自京师南还，始觌[①]先生于扬之都转盐运使司署内。先生执震之手言曰："昔亡友吴江沈冠云尝语余，休宁有戴某者，相与识之也久，冠云盖实见子所著书。"震方心讶少时未定之见，不知何缘以入沈君目，而憾沈君之不及觏，益欣幸获觏先生。明年，则闻先生又殁于家。今徒拜观先生遗像曰《授经图》者，盖先生之学，直上追汉经师授受欲坠未坠埋蕴积久之业，而以授吴之贤俊后学，俾斯事逸而复兴。

【译文】 九年前，我自京城南归，在扬州转盐运使的官署内初次见到先生。先生拉着我的手说："我已故的朋友吴江的沈冠云过去曾对我说，休宁有个戴某人，与他认识很久了。冠云大概亲眼见您写的书。"我正惊讶于年轻时不能作为定论的粗浅之见，不知为何入了沈君之眼，却遗憾已经再无机会和沈君相见，因此也就更为能见到先生而感到荣幸。此后的第二年，却又听说先生在家中去世。而今只能看着名为《授经图》的先生遗像了。大抵先生的学问，上追汉代经师，讲授着快要失传、被日久掩藏的学问，传授给吴地才德出众的读书人，使学问由即将失传到重新振兴。

【原文】 震自愧学无所就，于前儒大师不能得所专主，是以莫之能窥测先生涯涘。然病夫《六经》微言，后人以歧趋而失之也。言者

① 觌（dí）：相见。

辄曰:“有汉儒经学,有宋儒经学,一主于训故,一主于理义。”此诚震之大不解也者。夫所谓理义,苟可以舍《经》而空凭胸臆,将人人凿空得之,奚有于经学之云乎哉?惟空凭胸臆之卒无当于贤人圣人之理义,然后求之古《经》;求之古《经》而遗文垂绝、今古悬隔也,然后求之训故。训故明则古《经》明,古《经》明则贤人圣人之理义明,而我心之所同然者,乃因之而明。贤人圣人之理义非它,存乎典章制度者是也。松崖先生之为经也,欲学者事于汉经师之训故,以博稽三古典章制度,由是推求理义,确有据依。彼歧训故、理义二之,是训故非以明理义,而训故胡为?理义不存乎典章制度,势必流入异学曲说而不自知,其亦远乎先生之教矣。

【译文】 我惭愧自己学无成就,对于前辈的儒学大师的学问不能把握它所专门持有的观点,因此不能窥测先生学问的边涯。但是痛恨后人对于《六经》的精微大义,因见解分歧而逐渐丧失。说到《六经》,人们常说:“有汉代的儒学,有宋代的儒学,前者专注训诂,后者专注理义。”这实在是让戴震我大惑不解。所谓的理义,如果可以离开经书而凭空揣测,人人都凭空穿凿而来的思想观点,那么又哪里来的经学一说呢?仅凭空揣测所得,最终不属于圣贤的理义,因此就必须到古籍经典中去探求;到古籍经典中探求却是遗篇尽失、古今相隔,因此就必须到训诂中去探求。训诂弄明白了,古籍经典就跟着弄明白了,古籍经典弄明白了,圣贤的理义也就跟着弄明白了。而我们心中所持有的相同的观点,也就因此而得以明晰。圣贤的理义不是别的,它就存在于典章制度之中。松崖先生研治经典,要求学习者追随汉代经师的训诂,从而广泛考察三代的典章制度,并从这些典章制度中去探究阐发圣人的义理,使之确切有据。他们将训诂和理义割裂为二,训诂不用来明理义,那么训诂有什么用呢?理义不存在于典章制度中,必然会流落为异端穿凿的学说而不能自我察觉,这就完全偏离先生的教诲了。

【原文】 震入都过吴①,复交于先生令子秉高与二三门弟子若江君琴涛、余君仲林,皆笃信所授,不失师法。先生之学有述者,是先生虽已云逝,而謦欬仍留。震方慨然于徒接先生画像,而吴之贤俊后学,彬彬有汉世郑重其师承之意,可不谓幸与?②

【译文】 我进京路过苏州,又和先生爱子秉高及几个门下弟子如江琴涛、余仲林结交,他们都忠实地信奉师教,恪守师法。先生的学问有了传承人,虽然先生逝去,但遗响仍在。戴震我正感慨于只收到了先生的画像,但吴地这些有才德的读书人,文质彬彬,颇有汉代一丝不苟地传承师教的意思,这怎么能不称为幸事呢?

---

① 吴:由段玉裁《戴东原先生年谱》知,此指苏州。

② 此文黄山书社出版的《戴震全书》据《戴氏杂录》,文末有"乾隆三十年岁在旃蒙赤奋若季冬月,休宁戴震"落款,刻本无此落款。

族支谱序

【原文】 吾族谱系，百有余年未修矣，支分派衍，不可使散而失稽也。

【译文】 我们家族的谱系，已经有一百多年未曾编修了，宗族支派繁衍，不能让它散落而不能考稽。

【原文】 戴之先子姓。至春秋时，宋有戴、武、宣、穆、庄之族。谨按宗法，国君之子，所谓大夫不敢祖诸侯者，故有宗道以合族属。

【译文】 戴姓先祖本来姓子姓。到春秋时期，（子姓的）宋国有戴、武、宣、穆、庄等姓氏的支族。严格按照宗法制度，国君的子嗣中，被封作大夫的是不可以奉诸侯为祖的，所以制定管理宗族的制度来统属整个支族。

【原文】 《大传》曰："有小宗而无大宗者，有大宗而无小宗者，有无宗而亦莫之宗者。"谓世子既嗣国为君，无母弟以为大宗，则立长庶一人为小宗，以统群公子，是为有小宗而无大宗的情况。若有母弟立为大宗，则群公子皆属之，不得又立长庶为小宗，是为有大宗而无小宗的情况。若世子为君之外，公子止一人，无他公子，则此一人为无宗而亦莫之宗。

【译文】 《礼记·大传》说："有有小宗而没有大宗的，有有大宗而没有小宗的，有没有宗也没人以之为宗的（同一始祖的嫡系长房继承系统为大宗，余子为小宗）。”世子即为国家的嗣君，如无同母之弟为大宗者，那么需要确立庶长子一人为小宗，来统领其他公子，这是有小宗而无大宗的情况。若有同母之弟立为大宗，那么其他公子皆依附他，不得再立庶长子为小宗，这就是有大宗而无小宗的情况。如果除了世子为嗣君之外，公子只有一人，没有其他公子，那么，这一个公子就属于无人以他为宗，他也没有什么人可以为宗的。

【原文】 据此考之，戴公之子武公，武公之子宣公，此世子嗣国为君者也。宋之有戴族，则戴公之群公子从宗而合族属焉。武族、宣族，则武公、宣公之群公子各从宗而合族属焉。庄、穆以下亦然。此与《春秋传》之云孙以王父字为氏者义殊。当时以先公之谥别族，后世概称之曰氏、曰姓。戴氏之称，缘于戴族。颜师古注史游《急救篇》云‘戴公生公子文，遂称戴氏’是也。前代治谱牒者，不知有公子文，而承武公、宣公下，及书传所有公卿名人，悉牵引联采。且于武公注云‘官至司徒’，则不解宋以武公废司徒[①]之语矣。于宣公注云‘始以王父谥为姓’，则不解字族之辨锡姓之义矣。盖谱牒所记，戴公以下，护公以上，不审信也。护公（南）唐天祐中为兵马使，本据歙之篁墩，因戍守婺，留居婺凤亭里。护公子曰寿公，为中书舍人。寿公子曰安公，官银青光禄大夫，谥忠恭，即今隆阜所追之一世，迁隆阜自颜公之子睿公，睿公凡十四传至外公，是为三门支系所起。又十四传至弁，而谨述是谱。系次断自护公始，信则传信也。公子文至护公，中间代系遥隔，不从旧谱序列，不敢滥承也。本支详生卒年月及茔图，谱为本支述也。

【译文】 据此考证，戴公之子为武公，武公之子为宣公，这些就是世子继承封国成为国君的。宋国有用“戴”来命名的支族，戴公的

---

① 宋以武公废司徒：司徒当为司空。《左传·桓公六年》：“晋以僖侯废司徒，宋以武公废司空。”《公羊传·文公八年》：“宋司城来奔。”何休注：“宋变司空为司城者，辟先君武公名也。”

所有孩子就以戴公为宗来统属整个支族。有武族、宣族，则武公、宣公的所有儿子就都分别以武公、宣公为宗来统属各自支族。庄、穆等大族也是如此。这与《春秋传》中所说的孙子以王的父亲的字来作为氏的情形不同。那时是用先祖的谥号来别立族号的，后世一概把它称作氏或姓。戴氏的名称，来源于以戴公这个谥号命名的族名。颜师古注史游《急救篇》说"戴公生公子文，于是称为戴氏"指的就是这。前代编修谱牒的人，不知道有公子文，而只知道承继武公、宣公，以致后来给所有公卿名人书写传记，大都采用这种说法。且在武公名下标注为"官至司徒"，这就是不了解宋国因为武公而废除司徒这个官名。在宣公名下标注"开始以王的父亲的谥号作为姓氏"，这就是不了解命名族名和赐姓制度的区别了。一般而言，宗族谱牒所记，戴公以下，护公以上，并不审慎可靠。护公在唐天祐中担任兵马使，本来驻守在歙县篁墩，因为戍守婺源，留居在婺源凤亭里。护公之子为寿公，官至中书舍人。寿公之子为安公，官至银青光禄大夫，谥号忠恭，他即是当今隆阜所追奉的一世祖，(我们戴氏家族)真正迁徙至隆阜始自颜公之子睿公，睿公之后共传十四代到外公，这就是(隆阜戴氏)三个支系的渊源。后又十四代传至弁，而弁谨慎地撰写了这部家谱。世系决定从护公写起，这是因为自护公开始材料才是可信的，因此就从这可信的时候写起。从公子文到护公，中间世系遥远间隔，不按照旧族谱序列来排定，是因为不敢胡乱地继承这些材料啊。我们这本族谱详细记载本族各辈人的生卒年月，并画出坟茔分布图。这本族谱记录的是本支族的情况。

【原文】 夫惟上不蒙冒滥承，下不散而失稽，然后治亲之法明，人人得以远知所本，近知所戚也欤。

【译文】 修谱只有向上不冒认祖先，乱认承继关系，向下使得各支族不至于散失并缺乏可考稽的记载。这样以后，管理宗族的制度就明确了，人人就能够远知家族本源，近知哪些是自己的亲人骨肉了。

山阴义庄序[①]

【原文】 义庄之设，起自先大夫礼部公。先大夫由进士历官外内任，澹泊自持，及浩，又中乾隆壬戌进士。先大夫语于家曰："吾家世惟以诗书遗孙子，以敬长矜孤、取舍好让之教遗孙子，岂必遗以财贿哉？凡吾之资产，都之不盈万，若尽以置田，法有宋范文正公规画，用赡宗族之孤嫠废穷者，可无至失所。"浩敬听而识之不敢忘。

【译文】 设立义庄，开始于已故的大夫礼部公。已故的大夫中进士后为官，淡泊名利，把持操守，到了徐浩，又考取了乾隆壬戌年(1742)进士。已故大夫对家里人说道："我们家世代都是把诗书传给子孙，拿尊敬长辈、体恤孤寡和有取有舍、为善谦让之教遗留给子孙。难道一定要留给孩子们钱财吗？我的所有资产，加起来都不过万，如果全部拿来买田地，效法宋代范仲淹的筹谋规划，用来供养宗族里孤寡鳏独、残疾贫穷的人，可以使他们不至于流离失所。"徐浩恭敬地聆听并不敢忘记。

【原文】 呜呼！昔夫子称澹台子羽曰："独贵独富，君子耻之，夫也中之矣。"王介甫氏之祭范颍州曰："悯死怜穷，惟是之奢。孤女以嫁，男成厥家。"先大夫用心惓惓亦若此。盖非直心仪古人，实远追宗祖，一视子孙之心为心。《记》有之："自仁率亲，等而上之至于祖，名曰轻；自义率祖，顺而下之至于祢，名曰重。"三复斯言，后儒未申厥

---

① 本文为代冀宁道徐浩而作。徐浩，字飞山，天津人。乾隆七年(1742)进士，历官山西冀宁道。

指。夫至戚莫父子昆弟若也，推而为从父昆弟，为从祖昆弟，为族昆弟，服既穷，戚既单，为亲同姓，虽有至仁，不能不渐即而轻者。君子之于仁，有太过则悖也。古者宗法行，俾一族爱而亲，敬而长，由是老穷不遗，桀黠者不敢为非，人人各宗其宗，而天下治。虽无服亲尽，犹必引而从其重者，以为“尊祖故敬宗，敬宗故收族”。君子知义之成其仁，有不及亦悖也。

【译文】 唉！从前孔子谈到澹台灭明说：“独自一个人富贵，君子认为是可耻的，澹台灭明就是这样的人。”王安石祭奠范仲淹说：“怜悯死者同情穷人，只有这些事您才舍得奢侈一把。孤苦的姑娘帮她出嫁，穷小伙子助他成家。”已故大夫用心操持、恳切忠谨也像这样。大约不只是心中敬慕效法古人，实际上还在于追念久远的祖先，将子孙所思所想作为自己的所思所想。《礼记》有这样的话：“用仁恩依循自己的父母，节级向上到祖辈，恩就很轻了；用礼义依循自己的祖辈，顺延着下来到你自己，所以祖辈的义重。”反复体会这句话，后代的儒生并没有真正领会这句话的内涵。最诚挚无间的关系没有能和父子亲兄弟相比的，再就是堂伯兄弟，再就是同祖父的兄弟，再就是同高祖的兄弟。同一高祖的子孙，彼此相为只穿缌麻丧服，这已经是五服的最后一等了。这时血缘关系已经很淡薄了，为了使得同姓亲近，即使是极为仁爱的人，也不能不逐渐变得疏远了。君子对于仁爱，如果做得过分了，就会违背事理而荒谬。古时候宗法制度的实行，使得整个宗族仁爱、亲密、敬重而又尊重长辈，因此年老贫穷的不会被遗忘，凶悍狡黠的不敢为非作歹，每个人都敬重祖宗，因此天下大治。即使到了五服之外，亲情已尽，也一定引用宗法礼仪从重对待，认为“尊重祖先，所以敬奉家族列宗；敬奉家族列宗，可以达到凝聚整个家族的作用”。君子懂得了礼义就是仁爱，而礼义不足，也是违背事理的。

【原文】 吾族世居山阴之夏履桥东，去郡治八十里许，凭湖山间，相传禹迹所到，故受名自夏，未之能证实也。先大夫久阅仕宦，虽若以官为家，然生平系念祖居，必返葬山阴，盖犹是《周官经》族坟墓之义。左右吾村为湖者二，皆九折引津渠注大湖，濒两湖曰南庄山，曰麻车山，始祖而下垄圹[①]多在焉。距湖一里许，峻山曰越王峥[②]，取径峥折如蠃旋，乃跻其巅，坦类平冈。而在西曰走马冈，伫冈西望，则钱塘在一览中。吾村地非岨[③]僻，且涧泊交通，缠络虚圃，可耕可渔，可课以诗书。然而或持手失业，厄穷癃惫，往往不免。

【译文】 我们宗族世代居住在山阴县夏履桥的东面，距离郡治大约八十来里，依山傍湖，相传大禹曾到过此地，所以从夏朝时就已得名，不过这并未得到证实。先大夫久居官场，虽然好像是以官场为家，但是一辈子都惦记着自己的祖居地，死后一定要葬回山阴，这就是《周官经》所倡导的聚集全族建立坟茔的理念。在我们村的左右有两个湖泊，都曲折地引河渠注入大湖之中。濒临两湖的叫南庄山，叫麻车山，始祖之后，田地和祖坟大多在这里。距离湖泊一里左右，有一座险峻的大山叫越王峥，山路曲折像盘旋的蠃虫，艰难地登上山顶，山顶宽敞像平坦的山冈。在西边的叫走马冈，伫立山冈向西望去，钱塘处在一览之中。我们村并不险陡偏僻，而且山涧湖泊纵横交错，其间遍布荒地园圃，可以耕种也可以渔猎，可以用诗书教育子弟。但是如果手上拥有资源却不事生产，那么困厄贫穷、衰弱疲惫也就往往在所难免。

【原文】 浩承祖宗余庆[④]，加以时聆先大夫之诲，得仕盛朝，兢兢惟惧尽职未能。入官以来，曾不逮亲存[⑤]，徒累俸余，并先大夫所留，

---

① 垄圹：田地和祖坟。垄：田地分界高起的埂子。圹：墓地。

② 峥（zhēng）：凡器物曲陈之皆曰峥。

③ 岨：古同“砠”，带土的石山。《诗经·周南·卷耳》：“陟彼砠矣。”

④ 余庆：指留给子孙后辈的德泽。《易·坤》：“积善之家，必有余庆。”

⑤ 不逮亲存：不曾考虑到存世的亲人。不逮，《汉书·文帝纪》：“诏曰……及举贤良方正能直言极谏者，以匡朕之不逮。”颜师古注：“不逮者，意虑所不及。”

置义田，亩凡几百有奇，痛禄养[1]缺然，庶几于昔时先大夫耳提面命，犹不失坠。定立规条，所资给外辅以义学，使乡之童叟穷嫠，悉沾圣世霈泽，永永无极。是则先大夫数十年著于怀者，于今始克见端绪也欤。

【译文】 徐浩我继承祖宗遗留的德泽，加上经常聆听已故大夫的教诲，得以在朝为官，兢兢业业，唯恐没能尽职尽责。做官以来，不曾考虑到存世的双亲，只是积累俸禄的结余，以及用故去的大夫所留的钱财，购置义田，共有几百亩之多，痛恨自己没有将官俸拿来赡养双亲，或许对于昔日故去的大夫当面的殷切教诲，不至于丢失。除制定规矩条例，提供物资供给之外，还用开设义学作为辅助，使得乡里儿童、老人、穷人、寡妇，都沾润到圣明时代的恩泽，永永远远不可穷尽。这样故去大夫数十年时刻惦记在心上设立义庄的事，到今天才能够见到一些头绪。

① 禄养：以官俸养亲。古人认为官俸本为养亲之资。

温方如西河文汇序

【原文】 己丑秋，余至汾阳，应太守孙公[①]之召也，属纂次府志，为之考订累日月。今李侯[②]复以邑志事邀之再至。有持温君方如《西河文汇》谓余言者，余未得与方如纵谈昔人访寻金石文字，厥意深远，徒见兹编，盖用心亦勤矣。方如持三寸弱管，踯躅于荒榛颓垣间，得其残碑，舐墨手抄，为人之所不为，在今日诚不易遇其人。惜未能远涉名区，且所录者，往往杂取府州县志足之，而府辖州县八，若临、若石楼，犹缺焉，殆力有以限之欤？其名书也，踵其师周某甫《西河遗事》《西河诗汇》云尔。

【译文】 己丑年(1769)秋天，我来到汾阳，应太守孙君和的邀请，嘱托我编写《汾州府志》，为此我进行了成年累月的考订工作。如今汾阳县令李文起又拿编写县志的事邀请我再来汾阳。有人拿着温方如先生的《西河文汇》向我介绍，我没能够和温方如先生纵谈古人对金石文字的寻访研究，温方如先生对金石文字的研究很精深，我只看到他所编的这本书，便看出他的勤奋用功了。温方如先生手持三寸毛笔，在荒野破壁残垣之间到处寻访，寻访到残破碑刻，就舐墨手抄，从事着别人所不愿从事的工作，在今天实在是不容易遇到这种人。可惜的是，没能够长途跋涉到知名区域寻访，而且所收录的，往往用府、州、县等方志中相关内容来凑数，并且汾州府下辖八个州县，

---

① 太守孙公：汾州太守孙君和。

② 李侯：汾阳县令李文起。

像临、石楼等地尚还缺失，难道是因为精力与财力有限吗？他给书题名为《西河文汇》，是在模仿他的老师周某甫《西河遗事》《西河诗汇》之类来题名的。

【原文】 府境于七国赵地，其西：临、永宁、宁乡、石楼，为赵之蔺、离石、中阳，乃西滨河。若夹汾四县，距河既远，隔越重山，终两汉隶太原郡。曹魏时，中阳东徙兹氏南，李吉甫《元和郡县图志》能详其事。晋改兹氏曰隰城，及中阳、介休俱割隶西河国，而介休东接平遥，为太原国之京陵、中都、邬。元魏太和中，改六壁镇置西河郡，治兹氏故城矣，平遥、邬仍隶太原郡不改。溯而上，汉武建边郡，命曰西河，治平定县，南距离石五百九里，则今陕西榆林府之鄂尔多斯地。又上之，子夏居西河，则今韩城县。一详《东观记》，一详郦善长《水经注》。作志者袭俗陋，漫无辨别。兹编载自宋而下，以西河表目，未为不可。

【译文】 汾州府在战国七雄的赵国境内，它的西面有：临、永宁、宁乡、石楼，为赵国的蔺、离石、中阳，而且西临黄河。至于汾河两岸的四个县，距离黄河遥远，隔着重重大山，整个两汉时期都隶属太原郡。曹魏时期，中阳向东迁徙到兹氏南，李吉甫《元和郡县图志》详细记载了这件事。晋代改兹氏为隰城，并将中阳、介休一起划出，隶属西河国，而介休东面和平遥接壤，乃是隶属太原国的京陵、中都、邬。元魏太和年间中，改六壁镇而设置西河郡，郡治设在兹氏故城，平遥、邬仍隶属太原郡不变。由此上溯，汉武帝在此设置边境郡邑，命名为西河，郡治设在平定县，向南距离石五百零九里，即今天陕西榆林府的鄂尔多斯地区。又向上推溯，子夏所居的西河，即今天的韩城县。一详见于《东观记》，一详见于郦道元的《水经注》。作志的人沿袭世俗错误，迷惑而无考证辨别。这本书编载，自宋代以下，用西河来标示目录，这种做法未尝不可。

【原文】 凡为书若干卷，虽所录文，难拟诸古作者之立言有法，特以有涉于方志观事存之，而方如搜讨之勤，倘用是专事遗逸，为府、州、县志补缺正讹，更加日力增删成帙，岂不足宝爱乎？因书以俟之。乾隆辛卯季冬月，休宁戴震撰。

【译文】 总之，编写出本书若干卷，虽然所收录的文字，难以和古代众多作者著书立说谨严有法相比拟，但是因为类似方志可了解地方事务和风俗而留存下去。温方如先生搜罗勤奋，倘若运用这一点去专门收集遗逸的事迹，为府、州、县志补缺正讹，假以时日，努力增删成篇，难道不足以去珍惜爱护它吗？有感于此，特书写下来，恭候大作。乾隆辛卯年(1771)季冬，休宁戴震撰。

三字经笺注叙[1]

【原文】 往昔阅《管子》书《弟子职》篇，文辞类《少仪》《曲礼》，朱紫阳尝为之章剖句释。然而近今之人，幼学之士，固未之能读。《曲礼》古经，句四三言或五言；《弟子职》则四言，间有五言；而贾太傅《容经》，语亦短质。盖古之教幼子，若《曲礼》已下，其书具矣。虽然，取数书者以教近今之人，幼学之士，固未之能读也。七十子传《六经》，周之文章烂焉，不待解故语而可知。迄于今，非博学通儒，莫能授受。

【译文】 过去阅读《管子》一书中的《弟子职》篇，文辞类的《少仪》《曲礼》，朱熹曾经给它们逐章逐句地加以剖析诠释。但是现如今的人，初入学的学童，却不能够阅读了。《曲礼》是古经，每句要么三四个字，要么五个字；《弟子职》则每句四个字，偶尔有五个字一句的；而贾谊的《容经》，语句也短小朴质。古代教育幼童，像《曲礼》以下，书籍已经很完备了。虽然这样，如果从中拿出数本书来教育现如今的人，教育那些初入学的学童，却读不懂它。孔子的七十弟子所传播的《六经》，(可知)周的文章绚丽完美，不需要借助于注释诠解就可以读懂。到了现如今，不是博学通儒，没人能够学习和传授。

【原文】 宋王伯厚以《曲礼》诸书，读应《尔雅》，非可使少儿闻语晓贯，因比类谐声，成《三字经》一册。兹孙君迅发又恐习者之无所引申，画章而笺之，殆继紫阳夫子集《小学》、解《弟子职》之遗意。前儒

---

① 本文为代汪冢宰松泉而作。

有言:“四子书,《六经》之阶梯;《小学》《近思录》,四子书之阶梯。”然则又孰阶梯乎《小学》者,其在斯与!

【译文】 宋代的王应麟因《曲礼》等书籍,读音字义要以《尔雅》为依据,难以做到使得儿童听到字句之音就能通晓意义,因此排比归类,谐合声韵,编成《三字经》一册。孙迅发先生又担心学习的人不能理解并延伸推广,对《三字经》进行分章并加以注释,这大约是继承朱熹汇集注解《小学》《弟子职》的遗存做法。前辈儒生说:“四子书《大学》《中庸》《论语》《孟子》是《六经》的阶梯;而《小学》《近思录》是四子书的阶梯。”既然这样,那么又有什么作为《小学》阶梯的呢?它就是这本书吧!

万光禄传后序

【原文】 明天启初，水西安邦彦之乱[1]，安化县知县万君应奎死焉。史遗其姓名，其裔孙蕙请于蒋编修士铨为作传，事甚悉。蕙又与余善，出是传及其家旧所刻《褒崇忠节录》授余，而俾缀一言于传后。

【译文】 明天启初，水西安邦彦发动叛乱，安化县知县万应奎先生战死。史书遗漏他的姓名事迹，他的后世子孙万蕙请编修蒋士铨为万应奎先生作传，生平事迹很详细。万蕙又和我关系亲密，拿出这篇传记及他家过去所刊刻的《褒崇忠节录》一书给我，而且请我写几句话附在传记的后面。

【原文】 君虽为县，以长于机略见知上官，檄至军，加思南签事，行监纪事。破贼屡有功，遂深入贼巢。上官不能尽用其言，又绝应援，君为殿，旋师，战七日夜，遂死乱枪中。时朝廷录死事者，赠君光禄寺少卿，荫一子。自古临难死绥[2]之烈，奋其义气，激于一时，与战士共暴骨原野，此亦伟然可以表著，若君者，则更有进乎是。无论史

---

① 水西安邦彦之乱：指明天启二年（1622）二月至崇祯三年（1630）春，贵州水西（今贵州省大方县一带）宣慰司安位叔父安邦彦发动的叛乱。水西安氏是明朝政府任命的贵州宣慰使，它管辖地区，东起威清（今贵州省清镇市）、西至乌撒（今贵州省威宁彝族回族苗族自治县）、南抵安顺（今属贵州省）、北达赤水（今贵州省毕节市），因其大部地区在鸭池河以西，故名水西。

② 死绥：战死沙场。杜牧《闻庆州赵纵使君与党项战中箭身死长句》："死绥却是古来有，骁将自惊今日无。"

册缺遗，即使撰次连书，而君生平未得展其设施[①]，学不用，泽不流，故专以死绥见世。岂知史所得列，与夫作传之所能详，尚未足尽君也。

【译文】 万应奎先生虽然是一个知县，但是凭借擅长于谋略而被上级熟知。（上级）传令到军中，授予万应奎思南县佥事，行使监察纪律职权。攻打叛军，屡立战功，并因此深入叛军老巢。上级未能完全采纳他的意见，又没有接应增援，先生殿后，掩护军队撤退，激战七天七夜，最终死于乱枪之下。当时，朝廷记录下战死者的事迹，追赠先生光禄寺少卿，并荫封了一个儿子。自古以来，面临战乱，忠贞不屈，奋勇杀敌，激战到底，和战士们一起抛尸原野，这种行为是伟大的，可以凭此得到表彰，至于先生的所作所为，比这些则是更进一步。且不说史书缺失不记，即使是连篇累牍地记录，但是先生依然是生平没能够施展才能，所学得不到运用，恩德得不到传播，所以仅仅因战死沙场而闻名于世。谁知史书得以列出，以及作传记详细记录其生平事迹，尚且不足以完全展现先生的风采啊！

【原文】 余读《忠节录》，载君在安化暨军中寄子书数通，言词朴质。有曰："刻下思石募兵，恐又不免于练兵督饷之差，身在地方，无论此官此身，亦付之度外耳。"又曰："洁己爱民四字，时时在心。所谓姜桂之性，到老愈辣，汝等各完各业，不得以我为倚靠。"又曰："道尊[②]请监纪之任，藩臬司又以加衔驻镇红边者交请，两处俱允，而受事地方，东西南北，惟其所命，食饩[③]忧公，听之已尔。接家信，只告窘促，何也？我不做官，亦不要度日乎？此间分豪无寄，我此行不复顾虑身家矣。"又曰："王抚台亲自督征，将士如云，或者灭贼有期。奈督、抚、

---

① 设施：施展才能。王充《论衡·定贤》："有高才洁行，无知明以设施之，则与愚而无操者，同一实也。"

② 道尊：对道一级行政长官的敬称。

③ 食饩（xì）：本指明清时经考试取得廪生资格的生员享受廪膳补贴。这里指领取俸禄。

道、厅俱不和，于‘师克在和’[①]之语相背，事亦尚未可知。如思石标下兵与秦营不和，于我何与？我费尽心力调停，而本道疑城难破，彼此交恶，欲弃官归矣。渠虽未允，而两意拂然可知也。四营标兵见我归志坚决，欲自相杀戮，不肯听他人调度，只得中止。”之数言者，君之才识与其通晓大义，处己之私，较然不欺其志。待士卒能得众，之死而不去，大致可推而知。盖卒之以身死国，非偶然也。屈于下位，未遂其能，岂不惜哉！又其言有足以警凡居官者，不徒于此见君之生平而已。恐就逸坠，是以为之删取而序之。

【译文】 我读《忠节录》，收录了先生在安化县及军中寄给儿子的书信数封，言词朴质无华。有说：“当前在思石招募新兵，恐怕又免不了练兵督饷之差，身在地方，无论是这官职还是这条性命，都已付之度外了。”又说：“洁己爱民四个字，时时记在心中。所谓姜桂的本性，到老更辣，你们几个孩子各自完成各自的事业，不得以我为依靠。”又说：“道台奏请我担任监察纪律的重任，布政使和按察使又奏请加授官衔，带兵驻守红边，两处任命我都应允了，在地方担任官职，东西南北，任其差遣，领了国家的俸禄，就要为国家分忧，唯有遵命行事罢了。接到你们寄来的家信，只是诉说困窘局促，为什么呢？我不做官，就不要过日子了吗？现在没有一分一毫钱寄给你们，我此行不再顾虑身家性命了。”又说：“王巡抚亲自督战，将士如云，或许不久就能消灭叛军。奈何总督、巡抚、道台、军厅都不和，和‘军队要能打胜仗，必须内部和睦’一语相违背，平叛一事的结局还不可知。如思石标下的士兵和秦营的士兵不和，这又与我有什么关系呢？我费尽心力进行调停，但是我们这里的兵备道怀疑城池很难攻破，彼此之间开始相互猜疑，我也就有弃官归田的想法了。他虽然没有应允，但是两人之间关系紧张，可想而知。四营士兵见我归隐态度坚决，意图自相

① 师克在和：军队要能打胜仗，必须内部和睦。出自《左传·桓公十一年》：“师克在和，不在众。”

杀戮，不肯听从他人的调度，我也就只得中止归隐了。”从这几句话可以看出先生的才识及通晓大义，能够正确处置一己之私，明确做到不改其理想抱负。能爱护士兵，得到士兵广泛的拥护，慷慨赴死，不忍离去。大致情形，可推想而得知。因为最终以身殉国，绝非偶然。屈身于下层官职，没能够充分展示自身才华，岂不令人惋惜！而且他的言论，足以警示所有当官的人，不只是可以于此了解先生的生平罢了。担心散失遗忘，这里特意对传记作一些删减和精选并为之作序。

与段茂堂等十一札

第一札

【原文】 弟[①]校本数日前为姚六哥鼐取去，余具奉上。尊谦[②]不敢当，并缴。

附段玉裁与戴震书

《水经》一本，裁已抄完。乞将校定全书并裁所上，全部付来手。金五先生所书《夏小正》正文，亦祈发来。专此[③]，并请钧安[④]。余不悉[⑤]。裁谨禀。

【译文】 愚弟的《水经》校本几天前被六哥姚鼐拿去了，其他的全部奉上。不敢说退还您，一并交还。

附段玉裁与戴震书

《水经》整本书，段玉裁已经抄完。恳请您将校改好的完整定稿及段玉裁所奉上的其他书，全部交付给来人带回。金五先生所抄写的《夏小正》正文，也请带给我。特此致信，并请向您问安。其他不一一叙及。段玉裁恭敬禀告。

---

① 弟：朋友之间的谦称，多用于书信中。如小弟，愚弟。

② 尊谦：退还您的谦称。通作“并璧尊谦”。

③ 专此：书信末尾常用语，谓特为此事致书。

④ 钧安：与尊长或上级通信时问安的敬语。

⑤ 不悉：旧时书信结尾处的套语，犹言不尽。

第二札

【原文】 《水经注》厘缺第二十六卷。今将吴刻一本,并原书一本作款式。又《唐宋文》一册附上。

【译文】 《水经注》刚好缺第二十六卷。现在将吴刻一本,以及原书一本作为样本(寄给您)。并将《唐宋文》一册附在一起寄给您。

第三札

【原文】 来《水经注》九本已收。此是旧本。弟处校本,系江西刘内翰暨汪明兄分借去,未还。其《原善》《原象》等,亦在汪公处,俱俟改日呈上。贱体已复旧。再者,上年承赐札,弟收藏俟缴,致离舍时,匆匆检寻不出。在吾兄是出于好学之盛心,弟亦非谦退不敢也。古人所谓友,原有"相师"之义,我辈但还古之友道可耳。来札奉缴,不宣。乔林[①]大哥。震顿首。

内城上未来邀。

【译文】 您寄来的九本《水经注》已收到。您这是旧本。兄弟这里的校本,被江西刘内翰及汪明兄分别借去,没有归还。《原善》《原象》等也在汪公那里,等改日全部呈送给您。我的身体已经恢复如旧。另外,去年承蒙您寄信给我,兄弟我的收藏随时准备呈上,但离家时,匆匆忙忙的未找到。我兄是出于好学的一片热心,兄弟我也并非谦退不敢担当。古人所谓的友,本来就有"互相为师"的含义,我辈只需恢复古人的交友之道就可以了。恭敬回复来信,不一一述及。问段玉裁大哥好。戴震顿首敬拜。

内城尚未来邀我。

---

① 乔林:段玉裁字号之一。

第四札

【原文】 前日一到，即留署内暂停。闻本意，原欲以省城书院往招，后因都中有信，言与汪明之[①]兄同寓，恐偕行而来，故转请郑公。今已遣人去，不得不待回音也。附上书一册，抄毕望即寄下。龚老先生[②]处，祈叩谢。昨言有乐平、盂县、平定州地图，得转恳抄示为感。

震拾纸。五月廿九。

（时同在山西，予在寿阳，先生在朱文正[③]藩署）（段玉裁小字补记）。

【译文】 前天一到，便暂时留在朱珪藩司衙门内休息。听说本意，原来打算用省城书院的名义招召前往，后来因为京城中有信来，说是先前安排和汪元亮兄同住，但担心他会携带家属一同来，所以改请郑公。现在已经派人去了，不得不等待他的回复。附带寄送书一册，希望抄录完毕即寄回。龚导江老先生那里，恳请代为致谢。之前您说有乐平、盂县、平定州的地图，恳请您抄录给我，万分感谢。

戴震恭上。五月二十九。

（当时和先生一起到山西，我到寿阳，先生到朱珪藩司衙门）（段玉裁小字补记）。

第五札

【原文】 前月得手札，并龚老先生翰，以志书属参末议。前因可商处多，存无訾成器之意，欲姑置之，盖一动则直另为一书也。顷因道台有笔墨事见属，日内可脱稿矣，当即应龚老先生命。县境图最紧要，须用方格，每方几里，方向里数，必大致可稽。一注明山名、水名，

---

① 汪明之：即汪元亮，字明之。

② 龚老先生：即龚导江，时为寿阳县令。

③ 朱文正：即朱珪(1731—1807)，字石君，号南崖，晚号盘陀老人，谥文正。与其兄朱筠，时称“二朱”。

一注明村庄之名。恐太繁碎，同样绘二图，分注曰“县境山川图”、曰“县属村镇图”。至若志之俗体，凑合八景、十景，绘图卷首，近来名手颇有知为陋习，宜削去者。星野之载步天歌及星图，均属陋习。又如每篇有小序，序皆通套语，近来亦有删去不用者矣。村镇必分八到（东、西、南、北、东南、东北、西南、西北）。注明距县治里数（不必注在某都）。铺驿则注明某铺至某铺、某驿至某驿，两头递交里数，使考古知今，藉此为据。又寿阳县北境，有后汉广牧城及后魏神武郡治（县北三十里）。尚有遗迹可访查否？宋靖康元年，种师中抵寿阳之石坑，为金将所袭，回趋榆次，至杀熊岭，去太原百里战死。则石坑地见于正史，亦当载。杀熊岭相传在寿阳西六十里，接榆次界，今属境内否？上数事似不可缺，望查核，以补旧志之疏。仆馆事因南使未还，故仍静待。《水经》一本，藩台欲抄，便中速寄。图一缴附。候迩祉，不宣。震顿首。

龚老先生未另具札，希代候。七月十四日。

（在朱文正处发）（段玉裁小字补记）。

【译文】 上个月您和龚导江老先生的书信皆已收到。龚导江老先生希望我为《寿阳县志》提点修改意见。之前因为可商榷的地方多，持有不批评已定型著作的意图，所以我打算存置不论，因为担心一旦动手修改就会直接变成了另一本书。不久因为道台朱珪先生拿文章方面的事嘱托我，（就更无暇顾及县志的事了）。近日代笔可以定稿了，应当立即完成龚导江老先生的指令。绘制寿阳县疆域图最重要，必须使用方格来绘制，每一平方绘制几里，方向和里数必须大致可以考查。一要注明山脉名称、河流名称，一要注明村庄的名称。若是担心过于繁复琐碎，可以按照同样的格式绘制两幅图，分别注明，一叫“县境山川图”、一叫“县属村镇图”。至于方志的流行体制，凑合出八景、十景，绘制图画列于卷首，近年来，一些修撰方志的名家高手，都深刻地认识到这是一种不良习惯，应当删削掉。另外，在星野部分刊载《步天歌》及星图，也都属于不良习惯。又如方志每篇前面都有一篇小序，序的内容都是一些套话，近年来也有删去不再刊用的了。村镇一定分为八到（东、西、南、北、东南、东北、西南、西北）。注明距离县政府所在地的里数（不必注明在哪一都）。官铺驿站必须注明某某官铺到某某官铺，某某驿站到某某驿站，两头交接的里数，使得考察古代了解当今，都能够以此为依据。又，寿阳县北面边境有后汉广牧城和后魏神武郡郡守治所（距离县政府北面三十里），不知是否还有遗迹可以访查？北宋靖康元年（1126），种师中率领军队抵达寿阳县的石坑，被金国大将所偷袭，迅速撤退到榆次，撤退到距离太原百来里的杀熊岭后，最终战死。因此石坑这个地名被记载到正史中，方志也应该载入。杀熊岭相传在寿阳县西面六十里的地方，和榆次疆界相接，如今是否属于县境内？以上数件事，似乎不能缺少，希望你们能够检查复核，从而弥补方志的疏漏。我在《四库全书》馆的公事，因为派往南方负责采进书籍的使者还没有回来，所以仍然需要安心等待。我校订的那本《水经注》，山西布政使大人想要抄录，方便时麻烦寄给我，以便我能够快点向布政使交差。顺便问候您近来是否安好。别的就不说了。戴震顿首敬礼。

我就不再写信给龚导江老先生了，请代我问好。七月十四日。

（此信发于朱珪住处）（段玉裁小字补记）。

第六札

【原文】 两得父亲手信，似颇记念。愚拟明夏南旋，看来府志毕后，汾阳县亦即留修县志，则行期又未能确。当谋老弟先归，以慰老人之望也。前寄段兄银信已查明，原封寄解饷官致朱四先生处矣。收到即寄一回音，侍先生晤时代候。所言馆事极难，藩、道二署尚坐数人候馆也。钟兄事稍不老辣，便成幻饼。任兄就中翰，仍在都否？此处束脩仅送来百金，即寄段兄之项外，薪水却有余。前月买大毛袍套并皮褥，去银三十余金，故目前系借书院掌教[①]路兄银用，正月乃得寄家信。今岁上半年，家中甚欠缺，下半年则有余，无虑也。十二月初七日，兄字。

段兄未另具札。外韵书数页即送(去)，勿遗失。其选期[②]何如?所得地方，即寄知乃妙。十二月初七日，《汾州府志》馆寄。

内信恳附。

府报转致王广福斜街浙江塘务局。

舍弟[③]渔卿收。

戴震拜浼[④]。

【译文】 近来两次收到父亲的来信，似乎很是挂念。我打算明年夏天南归，但目前看来《汾州府志》完成后，汾阳县令也将留我参修县志，这样归期又不能确定了。当安排弟弟你先回去，以慰老人思念之情。之前寄给段兄的银钱和信件已经查明，原件寄送饷银的官差送到朱四先生那里去了。你收到后即请寄一封回信给我，等见到朱四先生时请代致问候。你提到的入馆一事极为困难，藩、道二署中尚且有好几个人滞留等候入馆呢。钟兄的事处理稍不老辣，便会成为空想。任兄投靠中翰，仍在都城吗?这里的薪水仅仅送来百两，除了寄给段兄的数目之外，薪水还有些结余。上个月买了件大毛袍子外套和一件皮褥子，用掉银钱三十多两，所以目前靠借书院主讲老师路兄的银钱用，到正月才可以寄家信。今年上半年，家中经济很欠缺，下半年则有盈余，你无需担心。十二月初七日，兄字。

段兄就不另外写信了。此外，韵书数页纸随即送达，请别弄丢了。段兄吏部选用的是什么日期?定了到什么地方赴任?(有消息后)便寄信告知才好。十二月初七日，寄于《汾州府志》馆。

---

① 掌教：明清以“掌教”称府、县教官及书院主讲。

② 选期：指赴吏部报到听候选用的日期。

③ 舍弟：对自己弟弟的谦称。

④ 拜浼：托别人帮忙的客气话。

内附有一封信恳请。

府报转投递王广福斜街浙江塘务局。

舍弟渔卿收。

戴震拜托。

第七札

【原文】 去夏一晤，仓遽即别，时时怀想，无由识境况何似。及今秋之仲，入都门急访，见令亲龚老先生，询得一切。又接手札，知起居绥和，诸凡妥善，乃甚快慰。

仆此行不可谓非幸邀，然两年中无分文以给旦夕。曩得自由，尚内顾不暇，今益以在都费用，不知何以堪之。数月来，纂次《永乐大典》内散篇，于《仪礼》得张淳《识误》、李如圭《集释》；于算学得《九章》《海岛》《孙子》《五曹》《夏侯阳》五种算经。皆久佚而存于是者，足宝贵也。兹家兄次琬，以县丞挑到川，促之就道。倘有缓急，晞①推情②为移挪，并事事祈指示。其人朴实少文，于医颇通晓稳当。顺候迩祉③，驰溯不既④。震顿首，上茂堂贤弟执事⑤。

大著辨别五支、六脂、七之，如清、真、蒸三韵之不相通，能发自唐以来讲韵者所未发。今春将古韵考订一番，断从此说为确论。然执管欲作序者屡，而苦于心不精，姑俟稍安闲为之，目近极繁扰也。往年之项，如便望寄。仆今暂寓纪公处，出月⑥初五，移寓洪素人兄处。又及。十月卅日灯下。

（癸巳奉召在都）（小字补记）。

---

① 晞：通“希”。希求，向往。

② 推情：斟酌情理。以情义相待。

③ 迩：近。祉：福。

④ 驰溯不既：书信用语，思念不止。驰溯：表示对对方的向往思慕。不既：不尽。

⑤ 执事：对对方的敬称。

⑥ 出月：出了本月，即下月。

【译文】 去年夏天匆匆见了一面，就立即仓促告别，别后无时无刻不在想念，无从得知您现在的处境如何。到今年仲秋，匆忙进京寻访，见到您的亲家龚导江老先生，问知您的所有情况。又收到您的来信，得知日常生活很安乐，诸事顺利，很是高兴。

我此次京城之行不可谓不幸运地被邀请入四库，但是两年中没有分文工资收入来供给一日三餐。以前自由自在，尚且自顾不暇，如今更是为在京城的开销而焦虑，不知道如何去应对。几个月以来，编校整理《永乐大典》内的一些散篇，在《仪礼》方面，找到张淳的《识误》、李如圭的《集释》；在算学方面，找到了《九章》《海岛》《孙子》《五曹》《夏侯阳》等五种算经。都是长期失传，而《永乐大典》中有保存却不为人知，弥足珍贵的典籍。我有一个兄弟叫次琬，以县丞的职务选派到四川，吏部催促他立即上任。如果可以缓一缓，希望能酌情处置，帮他延后一些时日，并且事事请求给予指教帮助。次琬这个人朴质无华，对于医学很精通，且为人稳重，处事得当。顺候近福，思念不止。戴震顿首致茂堂贤弟执事。

大著将韵部分为五支、六脂、七之，指出清、真、蒸三韵不相通，能发自唐以来讲韵者所未发。我今年春天将古韵又重新考订了一番，断定遵从您的这个学说，将它作为定论。但是多次提笔准备作一篇序言，却苦于心思不定、精力不专。姑且等到稍微安定空闲些再作吧，当前事务太杂乱了。去年的款项，如果方便的话，希望能寄点给我。我如今暂时寄居在纪公家，下月初五，将移居洪素人兄处。又及。十月卅日灯下。

（癸巳年奉召留居京城）（小字补记）。

第八札

【原文】 春间有札，详论韵之分合，以入声为枢纽，并《声韵考》一本，托龚公转寄。因大著尚有当酌处，或更参定，俟覆书到撰序，倏几一载。而仆自三月初获足疾，至今不能行动，以纂修事未毕，仍在寓办理。拟明春告成，乞假南旋。久不与人交接，秋末著人向龚公处问吾友近署理地方，彼亦未得确信。

仆于本月十六，移寓北官园范宅，在海岱门之西，前门之东，更远人迹。金川平后，何以不获吾友一信，悬念之至。兹舍侄南屏名朝恩者，即戊子年补浙省提塘在京，今选川省。远道挈眷，又系初到，一切务求指示。倘到时缺乏，兼祈代为通挪，必不有负。顺候迩祉，不既。上若膺贤弟足下。友人戴震顿首。十一月二十二日灯下。

外寄上《经典释文》一套，计十本，《水经注》全部，计十四册，并《六书音均表》原稿一本，祈检收。又《天图》二张。

【译文】 今年春天曾写信，以入声为枢纽，详细讨论韵的分合问题，还有《声韵考》一本，托龚导江老先生转寄。因大著尚有斟酌的地方，或许已经重新参酌商定，等您的回信一到就撰写序言，几乎得有一年。而我自三月初得脚气病以来，至今不能行动，因为纂修工作还没有完成，所以仍在寓所工作。计划明年春完工后请假南归。已经很长时间没有和他人联系，今秋末派人向龚导江老先生处打听老友您近来履职的地方，他也不曾获得确信。

我于本月十六日，移居北官园范宅，在海岱门的西面，前门的东面，更加远离人迹。金川平定之后，为何收不到老友一封信？极为挂念。现有舍侄南屏人名叫朝恩的，也就是戊子年补浙江省提塘之缺而滞留在京的那一位，如今选任四川省。远道而来，拖家带口，又系初来乍到，一切务求多多指教。倘若到时手头有所欠缺，希望您帮助通融挪借，一定不会辜负您。顺候近福，不一一述及。致段玉裁贤弟足下。朋友戴震顿首。十一月二十二日灯下。

另外，随信寄上《经典释文》一套，共计十本，《水经注》全部，共计十四册，以及《六书音均表》原稿一本，请查收。又《天图》二张。

第九札

【原文】 新正接到上年八月手翰，并《六书音均表》三部，银四十两，谢谢。知仍署富顺政事，余暇无他嗜好，孜孜于古遗经及小学，诚盛心盛事也。

仆自十七岁时，有志闻道，谓非求之六经、孔、孟不得，非从事于字义、制度、名物，无由以通其语言。宋儒讥训诂之学，轻语言文字，是欲渡江河而弃舟楫，欲登高而无阶梯也。为之卅余年，灼然知古今治乱之源在是。

孟子辟杨、墨，曰："率兽食人，人将相食。"语告子曰："率天下之人而祸仁义。"两称"圣人复起，不易吾言"，皆承"生于其心，害于事，害于政"。夫仁义何以祸斯民？观近儒之言理，吾不知斯民之受其祸之所终极矣！古人曰"理解"者，即寻其腠理而析之也。曰"天理"者，如庄周言"依乎天理"，即所谓"彼节者有间"也。子贡问："有一言而可以终身行之者？"子曰："其恕乎？己所不欲，勿施于人。"《大学》"絜矩之道"①，不过"所恶于上，毋以使下"云云，曰"所不欲"，曰"所恶"，指人之常情不堪受者耳。以己絜之人，则理明。孟子对齐王好货、好色，曰："与百姓同之。"非权辞也。好货、好色，欲也。"与百姓同之"，即理也。后儒以理、欲相对，实杂老氏无欲之说，其视理、欲也，仅仅为邪、正之别。其言存理也，又仅仅为敬、肆之别。不知必敬、必正，而理犹未得。其言人欲所蔽，仅仅以为无欲则无蔽，不知欲也者，相生养之道也。能视人犹己则忠，以己推之则恕，忧乐于人则仁，出于正、不出于邪则义，恭敬不侮慢则礼，无差谬则智。曰忠恕、曰仁义礼智，岂有他哉？在常人为欲，在君子皆成懿德，使去欲而后一于理，是古贤人、圣人体民之情，遂民之欲，皆非也。况欲之失，为私不为蔽。自以为得理，而所执之理实谬，乃蔽而不明。圣人而下，罕能无蔽，有蔽之深者，有蔽之浅者，自谓蔽而不明者有几？问其人，曰圣矣乎？必不敢任。而讥其失礼，必怒于心。是尽人不知己蔽也，昔人异于今人；一启口而曰理，似今人胜昔人。吾谓昔人之胜今人，正在此。盖

---

① 絜(xié)：度量。矩：画方的工具，引申为法度、规则。絜矩之道：正确使用工具去度量的方法。比喻正确使用道德规范来约束人的方法。

昔人斥之为意见，今人以不出于私即谓之理，由是以意见杀人，咸自信为理矣。聊举一字言之，关乎德行，行事匪小。

仆自上年三月初获足疾，至今不能出户，又目力大损。今夏纂修事似可毕，定于七八月间乞假南旋就医，觅一书院糊口，不复出矣。竭数年之力，勒成一书，明孔、孟之道。余力整其从前所订于字学、经学者。

《四库全书》例于现在人撰述不录，仆之《考工记图》《屈原赋注》，已年江南巡抚曾取以进馆中，依例去之。今大著亦不得抄入。前岁十月寄谢姓信，闰十月又一信，皆收到。有写本《音均表》两部。此两信内言，七月寄吴廷芳银信，其人与信皆未见，及问之投捐者，云仍分发川省矣。上年春作札，详论韵事，寄龚公处，并寄《声韵考》一本，此信竟浮沉，今将存稿者附寄，余所言不复记忆矣。比时以大著未刻，有所商处。今既刻成，应撰序，兹兼寄上。又上年冬，舍侄朝恩赴川省守备任，寄《水经注》一部、《经典释文》一部、《天图》两张、《音均表》原底一本，想春夏之交乃得到。《割圆记》《考工记图》皆未有，其《九章算经》俟令人抄出，并俟后寄。顺候迩祉，不宣。上若膺贤弟足下。友生[①]戴震顿首[②]，正月十四日。

【译文】 新年正月接到您上一年八月亲笔书札，以及《六书音均表》三部，银子四十两，谢谢！得知您仍任职富顺县知事，政事余暇，没有别的嗜好，唯独孜孜不倦地研学古人遗传下来的经典和小学，这果真是深厚美好的情意和盛大美好的事业啊。

我从十七岁时起，就有志于领悟大道，认为不从六经、孔子、孟子中去寻求，不可能获得，不从事字义、制度、名物的研究，就没有通晓语言的路径方法。宋儒讥讽训诂之学，轻视语言文字，这种做法如同

---

① 友生：师长对门生自称的谦辞。朱国祯《涌幢小品·名帖》："余乙卯年三月，过故鄣姚氏，乃大京兆画溪公之孙，出公座主王槐野先生单名帖，称友生字，仅蝇头细书。"

② 顿首：指磕头。跪拜礼之一，为正拜。以头叩地即举而不停留。本为古代的一种交际礼仪，此为书简表奏用语，表示致敬，常用于书信结尾。

想渡江却抛弃船和桨，想登高却没有阶梯一样荒谬。我从事这些研究三十多年，明确知晓古今治乱的根源就在于此。

孟子排斥杨朱、墨子，说："放任野兽去吃人，人们也将会相互残杀。"告诉告子说："带领天下的人来祸害仁义。"两次宣称"就算是圣人复活，也不会改变我的这些言论"，都是沿着"从思想中产生，必然会影响行事，一定会危害行政"这个观点而来的结论。为什么仁义会祸害民众呢？观看近代儒生谈理，我不知道民众受他们的祸害有没有终结的时候！古人所说的"理解"，即是寻找物体的腠理并分解它。所说的"天理"，如庄周说的"依乎天理"，即是所谓的"那些关节中有间隙的"。子贡问道："有没有一句话是可以终身奉行的？"孔子说："大概就是恕了！自己不想做的事情，不要强加给别人。"《大学》以"推己度人为标尺去处理人际关系的法则"，不过是说"如果厌恶上司对你的某种行为，就不要用这种行为去对待你的下属"罢了，说"所不想的"，说"所厌恶的"，指人的常情不能忍受的而已。从自己出发推度他人，事理就会明了。孟子针对齐王好财物、好美色，说："和百姓一同去爱好它。"不是迎合变通的言论。好财物、好美色是人的本能欲望。"和百姓一同去爱好它"，就是理性行事。后儒把理和欲对立起来，本质上是夹杂了老子所提倡的无欲之说。他们看待理和欲，仅仅是有正邪的区别。他们说"存理"，也仅仅是在强调敬重和放肆的区别。他们不知道再怎么敬重再怎么端正，而理仍然没能够获得。他们说被人的欲望所蒙蔽，这仅仅是把没有了人的私欲就看成没有了蒙蔽，却不知道人的欲望是促发生存养育的根本。能够做到将别人与自己一样对待，就是忠诚；能够做到从自己出发推及别人，就是宽恕；因他人而忧愁快乐，就是仁爱，从公正出发，不出于邪恶，就是仁义；恭敬而不傲慢，就是礼貌；没有差错，就是智慧。说忠恕，说仁义礼智，难道还有别的吗？在常人就是人的私欲，在君子就都成了美德，否决人欲然后用一个理来统摄，这么一来古代贤人、圣人体察民众的情感，达成民众的欲望需求，就都变成了错误的做法。何况人欲的过失，在于自私，不在于蒙蔽。自以为得到了理，但是所执守的理实际上是错误的，这才叫蒙蔽而不明。圣人以下，很少能够做到没有蒙蔽，有的受到的蒙蔽深，有的受到的蒙蔽浅，但是自认受蒙蔽而不明事理的人有几个呢？问那个人道，达到了圣人的境界了吗？他一定不敢以圣人自命。但是如果批评他所作所为与理有违，一定会心生愤怒。这表明今人都不知道自己思想识见有蒙蔽，（在这一点上）昔人和今人不同；而一开口就说理，似乎今人胜过昔人。但我认为昔人胜过今人正体现在这里。因为被昔人贬斥为意见的，却被今人因其不出于私欲而称之为理，因此用意见来残害民众，就都自以为是地当成是合乎理的。我这里姑且举一个理字来讨论，因为它与人们的德行和言行密切相关，绝非小事。

我从上一年三月初得脚气病，到如今不能出门，加上视力大减（更是出门困难了）。今年夏天，《四库全书》编修的工作看来可以完工，我计划在七八月间请假南归就医，然后找一家书院养家糊口，不再出仕了。（计划）用几年工夫，编写一部书，阐明孔、孟之道，其余时间则整理从前所考订的字学、经学著作。

《四库全书》的编修条例，对于现在人的撰述一概不录入。我的《考工记图》《屈原赋注》，去年江南巡抚曾取来进献四库馆中，仍然依例去掉不收录。如今您的大作也不能够抄录进《四库全书》。前年十月寄来谢姓的信，闰十月又寄来一封，都已经收到。有两部《音均表》写本。这两封信内提到七月寄出过吴廷芳的银钱和信件，那人和信件都未曾见到，问投递的人，说是已经分发到四川省了。去年春曾写了封信札详细讨论音韵，寄到了龚导江老先生那里，还一同寄了一本《声韵考》，不料这封信竟然不知下落，现在将存稿附寄给您，其他言语再也想不起来了。当时因为大作没有完成，还有商榷修改的地方。现在已经完稿刊刻，理应撰写序文，这里一并寄上。此外，去年冬天，我的侄子戴朝恩奔赴上任四川省守备一职，托他寄出了《水经注》一部，《经典释文》一部，《天图》两张，《音均表》原底稿一本，想必春夏之交就已经收到了吧。《割圆记》《考工记图》都没有，至于《九章算经》等叫人抄好后再寄给您。顺便问候近福，不一一细说，特致信。段玉裁贤弟足下。您的朋友戴震顿首，正月十四日。

第十札

【原文】 去冬寄提标中营舍侄处书，今年二月廿日始自杭赴任，想亦送到矣。兹有信，希转寄。

仆足疾已逾一载，不能出户，定于秋初乞假南旋，实不复出也。拟卜居江宁，俟居定当开明，以便音问相通。

吾兄尚未得实地，而素性方正，则难与俗谐，然君子断乎主于中者，先求不失己，有急退，无急进也。

仆生平论述最大者，为《孟子字义疏证》一书，此正人心之要。今人无论正邪，尽以意见误名之曰理，而祸斯民，故《疏证》不得不作。顷未得人抄寄。兹附致《五经算术》一部，其《九章算术》，尚未印出。顺候迩祉，驰溯不宣。上若膺贤弟足下。震顿首。四月廿四日。

【译文】 去年冬天寄到提标中营舍侄处的书信，今年二月二十日才从杭州启程赴任，想必也已经送到了。这里有封信，望转寄。

我脚气病已经超过一年了，不能出门，定于今年秋初请假南归，不再出仕了。我打算在南京找个地方住下来，等住处定下来后一定告知您，以便彼此联系。

老兄您还没有获得实职，您向来性格正直，所以很难和世俗相融洽，但是君子毅然坚守于心的，首先追求不失自我，有急流勇退的，却无飞速加官晋爵的。

我生平著作中最重要的一书是《孟子字义疏证》，这是正人心的关键。如今的人，无论正邪，都错误地把“意见”叫作“理”，并用来祸害百姓，所以《孟子字义疏证》不得不作。该书短期内没有人抄录寄送给您。这里随信附寄《五经算术》一部，《九章算术》尚未印出，所以没有寄。顺候近福，思念不已。致段玉裁贤弟足下。戴震顿首。四月二十四日。

第十一札

【原文】 前月廿六至今，一病几殆。正卧床榻，见来使，强起作札。

乙未年，通判吴廷芳之信并未见。上年春曾寄一书论韵，兼有广东所刻《声韵考》一本，系龚公寄于老师门上失之。徐锦堂兄来，所寄俱收明。其人甚详密，常相见。正月属寄一札，《六书音均表序》一篇，又录前论韵书一篇。日前有人仍到川，亦附有札。而上年冬，舍侄朝恩赴提标中营任，寄《天图》三张、《水经注》一部、《经典释文》一部、《六书音均表》元稿一本。其人今春二月廿日由杭动身，已上三信，想近日皆到矣。

仆归山之志早定，八月准南旋，前信已及之。吾友所为不苟，加以刚直，六年不补，固有由也。君子难进而易退，自立于无过之地，然求全之毁犹不能免。是以内刚外柔，谨慎谦逊，以与为委蛇可耳。仆归后，老亲七十有八，非得一书院不可。陕西毕公欲招之往，太远不能就也。大抵坐定后，乃可书信往来。顺候近祺，不宣。上若膺贤弟足下。友人戴震顿首。五月二十一日。

外《九章算术》《海岛算经》二种。

【译文】 上个月二十六日至今，一病不起，几乎病死。卧病床榻上，看到信使到来，勉强支撑着起来写下这封信。

乙未年(1775)，通判吴廷芳的来信并没有收到。去年春天曾寄信一封讨论音韵，还附有广东所刻的《声韵考》一本，是龚导江老先生寄到老师门上而遗失的。徐锦堂兄来，所以所寄都已收到。徐锦堂这个人很细致周密，我们常常见面。正月曾按照吩咐寄过一封信，附有《六书音均表序》一篇，又抄录了从前论韵文一篇。近日有人来四川，又附有信一封。而去年冬天，舍侄戴朝恩到提标中营上任，曾寄《天图》三张、《水经注》一部、《经典释文》一部、《六书音均表》原稿一本。他今年春二月二十日已从杭州动身，以上三封信，想必近日都到了吧。

我早就定下了归隐山林的志向，八月一准南归，以前信中已经说过了。老友您行为不苟且，加上性格刚直，六年没有获得补缺的机会，这是有原因的。君子加官晋爵难，急流勇退易，洁身自好，但求无过，仍然不免招致求全责备。因此，内刚外柔，谨慎谦逊，可以与之敷衍应付。我归隐后，老母亲七十八岁了，非寻得一书院不可。陕西毕公想招我前往，路程太远，不能前去。大抵安定下来后，才可以书信往来。顺候吉祥，不一一叙及。致若膺贤弟足下。朋友戴震顿首。五月二十一日。

另外，附寄《九章算术》《海岛算经》二种。

蒋秋泾诗集序

【原文】 吾亡友秀水蒋君故无诗集也，平阳徐生昆出其偶得而手录之者，才百一十二篇，遽刊焉，不敢复去取其间。君前后所为诗，及其散逸，朱竹均学士为作《传》，既略道梗概，且欲录君盛年之作以益生，而生未之待也。

【译文】 我的亡友秀水蒋秋泾先生本来没有诗集，平阳人徐昆拿出他偶然获得并亲手抄录的，仅有一百一十二篇，便刊刻出来，不敢将这些诗篇再有所去取。蒋秋泾先生前前后后所作的诗，以及一些散佚的诗篇，朱竹均学士为他作《传》，已经简略叙述了大致情形，而且打算收录蒋秋泾先生盛年时期所作的诗篇来增补徐昆抄录的不足，但是徐昆没有等待增补，就将诗集刻印出来了。

【原文】 昔东莱吕伯恭甫作《读书记》，起自《秦誓》，溯而上至《洛诰》乃止，莫识其故。伯恭之学受之林少颖，少颖有《尚书集解》。朱晦叔谓《洛诰》以后非林氏所著书。然则伯恭实为其师补所未竟耳，顾无好事者比而合之勒成一部，后人遂病二书皆非完。今蒋君前后所为诗，虽更举其盛年者增多，兹刻十之四，犹未得目为蒋君诗集在是也。余独嘉弟子之宝爱于其师，片言是珍如生者，盖曷可少哉？

【译文】 从前东莱吕祖谦作《读书记》，起自《秦誓》，上溯到《洛诰》才罢手，没人懂得其中的缘故。吕祖谦的学问来自林少颖，林少颖有《尚书集解》。朱熹认为《洛诰》以后的文章不是林氏所作。这么说来，吕祖谦实际上是在为他的老师完成没有完成的著述罢了，反而是没有热心人合两人之作并成一部著作，后人于是痛惜两书都没有完成。而今蒋秋泾先生前后所作的诗篇，即使另外列举其盛年所作的诗篇，使之增多，兹刻便只占其十分之四，尚且不能说是蒋秋泾先生的诗作都收录在此。我特别赞赏学生尊重老师，珍爱老师作品的行为，老师的作品，哪怕是只言片语，也倍加珍惜，如同老师在，又怎么会嫌它篇目少呢？

闽中师友渊源考序[①]

【原文】 宋之有朱子，近数百年以来学者宗之。前夫宋，则汉郑康成氏，其为世所宗千有余年，而宋儒始兴，师师相传，讲求者不外六艺之文。时之相隔，判若殊科，岂无故哉！

【译文】 宋代的朱熹，近数百年以来，学者都追随尊奉他。宋之前，则有汉代的郑玄，他被世人追随尊奉了一千多年，宋儒理学刚刚兴起的时候，主要通过师师相传，讲学研究的不外乎《易》《书》《诗》《礼》《乐》《春秋》等六艺之文。汉与宋两个不同的时代，治学方法迥然有别，这难道没有什么缘故吗？

【原文】 方《诗》《书》初出，承残灭之余，绝而复续，诂训制度，几荡然无征，则其时治经所重，断可识[②]矣。康成氏者，集汉儒之大成者也。降自魏、晋，师法渐失，隋、唐义疏，流而为繁碎，于是宋初诸君子主于辞理晓畅。迨二程子、张子，尤多微论。朱子者，集宋儒之大成者也。稽其少时，师事胡原仲宪，刘彦冲子翚、刘致中勉之，既又受学于李愿中侗。愿中受之罗仲素从彦，仲素受之杨中立时，中立与游定夫酢、王伯信蘋皆程门高弟。盖闽中之学，自三君子为之倡，数传而得

---

① 本文是戴震为李清馥撰的《闽中师友渊源考》所题写的序言。李清馥，字根侯，福建安溪人。康熙朝名儒名相李光地之孙，以荫授兵部员外郎，官至治中、大名、广平知府，著有《闽中师友渊源考》《闽学志略》《道南讲授》《清源述志》《粤东名儒言行录》等。《闽中师友渊源考》又名《闽中理学渊源考》，编入《景印文渊阁四库全书》中。

② 断可识：断然明知。出自《周易·系辞下》："介石如焉，宁用终日，断可识矣。"

朱子，浸以益大，门人交友，翕然至盛，此《闽中师友渊源考》所为有作也。

【译文】 汉初，古文经书《诗经》《尚书》首次出现，在经历秦焚书之后，几乎灭绝失传的儒家经典得以流传，而文字训诂、典章制度几乎完全失传，无从征引，因而这时候研究经书的重点就可想而知了。郑玄便是汉儒（以文字训诂、典章制度研究为重点）的集大成者。到了魏晋时期，汉代经学大师所传授的治经方法逐渐失传，而隋唐时期的经典阐释，变得繁杂琐碎，于是宋初多数经学家大力提倡治经要文辞通晓明畅。到了程颢、程颐及张载，就有很多探幽发微的高论。朱熹则是宋儒（以阐发义理为重点）的集大成者。考察朱熹年轻的时候，他曾师从胡宪、刘子翚、刘勉之，又曾经跟随李侗学习。李侗师从罗从彦，罗从彦师从杨时，杨时与游酢、王蘋都是二程门下的高才弟子。大约闽学，自从三位大儒的倡导，经过几代人的传承到朱熹，最终逐渐壮大，门生弟子顿时达到鼎盛。这也是写作《闽中师友渊源考》的原因。

【原文】 余窃谓授经之事，一二人启其端，必同时英彦笃守之，以广其传①，夫然后师友之气振，而其学久而弥著。今李公撰次是考，虽专溯闽学源流，世之尊信宋儒，宗之至于今者，实系乎是。公为安溪先生第几子②，家学相承，得二程子、朱子正传，故其所表章③，辨别学绪，卓尔不惑。虽然，宋儒之相与讲贯于理义，非适当训诂详明之后，亦且汲汲为康成氏之所为也。余故因是书为知学之士进而表之。

【译文】 我私下里认为传授经学这件事，在一两个人创始发端

---

① 传：解说经义的文字。

② 李清馥为李钟伦次子，李光地孙子。李光地，福建安溪人，世称“安溪先生”，而此所谓“安溪先生”当指李钟伦。

③ 表章：显扬、表扬。《汉书·武帝纪赞》：“孝武初立，卓然罢黜百家，表章六经。”

后，还需同时代的才俊坚守它，来传播这些解说经义的文字，这之后师友同道，气势大振，学说思想得以传播久远。如今李清馥先生撰写了这篇考证文章，虽然是专门追溯闽学发展渊源的，但世间信奉宋儒义理之学，一直到今天都尊崇信奉，其实是与这种师友传承紧密相关的。先生是李钟伦次子，家学渊源深厚，既得家传，又得二程、朱熹的正传，所以李清馥先生对前辈学者的表彰，对学派源流的考辨，都超越寻常，令人信服。虽然宋儒在研习经学过程中以理义来贯通，并不是建立在文字考证详细明了的基础上，但也能努力去作汉儒郑玄所作的（文字训诂和典章制度考证）工作。所以我因为这本书为懂得如何研究儒学的士人去推广表彰它。

跋吴潜夫残本圣教序

【原文】 吴生覃之尊人[①]曰潜夫，善属书。尝游京师，所书辄为人取去。及覃，又以能书名，留心收集，则其家存者颇罕。一日检视于故纸中，获手临《圣教序》三百余字，年月甫氏具悉。覃捧玩良久，如对其尊人，盖不啻“见似目瞿，闻名心瞿”[②]也。顾缺轶前幅，思求完好，竟不克如志。前者，覃曾购得《圣教序》残本，可而存诸笥簏有年，至是取以合之，适当其处，不一字羸朒，因俾工装潢，联成一册，而遍请题识以表为异事，其郑重宝爱若此。

【译文】 吴覃的父亲叫吴潜夫，擅长书法。曾游学京城，所写书法就常常被人拿去。到了吴覃，又以擅长书法而闻名于世，而且留心收集（书法作品），他家收藏的作品多为罕见珍品。一天，吴覃翻检旧纸堆，找到父亲亲手临摹的三百多字的《圣教序》，书写年月与书写人等全都完备。吴覃双手捧着认真鉴赏，久久不忍释手，就好像面对着自己的父亲，这大约不只是“看到有人容貌和自己父母相像时就目惊，听到有人名字和父母相同时就心惊”啊。但是发现缺了前半幅，想找到全部，使之完好，竟然不能如愿。在此之前，吴覃曾经买到一幅《圣教序》书法残本，认为不错，便收藏在箱子中好多年了，现在拿出来一拼合，残缺的地方恰可严丝合缝地拼在一起，不缺一个字，因

---

① 尊人：对他人或自己父母的尊称。

② 出自《礼记・杂记》，意谓看到有人容貌和自己父母相像时就目惊，听到有人名字和父母相同时就心惊。

而找画工装裱起来，合成一册，并到处请人题字来宣传表彰这件奇巧的事，他重视并珍爱竟到了这般地步啊。

【原文】 夫物之显晦也有时，岐阳石鼓[①]，十失其一[②]，乃在民间，用以作臼。宋皇祐中，朝廷广揽三代鼎鼐碑碣，始合之而全，今具在太学前庑。非遭逢好古之朝，固仅仅等于败臼破础，翳瘗榛莽久矣。昔东莱吕伯恭甫作《读书记》，起自《秦誓》，溯而上至《洛诰》乃止。伯恭之学，受之林少颖，少颖受之吕居仁。少颖有《尚书集解》，朱晦叔谓《洛诰》以后，非林氏所著书，然则伯恭甫实为其师补苴罅漏耳。世无好古者比而合之，勒成一部，后人遂病二书皆非完，何弗深考也？余因覃之请而有感于二事，且以见兹残帖之遭其遗弃莫足数，非一日，今顾得覃之宝爱其尊人手书而并及之，岂亦有时欤！岂亦有时欤！

【译文】 一个物品是显贵传世还是隐没不传，全靠时运。岐阳石鼓，原本十个，丢失了一个，竟然流落在民间，用来作米臼。宋皇祐年间，朝廷上下广泛临摹上古鼎鼐碑碣文字，才重新收集齐全，如今全部收藏在太学前面的庑殿里。如果不是遇到好古的时代，就仅仅等同于破败的米臼和石基，长久掩藏在荆棘草莽之中了。从前东莱吕祖谦作《读书记》，从《秦誓》开始，向上追溯到《洛诰》才结束。吕祖

① 岐阳石鼓：因唐初出土于岐阳县而得名。岐阳石鼓共计十枚，高约三尺，径约二尺。其上皆刻有文字，分别为大篆四言诗一首，共十首，计七百一十八字。因石外形似鼓，故名石鼓文。内容最早被认为是记叙秦王出猎的场面，故又称“猎碣”。宋代郑樵《石鼓音序》之后，“石鼓秦物论”开始盛行，清末震钧断石鼓为秦文公时物，民国马衡断为秦穆公时物，郭沫若断为秦襄公时物，今人刘星、刘牧则考证石鼓为秦始皇时期作品。石鼓刻石文字多残，北宋欧阳修录时存四百六十五字，明代范氏天一阁藏本仅四百六十二字，今之“马荐”鼓已一字无存。原石现藏于故宫博物院石鼓馆。

② 十失其一：唐末，五代十国的战乱中，石鼓流落民间，不知所终。到一百多年后宋朝的司马池（司马光之父）担任凤翔知府时始寻回九鼓，“复辇至于府学之门庑下，而亡其一”（见王厚之《复斋碑录》）。皇祐四年（1052），向传师在一屠户家，才将被当作米臼又被当作磨刀石的作原鼓找到。自此石鼓遗失后约一百五十年左右，方才全部寻回。

谦的学问，师从林少颖，林少颖师从吕居仁。林少颖作有《尚书集解》，朱晦叔说《洛诰》以后，不是林少颖所著，这是因为吕祖谦实际上是在替他的老师弥补不足罢了。但是世上没有好古之人，将两书合编成一部书，后人于是认为两书都不完整，怎么如此不深入考证呢？我因为吴覃所请，从而有感于这两件事，而且由此看到那些碑帖因残损而遭遇丢失遗弃的不可胜数，并且这还并非一朝一夕的事，如今看到吴覃珍爱他父亲的手书，因而一并谈及这些问题，难道真的有时运吗？难道真的有时运吗？

九数通考[①]序

【原文】 余少时读《周官经》六书、九数之目，因寻求汉永元中南阁祭酒许慎《说文解字》，以为古小学赖是以存；而前此北平侯张苍传古《九章算术》，魏刘徽为之注者，卒不可得。近有宣城梅氏撰《中西算学通》，独《九数存古》有录无书。盖唐、宋立之学官所谓算经十书，仅仅《周髀》有全文。梅氏所论述，《周髀》而外绝不见征引。是以意欲存古而未能欤？

【译文】 我年轻时研读《周官经》六书、九数这些条目时，顺便找来东汉永元年间(89—105)南阁祭酒许慎的《说文解字》研读，认为古代的语言学依靠这本书得以存传；但是这本书之前，北平侯张苍所传的《九章算术》，即魏代刘徽给它作注解的那本书，怎么也找不到。近代宣城人梅文鼎撰写《中西算学通》，唯独《九数存古》只著录了书名，却没有收录该书内容。唐宋在学官中颁发的所谓"算经十书"，仅仅《周髀算经》是完整的。梅文鼎研究叙述古代数学，除了《周髀算经》外，其他数学著作完全不见征引。难道说他有保存古代数学的志愿却实际上没有能力做到吗？

【原文】 常熟屈君省园嗜古，好深湛之思，于书靡不披览，尤加

---

① 九数通考：本书的作者为戴震的朋友屈曾发。屈曾发，字鲁传，号省园(一说字省园)，江苏常熟人。熟读《数理精蕴》，考订古今异同，集录中西之学，增改折中之，著《九数通考》。刊刻戴震另一校勘本《九章算术》(与《海岛算经》合刊，世称豫簪堂本)。

意实学①，俾足以致用。既撰《万言肄雅》，为识字津涉。其治算数也妙尽其能，亦兼中西而会通之，乃举而分隶《九章》，则又梅氏所志焉未逮也。

【译文】 常熟屈曾发先生热爱古代的学问，擅长深入思考，于书无所不读，尤其留心经世致用的实学，曾撰写《万言肄雅》一书，作为读书识字的指南。他研治数学，也能做到极其精通，而且能够兼收并蓄，中西融会贯通，并将这些研究成果列举到《九章算术》相应章节中，而这又是梅文鼎有志于此却未能做到的。

【原文】 古者九数，司徒掌之以教万民，保氏掌之以教国子。与五礼②、六乐③、五射④、五御⑤、六书⑥之伦，合而谓之“道艺”。夫德行以为之体，道艺以为之用。故司谏巡问民间，则以时书其德行、道艺，辨其能而可任于国事者。由是言之，士有国事之责，期在体用赅备有如是。

【译文】 古代九数之学，由司徒执掌并教习百姓，由保氏执掌并教习公卿大夫的子弟。和五礼、六乐、五射、五御、六书之类，合起来称作“道艺”。德行是人立身的根本，道艺是人行事的具体方法与手段。故而司谏到民间巡查，就会定期考察人们的品行、道艺，辨识那些有能力、可以胜任国家行政事务的人才。由此而言，士人有履行国家行政事务的职责，务必令士人如此这般德才兼备。

---

① 实学：是一种以“实体达用”为宗旨、以“经世致用”为主要内容的思想潮流和学说。中国实学思想肇始于宋代，在明清之际达到高潮，是儒家思想发展的阶段性理论形态，并成为中国古代思想向近代思想转化的中介和桥梁。

② 五礼：吉礼、凶礼、军礼、宾礼、嘉礼。

③ 六乐：黄帝、尧、舜、禹、汤、周武王六代的古典乐曲，黄帝之乐为《云门》，尧乐为《咸池》，舜乐为《大韶》，禹乐为《大夏》，汤乐为《大濩》，周武王之乐为《大武》。

④ 五射：白矢、参连、剡注、襄尺、井仪。

⑤ 五御：五种驾车技巧，包括鸣和鸾、逐水曲、过君表、舞交衢、逐禽左。

⑥ 六书：六种造字法，包括指事、象形、形声、会意、转注、假借。

【原文】 今屈君将出为国家分理斯民。凡用之于官，施之为教，渊乎其有本也。君以是编属余撰序，余曰："昔郑康成氏游于马季长之门，三年不得亲相质问。季长集诸生考论图纬，因疑于算，闻其能，乃召见之楼上。汉、晋间，达人学士，若张衡、王粲、关康之、高允，咸称明算，且于此学各有论著。今屈君所为书，信足以补道艺中一事矣。适朝廷开馆纂《四库全书》，《九章算经》于是逸而复出。而以是编者方之古算经，犹《说文》之后，不可无《玉篇》《广韵》。以今之详广古之略，以今之逐字加密尽抉古之奥。其在是欤！其在是欤！"

【译文】 如今屈曾发先生即将出任开州知州，为国家管理那里的人民。凡是屈曾发先生为官施政、施行教化的各种举措，都渊源有自。屈曾发先生拿着这本书托付我作序，我提笔写道："昔日郑玄投师到马融门下，长达三年都没能够见到老师并当面请教。马融召集众弟子讨论图谶、纬书方面的问题，因遇到算学疑难问题，而了解到郑玄在这方面有特长，于是将郑玄叫到楼上召见他。从汉到晋，那些学者高人，如张衡、王粲、关康之、高允等，都号称通晓算学，而且在算学方面各自都有专著。而今屈曾发先生所撰写的这本书，相信是足以弥补道艺中的一项重要技艺。恰逢朝廷开馆纂修《四库全书》，《九章算经》一书失而复得，将《九数通考》放在古代算学经典中，就好像《说文解字》之后不可以没有《玉篇》《广韵》一样。用今日的详细充实古代的简略，以今日逐渐精密阐发古人的深奥。得靠这本书啊！得靠这本书啊！"

重修孝义县志序[①]

【原文】 尝考《周官经》之详于民事也：闾胥岁时书其敬敏任恤者；族师又书其孝弟睦姻有学者；而小行人适四方，录民之利害为一书，其礼俗政事教治刑禁之逆顺为一书，每国辨异之；大司徒则以天下土地之图，周知九州之地域广轮之数，辨其山林川泽丘陵坟衍原隰之名物。盖自二十五家为闾，百家为族[②]，民之庸德之行不略，而遍及夫疾苦得失，高下所宜，有书有图，此出治之本，亦即后代作地志之发凡起例也，而往往不能然。

【译文】 我曾经考证《周官经》，发现《周官经》对于关系民生的事情很是详细：闾胥按时把那些有敬、敏、任、恤四种德行的人记录下来；族师又把那些有孝、弟、睦、姻等德行和有学问才能的人记录下来；而小行人出使四方，将有利于人民和损害人民的事情记录在一个簿册上，将礼俗、政事、教治、刑禁等是否能够顺利推行的情况记载在一个簿册上，每个诸侯国都要区别开来加以记载；大司徒则根据天下土地方面的舆图，详细了解九州的地域与面积，辨别山林、川泽、丘陵、坟衍、原隰等各种不同名称和所生产的物品。大约以二十五家为

---

① 据有关学者考证，此序当是戴震为孝义县令邓必安代作的，因邓必安所修《孝义县志》没有使用此序，故长期不为人所知。邓必安，字东山，江西南丰人，乾隆九年(1744)举人，乾隆三十三年(1768)丁忧起服知孝义县，乾隆三十六年(1771)六月卸事。

② 二十五家为闾，百家为族：《周礼·地官·大司徒》："令五家为比，使之相保；五比为闾，使之相爱；四闾为族，使之相葬；五族为党，使之相救；五党为州，使之相赒；五州为乡，使之相宾。"

一闾，百家为一族，老百姓平常的德行不被忽略，而且遍及老百姓的疾苦得失，不同层次的要求，有簿册有图表，这些给出了管理的根本，也是后代作地理方志的发凡起例，但是后代往往不能如此去作。

【原文】 余初视县事，惧不得所以设施之要领，检阅志书，茫然如故。既而事事求与民习，县令田夫，相亲不隔，胥役不得以间之，而后信古人官其土抚其民，必无有纤悉可膜置者而能出治也。适太守①下令，取八属近事，纂修府志，牒到县，因窃幸私心以为无有纤悉可膜置者，乃今不至仓卒疏漏以应。复检视旧志，其中应续应补，条列缮呈。

【译文】 我刚刚接手孝义县事务，担心不能够得到设教施政的要领，检阅志书，依旧一片茫然。紧接着，事事都追求符合老百姓的生活习气，张榜明令，告示田夫，相互亲爱没有隔阂，胥役不得阻隔离间，然后才相信古人为官一方，管理百姓，必定没有任何细微小事会放置一边漠然不管却能治理好的。恰逢知府下令，取一州七县八个下属的近事，纂修府志，文书到县，我私下里庆幸对有关老百姓的事务没有一丝一毫搁置冷漠，而今不至于仓促应对以致疏漏百出。又进一步检查旧志，其中应续应补的，一一分条列出，缮写上呈。

【原文】 然如疆域之界画，相承未改也。而狐岐以西南，地尚广远，旧志胥失载，是尚为悉县之土地乎？率称编户十五里，实则十有二里，其三里乃汾阳、介休之民，户口不归孝义，是尚为悉县之人民乎？用是私心不能自已，遂即一岁中所身见，并邑诸君所采辑，命儿常②编次成帙，聊以法古人详于民事之意。倘有责余言则详而见诸事者不逮，则余不辞其咎，且深所冀幸者也！

---

① 太守：秦朝至汉朝时期对郡守的尊称，清代一般称知府为太守。

② 儿常：（县令邓必安）儿子邓常（字可久），此序为代县令邓必安撰，故如此说。

【译文】 但是像疆域边界之类的，仍承袭旧志未改。而狐岐山西南方向，还有很宽广遥远的地域，旧志缺失不曾记载，这么说来，这部县志称得上完整记载了全县的土地吗？大略宣称全县在编户口共十五里，实际则只有十二里，其中有三里乃是汾阳、介休的民众，户口不归孝义，这又称得上完整记载了全县的人口吗？因为这些原因，我私下里仍不能自已，姑且效法古人详于民事的编写方志的旨意，于是就一年之中亲眼所见，以及县里诸位先生所采辑而来的材料，命儿子邓常编写成册，倘有责怪我，记叙详细却事务载录不到位，则我当难辞其咎，而且这也是我深深期盼、深深感到庆幸的！

汾州府志序[①]

【原文】《周官》有土训、诵训之职，土训掌道地图以诏地事，诵训掌道方志以诏观事。郑康成氏曰："说地图九州形势山川所宜，告王以施其事，说四方所识久远之事，以告王观博古所识。"然则图志之书，其由来盖远。汾州自改府以来，旧尝有志，越今百六十余年，旷而不修，且旧志草创疏略，于古今因革，山川形势，政之体要，民之利病，求其如伸手见指，悬衡取平，未之能也。夫郡之于县，所谓臂之使指也，因革形势，体要利病，既未能示诸掌，将朝廷询风土，征典籍，而当事者问民间疾苦，责其官守职司，徒据去今百六十余年疏于事情者以应，其不可甚明。

【译文】《周官》有土训、诵训这种官职，土训为天子解说天下九州山川的形势，诵训为天子解说四方所记久远之事，昭告天子使之能博观古事。郑玄解释说："解说九州地形地势、山川所产，告知天子运用这些知识来施行各种事务，解说四方所记久远之事，昭告天子使之能博观古事。"这么说来，则以地图为主的志书，由来久远。汾州自从改府以来，过去不曾有志书，到如今已有一百六十多年，时代旷远却不修志，况且旧志草创，粗疏简略，对于古今沿革、山川形势、重要政事，与老百姓息息相关的各种利弊，要求做到如同伸手见指，悬挂衡来取平，是不可能做到的。郡对于所管辖的各县，就好像是手臂支配

---

① 此序篇末未署名，但内容见于《汾州府志序》，经学者考证，知乃戴震为孙和相所作《汾州府志序》的稿本。

手指，地理因革、地形地势、重要政事，各种利弊，既不能明示于手掌，将来朝廷咨询风土人情，征求文书典籍，而上级管理者了解民间疾苦，责成官守各司其职，只仅仅依据距今一百六十多年，与具体情形相背离的资料来应对，其行不通是很明了的事。

【原文】 顾余为是郡三载而后及志事何也？非周察而得其实，不敢以为言；非精心于稽古，不敢轻笔之书。是以迟之又久，略知为是郡之大经。及复征询八州县，备陈细目，都举统观。又适有休宁戴东原氏来游汾、晋间，今之治经之儒，咸首推戴君，而是志得其严加核订，以余之体验于今者，更信能不谬于古矣。

【译文】 所以我任职本郡三年，然后关注修志一事，这是为何？没有详细考察并获得真实的一手资料，不敢对其发表看法；不曾精心稽考历史，不敢轻易提笔书写。因此一再推迟，久久不敢动工，直到粗知本郡的大致情形。等到又咨询所辖的八个州县，详细上陈各类细目，并罗列起来，系统考察。又恰逢休宁戴震前来，游学于汾、晋之间，当今研治儒家经典的儒生，都推尊戴先生，因而这本府志得到戴先生严谨的考核订正，凭我用今天的情形来考察验证的结果来看，更加深信过去的记载是确凿无误的。

【原文】 郡故多贤智学古之士，闻余于兹迟之又久之意，而卒底有成也，欣然相率而请，校勘雕印，不缓于时。余亦以感郡之人才，荒远傅合者不必言，其近而可师，昔之日不有文忠烈、狄武襄[①]其人，德高业隆，为国柱石若彼乎！人苟自勉，今犹昔也。志中之事，地事观事存焉，求其切民用，达治道也。志中之人，抑又求其端士趋，厚民俗也。是则余蓄于心三载者如是，因书以为端首。

【译文】 本郡有很多贤良聪慧热衷学古的士人，听闻我一再推

① 文忠烈、狄武襄：指北宋文彦博、狄青，均汾州人。

迟并费时很久而修志的本意，且最终有所收获，一个个欣然请求，参与校勘雕印，及时刊行。我也因此感叹本郡的人才，久远附会的自不必说，那些时代近并可以师法的，过去不是有文彦博、狄青这两位，德行高，功勋大，是国家的柱石！为人如果能够自我勉励，今天如同过去一样能够建功立业。志中的事，山川形势及能博观的古事都有记录，唯求它们切于民用，达到有效治理的功效。志中所记之人，有追求能够树立榜样，使士人行为端正，民风淳厚。这就是我挂念于心三年之所在，特意记录下来，作为序言，放在篇首。

汾州府志序(二)[1]

【原文】 府领一州七县,得汉太原郡之兹氏、中都、京陵、界休、邬,西河郡之蔺、皋狼、离石、隰成、中阳、土军,中亘大山,若吕梁、黄栌、薛颉、狐岐,则二郡之所以限。唐、宋已来,为汾、石二州,兼有隰州地。府之设,起明万历中,后十余年,知府王道一纂次府志,实始草创,越今百六十余载,无继而为之者。今秋之仲,诸城孙君以新志若干卷,请余言挂之简端。

【译文】 汾州府统领一州七县,有汉代太原郡的兹氏、中都、京陵、界休、邬,西河郡的蔺、皋狼、离石、隰成、中阳、土军,中间大山横亘,如吕梁、黄栌、薛颉、狐岐等,乃是两郡的自然界限。唐、宋以来,分为汾、石两州,还管辖隰州之地。汾州府的设置,起于明万历年间。十多年后,知府王道一编纂府志,属于府志的草创,到如今一百六十多年,再没有继承重修的人。今年仲秋,诸城人孙和相拿来新志若干卷,请我作序置于正文前。

【原文】 余谓此事匪易为也。且如汾州之名起北魏,其初改吐京镇为州,治蒲子城,在今隰州,徙治西河,自裴良始。而西魏之汾州在今宜川,北周之汾州在今吉州,隋汾州在今霍州。前此之为西河郡治也,起北魏太和八年。孝昌中,则侨置平阳界。而汉元朔四年初置

---

① 据黄山书社出版的《戴震全书》的编者考证,本文是戴震代朱珪作的《汾州府志序》的改订稿,其文已见于乾隆三十六年(1771)刊《汾州府志》。因不便于当世刊入《戴氏文集》,故孔、段刻本均无。戴震与朱珪友善,戴震纂修《汾州府志》,即朱珪举荐给孙和相的。

西河郡，本在河西，永和五年，南徙五百九里治离石，迄于晋不异。若其依河表目，见经传子史者，地不一所，咸非府境。以所属县言，中都为地三，《左氏春秋》之中都在今河内，《魏书》之中都在榆次；永安为地三，汉、晋之永安在霍州，北魏孝昌后之永安与介休尝侨置平阳，而介休又侨置汲郡；汾阳为地五，《国语》汾阳之田在平阳，汉汾阳即静乐，晋汾阳为河东郡隶县，隋汾阳唐武德七年改为阳曲，其已后郡县无汾阳之名。而郭子仪封汾阳郡王，镇绛州。以地名山泽言，名梁山、吕梁者，《春秋》《尔雅》之梁山在少梁，《孟子》之梁山在今乾州，《尸子》《吕览》《淮南鸿烈》暨《水经注》之吕梁在今保德州西，为河之巨隘，而泗水中亘岨亦以名，孔子所叹吕梁县水三十仞，鱼鳖不能游者也；名绵上、介山、绵山者，《春秋》之绵上在今翼城，《后汉书》之绵上在沁源，扬雄《河东赋》之介山在万泉，而翼城、平定皆有绵山。邬之北九泽，班孟坚以为《周职方》昭余祁，郦道元以为《吕览》晋之大陆，胥失之。然则凡所论著，虽勤求经史，犹眩若棼丝[①]也，同名异地，未能证实，杂取其人与事于篇，谓免识者之讥，难矣！

【译文】 我认为为该志作序不容易。就像汾州这个名字起源于北魏，当初将吐京镇改为州，治所设置在蒲子城，在今天的隰州，迁徙治所到西河，是自裴良开始的。而西魏时期的汾州在今天的宜川，北周的汾州在今天的吉州，隋代的汾州在今天的霍州。以前此地（西河）是西河郡郡治所在，始设于北魏太和八年（484）。北魏孝昌年间（525—527），郡治则侨置在平阳郡界内。而汉代元朔四年（公元前125）开始设置西河郡时，本来设在河西，永和五年（140），南迁五百零九里，设郡治于离石，一直到晋代不曾改变。如果将郡治所在依据黄河来标识地理位置，经传子史中有记载可以查阅到的，所在地理位置不止一处，而且都不在汾州府境内。从所管辖的县来说，叫中都的有

---

① 棼丝：乱丝。《左传·隐公四年》："臣闻以德和民，不闻以乱。以乱，犹治丝而棼之也。"

三个地方，《左氏春秋》所载的中都在今天的河内，《魏书》所载的中都在榆次；叫永安的有三个地方，汉、晋的永安在霍州，北魏孝昌后的永安和介休曾经侨置在平阳，而介休又曾侨置在汲郡；叫汾阳的有五个地方，《国语》所谓汾阳之田在平阳，汉代的汾阳即静乐，晋代的汾阳为河东郡所管辖的属县，隋代的汾阳在唐武德七年(624)改名为阳曲，这之后郡县再无汾阳这个名称。但是有郭子仪被封为汾阳郡王，镇守绛州。从地名和山泽关系来说，叫作梁山、吕梁的，《春秋》《尔雅》的梁山在少梁，《孟子》的梁山在今天的乾州，《尸子》《吕览》《淮南鸿烈》及《水经注》的吕梁在今天的保德州西面，是黄河的大关隘，而且泗水从中横流而过，也用来作地名，即是孔子所感慨的吕梁县水深三十仞，鱼鳖不能游的那个地方；叫作绵上、介山、绵山的，《春秋》的绵上在今天的翼城，《后汉书》的绵上在沁源，扬雄《河东赋》的介山在万泉，而翼城、平定都有绵山。邬地北面的九泽，班固认为是《周职方》所谓的昭余祁，郦道元认为是《吕览》所谓的晋国的大陆，两说都是错的。如此看来，大凡有所论著，即使辛勤查阅经史，仍然像乱丝一样令人头昏目眩。地名相同，地区不同，不能够考证无误，拼凑有关的人、事资料到篇中，想不遭到有识之人的讥讽，难啊！

【原文】 孙君重其事，不以所知自多，复质诸休宁戴东原氏，勒成一书。于旧志既无可仍袭，遂综博古今，严整义例，用补缺典。余历官于闽、于荆、于晋，欲备知地之险易，政之利弊，以敷宣圣天子德意，检阅府州县志至夥，求其述地名山川，能周知寰内形势之全，脉络条贯，不失地防，无纷纠傅合也；记载宦政，以及田赋征徭，尔雅明划，远于胥吏案牍也；传一方之名宦人物，审确不假借，文体追乎古人，辞称协诸德行也，若斯者盖鲜。孙君素练于治，视昔时沉废，辄力举，不少因循，兹役亦其一焉。用是验孙君之守汾，总八州县而握其柄者，事事勤求尽若斯之用心，不亦懋欤！不亦懋欤！

【译文】 孙和相重视这些，不因为自己知道得多而自满，又向休宁戴震请教，最后编成一书。在旧的方志中既然没有可以用来援引的资料，就博采古今，加以综合，严格体例，弥补典籍的缺失。我先后在闽、荆、晋等地担任地方官，想要详细了解地势的险易，行政措施的利弊，来传播圣天子的美德，查阅了很多府志、州志、县志，寻找其中记述地名山川的内容，能够详细了解天下地理形势的全貌，脉络清晰，不会搞错地形地势，没有错乱附会；记载官府行政事务，以及田赋、杂税和徭役，规范清晰，和胥吏案牍文书完全不一样；传扬地方有名望的官宦人物，确切不浮夸，文体效法古人，赞美之词和其德行相符，能做到这些的人并不多见。孙和相向来有很高的行政才干，看见过去长时间废弃不兴的事情，就大力兴办，从不因循守旧，纂修府志即是其中之一。用这些来考察孙和相任职汾州，手握大权管理八个州县，事事勤勤恳恳，尽心尽力，功劳不也是很盛大的吗！功劳不也是很盛大的吗！

【原文】 乾隆三十五年嘉平月，赐进士出身山西布政使司布政使大兴朱珪撰。

【译文】 乾隆三十五年(1770)十二月，赐进士出身山西布政使司布政使大兴朱珪撰。

永宁州志序

【原文】 州境地名山川，于古最表著：梁山，见《虞夏书》；蔺、皋狼、离石，见《战国策》；隰成，见《史记》；左国城，见《晋书》；离石水，见《水经注》；赤洪、黄栌二岭，见《魏》《齐书》；伏庐山，见《五朝志》；庐城、三角戍，见《元和郡县图志》；永安镇，见《唐书》；步佛山、积翠山、坞堡口，见《宋》《金》《元史》。其余州郡县名，自汉而下，分合迁改至繁。而生其间者之翘然特出，于晋，如郭侍御史钦①；于唐，如宋右台务光②；于宋，如王节度忠植③；于明，如高副使金④、张侍郎玭⑤；于我朝，如于清端成龙⑥，或以学识，或以忠义，或以劲节清风，咸足千古。

【译文】 永宁州境内地名山河，过去最有名的有：梁山，见《虞夏书》；蔺、皋狼、离石，见《战国策》；隰成，见《史记》；左国城，见《晋书》；

---

① 郭侍御史钦：即郭钦，西晋西河人，官至侍御史，曾提出“徙戎论”。

② 宋右台务光：即宋务光，生卒年不详，一名烈，字子昂，唐代汾州西河人。宋务光进士及第后，初任洛阳尉，升迁右卫骑曹参军，神龙中，因政绩突出，进殿中御史，官终右台。

③ 王节度忠值：即王忠植（？—1140），宋代河东人，字义节，太行义士。绍兴九年（1139），取石州等十一郡，授华州观察使、统制河东忠义军马、知代州。官至河东经略安抚使。绍兴十年（1140），金兵围庆阳（今属甘肃省），他率部赴援，行至延安，为叛将赵惟青械送金右副元帅撒离曷。后被执至庆阳城下迫其谕降。他勉励将士坚守，遂遇害。

④ 高副使金：即高金，明代山西承宣布政使司太原府石州人，嘉靖五年（1526）登进士，后升任兵科给事中，上疏反对明世宗迷信方术，后下诏狱，释放。后累官苏州兵备副使。

⑤ 张侍郎玭：即张玭，明代山西石州人，嘉靖十四年（1535）进士，后升大理寺左右少卿、顺天府尹、南京户部右侍郎。张玭孝友，乐易其居，官所至，以廉称。嘉靖四十四年（1565）十月卒。赐祭葬如例。

⑥ 于清端成龙：即于成龙（1617—1684），字北溟，号于山，清代山西永宁州人。清初名臣、循吏，赐谥“清端”，有《于清端政书》八卷等著作传世。

离石水，见《水经注》；赤硔岭、黄栌岭，见《魏书》《齐书》；伏庐山，见《五朝志》；庐城、三角戍，见《元和郡县图志》；永安镇，见《唐书》；步佛山、积翠山、坞堡口，见《宋史》《金史》《元史》。其余州郡县名，自汉以下，或分或合，迁移更改频繁。至于出生在此地令人敬仰的杰出人物，西晋，有侍御史郭钦；唐代，有右台宋务光；宋代，有节度使王忠植；明代，有副使高金、侍郎张玭；我清朝，有于成龙，这些人有的凭借学识，有的凭借忠义，有的凭借节操和一身正气，都足以名垂千古。

【原文】 顾余来守是州，始入疆，越严险，历虎狼嗥跳之区，乃至山城，其土瘠，其士民鲁戆。左汾西群山，右界黄河，而涂绝轨辙，涧不通舟。缘阪陁树艺[①]，穷于灌溉。履其村落，穴山而居十八九，混沌困苦之状接于目。

【译文】 回想我当初被任命为知州来到本州时，进入本州地界后，越过极其危险的地段，经过虎狼奔腾嗷叫的区域，才最终到达山城，这里土地贫瘠，士民愚笨鲁莽。左边是汾水西岸的群山，右边以黄河为边界，而且路途无车轨之迹，河流不通舟船。沿着山坡种植树木和黍稷，严重缺水，难以灌溉。走访这里的村落，可以看到在山上挖洞穴来居住的占十之八九，穷困混乱的情形历历在目。

【原文】 以所闻若彼，以所见则若此，何相悬甚欤？余抚兹恻然。因念山国羸民，就其劳，感发其思，俾之向义，生聚教诲，政之利病安在，披览州志，茫如也。五年于兹，事事体察，值太守诸城孙公檄征州事，以府志百六十余年旷而不修，延请休宁戴君东原总辑，用补缺典。余既条列所知报府，及见戴君，更获闻所不知。州志之不可因仍，且加以七十载应踵而接者，遂汇集兼质焉，得严治体例，博综古

① 阪(bǎn)：坡者曰阪。陁(tuó)：指山坡。树艺：亦作"树蓺"。出自《周礼·地官·大司徒》："辨十有二壤之物，而知其种，以教稼穑树蓺。"贾公彦疏："教民春稼秋穑，以树其木，以蓺黍稷也。"

今，成书十有四卷。州所辖，广轮各二百里而遥，上下数千年政事人物，毕赅于兹；民之疾苦，政之后先，备见于兹。瞻仰前哲，励斯民而进之，是则余之责也夫！

【译文】 依靠听闻获得的印象是那样的，而亲眼看见的情形却又是这样的，为什么二者相差这么大呢？我面对此种情状，不禁悲从中来。因而思考在这闭塞落后的山区，面对一群羸弱贫困的百姓，如何针对其辛劳困苦的生活，感发他们的思想，使之一心向义，生产蓄积，教育训诲，一州之政，有何利弊，披览州志，一片茫然。到此五年，事事体察，恰逢知府诸城人孙公下文征求各州事务，以府志一百六十多年缺而不修，延请休宁戴震先生担任总编辑，任用其来填补方志的缺失。我已经逐条列举所知上报知府，等见到戴震先生，又获知许多之前所不知的事情。州志不可以因循旧书，现将近七十年接续而来的人物事务增补进去，于是内容齐备，体例严密，博采古今，成书十四卷。州所辖，面积达二百里之遥，上下数千年政事人物，都全部搜罗在此；百姓疾苦，先后政事，也都全部搜罗在此。瞻仰前哲，激励百姓，奋发有为，这就是我的职责啊！

【原文】 乾隆三十五年上章摄提格长至日，知永宁州事金山王兴谷撰。

【译文】 乾隆三十五年庚寅(1770)夏至，永宁知州金山人王兴谷撰。

浔阳义庄志略序[①]

【原文】 匹夫而邀赐爵之荣，吾闻诸远古矣。二帝三王之道，其教首孝，其德尚仁，苟当于是者，身虽不在官，赐之爵给。伏生《尚书大传》曰："古之帝王，必有命民，能敬长矜孤，取舍好让者，命于其君，得乘饰车骈马，衣文锦。未有命者不得乘，不得衣，乘、衣者有罚。"今候选员外郎陶君卫扬，置田千亩，用赡宗族，远法有宋范文正公之规画，近承厥考赠征仕郎文英公之志，以上膺圣朝褒叙宠嘉。呜呼！此唐、虞已来，风励奖劝，而民俗可敦厚之至道也。

【译文】 普通平民想获得赏赐封爵的荣耀，我听说从远古时期就这样。二帝三王之道，他们的教化以孝为首，提倡道德仁义，如果有人在这些方面做得好，即使身不在官场，也赏赐他爵位和物资。伏生《尚书大传》说："古代的帝王，一定有平民受到其赐爵的，那些能尊敬长辈、怜悯孤寡，取舍有道、恭谦好让的，帝王对其进行赐爵，得以乘坐二马并驾、装饰华美的车子，穿着五彩斑斓的锦衣。帝王没有进行赐爵的，不准乘坐该种车子、不准穿着该种衣服，乘坐、穿着的人给予惩罚。"而今候选员外郎陶卫扬先生，购置田地千亩，用来赡养宗族，远扬宋代范仲淹对宗族的规划，近承其父亲赠征仕郎文英公的志向，以此来对上自觉担当朝廷的褒奖和荣耀。这是从唐、虞以来，在

---

① 本文为代陈兆仑而作。陈兆仑(1701－1771)，字星斋，号句山，浙江钱塘人。雍正八年(1730)进士，授知县。乾隆元年(1736)，举博学鸿词科，授翰林院检讨，官仆寺卿。工诗善书，论书法有主卓识，著有《紫竹山房文集》二十卷，《紫竹山房诗集》十二卷等，《清史稿》有传。

朝廷褒奖鼓励影响下，民俗达到敦厚的最好的举措啊！

【原文】 余素知卫扬之为人，仁孝根其天性。昔夫子称澹台子羽曰："独贵独富，君子耻之，夫也中之矣。"三复斯言，彼俗之偷薄，或庆吊所及而视若涂人，或同父之子而贫富相悬，不相顾恤，独处自安，绝无恧耻之动于中，众亦恬然不以为怪，如此辈人，贵不如贱，富不如贫也。其舆马则赫奕，其婢妾则倩丽，然其于造物也，不啻为之蠹，盖不仁大远乎仁如是。

【译文】 我向来了解陶卫扬的为人，他的仁孝来自他的天性。从前澹台灭明老夫子说："独自一个人富贵，君子感到耻辱，一定会守中共享它啊。"反复回味这句话，再看那些民风民俗不敦厚的人和事，有的对于应该前去庆贺吊丧的视为路人，有的本是同一父母的孩子，却贫富悬殊而不愿照顾帮助，他们独享富贵而心安理得，内心完全不感到羞愧，大家也欣然接受，不以为意，像这样的人，贵不如贱，富不如贫。他们的车马看起来豪华显赫，他们的奴婢看起来年轻漂亮，但是在造物主看来，不过是一群蠹虫废物，因为他们所行的不仁是如此这般远远超过他们所行的仁义。

【原文】 兹陶氏义庄，观其立法数事，于族之贫者，不特食口有给，丧葬有助，抑夭穷废疾必加悯，老者自六十已上，别等差加膳养；学子通一经已上，以其优加奖。岂寻常好施博爱之士所能分数明，规画周，曲尽仁人孝子之用心若是哉？《记》言之："自仁率亲，等而上之至于祖，名曰轻；自义率祖，顺而下之至于祢，名曰重。"仁义之分，轻重之故，以相成者也。盖自父子昆弟之至为戚，由近而推，为从父昆弟，为从祖昆弟，为族昆弟，《周官·大司徒》所谓联兄弟者止乎此。服既穷，戚既单，为亲同姓。虽有至仁，不能不渐即而轻者，君子之于仁，有太过则悖也。古者宗法行，使一族爱而亲，敬而长，由是老穷不遗，桀黠者不敢为非，人人各宗其宗而天下治。虽无服亲尽，犹必引而从其重者，以为尊祖故敬宗，敬宗故收族[①]，君子知义之所以成其仁，有不及亦悖也。

【译文】 这个陶氏义庄，考察它几条规定，对于宗族贫困的人，不只是供给口粮，对丧葬提供帮助，更是对于那些遭遇天灾人祸、残疾病痛的人一定另外提供帮助，老年人到了六十岁以上，按一定等级提供特别的赡养物资；读书的人精通一种经书以上，根据他的优异程度另加奖励。这岂是一般的好施舍、具有博爱之心的人能够做到分类如此明晰，规划如此周到，仁人孝子的用心能够如此这般尽心尽力呢？《礼记》说："用仁爱来孝敬自己的父母，逐级向上，到祖辈，仁恩就很轻了；用仁义来约束自己的祖父，顺延下来，到你自己，仁义就很重了。"仁义的区别，有轻有重，相辅相成。因为父子兄弟是至亲的骨肉，由近而远，则是叔伯兄弟，再是同祖兄弟，再是同宗族的兄弟，《周官·大司徒》所谓的联合兄弟骨肉到此为止。出了五服，骨肉关系已经很疏远了，仅为同姓亲人的关系。即使是至仁之人，也不能不逐渐轻置疏远，君子施行仁义，太过了，就会悖谬而行不通。古代施行宗法制度，使得整个宗族相爱亲近，尊敬而长幼有序，因此年老穷困的不会被遗弃，凶悍狡猾的不敢为非作歹，人人都各自以其宗族为宗，从而天下大治。即使出了五服，也能够从重处置，像五服以内的亲人一样对待，认为尊祖所以敬宗，敬宗所以团结关爱同族的人。君子懂得义之所以能够成就仁，如果不及也是错误的。

【原文】 凡志略八卷，详始末，纪田亩，稽税赋，定规条，载文翰，将永永无变，庶几奉承圣天子德意于无穷。余于陶氏，重有望其后之人云。

【译文】 《浔阳义庄志略》共八卷，详述义庄建设始末，记录田亩数目，交纳税赋明细，相关规定条目及文书信件，将永不改变，奉行圣天子美德直到永远。我对于陶氏，对其后人更是寄予厚望。

---

① 收族：以上下尊卑、亲疏远近之序团结族人。

宁乡县志序

【原文】 县境僻在山陬，地硗确[①]，民勤苦，缘冈依阜，陶穴[②]其下，即树艺其上，涧侧逼于山麓，亦率少平土，故出租赋之田五千八百三十余顷，而水地仅四顷有奇，其余专赖雨泽。人事究无善策，且民不知工技商贸，是以鲜千金之家，然亦无游惰之氓。语风俗者，称其敦朴少伪，礼节不愆，所谓劳故向义[③]，岂不见于斯欤！

【译文】 宁乡县地处山区偏僻处，土地坚硬瘠薄，百姓辛勤劳苦，沿着山岗，在山下凿建土室洞穴，在山上种植树木，山涧逼仄，迫近山麓，少有平整土地，所以全县需要上交租赋的田地共五千八百三十多顷，但水田仅有四顷多一点，其余田地都需依赖雨水。管理者没有好的对策，老百姓也不懂手工技艺与商业贸易，因此很少有富裕家庭，但是也没有游手好闲的懒惰之民。谈到当地风俗，都说民风敦厚质朴，少有伪诈，守礼有节，无作奸犯科者，所谓百姓劳苦就会产生善心，不正可以从这里看出来吗！

【原文】 夫俗厚施教化也易，民穷至流离转徙也尤易。保安调剂，继以诲导，在莅兹瘠土者深加之意耳。余始入境，陟高山，涉深

---

① 硗确(qiāo què)：土地坚硬瘠薄。《东观汉记・丁綝传》："昔孙叔敖敕其子，受封必求硗确之地。今綝能薄功微，得乡亭厚矣。"

② 陶穴：凿地而成的土室。

③ 劳故向义：百姓劳苦就会想到俭约，想到俭约，就会产生善心。《国语・鲁语下》："沃土之民不材，逸也；瘠土之民莫不向义，劳也。"

谷，虎狼之所嗥跳，及抵县治渐周览四境，恻然感，又悚然有惧也。幸际圣朝，休嘉[①]并，雨旸时[②]，民不虞失所。值太守诸城孙公，重用心于八州县之利病风教，暨夫山川渠堰，以府志百六十余年未修也，取其间政事人物，牒到县。余检阅县志，成于康熙壬午，距今六十有九年，然而不徒事续考已也。县合于离石，起曹魏。合而复分，起宇文周。汉县为西河郡中阳，见《水经》，当参以李吉甫《元和郡县图志》，竟莫之或知；以广轮言，右舒左缩，水出县右，西入黄河，行百余里者凡四，许叔重《说文解字》“溤水出中阳，入河”，宜求之四水中，而无一川见于志；昔时人材如刘参政有诚、王少保友贤，卓为名臣，匪直以表县之科第仕宦，而不次其居官行事；《宋史》伏落津寨，县西津要也，而置诸弗问。外此或名目虽存，时之远迩，地之方所，茫然不辨，殊乖体例。综厥古今，既不敢以疏漏应塞，抑思自府志上之，咸据州县志酌其繁简者也，旧志未足供采录，加以几七十载，有俟增续，用是广为搜讨，汇集成帙。适休宁戴君东原受纂修府志之聘，尚未南辕，遂兼质焉；得核订为八卷，洵乎可资证实，无惑矣。

【译文】 大凡民风质朴敦厚的地方施行教化也就容易，老百姓贫困以至于流离失所，迁徙安置也就容易。保护安危调节救济，然后加以教诲引导，这是管理这片贫瘠土地的人必须特别关注的问题。我刚到本县境内，攀登高山，跋涉深谷，豺狼虎豹四处嗥叫奔窜，等到达县治，才有机会慢慢观览四境形势，悲伤之情油然而生，又不由得惊悚害怕。幸而处身于圣朝，既美好又嘉祥，晴雨适时，气候调和，老百姓不用担心流离失所。恰逢太守诸城人孙先生，非常关心八州县的利弊和教化，以及山河渠堰。因府志有一百六十多年没有编修，选取本州各地有影响力的政事人物，发送文书到各县，（要求搜集相关

---

① 休嘉：美好嘉祥。《汉书·礼乐志》：“佻正嘉吉弘以昌，休嘉砰隐溢四方。”颜师古注：“休，美也；嘉，庆也。”

② 雨旸时：即“雨旸时若”。《尚书·洪范》：“曰肃，时雨若；曰乂，时旸若。”后用“雨旸时若”谓晴雨适时，气候调和。

材料)。我检阅县志,编纂于康熙壬午年(1702),距今已有六十九年了,因而也就不只是需要从事续写考订等工作。宁乡县合并到离石,始自曹魏。合并后又分开,起自宇文周(即北周)。宁乡县在汉代为西河郡的中阳县,见《水经》,还当参考李吉甫的《元和郡县图志》,竟然没有人知道;从县境面积来说,西边宽阔东边狭隘,河流发源于县西面,向西流入黄河,流程达百余里的河流共有四条,许慎《说文解字》所谓“溈水发源于中阳,流入黄河”,当在这四条河流之中,但是县志中没有收录其中任何一条河流;过去本县人才如参政刘有诚、少保王友贤,都是卓越的名臣,仅仅记载了是从本县中科举出仕为官的,却不记载他们为官的事迹;《宋史》所载伏落津寨,是本县西边的重要关口,县志却搁置不谈。除此之外,有的名目虽存,但对于时代的远近、地理方位的记载,都茫然不清,完全不合于方志体例。汇集古今,既不敢拿疏漏的旧志来敷衍应付,又考虑到编纂府志等各级别的史志,都要根据州县志所载,酌情删减,现在的旧志不能满足府志采录的需要,加上有近七十年的史实有待增补,因此广为搜罗征集,汇集成册。适逢休宁戴震先生受聘纂修府志,尚没有南归,便一并责成他来完成;最终得以考订编纂为八卷,确实可以拿来作为考证参考,再也没有疑惑了。

【原文】 爰纪修辑端末,因忆余曩者始入县竟之感,今七易寒暑,惟庭省狱讼,民乐朝廷仁化,而忝居近民长吏,无奇效美绩昭昭人耳目间,是则余所为自惭也夫!

【译文】 回顾修辑县志的整个过程,因而回忆起我过去刚进入本县县境时的感受,到如今已经度过七年寒暑,只是做到了减少诉讼案件,老百姓以接受朝廷仁德教为乐,而我愧为最接近老百姓的官员,没有特别的措施,美好的政绩明明白白地被人们看见并传播,这是我自以为惭愧的地方啊!

【原文】 乾隆三十五年上章摄提格[①]之岁，日在鸟帑，知县事江源朱懋炳撰。

【译文】 乾隆三十五年庚寅(1770)，日在鸟帑，知县江源人朱懋炳撰。

---

① 上章：天干中“庚”的别称，用以纪年。摄提格：岁阴名。古代岁星纪年法中的十二辰之一。相当于干支纪年法中的寅年。

寿阳县志序

【原文】 披览图志，与读史相表里者也。而一州一县咸各有志，俾沿革山川见历代史者，于此可稽。因以近察政之体要，民之利疾[1]，故非通古今，明吏治，则撰次概不足观。

【译文】 阅览地图方志和阅读史书相互补充。而每一州每一县都各有各的志书，历史上出现的各种地理山川及沿革变化，在这些方志中都可以稽查到。因此可以拿来考察行政的纲要、对百姓不利的和有利的事，所以不是博通古今、阐玥吏治的，所有编纂内容都不值得一看。

【原文】 岁戊子，余奉命抚晋，寿阳尹龚君来谒，知其有学，且克敬其职也。寿阳于春秋马首邑，汉榆次东境。县之设，起晋太康中。迨元魏氏[2]，省入中都，徙其户于大陵城南，置受阳县。盖其时兵燹之余，荒芜为墟矣。隋名魏所别置为文水县，而复晋旧县曰受阳。唐贞观十一年改“受”作“寿”，始符昔目，迄于今不异。然《新》《旧唐书》“受”“寿”参差互见，读史者莫之能是正。

【译文】 戊子年(1708)，我奉命担任山西巡抚，寿阳县县令龚先生来访，得知他有学问，而且能够尽职尽责。寿阳在春秋时期属于马

---

① 民之利病：对百姓不利的和有利的事。疾：病苦，痛恨。《后汉书·孟尝传》：“尝到官，革易前敝，求民病利。”

② 元魏：朝代名，即北魏。以皇室改本姓拓跋为元，史称“元魏”。

首邑，汉代属于榆次东面的地域。设县始于晋太康年间。到了北魏时期，并入中都，将居民迁移到大陵城南，设置受阳县。因为当时在战争之余，荒芜得像一片废墟。隋代将北魏所设置的部分称作文水县，而恢复晋代所设置的旧县叫作受阳。唐贞观十一年(637)改“受”作“寿”，这才开始和过去的称呼相符，直到今天未改。但是《新唐书》《旧唐书》“受”“寿”参差互见，读史的人没有人能够校正。

【原文】 寿水控引山溪，径县治南，“水北曰阳”，是以纳称焉。其水南入洞涡。洞涡者，“同过”也，魏收《地形志》：“同过水出木瓜岭，一出沾岭，一出大廉山，一出原过祠下。”仅胪四源。继云：“五水合道，故曰同过。”今是水导沾岭为正源，左合南溪水，导木瓜岭之源也，过寿阳而西，涂水出大廉山涂谷南来会之，原过水北来会之。涂水春秋时以名邑。四源之外，最大者寿水，缠络四源适中地，魏收独遗之。郦道元注《水经》谓之黑水。二子距西晋未远，于寿水俱不闻，又况生千百余年后，欲稽古毕得，用订史籍讹文，诚匪易易。

【译文】 寿河贯通山溪，流经县治南面，“水北为阳”，寿阳县以此来命名的。寿河向南流入洞涡。洞涡即是“同过”，魏收《地形志》：“同过河发源于木瓜岭，一条发源于沾岭，一条发源于大廉山，还有一条发源于原过祠边。”仅罗列四条源头。接着说：“五条河流合流，所以叫作同过。”如今的寿河流自沾岭，是河流真正的源头，东边汇合南溪河，这条支流来源自木瓜岭，流经寿阳后向西流去，涂河源自大廉山的涂谷向南流来而汇入，原过河则从北流来而汇入。涂河在春秋时被用来作邑名。这四条河流之外，最大的是寿河，联络四条支流且成为各个河流的主干，魏收却偏偏将其丢失。郦道元注《水经》将它说成是黑水。二人距离西晋未远，对于寿河都未曾听闻，又何况是生在千百年之后的人呢？想要考古全部是正确的，用来订正史书的讹误，实在是一件不容易的事啊。

【原文】 今龚君缮其新纂志稿请余序。其书严体例，精考核，凡旧时相承袭疏失，必详举，确有证实。如谓隋开皇迄唐贞观，是地名受阳凡四十有八年。又《魏书》神武郡，寄治并州界，莫识所在，兹访求得之，于县西北二十里，犹名神武村。更摭李吉甫《元和郡县图志》神武故城系寿阳县北为证，《旧唐书》言寿阳武德三年属辽州，顾景范《方舆纪要》亦踵其误，兹订以武德三年置受州，领盂、寿阳二县，辽州同是年置，领乐平、辽山、平城、石艾四县，辨辽州乃受州之舛。《元史·河渠书》冶河即《汉书》上艾之绵曼水，《水经注》云“上承桃水，县东南二十里桃源沟”是也。桃或作“洮”，遂傅合《左氏春秋》“台骀宣汾洮”。[1] 兹则订以司马彪云洮出闻喜，两不相蒙。大致精审类如此。

【译文】 现在龚先生誊写好他新编纂的志稿，请我作序。这部县志体例严密，考核精审，凡是过去相承袭的疏漏错误，一定详细考证，使之确有实据。如从隋开皇年间到唐贞观年间，此地叫作受阳共四十八年。又如《魏书》神武郡，将郡治寄寓到并州地界，没人知道具体地点，这次通过寻访得知，在县城西北二十里，还有一个名叫神武村的地方。另外摘录李吉甫《元和郡县图志》神武故城记录在寿阳县北作为证据，《旧唐书》说寿阳，武德三年(620)属于辽州，顾祖禹《方舆纪要》也承袭这个错误。此志给予订正，认为武德三年(620)设置受州，统领盂阳、寿阳二县，辽州设置于同一年，统领乐平、辽山、平城、石艾四县，从而辨明“辽州”是“受州”的讹误。《元史·河渠书》所谓的冶河，即是《汉书》上艾的绵曼河，即《水经注》所说“上承桃河，县东南二十里桃源沟”。“桃”，有时写作“洮”，即附会《左氏春秋》“台骀疏通汾水、洮水”。这部志书则用司马彪所说的“洮河源于闻喜”进行考订，二者完全不是一回事。本志考订精深，大致如此。

【原文】 县辖二驿，当西路达京师冲要。而龚君为县余暇，于境

---

① 台骀宣汾洮：台骀疏通汾水、洮水。台骀(dài)，少皞后裔，中国上古时代的治水英雄，治水时间早于大禹，是中国历史上成功治理江河的创始人。

内有关施政资稽古[1]者，周察不遗，率是心行之勿怠，以蕲适于治理，仰承圣天子命官分治子惠元元之至意，其亦若斯之尽其学，敬其职，不敢或苟也夫！

【译文】 寿阳县统辖两个驿站，为西路到达京师的要冲。而龚先生在完成县里事务之余，对于县境中有关施政，可以通过考察古代的事迹，来明辨道理是非与总结知识经验，从而于今有益、为今所用，详细考察，做到没有遗漏，由此全心施行，从不懈怠，以求有益于治理，仰承圣天子任命官员，治理地方，惠及百姓的诚挚的情意，我等必须如此这般用尽平生所学，恭敬地行使职责，不敢有一丝一毫的苟且啊！

---

① 稽古：考察古代的事迹，以明辨道理是非与总结知识经验，从而于今有益、为今所用。

山西武乡试录后序[①]

【原文】 乾隆三十六年辛卯，晋省文闱后，孟冬之月，应踵行武闱事，时巡抚臣鄂宝、进学政臣吴岩，咨送武生暨各营兵，共一千□百余人。选拔其尤，得士四十人如额，谨书其姓名，又录技能论策之优通者，恭呈御览。臣备员[②]监试，例得缀言简末：

【译文】 乾隆三十六年辛卯(1771)，山西省文举科举之后，孟冬之月，紧接着举行武举科举，巡抚臣子鄂宝、进学政臣子吴严，咨送武生及各营兵卒，共一千□百多人。选拔其中优秀的，按名额选拔到武士四十人，认真记录下他们的姓名，又录取技能和论策优秀的，恭敬地上呈皇帝御览。臣子我充数作为监考官，按照惯例当作文附在文书末尾：

【原文】 稽之《周官·司徒》三物，六德、六行之下，即六艺继之，而射、御实居其二。[③] 盖文德既修，武事必备。依古以来，并列之教，

---

① 黄山书社出版的《戴震全书》的编者指出，本文是戴震为巡抚大员鄂宝拟作的，是准备给乾隆帝御览的文章。原件无署名，基本是行书写成，文字有修改，据其笔迹，为戴震的手稿无疑。序端有言“乾隆三十六年辛卯，晋省文闱后，孟冬之月，应踵行武闱事”，则此序当作于此次武科选录事毕之时。山西在战国时为赵、魏之地，历来多出武勇将才。据标题可知，此次山西武科选录，是在武乡县举行的。

② 备员：凑足人员的数。《史记·平原君虞卿列传》：“愿君即以遂备员而行矣。”

③ 此段文字，大多标点为：“稽之《周官·司徒》，三物、六德、六行之下，即六艺继之，而射、御实居其二。”今据《周官·地官·司徒》文义改。《周礼·地官·司徒》：“以乡三物教万民，而宾兴之。一曰六德：知、仁、圣、义、忠、和。二曰六行：孝、友、睦、姻、任、恤。三曰六艺：礼、乐、射、御、书、数。”贾公彦疏：“物，事也。司徒主六乡，故以乡中三事教乡内之万民也。”

而宾兴[①]以之。《左氏春秋》晋人之论将帅也，悦《礼》《乐》而敦《诗》《书》，言不徒气矜智谋是尚。然而语夫致果克敌，则凡司马之法，步伐之节，山川之险易，道途之近远，咸当周知，以至器械异宜，材技异适[②]，罔非平时所娴习也。

【译文】 考查《周官·司徒》乡大夫教导乡学的三种方法，六德、六行之后，接着即为六艺，而射、御是其中之二。因为文治教化已经完备，就该着手武装力量建设了。自古以来，文化、军事并列而教，而且用乡饮酒之礼来礼遇他们。《左氏春秋》晋人讨论担任将帅的条件，喜爱《礼》《乐》并且崇尚《诗经》《尚书》，指的是不仅仅崇尚勇气和智谋。然而谈到最终的克敌手段和方法，则大凡各种兵法，步伐的节奏，山川的险易，道途的远近，都应当详细了解，以至于军事器械、搏斗技能所宜各不相同，无不是平时所熟练掌握的。

【原文】 今武科之条，试之论策，观其研精韬略，且不愧儒者，而先于射取中多，必兼马步，加以劲弓刀石，用征勇力。天下之人，既灼知我皇上异德殊功[③]，万邦区宇尽入版图，而擢士犹不废材勇。上年皇上六旬万寿，今年恭逢皇太后八旬万寿，先膺班诏开科，文武并进。即接以大比之期，频得登献，固莫不劝励。况赵、魏古称劲士，其朴忠出其天性哉？臣凡懦儒生，幸赞兹典，不禁舞蹈拜稽而附为序。

【译文】 如今武举考试科目，考查考生的论策，看到考生精通韬

① 宾兴：《周礼·地官·大司徒》："以乡三物教万民而宾兴之。"郑玄注："兴，犹举也。民三事教成，乡大夫举其贤者能者，以饮酒之礼宾客之。既则献其书于王矣。"后代因地方官设宴招待应举之士，因而用"宾兴"指乡试。

② 器械异宜，材技异适：谓器械、搏斗技能所宜各不相同。如《礼记·王制》："民生其间者，五味异和，器械异制，衣服异宜。"刘劭《人物志·材能》："以实理宽急论辨之，则当言大小异宜，不当言能大不能小也。"

③ 异德殊功：特殊的功德。《宋书·裴松之传》："碑铭之作，以明示后昆，自非殊功异德，无以允应兹典，大者道动光远，世所宗推；其次节行高妙，遗烈可纪。"

略，并且不比儒生差，而首先录取射术好的人，同时进行马术考试，加上劲弓刀石考试，测试考生的力量。全天下的人，都熟知我皇上的特殊功德，天下境域尽入版图，而提拔士人仍然不放弃勇士。去年是皇上六十万寿，今年又恭逢皇太后八十万寿，先是下诏开科取士，文武并进。紧接着通过举行乡试，士人频频登科上献朝廷，无不欢欣鼓舞。何况赵、魏自古以来素以多猛士著称，他们天生就拥有朴实和忠诚？臣子是一个懦弱的读书人，有幸参与这次盛典，不禁欢欣鼓舞、俯身叩拜并作序附录于后。

诰封孺人丁母易太夫人八十荣寿序[①]

【原文】 盖闻德之所至，福亦随之。虽闺门以内，幽隐不彰，而感召之微，如树臬[②]以致影，依声以传响。故观于其及身膺受者，与其子孙之贤才行能，其知之矣。

【译文】 听说德行所至，福气也紧紧相随。即使在闺门之中，深深掩藏，事迹不被传扬，但是精微的感召影响，就像树立臬杆来产生影子，根据声音来传达音响。所以观察他自身所获荣誉和福禄，以及子孙的才能德行，就一目了然了。

【原文】 丁母易太夫人寿跻八帙[③]，子临县知县丁君名宗懋者，陈情归养，上官无以夺其志，遂得请。于是丁君欣然辞于同列，归为母寿。余忝职居监县[④]，固稔知丁君之贤，且临民之安其政也。兹之归，余何能不介于怀，而缺焉无一言耶？

【译文】 丁母易太夫人寿达八十，她的儿子临县知县丁先生名宗懋，上书陈情，祈请归家赡养老母，上官不愿夺去他孝亲之情，于是同意他的所请。就这样丁先生欣然辞别同列，归家为母亲做寿。我为官临县，本就熟悉丁先生的贤德，以及治理百姓的政策，安然接受

① 本篇为戴震在山西代友人为临县知县丁宗懋之母八十寿辰而作。

② 臬：古代测日影的标杆。

③ 八帙：八十岁。

④ 监县：据上下文，当作“临县”。

他的政令。这次辞官回家，我怎么能不介意而闭口没有一言半语呢？

【原文】 余始行郡届其疆也，人民田畴肃然，服教秩然就理，此非贤能之吏若是？既而知其加意学宫，辟其壅蔽于前者，欲诸生之开拓心胸，此非慈惠之师若是也？城临之役，三县和衷共济[①]，民歌咏其美。先是，修石堤以防湫水[②]暴涨，因筑湫川烟雨台，建亭其上，名曰顺成亭，皆自为记，写其恻隐为民。

【译文】 我第一次路过本郡，看到田畴平整，人民服从教导，遵守秩序，服从理义，如果不是官员贤德有才干，怎么能够做到这些？紧接着，又了解到他关注官学，首先努力排除隔绝蒙蔽，开阔诸生心胸眼界，如果不是慈爱的老师，怎么能够做到这些？建城临县的劳役，汾阳县、临县、孝义县三县同心协力，共同完成，老百姓至今歌颂他的这一美好的举措。在此之前，修筑石堤来防止洪水暴涨，因此修筑湫川烟雨台，并建亭其上，题名叫作顺成亭，都亲自作记，记录他一颗恻隐为民之心。

【原文】 今念切望云[③]，用答丸熊画荻[④]之勤，临民攀辕卧辙[⑤]，不能遮留。计丁君莅官八年于兹矣，不事赫赫之绩，而庭清民和，治官事能勤以慎，为盛世之良有司，斯足以征太夫人之所以励其子，良有在也。

---

① 三县：指汾阳县、临县、孝义县。和衷共济：大家一条心，共同渡过江河。这里比喻三县同心协力，共同完成筑城劳役。衷：内心。济：渡水。《尚书·皋陶谟》："同寅协恭和衷哉。"《国语·鲁语下》"夫苦匏不材于人，共济而已。"

② 湫水：潭水。韩愈《秋怀诗》之四："其下澄湫水，有蛟寒可罾。"

③ 念切：殷切期望。望云：仰望白云。谓思念家乡，思念父母。

④ 丸熊画荻：用以称赞母亲教子有方。柳仲郢幼嗜学，母韩氏用熊胆和制丸子，使柳仲郢夜咀咽以提神醒脑。欧阳修幼时，母郑氏以荻画地教其读书。章学诚《文史通义·古文十弊》："抑思善相夫者，何必尽识鹿车鸿案？善教子者，岂皆熟记画荻丸熊？"

⑤ 攀辕卧辙：拉住车辕，躺在车道上，不让车走。旧时常常用作挽留好官的赞美之词。沈约《齐故安陆昭王碑》："攀车卧辙之恋，争涂不忘。"

【译文】 如今仰望白云，思念老母，期望报答母亲养育教导之恩，临县百姓拉住车辕，躺在车道上，都挽留不住。到如今，丁先生在临县为官已有八年，不从事能捞政绩名声的大工程，但是衙门清净、百姓和乐，完成公事勤恳谨慎，真是盛世优秀的官员，由此足以看出太夫人是如何勉励教育他的孩子的，（孩子如此优秀），确实是有原因的。

【原文】 次子曰宗恩，前枝江县令。盖太夫人未五十以前尽妇职，相夫子既称贤淑，以后课二子，俾掇科名为良吏，又慈母而实兼严父也者。乾隆十五年，以长君官零陵博士，恭遇覃恩①，貤封孺人，时甫周甲子，阅今岁星行天一周又八度次，太夫人之绥福禄介眉寿，应食厚报于靡已者，以其子之为吏良知之，即以知太夫人之德，虽不逾闺阃，而信而有征，洵足称道也。而寿而昌，不亦宜乎！

【译文】 太夫人第二个孩子叫宗恩，是前枝江县令。太夫人没到五十岁之前，能尽妻子之职，相夫教子，获得贤淑的称誉，此后教育两个孩子，使之考取功名，成为良吏，既是慈母又兼为严父。乾隆十五年(1750)，因长兄官零陵博士，恭遇皇上广施恩泽，封赠为孺人，当时恰逢太夫人年满一个甲子，到如今岁星行天一周又八度次，太夫人福禄永享，长生不老，应当获得无尽的厚报，根据太夫人孩子为官优秀，便可以知道太夫人的美德，虽然不出内室，但是确信有据，实在值得赞颂。至于长寿且昌盛，不是应该的吗！

【原文】 同寅②诸君共谋制屏，来请余言，余不善为泛远称颂语，

---

① 覃恩：广施恩泽。旧时多用以称帝王对臣民的封赏、赦免等。《旧唐书·赵宗儒传》："今覃恩既毕，庶政惟新。"

② 同寅：同僚。张镃《送赵季言知抚州》："同寅心契每难忘，林野投闲话最长。"

书余目瞩者，可以侑太夫人之进一伯雅矣①。

【译文】 同僚诸位先生共同策划制作一个屏风，来请我写几句话，我不善于说空泛的赞美话，就写下我亲眼所见的事，把它拿来助太夫人进酒一杯了。

---

① 侑：相助，侑酒之欢（陪侍进酒的欢乐），侑宴（为宴饮者助兴），侑宾（古代宴会，主人为示殷勤，用财物赠客，以助食兴）。伯雅：古湮器名。《太平御览》卷四百九十七引三国魏曹丕《典论·酒诲》："荆州牧刘表，跨有南土，子弟骄贵，并好酒，为三爵：大曰伯雅，次曰仲雅，小曰季雅。伯雅受七升，仲受六升，季受五升。"

与段若膺论县志

即前文《与段茂堂等十一札(第五札)》

与段若膺论理书

即前文《与段茂堂等十一札(第九札)》

海岛算经跋

【原文】 刘徽序《九章算术》有云:“徽寻九数①,有重差②之名。凡望极高,测绝深,而兼知其远者,必用重差,辄造重差,并为注解,以究古人之意,缀于勾股③之下。度高者重表④,测深者累矩⑤,孤离⑥者三望⑦,离而又旁求⑧者四望。”是徽之书,本名“重差”,初无“海岛”之目,亦但附勾股之末,不别为书。故《隋志》《九章》增为十卷,下云刘徽撰,盖以《九章》九卷合此而十也。而《隋志》《唐志》又皆有《九章重差图》一卷,盖图本单出,故别著于录。而新、旧《唐志》兼列刘向《九章重差》一卷,则徽之《重差》既自为卷,因遂讹“刘徽”为“刘向”,而一书三出耳。至“海岛”之名,虽古无所见,而《书》“鸟夷皮服”,《正义》曰:“孔读鸟为岛,岛是海之山。《九章算术》所云‘海岛邈绝,不可践量’是也。”⑨故唐《选举志》称:“算学生《九章》《海岛》,共限习三年,试

---

① 九数:西周时学习的“六艺”之一。《周礼·地官司徒》:“一曰五礼,二曰六乐,三曰五射,四曰五驭,五曰六书,六曰九数。”郑玄注引郑众云:“九数:方田、粟米、差分、少广、商功、均输、方程、赢不足、旁要。”此“九数”的九个细目与后来《九章算术》的九个章名相类。

② 重差:根据直角三角形内部的平行相似关系,推算未知距离的高、远、深。重差法主要是通过两次差解决复杂测量的方法。差:表示减法运算的结果,包括两数相减或两图形之差。

③ 勾股:不等腰直角三角形的夹直角两条边,短的边称为“勾”,长的边称为“股”。

④ 重表:重差法的三个基本方法之一,使用两个表。

⑤ 累矩:重差法的三个基本方法之一,使用两个矩。

⑥ 孤离:孤立分离。

⑦ 三望:三次观察。

⑧ 旁求:用以三望之矩外另用一矩。

⑨ 鸟夷皮服:鸟夷穿皮做的衣服。海岛邈绝,不可践量:海岛邈远隔绝,难以登岛实地测量。

《九章》三条,《海岛》一条。”则改题《海岛》,自唐初已然矣。

【译文】 刘徽的《九章算术》序有这样的话:“我刘徽求解九数问题,使用了‘重差’这个名词。凡是观测起来极高的,测量起来极深的,而且还要测出距离的,必须用到重差,所以就创造出重差法,并且作出注解,来探究古人的本意,放在讲勾股内容的后面。测量高度的时候使用重表法,测量深度的时候使用累矩法,独立分离的要观察三次,独立分离而又旁求的要观察四次。”这表明刘徽的书,本来叫作“重差”,最初没有“海岛”这个名字,而且也只附在勾股章的后面,没有另外单独编为一本书。所以《隋书·经籍志》中《九章算术》增为十卷,下注刘徽撰,这是《九章算术》的九卷加上“重差”这部分内容而成十卷的。而《隋书·经籍志》《旧唐书·经籍志》又都著录有《九章重差图》一卷,这是将图本单独列出,所以另外列到目录中。而《新唐书·艺文志》《旧唐书·经籍志》又列刘向《九章重差》一卷,这样一来,刘徽的《重差》已经成为独立的书籍,而且将“刘徽”讹误为“刘向”,从而造成同一本书三次列出。至于“海岛”的书名,虽然古代没有,但是《尚书》“鸟夷皮服”,《正义》解释道:“孔读鸟为岛,岛是海中的山。即《九章算术》所谓的‘海岛邈绝,不可践量’。”所以唐代的《选举志》宣称:“算学生对于《九章》《海岛》内容的学习,规定的时间为三年,考试考《九章》三条,《海岛》一条。”这表明从唐初就已经改《重差》为《海岛》了。

【原文】 其书世无传本,唯散见《永乐大典》中,今裒而辑之,仍为一卷。篇帙无多,而古法具在,固宜与《九章算术》同为表章,以见算数源流之本焉。乾隆乙未夏四月休宁戴震。

【译文】 这本书世上没有传本,唯独散见于《永乐大典》之中,现在汇集编辑起来,仍然编作一卷。篇卷不多,但古代数学方法都在,应该和《九章算术》一起被传播重视，用来了解算数的渊源。乾隆乙未年（1775）夏四月休宁戴震。

江慎修先生七十寿序[1]

【原文】 经学之难，或一代数人，或数千年一人。若汉之郑康成，宋之子朱子，其学皆殊绝[2]之学，其人皆亘古今不可无一、不能有二之人。然而窃犹有憾者。郑氏之学无所不通，一洗专门固陋之习，唐贾、孔诸儒为疏义，犹或未能尽；(中)朱子上接邹鲁[3]，下继濂洛[4]，理精义明，群言有所折中，而踵其学者，或鲜博物考古之功，非学力之有所限，盖能兼之难也。

【译文】 研治经学很难，要么一代才有那么几个人，要么数千年才有那么一个人(能够取得非凡成就)。譬如汉代的郑玄，宋代的朱熹，他们的学问都是特出、超绝的学问，为人都是千古不可没有、不可多有的人。纵然如此，我私下里觉得仍有缺憾。郑玄学识渊博，无所不通，完全克服了专精一门学问者的固执、浅陋习气，唐代贾公彦、孔颖达等众多儒生为郑玄著作作疏释义，仍然不能穷尽；中有朱熹远接孔孟，近继濂洛，义理精到严明，对各种学说都考证论断，但是继承朱

---

① 据黄山书社出版的《戴震全书》的编者考证，本文为漆永祥先生从上海图书馆藏吴县潘氏宝山楼核钞本清江永《善徐堂文集》中辑出，为乾隆十五年(1750)江永七十大寿时戴震所撰。寿序于江永学行有极高之评价，民国间学者以为戴震不尊江永之说，观此文当不攻而自破。按：杨应芹、徐道彬等学者以为本序不出戴震之手，有相关考论可参阅。

② 殊绝：特出，超绝。

③ 邹：孟子的故乡。鲁：孔子的故乡。后以“邹鲁”指文化昌盛之地，礼仪之邦。也常常用来借指孔孟、孔孟之学。

④ 濂洛：北宋理学的两个学派。“濂”指濂溪周敦颐，“洛”指洛阳程颢、程颐。

熹之学的，大多缺乏博物知识和考古功力，这不是因为受到了学习努力程度的限制，而是因为难以做到兼通。

【原文】 吾师江慎斋先生，生朱子之乡，上溯汉、唐、宋以来之绝学，以六经明晦为己任。震少知向慕，既数年始获一见，又数年始拜先生于吾邑之斗山。所读诸经，往来问难，承口讲指画，然后确然见经学之本末。既而先生就馆本邑，未能从学，深怅恨焉。震之愚，固不能窥先生之万一，又未获尽读先生之书。所得读者，有《礼书纲目》《周礼举要》《礼记择言》《律吕新义》《深衣考误》《近思录集注》及《古韵标准》《切韵表》《推步法解》《翼梅》数种，博大精微，不可涯涘。《礼书纲目》，前大中丞赵公①暨礼馆所抄者特其梗概，先生尚欲博采众说而论定之，卒朱子晚年之志。《律吕新义》一书，积数十年精思，始悟有自然理数寓于河洛之中，独取《管子》《吕览》之言，与圣祖仁皇帝论乐之旨吻合。史迁以下，凡言黄钟最长者，皆不明中声之理，有体无用，发千古所未发，犹恨不能起朱子及蔡西山②而质之。先生之在都中也，三礼馆诸公服其精核，咸就商确，先生随问随答，震亲见其笔札数百条，发微订误。宜吾邑程中允、荆溪吴编修③，经术最邃者，皆以

---

① 前大中丞赵公：即直隶巡抚赵宏燮，字亮工，号理庵，宁夏人。康熙四十四年（1705）至康熙六十一年（1722）任直隶巡抚。“中丞”，本为汉代御史大夫下设官员，东汉以后为御史台长官，明朝时用来对巡抚的称呼。

② 蔡西山：即蔡元定（1135—1198），字季通，学者称西山先生，建宁府建阳县（今福建省南平市）人。南宋著名理学家、律吕学家、堪舆学家。师事朱熹，朱熹视其为讲友，博涉群书，探究义理，一生不涉仕途，不干利禄，潜心著书立说。著有《律吕新书》《西山公集》等。

③ 吴编修：即吴绂，字方来，宜兴人。清代学者、诗文家。祖唐，邑诸生。

真吾师目之。先是有《四书典林》，聊救制义家杜撰不根之弊，赵抚军[1]序而刻之，几于家有其书矣。而其有关经学之大者，稿存箧笥，未能尽问世，当必有知音者广为传之。震少览近儒之书，所心折者数人。刘原甫、王伯厚之于考核，胡朏明、顾景范、阎百诗之于水经地志，顾宁人之于古音，梅定九之于步算，各专精一家。先生之学力思力实兼之，皆能一一指其得失，苴其缺漏，著述若此，古今良难。

【译文】 我的老师江永先生，出生在朱熹的故乡，向上追溯汉、唐、宋以来的冷门绝学，以笺释六经，使之明晰可读为自己的使命。戴震我年轻时就敬仰先生，几年后才有机会见面，又过了几年才得以在我们休宁县的山头拜先生为师。所读的各种经书，往来反复质疑论辩，承蒙先生讲解指教，这样才确凿无误地了解了经学的渊源。不久后先生在休宁坐馆授徒，我却没能够跟从先生学习，对此深表遗憾。戴震我愚笨，本来就不能够掌握先生学问的万分之一，又没能够读尽先生所著的著作。已经读过的，有《礼书纲目》《周礼举要》《礼记择言》《律吕新义》《深衣考误》《近思录集注》及《古韵标准》《切韵表》《推步法解》《翼梅》等数种，博大精微，广阔无边。《礼书纲目》，前巡抚赵公及礼馆所抄录的只是该书的梗概，先生还打算博采众说后作进一步讨论审订，完成朱熹晚年未完成的愿望。《律吕新义》一书，聚积了先生几十年的精力和思考，才领悟到有自然理数隐藏在河图洛书之中，该书只征引《管子》《吕览》的言论，和康熙帝论乐的主旨相吻合。司马迁以后，凡谈到最长的黄钟，都没弄明白是如何符合声学原

---

① 赵抚军：即赵国麟（1673—1751），字仁圃，山东泰安人。康熙四十八年（1709）进士。雍正八年（1730）升任福建巡抚。后调安徽。乾隆三年（1738），升任刑部尚书，调礼部兼领国子监。乾隆四年（1739），授文华殿大学士兼礼部尚书。乾隆六年（1741），请求引退，被乾隆帝挽留。不久后被弹劾，降职为礼部侍郎。乾隆七年（1742），又升礼部尚书。赵国麟又欲引退，未被允许；数月后，再次申请，乾隆帝不悦，夺其官职，改在咸安宫效力。直到乾隆八年（1743），方准许赵国麟返回故里。乾隆十五年（1750），到京师为乾隆帝祝寿，赐礼部尚书头衔。次年卒。抚军：明清时巡抚的别称。

理的，（先生提出）“有体无用”说，阐发了千古所未曾阐发的道理，唯独遗憾的是不能唤醒朱熹和蔡元定当面进行讨论。先生在京城时，三礼馆的众多专家学者都对其精深的考证表示信服，都来找先生商讨确定，先生能够随问随答，戴震我亲眼见到先生手书的几百条札记，（条条）探究精微，考订讹误。难怪我们休宁人程恂、宜兴人吴绂，经学最渊博，都以“真是我的老师”来看待先生。先生在此之前著有《四书典林》，用来补救八股文家杜撰的弊病，赵国麟作序并刊刻，几乎是家家都有这本书啊。但是他有关经学等方面的大作，书稿存留在箱子里，没能全部出版，必当有懂得的人替他广为传播。戴震我稍稍阅读了一点近代儒者的著作，使我心悦诚服的只有几个人。刘敞、王应麟的考核，胡渭、顾祖禹、阎若璩的水经地志，顾炎武的古音，梅文鼎的步算，各自精于某一专门学问。先生的学识、思想能力能够做到兼通，都能一一指出他们的得失，弥补他们的缺失遗漏，著作达到这种程度，古往今来，实在难得。

【原文】 今圣主崇经学，特下明诏，博采通经之士。邑侯陈公，以先生为首荐。先生坚辞不获已，但以所著书目报去，且致书与震，言驰骛名场非素心。又自谓生平撰著，得之午夜被中、白昼几上为多，兀兀穷年，不知老至，能知者鲜，亦不求人知。盖先生之所造至深而自信者审矣。

【译文】 当今圣明的皇帝推崇经学，特地明文下诏，广泛招揽精通经学的人士。婺源县陈知县首先推荐先生。先生坚决推辞，没有同意，只得把所著的书目报上去，而且写信给戴震，说追逐名望官位从来都不是自己的理想。又自称生平撰述，得之于深夜被子里、白天小桌几上的居多，一年到头，辛勤著书不止，（竟）不知道衰老将要到来，知道我的人很少，也不希望为人所知。大概先生的造诣达到极深的境界从而极为自信是无可置疑的了。

【原文】 今年七月十七日，先生七十大庆。盖非寻常称颂之辞可拟诸形容者，是以一切肤语概从芟略，直举及门以后所知与先生所自言者书之。自兹以往，年益高，学益进，自有不朽大业藏名山，留宇宙，作朋三寿①，何足为先生侈陈哉！乾隆十五年，岁在上章敦牂月律中夷则，门人戴震顿首再拜撰。

【译文】 今年七月十七日为先生七十大寿喜庆之日。不是寻常称颂之辞可以用来形容的，因此一切肤浅浮华之语一概省略，直接将及门为弟子之后所听所知的及先生所说的写下来。从今日起，先生年龄越来越大，学问越来越精进，一定有永垂不朽的大作可以藏于名山，流传宇宙，高年长寿，又有什么值得替先生多说的呢！乾隆十五年(1750)，岁在庚午年七月，学生戴震顿首再拜撰。

---

① 作朋三寿：出自《诗经·閟宫》。三寿：古称上寿百二十岁，中寿百岁，下寿八十岁。朋：同类，一说朋友。

与钱大昕书[①]

【原文】 晤惠定翁[②]，读所著《明堂大道录》，真如禹碑商彝、周鼎齐钟[③]，埋藏千载，班班复睹[④]。微不满鄙怀者，好古太过耳。仆境遇多艰，未卜明春得北上趋承[⑤]教益否也。临楮神驰，不尽[⑥]。辛翁老先生大人阁下。戴震顿首。

【译文】 和惠定宇老先生见了一面，拜读了他的《明堂大道录》，就像禹碑商彝、周鼎齐钟一样古色古香，埋藏了上千年，仍然清晰可见。唯独让鄙人不满的是，太过于好古了。我的境况异常艰难，不知道明年春能否北上见上您的面接受教育。面对信纸，不禁神往，千言万语，难以尽陈。致辛楣老先生大人阁下。戴震顿首。

---

① 据黄山书社出版的《戴震全书》的编者考证，本文辑自吴修《昭代名人尺牍附小传》卷二十三，题目亦为编者所加。钱大昕(1728—1804)，字晓征，一字及之，号辛楣，晚年自署竹汀居士，江苏太仓(今属上海)人。清代史学家、文学家、教育家，乾嘉学派代表人物。被誉为“中国18世纪最为渊博和专精的学术大师”。

② 惠定翁：即惠栋(1697—1758)，字定宇，号松崖，学者称小红豆先生，江南元和(今江苏省苏州市)人。清代学者、藏书家、校勘学家和经学家。吴派汉学的代表人，学者惠士奇之子。

③ 禹碑商彝、周鼎齐钟：这里用来赞誉惠栋文章风格高古。禹碑：即岣嵝碑。凡七十七字，象缪篆，又象符箓。后人为纪念大禹治水所刻，碑在湖南衡山云密峰。昆明、成都、长沙、绍兴、南京栖霞山和西安碑林等处皆有摹刻。商彝、周鼎：商周时期祭祀用的鼎、尊等礼器。出自《明太祖宝训》、沈榜《宛署杂记·古墨斋》。齐钟：指齐国的编钟，亦为上古礼器。

④ 班班：形容明显的样子，出自《后汉书·文苑传下·赵壹》。睹：见，看到。

⑤ 趋承：指就教，接受教育。

⑥ 临楮(chǔ)神驰，不尽：旧体书信习用语。楮：纸的代称。